Erica James

Wie ein frischer Wind

Erica James

Wie ein frischer Wind

Roman

Aus dem Englischen übersetzt
von Margarethe van Pée

Marion von Schröder

Die Originalausgabe ist 1996
unter dem Titel A Breath of Fresh Air
bei Phoenix, Orion Books, erschienen.

Der Marion von Schröder Verlag ist ein Unternehmen
der Econ & List Verlagsgesellschaft, München

ISBN 3-547-75036-9

Satz: Franzis-Druck GmbH, München
Druck und Bindung: Graphischer Großbetrieb, Pößneck

Für Edward und Samuel, die die Wutausbrüche
ihrer Mutter immer mit großer Geduld ertrugen.
Dank auch an Big G. und an alle meine Freunde,
die mir durch die Dunkelheit geholfen haben,
vor allem Helena, Maureen und Rosemary.

»Die Menschen können erst neue Meere
entdecken, wenn sie den Mut haben,
die Küste aus den Augen zu verlieren.«

UNBEKANNTER AUTOR

I

Charlotte hatte noch nie zuvor einen Mann weinen gesehen, deshalb wußte sie nicht genau, wie sie auf den unerwarteten Gefühlsausbruch ihres Mannes reagieren sollte. Sie hatte sich auch nie zuvor vorstellen können, daß Peter überhaupt weinen konnte; es stand all dem entgegen, was sie von ihm wußte.

Während sie um Viertel vor acht morgens in ihrer Brüsseler Wohnung auf ihr Frühstücksei klopfte, hatte Charlotte Lawrence endlich den Mut aufgebracht, ihren Mann um die Scheidung zu bitten, und damit ein für allemal seiner Annahme ein Ende zu setzen, sie müsse zufrieden sein, weil er es auch war. Sie hatte ihm gesagt, daß ein von der Firma bestimmtes Leben nicht ausreiche, um ihrer beider Bedürfnisse zu befriedigen. Und dann hatte er geweint.

Charlotte reichte ihm die Taschentücher und versuchte, ihre eigenen Gefühle zu ordnen. Zu ihrer Überraschung empfand sie nur Gleichgültigkeit gegenüber Peter und eine leichte Verlegenheit. Sicher, heutzutage durfte ein Mann weinen – auch Männer hatten inzwischen das gesamte Gefühlsspektrum zur Verfügung, nichts wurde mehr zurückgehalten, die Karten lagen offen auf dem Tisch. Schließlich hatten Männer ebenso Gefühle wie Frauen.

Wenn sie allerdings in *ihrer* Küche und an *ihrem* Frühstückstisch gezeigt wurden, waren sie irgendwie fehl am Platz.

»Es tut mir leid«, sagte sie und war sich sofort bewußt, wie hohl und unpassend ihre Worte klangen. Sie beobachtete Peter, der sich die Augen mit dem Taschentuch betupfte und die Nase schneuzte. Sie blickte aus dem Fenster auf die Straße hinunter und wünschte sich, wie jeden Morgen, sie wäre wieder in England.

Sie wußte, daß sie rührselig war, aber sie konnte nichts daran ändern. Sie hatte eben Heimweh. Natürlich hatte sie jede Menge gutgemeinte Ratschläge bekommen, hauptsächlich von Peters Vater. »Ich war zweieinhalb Jahre lang in Kriegsgefangenschaft, und ich habe mich trotzdem amüsiert, also ist es doch gar nicht einzusehen, warum du es nicht auch schaffen solltest, Mädchen.« Und einer seiner Lieblingssätze war: »Hör endlich auf, dich selbst zu bemitleiden.«

Und um ihr Nomadenleben zu rechtfertigen, das sie in den acht Jahren ihrer Ehe von London nach Singapur, wieder zurück nach London und dann nach Brüssel gebracht hatte, sagte Peter immer: »Andere Frauen fühlen sich hier wohl.«

»Ich bin aber nicht andere Frauen!« entgegnete sie dann verzweifelt, wobei sie wußte, daß Peter ihr grundlegendes Bedürfnis nach den einfachen Dingen im Leben nicht verstand: Stabilität, Sicherheit, eine Einkaufsstraße in einem Vorort mit vertrauten Geschäften. Und nicht diese raffinierte ausländische Mischung von Unsicherheit, Cocktailparties, Sprachunterricht und Blumenstecken.

Tödlich gelangweilt war auch sie in einem Anfall von Zynismus zu den Blumensteckkursen gegangen, und dann hatte Peter versucht, sie zu schwängern, da er dies für die Lösung des Problems hielt. Doch das war einer der Bereiche in Peters Leben, in denen er versagte. Er war zwar ein genialer Spezialist für Fusionen und Zukäufe, aber zum Kindermachen war seine Spermienanzahl zu gering.

Charlotte sah zu, wie draußen der Schnee in weichen Flocken fiel. Sie kam sich vor, als spielten sie beide ein lang geprobtes Theaterstück; eine Szene, die sie in Gedanken schon seit fast einem Jahr mit sich herumtrug – nur daß Peter improvisierte, denn »weinen« stand nicht im Drehbuch.

»Warum?« fragte er und brachte sie damit wieder zu ihrem Text zurück.

Sie wandte sich ihm zu. »Weil ich nicht leiden kann, was du mit mir machst.«

Er schniefte laut, und sie konnte ihm ansehen, daß er willens war, sich gemäß den Regeln seiner strengen Erziehung zu verhalten – Jungen heulten nicht. »Das ist absurd«, antwortete er schließlich mit jener festen, lauten Stimme, mit der er die dunklen, unerforschten Bereiche seiner Seele immer wieder unter Kontrolle bekam. Entschlossen griff er nach seiner Aktentasche. »Ich komme heute spät nach Hause. Ich bin den ganzen Tag in Luxemburg.«

»Aber es schneit doch, das ist viel zu gefährlich, du kannst unmöglich die ganze Strecke ... außerdem müssen wir reden.«

»Es gibt nichts zu bereden. Meine Antwort lautet nein.«

Charlotte lehnte sich in der Badewanne zurück und wartete darauf, daß das warme Wasser nicht nur die Anspannung der letzten Stunde, sondern die der vergangenen acht Jahre löste. Es dauerte eine Weile, bevor sie merkte, daß sie gar kein beruhigendes Bad brauchte. Es ging ihr gut. Nachdem sie fast ein Jahr lang auf diesen Augenblick gewartet hatte, ging es ihr eigentlich gut. Die Wahrheit über ihre Gefühle traf sie mit Wucht, und sie mußte plötzlich laut auflachen. Ihr Lachen hallte in dem Badezimmer mit seinen hohen gefliesten Wänden entsetzlich wider. Schuldbewußt kaute sie auf ihrer Unterlippe.

Was sollte sie als nächstes tun?

Der zweite Akt ihrer gut vorbereiteten Aufführung ging ihr durch den Kopf. In diesem Akt ließ sie sich beim Tanzen nicht mehr von jemandem führen, jetzt pfiff sie die Melodie ihres eigenen Lebens.

Sie würde zurück nach England gehen, nach Hulme Welford, und bei ihren Eltern wohnen, bis sie sich in ihrem neuen Leben eingerichtet hatte. Es würde zwar die Hölle sein, wieder mit ihrer Mutter zusammenzuleben, aber mit Dad würde sie gut auskommen.

Und Arbeit? Was war mit einem Job?

Bevor sie sich dem Leben eines Managers angepaßt hatte, hatte sie ihr eigenes Geschäft gehabt: eine Boutique für gehobene Ansprüche. Aber dann war Peter eines Abends mit diesem albernen Grinsen auf dem Gesicht nach Hause gekommen und hatte ihr gesagt, sein Boss habe ihn gebeten, »über Singapur nachzudenken«. Innerhalb von drei Monaten hatte es keinen Laden und keine eigene Identität mehr gegeben. Statt dessen befand sie sich in einem Flugzeug, das sie in zwölf Stunden von all dem wegbrachte, was ihr tröstlich und vertraut erschienen war.

Sie wußte, daß es schwer sein würde, wieder neu anzufangen. Es war nie leicht, Arbeit zu finden. Sie hatte an all ihren Aufenthaltsorten immer versucht, etwas auf die Beine zu stellen – auch wenn sie es immer wieder aufgeben mußte. Nachdem sie sich in Singapur sieben Monate lang um Arbeit bemüht hatte, war es ihr schließlich gelungen, eine Stelle in der Personalabteilung eines internationalen Chemiekonzerns zu bekommen – und dann war Peters Vertrag ausgelaufen und sie waren wieder nach London gezogen. Sie hatte gerade dort einen Job gefunden, als Peter verkündete, daß sie nach Brüssel gehen würden. In den ersten sechs Monaten lernte sie mühsam ein bißchen Französisch, und dann wurde ihr ein befristeter Halbtagsjob als Volontärin bei einem Telefondienst für die englischsprachige Gemeinschaft angeboten. Als diese Stelle jedoch ausgelaufen war, hatte es keine Arbeit mehr gegeben, bis zu dem Zeitpunkt, als sie Christina kennengelernt hatte.

Um halb zwölf beschloß Charlotte, ihre Nachbarin Christina zu besuchen. Sie wollte jetzt nicht allein sein – wollte von jemandem hören, wie mutig sie war und daß es richtig gewesen war, ihren Mann zu verlassen.

Christina Castelli war in die Nebenwohnung gezogen und Charlottes einzige wirkliche Freundin geworden.

»Eine Edelnutte!« hatte Peter verkündet. Er war genau in dem Moment vorbeigekommen, um seine sauberen Hemden auf dem Weg zum Flughafen abzuholen, als die letzten beiden Stücke von Christinas teuer aussehenden Möbeln in den sechsten Stock transportiert wurden. »Total offensichtlich, was sie ist«, hatte er weiter gesagt. »Im Aufzug stinkt's nach erotischem Parfüm.«

Charlotte hatte ihn gefragt, woher er denn wisse, wie erotisches Parfüm riecht. Er hatte verlegen nach einer Antwort gesucht, dann nach seinem Reisekoffer gegriffen und einfach gesagt: »Übermorgen bin ich wieder da. Möchtest du was aus dem Duty-free-Shop?«

»Ja«, hatte sie geantwortet, »ein erotisches Parfüm wäre nicht schlecht.«

Er hatte nicht gelacht, aber das konnte er zu dieser Zeit auch schon nicht mehr. Sein Leben war viel zu ernst geworden, beansprucht von lebenswichtigen Fusionen und Zukäufen. Er lebte nur noch von seiner Fähigkeit zu beurteilen, ob etwas Profit oder Verlust brachte; für Peter gab es nur noch schwarz oder weiß. Der einzige graue Bereich in seinem Leben war sie.

Nachdem Christina ein paar Tage nebenan wohnte, war Charlotte gezwungen, zuzugeben, daß Peter wohl recht gehabt hatte. Der Duft nach *Femme fatale* in der Eingangshalle, im Aufzug und im sechsten Stock wurde mittlerweile von einem dauerhaften Geruch nach deutschen Eaux-de-Cologne begleitet. Charlotte sah die Besucher ihrer Nachbarin eigentlich nie, abgesehen von einem Mann, der irrtümlich an der falschen Wohnungstür gelandet war. Als Charlotte versuchte, ihm den richtigen Weg zu zeigen, schoß er zurück in den Aufzug, sein Gesicht hinter der Zeitung verborgen.

Eines Morgens klopfte Christina an Charlottes Tür und lud sie zu sich ein.

»Sagen Sie Christina zu mir«, bat sie Charlotte in perfektem Englisch und führte sie zu einem cremefarbenen Ledersofa, das eindeutig nach Mailänder Design aussah. »Wir brauchen doch nicht so förmlich zu sein, schließlich machen wir ja keine Geschäfte miteinander. Und Sie heißen ...?«

»Charlotte, leider ganz einfach nur Charlotte«, erwiderte Charlotte, die sich unglaublich nichtssagend vorkam, als sie sich neben diese Modelschönheit setzte.

Christina lachte, ein leichtes, perlendes Lachen, von dem Charlotte geschworen hätte, daß es jedem Mann in Sekundenschnelle die Boxershorts vom Leib riß. »Dann nenne ich Sie einfach Carlotta – so würden Sie in Rom genannt, wo ich herkomme.«

Charlotte erzählte Peter nie etwas von ihren Besuchen nebenan, noch nicht einmal, als Christina ihr einen Job anbot.

»Carlotta, wir beide sind uns in vieler Hinsicht ziemlich ähnlich«, sagte Christina eines Tages. »Wir müssen beide ständig in Bewegung sein, und ich weiß, daß es dir hinter deinem wunderbaren Lächeln ganz miserabel geht. Also habe ich Arbeit für dich gefunden. Zwei Vormittage in der Woche bei einem meiner Freunde.«

Charlotte blickte sie zweifelnd an. »Was für eine Art von Arbeit?«

Christina lachte. »Mach dir keine Sorgen, Carlotta, ich will dich nicht in eine ... was für einen Ausdruck hat Mr. Carlotta noch einmal gebraucht, als ich hier eingezogen bin? Ach ja, in eine Edelnutte verwandeln. Nein, so etwas würde ich dir nie vorschlagen.«

Charlotte errötete. »Wie hast du das denn gehört?«

Christina zuckte mit den Schultern. »Es war ein warmer Tag, in Brüssel waren alle Fenster geöffnet. Und Mr. Carlottas Stimme trägt weit.«

In Christinas Gesellschaft hieß Peter niemals Peter, statt dessen war aus ihm einfach der anonyme Mr. Carlotta geworden. Christina hatte Charlotte bei ihrer ersten Begegnung gesagt, sie wolle Carlottas Mann weder kennenlernen noch jemals seinen Namen erfahren. »Schließlich«, hatte sie erklärt und ihre vollen Lippen zu einem verführerischen Lächeln verzogen, »könnte es peinlich für uns beide werden, sollte sich herausstellen, daß ich deinen Mann schon kenne. Nein, Carlotta, du wirst nicht als Edelnutte arbeiten, sondern als Empfangsdame. Das würde dir doch liegen, oder?«

»Aber ich spreche nicht besonders gut Französisch, von Flämisch ganz zu schweigen«, erwiderte Charlotte niedergeschlagen. Dann fügte sie hinzu: »Ich habe es versucht, aber ich scheine kein besonderes Talent dafür zu haben.«

»Dann werde ich es dir beibringen, ich bin eine gute Lehrerin.«

Charlotte mußte lächeln.

»Du hast so ein wunderschönes Lächeln, Carlotta, aber warum lächelst du gerade jetzt? Glaubst du, ich bin nur in etwas anderem eine gute Lehrerin?«

Während sie sich jetzt im Flurspiegel betrachtete, mußte Charlotte bei der Erinnerung an dieses Gespräch erneut lächeln. Ihre Freundschaft mit Christina würde ihr fehlen, wenn sie nach England zurückging, aber das war vermutlich auch das einzige, was sie vermissen würde. Gerade, als sie ihre Schlüssel ergreifen und zu Christina hinübergehen wollte, läutete es an der Tür.

Sie öffnete und stand zwei belgischen Polizisten gegenüber. Sie sagten etwas auf französisch, doch obwohl sie die Sprache nur mangelhaft beherrschte, verstand Charlotte sie.

Monsieur Peter Lawrence war tot.

2

Beharrlich wie eine Telefonklingel schrillte die Stimme eines Kindes durch das stille, edwardianische Wohnzimmer von The Gables in Hulme Welford.

»Mummy!«

Charlottes jüngere Schwester Hilary, die an die fordernden Schreie ihrer Tochter gewöhnt war, goß weiter den Tee in die Tassen. Auch Reverend Malcolm Jackson, ein robuster Mann von fünfundvierzig Jahren, Meatloaf-Fan und Vater von drei Kindern, rührte sich kaum. Lediglich Iris Braithwaite, eine Frau, die ständig auf ihre zerrütteten Nerven hinwies, zuckte heftig zusammen, als sei ihr gerade ein heißes Pokerspiel angeboten worden.

Ein sechsjähriges Mädchen, das mit einer bunten Mischung aus abgelegten Klamotten bekleidet war, tauchte in der Tür zum Wohnzimmer auf. Auf ihrer Brust baumelten billige gelbe Perlen, und an ihren Füßen schlappten übergroße rote Slingpumps. So trottete sie auf ihre Mutter zu.

»Becky«, sagte Hilary, »ich habe dir doch gesagt, du sollst die Finger von den Kleiderkisten im Flur lassen. Geh und zieh die Sachen aus, vor allem diese albernen Schuhe, du wirst dir noch weh tun.«

»Muß ich?«

»Ja, du mußt. Und jetzt sag Mrs. Braithwaite und Malcolm guten Tag.«

Wie aus dem Nichts überfiel das Mädchen die typische Schüchternheit einer Sechsjährigen und machte es sprachlos. Becky spielte an der größten Perle herum und drehte verlegen einen ihrer Füße nach innen. Doch dann fiel ihr auf einmal ein, was sie ihre Mutter ursprünglich hatte fragen wollen. »Was bedeutet ficken, Mummy?«

Rechts von ihr wurde unbehaglich mit dem Porzellan geklappert, und auf der anderen Seite ertönte ein ersticktes Lachen. Hilary packte die Teekanne fester und überlegte, was sie am besten antworten sollte. Aber ihr fiel nur ein, wie schrecklich unfair das alles war.

Sie hatte sich heute so angestrengt, hatte versucht, alles richtig zu machen. Aber es hatte schon schlecht angefangen, als sie heute morgen den Kühlschrank öffnete und feststellte, daß keine Eier mehr da waren. Im Laden im Ort gab es keine von freilaufenden Hühnern mehr, und so mußte sie statt dessen welche aus diesen Legebatterien nehmen. Daraufhin war der Biskuitkuchen natürlich eine Katastrophe geworden, kein Wunder! Also mußte sie für ihr monatliches Treffen mit Malcolm Jackson und Iris Braithwaite – der Vorsitzenden des Komitees für den Austausch der Glasfenster in der St. John's Cathedral – auf tiefgefrorene Scones zurückgreifen. Und dann, als sie die Küche gerade wieder aufgeräumt hatte, hatte die Schule angerufen und ihr mitgeteilt, die Gasleitungen seien undicht und alle Kinder würden nach Hause geschickt. Und hinzu kam noch, daß in ein paar Stunden ihre Schwester Charlotte eintraf, was bedeutete, daß sie Ivy Cottage noch für sie fertig machen und das Willkommensessen für heute abend vorbereiten mußte. Nein, heute sprang das Leben wirklich nicht nett mit ihr um.

Aber dann dachte sie beschämt an Charlotte. Eigentlich

war das Leben mit ihr in der letzten Zeit auch nicht gerade nett umgesprungen.

Es war jetzt zweieinhalb Monate her, seit Peter gestorben war, nur komischerweise kam es einem schon viel länger vor.

Es war eine kleine Beerdigung gewesen, an einem kalten, nassen Tag in Aldershot, bei der ihre Familie weitaus zahlreicher vertreten war als Peters. Sie hatte damit gerechnet, daß Peters Beerdigung eine ziemlich große Sache werden würde, und deshalb hatte sie sich sogar einen Hut gekauft, den sie jedoch Gott sei Dank in der letzten Minute im Auto ließ. Es waren nur wenige Freunde anwesend, eigentlich niemand, der neben Charlotte am Grab stehen konnte; nur ein paar pflichtbewußte Arbeitskollegen. Nicht einmal Peters eigener Bruder war erschienen. Ihr taten Peters Eltern leid, und es tat ihr auch leid, daß niemand weinte, nicht einmal Charlotte.

Danach hatten sie alle versucht, Charlotte davon abzubringen, nach Brüssel zurückzufahren, hatten versucht, sie zu überreden, alles der Firma zu überlassen. »Ich muß zurückfahren«, hatte sie geantwortet, »es gibt noch ein paar Dinge, die ich regeln will.« Sie hatten sie nicht umstimmen können. Genauso uneinsichtig war sie bei ihren Plänen, ein Haus im Ort zu kaufen. »Ich möchte da leben, wo ich aufgewachsen bin«, hatte sie ihnen am Telefon mitgeteilt. »Hulme Welford ist mein einziges Zuhause. Dort möchte ich wohnen.«

Insgeheim freute sich Hilary darauf, sich um ihre Schwester kümmern zu können, wenn sie in ihrer Nähe wohnte. Sie lächelte bei dem Gedanken daran, daß man es eines Tages ihr anrechnen würde, daß Charlotte wieder auf die Füße gekommen war. Sie konnte den rosigen Schimmer von Lob und Dankbarkeit beinahe sehen, der sie in ein paar Monaten umgeben würde. Ja, sie hatte große Pläne mit ihrer älteren Schwester.

Als sie von der Teekanne aufblickte, stellte Hilary fest, daß sowohl Iris Braithwaite und Malcolm Jackson als auch Becky sie anstarrten. Sie beschloß, ihre Tochter zu ignorieren, was untypisch für sie war. »Noch etwas Tee?« fragte sie.

Wie aufs Stichwort hielt Malcolm Jackson seine Tasse hoch. »Ja, gern!«

Doch Becky gab nicht so schnell auf. »Aber Mummy...«

»Nimm dir ein Schokoladenplätzchen, Liebes.«

Becky riß vor Entzücken die Augen auf, nahm sich eines und nach kurzem Überlegen noch ein weiteres. Dann aber fragte sie beharrlich weiter: »Philip sagt, er gibt mir meine Barbie erst dann wieder, wenn Ken sie zu Ende gefickt hat. Was glaubst du, wie lange das noch dauert, Mummy?«

Während des folgenden Spektakels verlor Becky ihre hochhackigen Schuhe und zog es vor, barfuß zu laufen, während Hilary ihr bestes tat, um nicht nur den Teefleck auf Iris Braithwaites Tweedrock zu entfernen, sondern auch den Zitronenschnitz, der wie eine Baskenmütze keck auf einem ihrer praktischen Schnürschuhe saß.

Sie holte eine neue Tasse aus der Küche und füllte sie rasch, aber das Gespräch blieb dünn wie der Tee, bis Iris Braithwaite sich schließlich an ihrem Lieblingsthema erwärmte: die wachsende Apathie im Ort. »Mir kommt es so vor, als ob die Menschen heutzutage keine Großzügigkeit mehr kennen«, sagte sie und nahm einen Schluck Tee. Sie zuckte zusammen, als sie sich ihre dünnen Lippen verbrühte. »Ich kann mich noch gut an Zeiten erinnern, als wir alle zwei Monate Wohltätigkeitsbasare veranstaltet haben.«

»Ich glaube, mittlerweile werfen die Leute einfach weniger Dinge weg«, fiel Malcolm Jackson ein. »Schließlich sind heute alle irgendwie betroffen von...«

»Es ist Gier, die pure Habgier«, unterbrach ihn Iris. »Die

Leute horten die Sachen. Gier ist eine schreckliche Sünde, die es unter allen Umständen auszumerzen gilt.« Sie unterstrich diese Worte, indem sie nach einem weiteren Scone griff. »Und wie schon in der Bibel steht, ›Laßt die Gottlosen allzumal fallen ins eigene Netz, während ich sicher vorübergehe‹.«

Malcolm konnte nicht widerstehen und konterte: »Wir wollen aber auch nicht vergessen, ›Wenn jemand unter euch ohne Sünde ist, der werfe den ersten Stein‹.« Sein Tonfall war dabei eher spöttisch als fromm, und er erntete einen vernichtenden Blick für seinen Einwurf.

»Wir könnten wirklich mehr Helfer für die Wohltätigkeitsveranstaltung am nächsten Samstag gebrauchen«, sagte Hilary in dem Bemühen, das Gespräch wieder zu dem Punkt zurückzuführen, wo es durch Becky unterbrochen worden war. »Letztes Mal waren wir zu siebt, und, um ehrlich zu sein, wir waren alle ein bißchen gestreßt.«

»Was ist mit Ihrer Schwester Charlotte?« fragte Iris Braithwaite. »Könnte sie nicht auch helfen? Sie hat doch sowieso noch keine Verpflichtungen, oder? Es würde ihr guttun, und sie wäre gleich wieder voll integriert.«

»Oh, ich glaube nicht, daß das eine gute Idee ist. Oder?« wandte sich Hilary an den Vikar.

»Unsinn«, fuhr Iris Braithwaite fort und ignorierte, daß Malcolm gerade zu einer Antwort angesetzt hatte. »Sie braucht jetzt Beschäftigung. Als mein Sydney vor fünfzehn Jahren starb, habe ich als erstes im ganzen Haus Frühlingsputz gemacht und dann das Sommerfest organisiert.« Sie schwieg, als ob sie jene glücklichen Tage noch einmal Revue passieren ließe, und sagte dann: »Charlotte wird wohl leider keine Anzüge ihres verstorbenen Mannes mitbringen, oder? Wir könnten sie beim Basar gut gebrauchen.« Und mit einem bedeutungsvollen Blick auf Malcolm Jacksons verschlissenes Sweatshirt und seine Jeans fügte sie hinzu: »Vielleicht wäre ja sogar etwas Passendes für den Vikar dabei.«

»Das kann ich nun wirklich nicht sagen«, entgegnete Hilary hilflos und mußte mit anhören, wie ihr Tischnachbar scharf die Luft einzog.

Es war immer dasselbe. Jeden Monat, wenn sie sich trafen, um die verschiedenen Wohltätigkeitsveranstaltungen in St. John zu besprechen, machte Iris Braithwaite den armen Malcolm sprachlos. Dummerweise ging es Malcolm als Priester wie der Königin – er durfte sich nicht zur Wehr setzen. Und sie selbst hatte, wie so viele Leute im Ort, einfach schreckliche Angst vor Iris Braithwaite.

»Nun«, sagte Iris, stellte ihre Teetasse auf das Tablett und betupfte sich die Mundwinkel mit ihrer Serviette, »dann haben wir wohl alles besprochen. Also kommen Sie, Vikar, es ist Zeit, daß wir aufbrechen. Mrs. Parker kann uns sicher nicht einen Moment länger in ihrem Wohnzimmer ertragen.«

Gehorsam hievte Malcolm Jackson seinen unförmigen Körper in die Höhe, lächelte Hilary an und dankte ihr für den Tee. »Kommen Sie am Sonntag in die Kirche?« fragte er, während sie zur Haustür gingen.

»Ja, ich bin an der Reihe mit Sonntagsschuldienst – wobei mir gerade einfällt, daß wir dringend einen neuen Kindersitz für die Toilette brauchen. Der arme Joel hatte mit dem letzten einen Unfall.«

»Nein, wirklich, Mrs. Parker«, äußerte Iris Braithwaite tadelnd, »der Vikar will bestimmt nichts von solch banalen Dingen hören.«

Ach, du meine Güte, dachte Hilary, schon wieder ein Fauxpas.

»Dem kleinen Joel ist es sicher gar nicht banal vorgekommen«, erwiderte Malcolm lächelnd. »Ich hoffe, er hat sich nicht ernsthaft weh getan?«

»Er hat sich am Hintern weh getan!« erscholl eine laute Stimme. Becky rutschte gerade auf ihrem Po die Treppenstufen hinunter. Jetzt trug sie einen rosafarbenen Ballettanzug und Leggings mit Grasflecken. In der Hand hielt sie ihre kostbare Barbiepuppe. »Am Schniepel hat er sich auch weh getan«, fügte sie der Vollständigkeit halber hinzu, als sie unten angekommen war. »Er ist eine richtige Heulsuse, er hat während der Geschichte von David und Goliath die ganze Zeit geheult.«

»Danke, Becky, das reicht«, sagte Hilary mit müder Stimme. Sie öffnete die Haustür und wünschte sich sehnlich, daß dieser Nachmittag endlich ein Ende nahm. Aber Iris war noch nicht fertig.

»Wir haben zu wenig Leute für den Blumendienst in der Kirche. Fragen Sie Charlotte, dann hat sie etwas zu tun. Der Tee war übrigens hervorragend, nur schade um die Biskuits.«

»Sind sie weg?« rief Philip, ein dunkelhaariger zehnjähriger Junge oben von der Treppe aus. Froh darüber, daß die Luft rein war, raste er die Stufen hinunter, schoß ins Wohnzimmer und brachte sich in den Besitz der Fernbedienung für den Fernseher, bevor seine Schwester kam.

»Was ist mit deinen Hausaufgaben, Philip?« fragte Hilary, während sie das tat, was ihr Sohn von ihr erwartete, nämlich den Teetisch abdeckte.

»Hab' ich schon gemacht«, erwiderte er rasch, womit er wiederum genau das tat, was seine Mutter von ihm erwartete. Dabei schwenkte er die Fernbedienung hoch in der Luft, so daß seine Schwester nicht drankam.

In der Küche räumte Hilary die Spülmaschine ein, wobei sie im Geiste noch einmal das Abendessen und ihren Plan durchging – ein Abendessen mit ein paar Nachbarn, damit ihre Schwester sich wieder akklimatisierte, und natürlich, um sie Alex vorzustellen.

Eines konnte man Hilary sicher nicht vorwerfen: Sie litt

nicht an übergroßer Sentimentalität. Es war zwar äußerst traurig und tragisch, daß der Mann ihrer Schwester so plötzlich gestorben war, aber das Leben mußte schließlich weitergehen. Charlotte würde jetzt gezwungen sein, ihr Leben wieder neu aufzubauen, und dabei wollte sie ihr ein bißchen helfen. Sie würde Gesellschaft brauchen, am besten die Gesellschaft eines Mannes, und Hilary hatte bereits einen Mann für sie im Auge.

Alex Hamilton wohnte gerade erst seit zwei Wochen im Ort. Er hatte das Altenteil von Charlottes neuem Haus, Ivy Cottage, gemietet. Nach Hilarys Meinung war er bei weitem der attraktivste Mann, den es in Hulme Welford seit einigen Jahren gegeben hatte. Damals war ein ziemlich bekannter Billardspieler in den Ort gezogen und genauso schnell auch wieder verschwunden, als er seine Stoßtechnik und sein Vermögen verloren hatte.

Nicht der leiseste Zweifel trübte ihre Überzeugung, daß Alex Hamilton genau die richtige Medizin für Charlotte war, um wieder auf die Beine zu kommen.

Hilary blickte auf die Uhr über dem Ofen. In einer Stunde würde Charlottes Flugzeug landen, und Hilary wußte, daß viel Verkehr sein würde.

»Ich kann mir doch ein Taxi nehmen«, hatte ihre Schwester gesagt.

»Unsinn!« war Hilarys Antwort gewesen.

Jetzt bedauerte sie ihr überstürztes Angebot; sie hatte auch ohne Verkehrsstau noch mehr als genug zu tun.

In »angenehmer Entfernung zum Flughafen von Manchester« zu wohnen, wie es ihr Mann David so gerne in seinen Immobilienangeboten formulierte, war Hilarys Ansicht nach der einzig spürbare Nachteil vom Leben in Hulme Welford. Sie lagen direkt in der Haupteinflugschneise, und David mußte sich sehr anstrengen, den Lärm herunterzuspielen, wenn potentielle Kunden in seine hübsche Immobilienagentur mitten im Ort kamen.

In den letzten Jahren waren die Preise für Häuser in der Gegend ständig gestiegen. Hulme Welford war nämlich mit seinem Puppenstubencharme bei den abenteuerlustigeren Bewohnern des Einzugsgebietes von Manchester immer beliebter geworden. Als die älteren und weitläufigeren Cottages im Ort alle verkauft waren, schossen exklusive Neubaugebiete wie Orchard Way und Pippin Rise am Ortsrand wie Pilze aus dem Boden. Dort entstanden pflegeleichte Häuser für den mobilen Aufsteiger: Zentralheizung, Doppelgarage und zwei Badezimmer, goldene Armaturen und so weiter. Durch die Häuser war die Einwohnerzahl des Ortes gestiegen, und sie hatten ihm sowohl übermäßig viele BMWs beschert, die die Straßen bevölkerten, als auch interessantere Geschäfte. Auch der örtliche Kindergarten und die Grundschule hatten reagiert und konnten sich nun aufgrund höherer Schülerzahlen und lebhaft besuchter Elternabende nicht nur guter akademischer Resultate, sondern auch eines Schwimmbades rühmen.

Die meisten Veränderungen begrüßte Hilary, vor allem die lebhaften Elternabende, bei denen sie zur Zeit Schriftführerin war. Nächstes Jahr würde sie hoffentlich Vorsitzende werden. Erst kürzlich jedoch war ihr der Gedanke gekommen, dem Förderverein der Schule beizutreten, und je mehr Hilary darüber nachdachte, desto besser gefiel ihr die Idee. Sie konnte sich vielleicht sogar eins dieser schicken Business-Kostüme für die Sitzungen kaufen.

Während sie ein Tablett mit Weingläsern durch das Wohnzimmer trug, wurden ihre Gedanken darüber, ob sie sich nun ein marineblaues oder ein graues Kostüm kaufen sollte, vom heftigen Läuten der Türglocke unterbrochen. »Gehst du bitte aufmachen, Philip? Das ist bestimmt Tiffany.«

»Och, Mum, gerade läuft *Grange Hill*!«

»Oh, na gut, ich geh' schon.« Sie stellte die Gläser auf

den Eichentisch im Eingangsflur. »Und du, Becky, kommst sofort da raus, du bist noch zu klein für *Grange Hill.*«

Beckys schrilles Aufheulen artete in eine heftige Auseinandersetzung aus, als Philip begann, seine Schwester zu boxen, um sie zum Schweigen zu bringen. Ungerührt öffnete Hilary die Haustür.

»Du meine Güte, was ist denn hier los?«

Als sie die vertraute Stimme ihres Babysitters hörte, ließ Becky von ihrem Bruder ab und kam zur Tür gerannt. Tiffany faszinierte sie. Wenn sie einmal groß war, wollte sie genauso sein – schwarze Leggings, schwere Stiefel, schwarz umrandete Augen wie ein Pandabär und ganz lange schwarze Haare.

»Darf ich deine Ringe zählen, Tiffany?«

»Sag bitte.«

»Bitte.«

»Natürlich darfst du. Wir wollen doch mal sehen, wie gut du heute rechnen kannst.«

Voller Konzentration schob Becky die Zungenspitze zwischen die Zähne und begann zu zählen. Zuerst an Tiffanys linker, dann an ihrer rechten Hand. »Vier und drei, das sind... sieben«, verkündete sie nach eingehender Überlegung.

»Na, du bist ja heute gut drauf. Und was *hat* du gerade deinem Bruder getan, als ich kam?«

»Hast«, verbesserte Becky.

Hilary lächelte. Tiffanys subversive Unterrichtsmethoden versagten bei Becky nie. Sie und David hingegen konnten bei Grammatikfehlern brüllen, bis sie blau im Gesicht waren, und Becky reagierte trotzdem nicht darauf.

»Ist es in Ordnung, wenn ich mich gleich auf den Weg mache, Tiffany?« fragte Hilary. »Ich möchte gerne rechtzeitig da sein.«

»Klar, kein Problem.«

»Ich brauche höchstens zwei Stunden. Vielleicht ist

David sogar schon früher zu Hause als ich, aber ich glaube es eigentlich nicht.« Sie griff nach ihren Schlüsseln, die am Schlüsselbrett über dem Telefon hingen. »O Gott!« rief sie plötzlich. »Ich habe vergessen, den Kindern etwas zu essen zu machen. Ich war so damit beschäftigt, über heute abend nachzudenken und über den Besuch von Mrs. Braithwaite und Reverend Jackson, da habe ich…«

»Haben Sie noch Fischstäbchen im Tiefkühlschrank?«

»Ja, und es ist auch noch Kuchen von heute nachmittag da. O Tiffany, du bist wunderbar! Was würde ich nur ohne dich machen?«

Tiffany lächelte. Wenn ihre Mutter doch auch nur so dächte.

Charlotte schob ihren Gepäckwagen vor sich her und suchte die überfüllte Ankunftshalle nach dem vertrauten Gesicht ihrer Schwester ab, aber sie sah nur Reihen von gelangweilt dreinblickenden Männern, die Schilder hochhielten, auf denen die Namen derer standen, die sie abholen sollten. Von Hilary keine Spur.

Charlotte fühlte, wie Sorge in ihr aufstieg. Sie wollte diesen Tag endlich hinter sich bringen. Da sie den dringenden Wunsch ihrer Schwester kannte, immer das Richtige zu sagen und zu tun, sah Charlotte der Heimfahrt mit einer Mischung aus Unbehagen und Feindseligkeit entgegen.

Sie blieb einen Augenblick lang stehen und ließ die anderen Passagiere an sich vorbeiströmen. Auf einmal fühlte sie sich geradezu erdrückt – von dieser riesigen, geschäftigen Menge um sich herum und von dem Gedanken an Hilary und die gutgemeinte schwesterliche Liebe, die sich über sie ergießen würde. Aus Angst, sie könne anfangen zu weinen, suchte sie in ihrer Jackentasche nach einem Taschentuch. Statt dessen stieß sie auf den Umschlag, den Christina ihr in Brüssel am Flughafen gegeben hatte. Sie hatte ihn in die Tasche gesteckt, bis sie über der belgischen

Küste schwebte und ein Glas Champagner in der Hand hielt. Dann hatte sie ihn geöffnet und die Karte mit Christinas wundervollen Zeilen gelesen.

»Laß deine Traurigkeit hinter dir, Carlotta. Laß sie in Brüssel, wo sie dir nicht mehr schaden kann. Nimm nur dein wunderschönes Lächeln mit und schenke es jedem, dem du begegnest. Es wird dir und den anderen viel Glück bringen.«

Das war das Netteste, was jemals jemand zu ihr gesagt hatte.

Und dann stürzte wie durch Zauberei plötzlich Hilary auf sie zu. Zu Charlottes Überraschung empfand sie tatsächlich Erleichterung.

3

Ich gebe heute abend ein kleines Abendessen für dich«, sagte Hilary, während sie die Hand durch das Wagenfenster streckte, um den Parkschein in den Automaten zu schieben.

»Oh, Hilary, nicht heute abend, das kann ich nicht.«

»Unsinn, es wird dir gefallen«, erwiderte Hilary fest. Sie hoffte sehr, daß ihre Schwester heute abend nicht die trauernde Witwe spielen wollte. Sie hatte sich Moussaka, muntere Unterhaltung und ein bißchen Schicksal spielen vorgestellt, nicht Moussaka und Trauermienen. »Du weißt«, sagte sie, wobei sie ihre Worte sorgfältig wählte, »du weißt, wie entsetzlich traurig wir alle wegen Peter sind, aber nach einer gewissen Zeit mußt du dein Leben sowieso wieder in den Griff bekommen, und deshalb kannst du genausogut heute abend damit anfangen.« Vor allem nach all dem Ärger, den ich damit gehabt habe, dachte sie. »Und es ist auf jeden Fall«, setzte sie mit gezwungener Heiterkeit hinzu, »eine nette Gelegenheit, Alex kennenzulernen.«

Die Erleichterung, die Charlotte ursprünglich empfunden hatte, als sie das Gesicht ihrer Schwester in der Menge entdeckte, war vollkommen verschwunden. Statt dessen regten sich bereits die üblichen Irritationen, die trotz aller Zuneigung immer zwischen ihnen entstanden.

Charlotte wußte ganz genau, was Hilary vorhatte. Seit sie den Vertrag für Ivy Cottage unterschrieben und David einen Mieter für den Anbau gefunden hatte, hatte Hilary unablässig diesen Alex Hamilton am Telefon erwähnt. »So ein netter Mann ... sehr angenehm ... er wird dich überhaupt nicht stören ... scheint ganz praktisch veranlagt zu sein, weißt du, falls du mal keinen Kaffee mehr hast oder so.«

Na ja, heute abend würde sie ihn kennenlernen und sich ihre eigene Meinung bilden. Hilary hatte entschieden zuviel Kaffee-Werbung gesehen.

Sie beschloß, sich auf festeren Grund zu begeben. »Was machen die Kinder?«

»Denen geht's prächtig, wie immer.«

Charlotte verzog das Gesicht. »Prächtig« war eigentlich nicht der Ausdruck, der ihr spontan einfiel, wenn sie an ihren Neffen und ihre Nichte dachte – »seismische Erschütterungen« traf es eher.

»Sie freuen sich riesig, dich zu sehen. Jetzt, wo du in der Nähe wohnst, wirst du erst eine richtige Tante.«

»So hatte ich das noch gar nicht gesehen«, erwiderte Charlotte und war entsetzt bei dem Gedanken. Daß sie ihrer Schwester gegenüber wohnen würde, war das einzige Haar in der Suppe gewesen, als sie geplant hatte, wieder nach Hulme Welford zu ziehen.

»Philip hat gerade das Silberne Schwimmabzeichen gemacht, und Becky hat Brustschwimmen gelernt. Mrs. Pulman sagt, sie ist ein echtes Naturtalent.«

Charlotte wußte, daß es am besten war, ihre Schwester in ihrer stolzen mütterlichen Lobeshymne nicht zu unterbrechen. Sie hatte sich mit den Jahren angewöhnt, nur noch halb hinzuhören und an den passenden Stellen ein Oh oder Ach von sich zu geben. »Wer kommt denn heute abend sonst noch?« fragte sie, als Hilary mit den Lobpreisungen ihres Nachwuchses zu einem Ende gekommen war. »Wird es richtig festlich? Ich habe meine Kleider noch gar nicht alle dabei, der Rest kommt mit dem Umzugswagen.«

»Nein, es wird natürlich nicht piekfein«, entgegnete Hilary und dachte an die zahlreichen Koffer, die sie gerade in Davids Volvo geladen hatten. »Nur Familie und ein paar Nachbarn. Du und ich, David, Mum und Dad, und Derek und Cindy. Ich habe dir doch erzählt, daß sie Rose Cottage gekauft haben, kurz bevor Peter...«

Hilarys unvollendeter Satz hing in der Luft, und im Wagen breitete sich verlegenes Schweigen aus.

»Red ruhig weiter«, sagte Charlotte schließlich. »Sag es, Hilary, du brauchst keine Angst davor zu haben, das Wort auszusprechen. *Gestorben*. Peter ist gestorben. Okay? Sein Wagen ist auf Glatteis ins Schleudern geraten und mit hundertzwanzig Stundenkilometern gegen eine Mauer geprallt. Er war sofort tot. Peter ist tot. Ich hab's gesagt, jetzt versuch du es.«

Hilary konnte nicht antworten. Für sie war das Ganze ein entsetzlicher Ausbruch schlechten Geschmacks. Man sollte doch, auch wenn man trauerte, eine gewisse Würde bewahren, oder? Es würde schwieriger werden, sich um Charlotte zu kümmern, als sie sich vorgestellt hatte. Hilary richtete die Augen fest auf die Straße und beschloß, zum Thema Abendessen zurückzukehren. »Und der einzige andere Gast, der noch kommen wird, ist natürlich Alex.«

»Natürlich«, wiederholte Charlotte. Dabei blickte sie aus dem Fenster. Sie war im Moment nicht imstande, ihre Schwester anzusehen.

Mit betont fröhlicher Stimme sagte Hilary: »Hast du noch mal über mein Angebot nachgedacht, heute bei uns zu übernachten? Ich kann einfach den Gedanken nicht ertragen, daß du so ganz alleine bist. Du wirst dich einsam fühlen.«

Charlotte hätte am liebsten laut gelacht. Sie hatte die

gesamten letzten Jahre ihrer Ehe einsam und isoliert verbracht.

»Bleib bei uns, Charlotte. Na komm schon, warum nicht? Nur die erste Nacht.«

Charlotte dachte einen Augenblick lang an The Gables: der Lärm, das ständige Gezanke, die kleinen Kämpfe – bei Hilary und David war es immer so. Sie lächelte und dachte an die Ruhe und Abgeschiedenheit, die sie hoffentlich in Ivy Cottage finden würde. »Danke für dein Angebot, es ist nett gemeint«, erwiderte sie, »aber ich möchte lieber sofort einziehen, es ist so viel zu tun. Eigentlich freue ich mich richtig darauf.«

»Ja, natürlich, ich verstehe.« In Wahrheit verstand Hilary es überhaupt nicht. Wie konnte Charlotte sich nur darauf freuen, ganz alleine in ein Haus zu ziehen?

Sie fuhren in den Ort hinein, und als sie an dem hübsch bemalten Schild vorbeikamen, das dazu beigetragen hatte, daß Hulme Welford letztes Jahr den Titel »Schönstes Dorf im Nordwesten« errungen hatte, verspürte Charlotte ein leises Unbehagen. Angenommen, es war falsch gewesen, zurückzukommen? Eine Tatsache des Lebens, eines dieser Klischees, das den Unglücklichen, die es versucht hatten, immer wieder begegnete, lautete: *Du kannst nicht zurückgehen*.

Eigentlich hatte nur ihre Mutter den Mut gehabt, ihr das zu sagen. »Charlotte, bist du sicher, daß du das Richtige tust? Nur ein Narr versucht, die Zeit zurückzudrehen.«

»Danke, Mutter«, hatte sie geantwortet. »Ich kann mich doch auf deine Unterstützung verlassen, oder?«

»Warum sollte ich dich anlügen, Charlotte? Ich habe dich noch nie belogen, warum sollte ich es also jetzt tun?«

»Vielleicht weil mein Mann gerade gestorben ist?« hatte Charlotte erwidert. Sie wußte ganz genau, wie pathetisch das klang, jammernd wie ein kleines Kind. »Es wäre ja vielleicht ganz nett ...«

»Was?« hatte Louise stirnrunzelnd nachgefragt. »Verhätschelt zu werden? Möchtest du, daß ich dich verhätschele? Du solltest von allen am besten wissen, daß ich nicht so eine Mutter bin.«

Und das stimmte. Louise Archer war nie der Typ Mutter gewesen, die sofort wegen eines blutenden Knies mit Pflaster angestürzt gekommen war, und sie hatte auch nie ein übermüdetes Kind mit einer Gutenachtgeschichte beruhigt. Sie war immer unterwegs gewesen, bei irgendeiner Auktion oder etwas Ähnlichem, oder sie hatte in ihrem Antiquitätenladen gearbeitet, wo sie ihre »Fundstücke« polierte und restaurierte. Von frühester Kindheit an hatten Charlotte und Hilary selbst gewußt, wo sich Jod und Pflaster befanden.

Sie fuhren die Hauptstraße mit ihren zahlreichen Geschäften entlang: der Antiquitätenladen ihrer Mutter, der Bäcker, der Metzger, der Lebensmittelhändler, der Schreibwarenladen und die Post daneben, die elegante Boutique und der Bad-Shop. Es war kurz nach halb sieben, und abgesehen von dem Schreibwarenladen waren alle Geschäfte geschlossen. Charlotte sah, daß in Davids Büro noch Licht brannte. Einen schrecklichen Moment lang dachte sie, ihre Schwester wollte anhalten und mit ihr zu David gehen. Aber zu ihrer Erleichterung bog Hilary an der Kirche links ab, fuhr Daisy Bank hinunter und bog dann in die Acacia Lane ein, eine baumbestandene Sackgasse mit ein paar kleinen Cottages und vier großen Häusern, die etwas von der Straße zurücklagen.

Zur Rechten lag The White Cottage. Das Haus entsprach haargenau seinem Namen, es war ein gepflegtes Cottage, makellos weiß gestrichen. Der Garten mit seinen geharkten, unkrautfreien Blumenbeeten war ebenso gepflegt. Sogar die fast schon verblühten Narzissen waren ordentlich zusammengebunden. In diesem Haus wohnte Iris Braithwaite.

Neben The White Cottage lag Rose Cottage. Charlotte war vollkommen überrascht. Vor noch gar nicht so langer Zeit war Rose Cottage ein hübsches, pastellfarben gestrichenes Haus gewesen. Jetzt erstrahlte es in schreiendem Pink, und am Ende der Auffahrt stand ein großes Schild, auf dem zu lesen war, es hieße jetzt »In the Pink«.

»Derek und Cindy«, erklärte Hilary, als sie Charlottes entsetzten Blick sah. »Sie besitzen eine Kette von Friseurläden in Cheshire und haben das Haus in Rekordzeit in eine Art Gesundheits- und Schönheitscenter verwandelt. Es scheint ziemlich einträglich zu sein.«

»Aber es sieht scheußlich aus! Wie konnten sie es nur in dieser schrecklichen Farbe streichen?«

»Frag mich nicht. Und bitte, frag sie auch nicht. Derek hält es für den letzten Schrei. Übrigens, nimm dich vor Derek in acht.«

»Warum?«

»Sei nicht so naiv, Charlotte.«

Hilary schaltete in den zweiten Gang und fuhr zwischen zwei weißen Toren, von denen die Farbe abblätterte, vorsichtig die schmale Auffahrt zu Ivy Cottage hoch.

Da sie in Hulme Welford aufgewachsen und während ihrer Ehe regelmäßig zu Besuch gekommen war, kannte Charlotte jedes Haus im Ort, abgesehen von den neuen Siedlungen Orchard Way und Pippin Rise. Ivy Cottage hatte immer zu ihren Lieblingshäusern gezählt. Als Kind war sie fasziniert gewesen von dem Haus und seiner Bewohnerin, einer Frau, die eine Art Berühmtheit als Autorin romantischer Liebesromane erlangt hatte. Blanche Blair hatte den Ort mit dem Glamour überzogen, den man von einer Frau ihres Berufes erwartete, und es war ihr gelungen, eine geheimnisvolle Aura um ihr großes edwardianisches Cottage mit seinem wunderschönen Garten zu weben. Die letzten Jahre ihres Lebens verbrachte Blanche Blair in einem Altersheim, und das Cottage stand leer.

Nach ihrem Tod hatten die Cliffords aus Doncaster das Haus gekauft und, da sie ihre alte Mutter mitbrachten, an einer Seite des Hauses eine abgeschlossene Wohnung für sie angebaut. Undankbarerweise war die Bewohnerin dieses Altenteils dann jedoch gestorben, und die Cliffords waren wieder nach Doncaster gezogen. Von außen sah es immer noch so aus, als sei es *ein* Haus, aber es gab jetzt zwei Auffahrten, die ursprüngliche mit Kies und die neue asphaltiert.

Der wuchernde Efeu und die abblätternde Farbe vermittelten den Eindruck, als ob das Haus dringend renoviert werden müsse. Aber Charlotte fand es wundervoll. Vielleicht waren hier und da ein paar Reparaturen nötig, aber verglichen mit der eleganten, sterilen Wohnung in Brüssel mit ihren Marmorböden und den nachgemachten neoklassizistischen Vergoldungen war es echt, und vor allem gehörte es ihr.

Die beiden Frauen holten die Koffer aus dem Volvo und trugen sie ins Haus.

»So«, sagte Hilary schließlich, »jetzt ist alles da. Soll ich dich herumführen?«

»Mußt du nicht das Abendessen vorbereiten?« Charlotte wünschte sich sehnlichst, endlich allein zu sein.

Hilary blickte auf ihre Uhr. »Ach, du meine Güte, du hast recht, ich muß mich beeilen. Bist du sicher, daß du alles hast, was du brauchst?«

»Es ist alles okay, wirklich. Ich packe ein bißchen aus, nehme ein Bad und komme dann rüber.«

»Gute Idee. Ich habe den Durchlauferhitzer für dich angestellt.«

Charlotte wußte, daß sie Hilary dankbar sein sollte, weil sie daran gedacht hatte, heißes Wasser vorzubereiten. Aber sie fühlte sich bevormundet. Schließlich war es ihr Haus, ihr Durchlauferhitzer.

Sie blickte ihrer Schwester nach, während sie die Auffahrt wieder hinunterfuhr und in ihre eigene Auffahrt einbog. Dann schloß sie die Tür und verspürte zum zweitenmal an diesem Tag ein überwältigendes Gefühl von Erleichterung. Soweit hatte sie es schon geschafft.

Und dann begann sie ohne jeden ersichtlichen Grund zu weinen.

4

Pfundmünzen klapperten in ihrer Jackentasche – der Verdienst des Babysittens. Tiffany Rogers schlenderte über die Straße zu In The Pink. Sie hatte keine Eile, nach Hause zu kommen, hatte sogar angeboten, noch ein bißchen länger zu bleiben, um Mrs. Parker zu helfen, den Eßtisch zu decken. Mrs. Parker war nett, obwohl sie sich ruhig ein bißchen bremsen sollte. Jetzt eben war sie in der Küche herumgeflattert wie ein aufgescheuchtes Huhn.

Ihre schweren Doc Martens knallten auf der geteerten Einfahrt, und Tiffany blieb stehen, um den Schaden zu betrachten, den ihre Eltern einem früher einmal ganz normal aussehenden Haus zugefügt hatten.

Nachdem sie Rose Cottage gekauft hatten, nahmen ihre Eltern die Sache in die Hand und behandelten das Anwesen wie einen Kunden. Nur daß sie diesmal sozusagen rückwärts arbeiteten und es doppelt so groß machten, wie es ursprünglich gewesen war: Sie fügten zwei riesige Anbauten hinzu, in denen sie einen Saunakomplex, Jacuzzis, Gymnastikräume, Massageräume und einen Friseursalon unterbrachten. Jetzt war Rose Cottage nicht mehr wiederzuerkennen, und es roch ständig nach einer Kombination von Krankenhaus, öffentlichem Schwimmbad und Haarspray.

Die Wände, einst zartrosa getönt, erstrahlten nun in lebhaftem, mediterranem Geranienrot. Tiffany war sich darüber im klaren, daß die Farbe im Ort genauso auffiel wie sie selbst.

Nach Hulme Welford zu ziehen, hatte sich als nicht so schlimm herausgestellt, wie sie gedacht hatte. Zumindest konnten ihr Bruder und sie weiterhin dieselbe Schule besuchen und hatten so alle alten Freunde behalten, die jetzt nur eine kurze Busfahrt entfernt wohnten. Sie hatten in Wilmslow gewohnt, seit sie acht Jahre alt war. Dann jedoch hatte Dad letztes Jahr die fixe Idee entwickelt, daß mit dem Kauf eines alten Hauses viel Geld zu machen sei, wenn man es in ein Gesundheits- und Schönheitscenter verwandelte. Tiffany hingegen sah es mehr als Tempel der Genußsucht für die wenigen Privilegierten und sagte das ihren Eltern auch bei jeder Gelegenheit.

Cindy Rogers war allein im Salon. Sie schaltete das Licht aus, nahm ihre teuren italienischen Schuhe in die Hand und ging den Flur entlang, der den Arbeitsbereich vom Wohnbereich des Hauses trennte. Cindy wußte, daß sie eigentlich bequeme Schuhe tragen sollte, da sie den ganzen Tag auf den Beinen war, aber sie wußte auch, daß ihre schmalen, gebräunten Füße in hochhackigen Schuhen besonders gut aussahen.

Sie war müde und hatte eigentlich gar keine Lust auf das Abendessen bei den Parkers. Viel lieber hätte sie sich jetzt in einem nach Lavendel duftenden Ölbad entspannt. Statt dessen mußte sie sich den Unmengen von Essen aussetzen, mit denen Hilary einen stets konfrontierte. Auswärts zu essen, war für Cindy immer eine Qual.

In der Küche stieß sie auf Tiffany, die sich Schinken briet und Tee kochte, und als sie ihre Tochter ansah, stieg in Cindy sofort die vertraute Enttäuschung auf.

Sie hatte sich so sehr eine Tochter gewünscht. Die

Geburt ihres ersten Kindes, Barry, war schon ein harter Schlag gewesen, aber auch mit Tiffany verlief alles ganz anders. Die schwarzen Lackschuhe und Smokkleidchen, in denen sie ihre Tochter so gern gesehen hätte, waren von diesem eigenwilligen, sturen Kind einfach abgelehnt worden. Die Einkaufsbummel, die sie sich vorgestellt hatte, die Gespräche unter Frauen und das gegenseitige Verständnis waren bereits von dem Moment an ein Traum geblieben, als Tiffany im Alter von vier Jahren mitten in ihrem Zimmer stand und sich das wunderschöne Kleidchen wieder auszog, das Cindy gerade für sie in Manchester gekauft hatte. »Mag ich nicht«, hatte Tiffany geschrien und war auf dem teuren Stoff herumgetrampelt, »will ich nicht anziehen, will wie Barry sein.« Und genau daran hatte sie sich auch gehalten, hatte sich so angezogen, wie ihr Bruder es tat, bis sie ihre erste Regel bekam. Dann hatte sie beschlossen, sich die Haare wachsen zu lassen. Und vor einem Jahr, an ihrem vierzehnten Geburtstag, kam sie aus dem Badezimmer, und ihr mittelblondes Haar war auf einmal pechschwarz. Von da an hatte Cindy das Gefühl, ihre Tochter würde Morticia aus der Addams Family immer ähnlicher.

Cindy runzelte die Stirn, entspannte aber ihre Gesichtsmuskeln sofort wieder, da sie wußte, wie sehr es ihrer Haut schadete. Doch sie hatte ihren Streit mit Tiffany heute morgen noch nicht vergessen, er hing immer noch im Raum. Sie würde ihre Meinung nicht ändern. Tiffany und ihre Freunde waren noch zu jung, um alleine ein Wochenende im Lake District zu verbringen. Das mußte ihre eigensinnige fünfzehnjährige Tochter doch wohl einsehen!

Tiffany sprach als erste. »Möchtest du Tee?«

»Nein, danke. Wo bist du gewesen?« Es kam falsch heraus, und sie merkte, wie sich bei ihrer Tochter die Nackenhaare aufstellten.

»Liebe Güte, ich war zum Babysitten bei Mrs. Parker.

Ich habe dir doch heute früh gesagt, daß ich gleich nach der Schule dorthin gehe. Du hörst mir offensichtlich nicht zu.«

Schon wieder stritten sie sich, gingen kalt und zänkisch miteinander um.

»Wo ist Barry?« fragte Cindy, bemüht, ihrer Stimme einen versöhnlichen Ton zu geben.

»Oben in seinem Zimmer. Er lernt.«

»Was, schon wieder?«

»Du solltest stolz auf ihn sein. Wenn er mal Arzt wird, kann er dir wenigstens das Facelifting verpassen, daß du dann brauchst bei all dem Zeug, das du dir ins Gesicht schmierst.«

Cindy gab auf. »Ich nehme jetzt ein Bad, da du ja anscheinend doch nichts Normales mit mir zu bereden hast.«

Tiffany sah ihrer Mutter nach. Sie hatte nicht frech sein wollen, aber es regte sie auf, daß ihre Mutter so gar kein Verständnis für Barry hatte. Wußte sie denn nicht, wie wichtig es für ihn war, daß er nicht nur gute, sondern hervorragende Noten in seinen Leistungskursen bekam? Ihre Mutter und ihr Vater hatten überhaupt keine Ahnung, unter welchem Druck Barry stand.

Derek Rogers war in der Sauna. Er liebte es, ordentlich zu schwitzen, bevor er ausging. Mit seinen fünfundvierzig Jahren – einem Alter, in dem die meisten Gleichaltrigen begannen, entsprechend auszusehen und ihren Körper zu vernachlässigen – war Derek Rogers von dem seinen besessen.

Physisch war er in großartiger Verfassung, geistig allerdings nicht. Er war gelangweilt, zu Tode gelangweilt.

Die fünf Salons, die Cindy und er in Cheshire besaßen, liefen praktisch von selbst, und da jetzt auch In The Pink lief und jeden Tag mehr Kunden hatte, verspürte er das

Bedürfnis nach einer neuen Herausforderung. Die Frauen in Hulme Welford langweilten ihn auch. Sie waren keine Herausforderung für ihn. Sie waren selbst alle derart gelangweilt, daß sie schon auf die kleinste Chance zu etwas Abwechslung in ihrem Leben reagierten.

Seitdem er sechzehn war, wußte Derek, daß Frauen jeden Alters ihn unwiderstehlich fanden, und zur gleichen Zeit hatte er entdeckt, daß er ein heftiges Bedürfnis nach zahlreichen Frauen in seinem Leben verspürte. Also hatte er sich in zahllose Affären gestürzt, auch während seiner zweiundzwanzigjährigen Ehe mit Cindy. Die Affären waren ihm dabei nie wie ein zusätzlicher Bonus erschienen; er brauchte sie, wie ein Spieler die nächste Rolle Chips braucht. Cindy dagegen war seine Tasse Kaffee am Morgen: stark, bitter und immer vorhanden. Er hatte nie überlegt, ob er sie liebte oder nicht, das war irrelevant. Sie war einfach da, ein Teil seines Lebens.

Als er aus der Sauna kam, rieb er sich mit einem Handtuch ab, zog Boxershorts mit Paisleymuster an und ging in den Gymnastikraum. Ein rasches Zehnminutentraining auf dem Standfahrrad, dann würde er unter die Dusche gehen und sich umziehen. Er freute sich auf diesen Abend, denn er versprach etwas Neues. Natürlich kannte er David und Hilary, schließlich wohnten sie in der Nachbarschaft, und vor ein paar Wochen hatten Cindy und er auch Louise und Neville Archer kennengelernt. Die beiden Gäste, die er jedoch überhaupt nicht kannte, waren Alex Hamilton und Charlotte Lawrence. Er hatte mitbekommen, daß dieser Hamilton vor zwei Wochen in den Anbau von Ivy Cottage eingezogen war, und gesehen, daß eine Menge Bücher und Computerzeug aus dem Möbelwagen ausgeladen wurden, was bedeutete, daß er und Hamilton wahrscheinlich überhaupt nichts miteinander anfangen konnten.

Aber Charlotte Lawrence, Hilarys Schwester – das war

etwas anderes. Sie reizte ihn. Er hatte einmal ein Photo von ihr gesehen, als sie eines Sonntagmittags bei den Parkers eingeladen gewesen waren. Kritische Augen hatten ihn von der gerahmten Photographie auf dem Kaminsims angeblickt. Die beiden Schwestern sahen sich sehr ähnlich; doch während Hilary lediglich ganz nett aussah, war Charlotte eindeutig die attraktivere von beiden, irgendwie vollendeter. Als ob die beiden Frauen von einem Künstler gemalt worden seien, der begeistert bei der älteren angefangen, und dann keine Farbe und Motivation mehr übrig hatte, als er bei der jüngeren angelangt war. Die arme Hilary sah aus wie eine verwässerte Version ihrer Schwester Charlotte.

Derek wußte von Hilarys Schwester eigentlich nur, daß ihr Mann gerade gestorben war und daß sie in Ivy Cottage wohnen würde. Er trat langsamer in die Pedale und begann, ernsthaft über den Abend, der vor ihm lag, und das Potential, das er enthielt, nachzudenken. Sollte er etwas Lässiges anziehen – dunkelblaue Hose und cremefarbenes Polohemd – oder lieber einen seiner neuen italienischen Anzüge? Er neigte eigentlich mehr zu etwas Lässigem; das cremefarbene Hemd würde seine Bräune stärker hervorheben. Er blickte auf seine extraflache Armbanduhr und überlegte, ob er noch rasch für fünf Minuten auf die Sonnenbank gehen sollte.

5

Dem Himmel sei Dank für Tiffany, sagte sich Hilary zum zigsten Mal, als sie aus der Badewanne stieg und sich die Beine mit einem Handtuch abfrottierte. In der Zeit, in der sie Charlotte vom Flughafen abgeholt hatte, hatte Tiffany nicht nur den Kindern Abendbrot gemacht, hinterher aufgeräumt und sie ins Bett gebracht, sondern sie hatte sogar noch die Zeit gefunden, ihnen etwas vorzulesen. Tiffanys Wirkung auf Becky und Philip war wirklich phantastisch.

Hilary bückte sich und zog den Stöpsel aus der Wanne, wobei sie ein wenig boshaft lächelte. Wenn David endlich nach Hause kam, würde er nicht einmal mehr duschen können – sie hatte das ganze warme Wasser verbraucht, und neues würde es erst morgen früh um halb sieben wieder geben, was an Davids krankhafter Sparsamkeit lag. Das war eine seiner nervtötendsten Angewohnheiten, das, und daß er ein so schlechter Gastgeber war. Nun, zum Teufel mit Davids Sparwut. Sobald sie angezogen war, würde sie nach unten gehen und den Kamin im Wohnzimmer anzünden. Es war der kälteste Raum im Haus, da es nach Norden lag, und selbst zu dieser Jahreszeit konnte es dort ungemütlich klamm sein.

Sie ging zu der Kommode auf ihrer Seite des Bettes. Ganz hinten aus der Schublade zog sie champagnerfarbene Seidenslips und einen passenden Büstenhalter hervor. Der einzige Luxus, den sie sich gönnte, war, sich neue Unterwäsche zu kaufen und sie für die passenden Gelegenheiten aufzuheben.

Als sie im Badezimmer gerade die Preisschilder abschnitt, hörte sie das vertraute Geräusch ihres Autos in der Einfahrt. Eilig versteckte sie die Beweise ihrer Schwelgerei im Wäschekorb und schlüpfte in Slip und Büstenhalter. Sie war wirklich enttäuscht, daß sie den Moment nicht allein und in Ruhe genießen konnte.

Unten schlug die Haustür zu, und dann hörte sie, wie David suchend durch den Flur in die Küche, das Wohnzimmer und das Eßzimmer ging, bis er schließlich die Treppe heraufkam.

»Ach, hier bist du«, sagte er, als er ins Schlafzimmer trat. Er nahm seine Seidenkrawatte ab und warf sie aufs Bett. »Mm ... du siehst hübsch aus.« Er betrachtete sie genauer. »Warst du einkaufen?«

Sie lachte und entgegnete ausweichend: »Und du siehst aus, als seist du zufrieden mit dir.«

»Ich habe allen Grund, zufrieden zu sein. Ich habe heute drei Häuser verkauft, einschließlich des Designer-Monstrums, von dem ich gedacht hatte, ich bliebe für immer darauf sitzen. Es könnte bedeuten, daß die Rezession langsam zu ihrem Ende kommt.«

»Das ist ja wundervoll, Schatz«, erwiderte Hilary, während sie die Schranktür öffnete. Sie versuchte, begeisterter zu klingen, als sie war. Normalerweise hätte sie sich tatsächlich für David gefreut, aber nicht heute, nicht heute abend. David wollte bestimmt irgendwie belohnt werden, und das bedeutete Arbeit für sie – aber eigentlich besaß sie dazu nach ihrem anstrengenden Tag keine Energie mehr. Außerdem würde es bedeuten, daß er beim Abendessen mehr trank, als für ihn gut war, und das wiederum hieß, daß er ihr bei Tisch nicht helfen würde.

»Ich dusche rasch noch, bevor die Menge anrückt«, sagte David.

»Tut mir leid, es ist kein heißes Wasser mehr da.«

»Nun, in diesem Fall«, er kam auf sie zu, »muß ich mir die freie Zeit mit etwas anderem vertreiben. Bist du sicher, daß dieser Slip nicht neu ist?«

Wut flackerte in Hilary auf, als David über ihr seidiges Hinterteil streichelte. Sie fühlte sich betrogen. Sie allein hätte Freude daran haben sollen, nicht David.

Als David eine halbe Stunde später den ersten Gästen die Tür öffnete, wurde er von einer Wolke Miss Dior und dem gleichen Anteil Paco Rabanne beinahe erschlagen. Nach Luft schnappend ließ er Cindy und Derek herein und nahm von ihnen eine Flasche Wein und eine Schachtel Pralinen entgegen.

»Gehen Sie schon mal durch«, sagte er und verzog hinter ihrem Rücken das Gesicht. »Sie kennen ja den Weg.«

Im Wohnzimmer waren die Vorhänge bereits zugezogen, und im Kamin brannte ein loderndes Feuer. Vor ein paar Minuten hatte David in seinem Bemühen, Holz zu sparen, den Inhalt des Abfalleimers aus der Küche über die leise glimmenden Scheite ausgeleert, und jetzt lag das deutliche Aroma brennenden Plastiks in der Luft, gelegentlich begleitet von einem hohen Pfeifton. Hilary würde ihm später die Hölle heiß machen.

»Setzen Sie sich doch.« David wies auf die chintzbezogenen Sofas. Cindy hockte sich gehorsam wie ein Vögelchen auf die Kante. Derek dagegen machte es sich gemütlich und nahm die Schlüsselposition am Kamin ein, die Beine weit gespreizt und die Hände in den Taschen seiner Hose. Nach ein paar Sekunden begann er zu schnüffeln und blickte hinter sich.

»Sie sollten Ihren Kamin mal wieder reinigen lassen. Er riecht ein bißchen komisch, oder?«

Das mußt *du* gerade sagen, dachte David und wandte sich an Cindy. »Cindy, was kann ich Ihnen zu trinken anbieten? Nein, sagen Sie nichts, ich versuche, mich zu erinnern. Gin und Tonic?« Sie schüttelte den Kopf. »Natürlich nicht, ein Glas Weißwein, so war es.«

Derek lachte und nahm die Hände aus den Taschen, wobei sein goldenes Armkettchen klimperte. »Das muß Ihre andere Freundin sein. Cindy trinkt praktisch nur Tee, immer schon, und daran wird sich auch nichts ändern, oder, meine Liebe?«

Cindy lächelte höflich, aber ihre perfekt geschminkten Lippen blieben fest aufeinandergepreßt.

Auch David lachte, das erleichterte einfach die Situation. Er wußte nie so richtig, worüber er sich mit Derek unterhalten sollte. Was war ein Friseur eigentlich für ein Mann? Wirklich gegen den Strich ging ihm allerdings, daß Derek zu fast jeder Frau im Ort und im ganzen Umkreis Zugang hatte – er war fast so etwas wie ein Arzt, nur ohne die Ausbildung oder die Ethik dieses Berufsstandes.

»Was ist das für ein Geruch?« Hilary stand in der Tür. Sie hatte noch die Schürze der Königlichen Gartenbaugesellschaft an, und eine *hydrangea petiolaris* rankte sich an ihrer Brust hoch. Sie blickte auf den Kamin.

»Das ist ja eine nette Art, unsere Gäste zu begrüßen, Liebling.« David wußte, daß er sich auf dünnem Eis bewegte, also konnte er auch gleich mit der *Titanic* untergehen.

»Hallo, Cindy, hallo, Derek«, sagte Hilary freundlich. Sie schenkte David einen ihrer leicht verärgerten Blicke und meinte dann: »Hat er Ihnen noch nichts zu trinken angeboten?«

»Ich habe alles im Griff, mein Liebes, alles im Griff. Cindy, was hätten Sie gerne?«

»Perrier, bitte.«

»Ich möchte Gin und Tonic«, sagte Derek.

Was sonst, dachte David und eilte zum Barschrank.

»Hilary, hoffentlich haben Sie sich nicht zuviel Mühe gemacht«, warf Cindy ein, die sich wider besseres Wissen wünschte, daß sie vielleicht nur ein leichtes Abendessen erwartete. »Schließlich kommen doch nur Freunde und Nachbarn, haben Sie gesagt.«

»Und Familie«, betonte David, wobei er versuchte zu entscheiden, ob Cindy und Derek zu den Freunden oder Nachbarn zählten. Gleichzeitig versuchte er, die Flasche Gin zu verbergen, da es Sainsbury's und nicht Gordon's war.

»Hilary«, sagte Derek und nahm die gerahmte Photographie vom Kaminsims, »erzählen Sie uns doch mal, wie Ihre Schwester so ist.«

Cindy grub ihre perfekt manikürten Nägel in die Handflächen und schloß die Augen. Er würde doch nicht...? Nicht mit einer Frau, deren Mann gerade erst gestorben war.

6

Charlotte war spät dran. Sie hatte länger als beabsichtigt gebadet, mit einem großen Gin und Tonic, und als das Wasser zum zweiten Mal kalt geworden war, hatte sie sich ihren Bademantel angezogen, ihr Glas noch einmal gefüllt und war ziellos durch ihr hallendes, unmöbliertes neues Heim gewandert. Der Möbelwagen aus Brüssel sollte erst am Montag morgen eintreffen. Bis dahin hatte sie nur ein Campingbett und zwei Stühle, die Hilary ihr geliehen hatte.

Trotz dieser Tatsache und trotz der staubigen Dielenböden, der nackten Wände mit den hellen Flecken, wo früher Bilder gehangen hatten, war Charlotte entzückt über jedes Zimmer, das sie betrat. Am besten gefiel ihr der verfallene, hölzerne Wintergarten hinter dem Haus. Es war kein ordentlicher, moderner Wintergarten, den ein forscher junger Vertreter an der Haustür verkauft hatte, sondern einer, der vor vielen Jahren gebaut worden und jetzt stark reparaturbedürftig war. Bis hierhin hatten die Cliffords es wohl nicht geschafft, als sie dem Haus ihren persönlichen Stempel aufdrückten.

Charlotte öffnete die verrostete Tür, die in den Angeln ächzte und quietschte. Sie führte zum Garten, und kühle Abendluft drang herein. Innen war die Luft warm und dick wie Sirup, fast wie in einem Treibhaus, und Fliegen surrten träge an den schmutzigen Scheiben. Die Wärme machte Charlotte benommen. Plötzlich sah sie Blanche Blair geradezu lebendig vor sich, wie sie in der beinahe tropischen Atmosphäre an ihrer Schreibmaschine saß und einen ihrer leidenschaftlichen Liebesromane schrieb, über Herzen, die heftig schlugen und in Verlangen entflammten.

Lachend ging Charlotte zurück ins Haus. Von den drei großen Gins aufgeheitert, war sie der festen Überzeugung, daß sie richtig entschieden hatte, nach Hulme Welford zurückzukehren. Ivy Cottage, beschloß sie, würde das Beste werden, was ihr seit langem widerfahren war.

Peters Vorstellung von einem Heim war eine unpersönliche, saubere und ordentliche Angelegenheit gewesen, ohne irgendwelche zusätzlichen Komplikationen wie Blumenbeete, undichte Dachrinnen und Fensterbänke, die gestrichen werden mußten. Bei jedem Umzug hatte Charlotte nach einem Haus verlangt, aber jedesmal hatte Peter ihre Wünsche mißachtet und darauf bestanden, daß sie eine Wohnung mieteten. Zugegeben, die Wohnungen waren nicht gerade eng und schäbig gewesen. Die in Singapur war sogar lächerlich palastartig gewesen, noch größer als die in Brüssel, aber Charlotte war sie trotzdem wie eine Gefängniszelle vorgekommen. »Eine Gefängniszelle!« hatte Peter beleidigt aufgeschrien, als Charlotte sich über ihr Zuhause beschwerte. »Bist du verrückt, Charlotte? Sieh dich doch mal um, wie andere Leute hier leben, und frag sie, ob sie denken, wir lebten in einer Zelle?«

In Wahrheit hatten natürlich nicht die realen Mauern ihrer verschiedenen Wohnungen bewirkt, daß sie sich wie eingesperrt vorkam. Es hatte vielmehr an den geistigen Grenzen einer Ehe gelegen, die katastrophal falsch lief, deshalb hatte sie sich wie eine Gefangene gefühlt.

Oben, in dem Zimmer, das ihr Schlafzimmer werden

sollte, öffnete Charlotte einen Koffer und zog das erstbeste Kleid heraus. Sie versuchte, sich auf den Abend, der vor ihr lag, einzustimmen. Das Problem war jedoch, daß sie keine Ahnung hatte, wie sie ihre Rolle spielen sollte. Sollte sie sich trübselig, spröde oder hochnäsig geben, mit geradem Rücken und züchtig übereinandergeschlagenen Beinen? Das beste war natürlich, sie verhielt sich ganz normal, aber das ging nicht, weil sie im Moment selbst nicht genau wußte, was für sie normal war. Mit jedem Tag, der verging, wuchs ihr Schuldbewußtsein, und die Leute um sie herum hielten es irrtümlich für Trauer. Sie hatte sich eingeredet, daß Peter wegen ihr versucht hatte, nach Luxemburg zu fahren, obwohl er seine Gefühle nicht unter Kontrolle hatte, und daß er deswegen gestorben war. Sie hatte niemandem davon erzählt, nicht einmal Christina, und niemand wußte, was sie beim Frühstück zu Peter gesagt hatte. Deshalb konnte ihr auch niemand entgegnen, daß ihr Mann vielleicht – in Gedanken schon bei seinem Geschäftstermin – einfach nur auf ein vereistes Stück Straße geraten war. Und warum hatte sie es niemandem gesagt? Weil dann niemand ihr die Schuld an Peters Tod geben konnte.

Ein solches Trauma wie dieses selbstgeschaffene, stets wachsende Schuldgefühl hatte Charlotte noch nie gehabt. Und das, nachdem sie doch schon sämtliche Gefühlsstadien in jenen Monaten durchlebt hatte, die ihrem Entschluß, ihr Leben zu ändern, vorausgegangen waren. Jede Nacht hatte sie in ihrem halbleeren Bett bittere Tränen vergossen. Sie hatte im Badezimmer vor lauter Einsamkeit geweint. Und sogar im Supermarkt hatte sie vor dem *pain de blé* ärgerliche Tränen der Frustration geheult, als ihr schließlich klargeworden war, daß sie niemals die Frau werden würde, die Peter brauchte; die Art von Frau, die sich nichts daraus machte, daß ihr Mann eine alles fordernde Geliebte hatte – seine Arbeit.

Sie zog die Haustür hinter sich zu und verschloß sie mit dem ungewohnten Schlüssel, den Hilary ihr gegeben hatte. Dann ging sie die Auffahrt entlang. Aber mit jedem Schritt schwand ihr Gin-geschwängertes Selbstbewußtsein, und als sie das Tor erreicht hatte, war sie sich keineswegs mehr sicher, daß es richtig gewesen war, wieder nach Hulme Welford zurückzukehren. Schließlich suchte sie hier nur nach der vertrauten Sicherheit, die sie V.P. gekannt hatte – vor Peter.

Vom Bürgersteig aus blickte sie hinüber zu The Gables. Dabei kam sie sich vor wie ein kleines Kind, dem man seine Schmusedecke gegeben hat, und das gerade entdeckt, daß die weichgelutschte Kante nicht mehr da ist.

Ihre Mutter, Louise Archer, öffnete ihr die Tür. »Charlotte!« rief sie aus, als sei ihre ältere Tochter der letzte Mensch auf der Erde, den sie an diesem Abend erwartet hätte.

»Mutter«, erwiderte Charlotte. Es fiel ihr schwer, anders zu reagieren. Als sie sich beide zu einem formellen Kuß vorbeugten, berührten sie einander kaum.

»Hilary telefoniert gerade, es wird nicht lange dauern. Du siehst müde aus.«

»Das sagst du immer.«

»Nun ja, sind das nicht die Äußerungen, die man von Müttern erwartet?«

Charlotte folgte ihrer Mutter zum Wohnzimmer.

»Seht mal, seht nur, wer hier ist«, sagte Louise laut. Es klang wie eine einstudierte Textstelle aus einem Theaterstück.

»Charlotte!« sagte Neville Archer mit offensichtlichem Entzücken. Er erhob sich aus einem geblümten Lehnsessel und kam auf sie zu, wobei er ein paar Tropfen Whiskey verschüttete. »Wie wäre es, wenn du deinen alten Dad umarmst? Tut mir leid, daß wir dich nicht vom Flughafen abholen konnten – deine Mutter hatte eine Auktion in Chester und brauchte das Auto.«

Charlotte umarmte ihn herzlich. Sie freute sich immer, wenn sie ihren Vater sah – stämmig und mit rosigen Wangen.

»Das macht nichts«, erwiderte sie. »Hilary hatte alles voll im Griff.« Sie trat einen Schritt zurück und sagte in einem Tonfall, der eindeutig für ihre Mutter bestimmt war: »Du siehst großartig aus, Dad. Die neue Diät bekommt dir gut, was?«

Er lächelte sie an und zog gleich unter großen Mühen seinen Bauch ein, was bewirkte, daß seine Strickjacke wie ein Ballon in sich zusammenfiel. Leise, als wolle er alle anderen von der Unterhaltung ausschließen, fragte er sie: »Bei dir alles okay?«

Sie nickte, dankbar für seine stille Sorge, und sagte: »Was machen die Stachelbeeren?«

Er blickte sie besorgt an. »Ich weiß nicht recht, sie sehen nicht so gut aus wie letztes Jahr.«

Wie die meisten Männer und Frauen im Ort verbrachte auch Neville Archer Monate damit, sich auf den jährlichen Stachelbeeren-Wettbewerb vorzubereiten. Bisher jedoch hatten die Beeren ihres Vaters noch nie auch nur annähernd die richtige Größe und das richtige Gewicht für einen Preis gehabt. Aber jedes Jahr hoffte Charlotte erneut, daß er diesmal Glück haben würde.

Sie legte ihm die Hand auf den Arm. »Sie werden schon noch wachsen. Dieses Jahr gewinnst du etwas, da bin ich ganz sicher.«

»Bitte, Charlotte, laß ihn um Himmels willen jetzt nicht mit seinen albernen Stachelbeeren anfangen«, sagte Louise heftig und schüttelte den Kopf. »Du weißt doch, wie unerträglich er bei diesem Thema wird.«

»Wir reden später noch«, flüsterte Charlotte ihrem

Vater zu. Da noch andere Gäste im Raum waren, die sie nicht kannte, blickte sie sich nach ihrer Schwester oder David um, damit sie sie vorstellen konnten. Von beiden war jedoch nichts zu sehen. Eine stark gebräunte, schlanke Frau mit einem perfekten blonden Bobschnitt sah sie starr an. Cindy, beschloß Charlotte. Und neben der Stereoanlage, das mußte Derek sein. Er sah aus wie ein Doppelgänger von Phil Collins, wenn es je einen gegeben hatte.

»Charlotte, da bist du ja endlich!« Hilary betrat das Zimmer mit einem Tablett voller Knabberkram, und der Vorwurf in ihrer Stimme entging Charlotte nicht. »Bist du schon vorgestellt worden? Ich habe keine Ahnung, wo David bleibt, ich hatte ihn lediglich gebeten, noch etwas Holz zu holen. Gerade hat übrigens Alex angerufen. Der arme Mann, er hat in Manchester im Stau gesteckt, aber er kommt, sobald er sich umgezogen hat. Cindy, darf ich dir meine Schwester vorstellen?«

Cindy stand auf, sah Charlotte in die Augen und war sich ganz sicher, daß sie Gin roch.

Es gab nur wenige Frauen im Ort, die Cindy mochte: die meisten betrachtete sie als Bedrohung, mit Ausnahme von Hilary. Cindy war der Meinung, daß ihre Nachbarin zu sehr mit ihrer eigenen Ehe beschäftigt war, um fremdzugehen, und deshalb würde sie auch einen Annäherungsversuch von Derek selbst dann nicht erkennen, wenn er ihr ein Kondom mit ihrem Namen darauf überreichte. Jetzt aber wußte sie instinktiv, daß die Frau, die hier vor ihr stand, eine Bedrohung war. Diese großen, rauchblauen Augen und das üppige dunkle Haar würden Derek wie ein Geschenk des Himmels vorkommen. Und sie war frei und verletzlich. Es bedurfte keiner großen Mühe von Cindys Seite, um zu erkennen, wie Derek vorgehen würde, um diese Frau aus der Reserve zu locken: Er würde sie über den Tod ihres Mannes bekommen.

Charlotte spürte Cindys zögernden Händedruck und ihr sprödes Lächeln. Sie sah auch, wie einfach, aber wirkungsvoll Cindy angezogen war, ganz anders als sie selbst. Das teure Leinenkostüm, das sie so achtlos übergeworfen hatte, hätte gebügelt werden müssen, aber sie war zu sehr in Eile gewesen und auch zu faul.

»Sie müssen einmal zu uns kommen und sich verwöhnen lassen«, sagte Cindy. »Kummer kann eine verheerende Wirkung auf die Haut haben.«

»Gern«, entgegnete Charlotte verlegen. Sie hätte sich am liebsten von Cindy abgewandt. Mit ihrem perfekten Aussehen hatte sie Charlottes Haut sicher schon als Bimssteinstruktur abgetan.

In diesem Augenblick wurde Cindy beinahe zur Seite geschoben, und dann stand der Phil-Collins-Doppelgänger vor Charlotte, ganz cool, mit einem strategisch aufgeknöpften cremefarbenen Polohemd, in dessen Ausschnitt gekräuselte blonde Haare auf einer gebräunten Brust zu sehen waren. »Sei nicht so naiv«, hatte Hilary im Auto zu ihr gesagt. Charlotte mußte insgeheim lächeln, als sie sich vorstellte, wie lustig genau das hätte werden können.

»Du erinnerst dich doch, oder?« sagte Hilary. »Ich habe dir von Cindy und Derek und In The Pink erzählt.«

Charlotte wurde wütend. Natürlich erinnerte sie sich – sie hatte ihren Mann verloren, nicht ihren Verstand. »Nein«, log sie aus reinem Vergnügen, »nein, ich erinnere mich nicht, daß du eine Cindy oder einen Derek erwähnt hast.« Ihre Schwester zog scharf die Luft ein.

»Die Leute auf dem Kontinent halten nichts vom Händeschütteln, nicht wahr?« sagte Derek und beugte sich zu Charlotte. »Sie küssen sich statt dessen.« Und prompt küßte er Charlotte auf beide Wangen.

»Wie feurig!« sagte Louise und zog die Augenbrauen hoch.

»Nun«, keuchte Hilary, leicht verlegen, »das ist auch eine Art, das Eis zu brechen. Jetzt kommt, setzt euch und macht es euch gemütlich. Möchte jemand geröstete Erdnüsse?«

»Hat da jemand was zu essen erwähnt? Ich komme um vor Hunger.« David stand mit einem großen Korb Holz vor dem Kamin und ließ ihn krachend zu Boden fallen. »Charlotte, da bist du ja. Gut, dich zu sehen. Auf der anderen Straßenseite alles in Ordnung?«

»Ja, danke, David, genau wie Hilary es versprochen hatte.«

David klopfte den Holzstaub von seinen Händen und trat auf sie zu, um sie zu küssen. »Das ist ungerecht«, sagte er. »Du bist die einzige, die nichts zu trinken hat. Warte, ich gebe dir was.«

»Nur was Kleines«, warf Hilary ein, die genau wie Cindy sicher war, daß Charlotte nach Gin roch. Als sie das fragende Gesicht ihres Ehemannes sah, sagte sie: »Wir essen gleich.«

Die Türglocke läutete.

»Ich gehe schon.« Hilary überrannte David fast in ihrer Eile, zur Tür zu kommen. »Das wird Alex sein.«

Die restlichen Gäste blieben in verlegenem Schweigen zurück und lauschten. Die Haustür wurde aufgerissen und Hilarys Stimme erscholl: »Oh, Alex, wie reizend! Das war aber nicht nötig. Das habe ich wirklich nicht verdient.«

Da hast du recht, dachte Charlotte, das hast du nicht verdient, was immer es auch ist, du intriganter kleiner Affe.

Hilarys Stimme wurde lauter, und dann stand sie in der Tür, ein strahlendes Lächeln auf dem Gesicht, einen Blumenstrauß in der einen und eine Flasche Wein in der anderen Hand.

»Tut mir leid, alle miteinander, daß ich zu spät komme«, sagte eine Stimme hinter Hilary. »Ich hoffe, Sie haben nicht auf mich gewartet.«

Clever, dachte Charlotte.

»Nein, nein, natürlich nicht«, säuselte Hilary. »Machen Sie sich keine Gedanken. Wir freuen uns einfach, daß Sie hier sind.«

Ach, du meine Güte, Hilary, hör auf, Süßholz zu raspeln, dachte Charlotte entnervt, als nächstes machst du noch einen Knicks. Es war ihr ganz klar, daß diese Party nur wenig damit zu tun hatte, sie zu Hause willkommen zu heißen. Hier ging es nur um Hilarys Ehrengast, Alex Hamilton, und darum, ihn zu beeindrucken. Während ihre Schwester sich weiterhin zum Narren machte, musterte Charlotte den Mann, für den der rote Teppich ausgerollt wurde: Ungefähr einsfünfundachtzig, schätzte sie, mit blonden Haaren, die schon leicht grau wurden. Er war auf eine beiläufig lässige Art gekleidet: gestreiftes Hemd unter einem blauen Kaschmirpullover, Jeans und ein Paar abgetragene Reeboks. Wahrscheinlich war er ungefähr in ihrem Alter, Mitte Dreißig.

»Und jetzt will ich Ihnen alle vorstellen.« Hilary war wieder in ihrem Element und zog ihn durch das Zimmer, als sei er ein preisgekrönter Bulle auf einer Versteigerung. »Und das ist meine Schwester Charlotte«, sagte sie schließlich.

»Hallo«, sagte er und ergriff ihre Hand. »Willkommen zu Hause in England. Wann sind Sie angekommen?«

»Äh ...« Charlotte war verwirrt. Eine so normale Frage hatte sie nicht erwartet. In den letzten zweieinhalb Monaten hatte fast jeder ihr gegenüber irgendwelche Klischees geäußert – *oh, es muß so schwer für Sie sein, Sie Ärmste, wir denken an Sie*. Die Leute sagten ihr ständig, wie sie sich fühlen mußte, oder wie *sie* sich fühlten, aber eine Frage stellte ihr eigentlich nie jemand. Anscheinend erwartete einfach niemand etwas von ihr, als ob es zu ihrer Rolle als Witwe gehöre, passiv zu sein. »Ach, vor ein paar Stunden«, antwortete sie unbestimmt und zog ihre Hand zurück.

»Ich hoffe, ich bin ein guter Mieter«, antwortete er. Dann lächelte er, legte eine Hand auf sein Herz und sagte: »Ich verspreche, nicht die ganze Nacht lang Parties zu feiern oder sonntags die Wäsche nach draußen zu hängen.«

»Wie schade«, entgegnete sie und lächelte ihn ebenfalls zaghaft an. »Ich mag nette Parties, und es ist überraschend, was man über eine Person erfahren kann, wenn man sich ihre Wäsche ansieht.«

»Vor allem die Unterwäsche«, warf Derek ein.

»Nun ja, mag sein«, sagte Hilary und dachte an ihre eigene Sammlung. »Wenn ihr jetzt alle hinübergehen würdet, ich stelle nur noch rasch diese entzückenden Blumen ins Wasser und komme dann sofort.«

Langsam gingen sie ins Eßzimmer hinüber, in dem es, nach der Wärme des Kaminfeuers im Wohnzimmer, ein wenig kühl war. Der Tisch war mit militärischer Präzision gedeckt: Die Gläser standen in Habachtstellung, das Besteck lag ganz gerade, die Servietten hatten messerscharfe Kanten, und vor jedem Gedeck standen geblümte Namensschilder... und genau wie Charlotte vermutet hatte, sollte sie neben Alex sitzen.

»Was für ein interessantes Gemälde, David«, sagte sie. »Ist es neu?« Und während alle sich umdrehten, um das eher nichtssagende Aquarell über der Anrichte zu bewundern, tauschte Charlotte Alex' Namensschild gegen Dereks aus.

Am Kopfende des Tisches tat Hilary ihr bestes, um das Gespräch in Gang zu halten, aber irgendwie entglitt ihr die Sache. Und wer, hätte sie gerne gewußt, hatte ihre Tischordnung ruiniert? Insgeheim hatte sie Derek im Verdacht, mit seiner Küsserei zur Begrüßung. Und was dachte Charlotte sich eigentlich, so mit Derek am anderen Ende des Tisches zu flüstern und zu kichern? Was mochte Cindy nur denken? Ein Seitenblick sagte Hilary, daß Cindy sich offensichtlich langweilte. Außerdem stocherte sie in ihrer Schokoladenmousse herum und hatte wohl nicht vor, sie aufzuessen. Hilary fühlte sich mißachtet. Cindy hatte den ganzen Abend über kaum ein Wort gesagt und nur geantwortet, wenn jemand sie ansprach. Alex, Gott segne ihn, hatte ein paarmal versucht, sich mit ihr zu unterhalten, aber Mutter machte es ihm außergewöhnlich schwer, da sie den armen Mann die ganze Zeit mit ihrem Gerede über Antiquitäten mit Beschlag belegte. Und Dad war natürlich wie immer. Mit seinem ganzen unzusammenhängenden Geschwätz hätte er genausogut zu Hause bleiben können. David war mittlerweile betrunken, wie sie es vorausgesehen hatte, und erzählte gerade wieder einen seiner Witze aus dem Rotary Club.

»Was ist der Unterschied zwischen einem Skoda und Prinz Charles?«

»Jetzt nicht, David«, sagte sie warnend, da sie die Pointe nur zu gut kannte. Sie stand auf und begann das Geschirr zusammenzuräumen. »Bringst du das bitte für mich hinaus?«

»Aber sicher, mein kleines Honigkuchenpferd«, entgegnete er und sprang auf die Füße, wobei es ihm gelang, das halbe Tischtuch mitzuziehen. Gläser krachten auf Teller und Rotwein ergoß sich über den weißen Damast.

»Keine Sorge, meine Lieben«, schrie Hilary, die sich anscheinend als einzige Sorgen machte, »ein bißchen Salz und über Nacht kalt eingeweicht, und alles ist wieder gut.«

»Das gilt auch für David«, kicherte Charlotte.

Alle lachten und begannen, das Chaos zu beseitigen. Sie betupften das Tischtuch mit ihren Servietten, während Hilary in die Küche verschwand.

»Da haben Sie wohl ein bißchen hoch gegriffen, alter Kumpel«, sagte Derek, der als einziger nicht half. »Also, ich persönlich stehe nicht auf Brüste.«

Alle lachten, außer Cindy.

Derek blickte in die Runde. »Das ist doch in Ordnung, oder?«

David schüttelte den Kopf und goß sich noch ein Glas Wein ein. Derek griff ebenfalls zur Flasche und schenkte sich und Charlotte auch ein Glas Wein ein. »Sonst noch jemand?« fragte er und hielt die Flasche hoch. »Was ist mit Ihnen, Alex?«

»Nein, danke.«

Derek lachte. »Nein, ich meine nicht den Wein. Sind Sie ein Mann, der auf Brüste steht?«

»Hör auf, Derek«, zischte Cindy.

»Nein, laß ihn doch antworten.«

»Ich bevorzuge den ganzen Körper.«

Ganz schön glatt, dachte Charlotte.

»Käse und Cracker«, sagte Hilary, die mit einer großen Platte aus der Küche kam. »Cindy, bedienen Sie sich, bevor alles weg ist.«

»Nein, danke, ich kann nicht mehr. Es war alles wirklich köstlich.«

Lügnerin, dachte Hilary enttäuscht.

»Mutter, was ist mit dir?«

»Tut mir leid, das Moussaka war wirklich reichlich.«

David lachte dröhnend. »Das finden die meisten Leute.«

»Ist das Cheshire Blue?«

Hilary lächelte Alex dankbar an und reichte ihm die Platte.

»*Äußerst* glatt«, murmelte Charlotte.

»Was hast du gesagt, Charlotte?« fragte ihre Mutter.

»Ich meinte nur gerade, wie glatt dieser Rotwein über die Zunge geht.«

Hilary blickte ihre Schwester argwöhnisch an. Sie hatte das grausame Gefühl, daß dieser Moment die Ruhe vor dem Sturm war. Irgend etwas Schreckliches würde gleich passieren. »David«, sagte sie in dem Versuch, den Abend zu retten, »gibst du uns etwas Portwein?«

David stand langsam und äußerst vorsichtig auf und griff nach der fast leeren Portweinflasche, die mit einem Tablett voller Gläser auf der Anrichte stand. Sparsam, als sei es Meßwein, goß er denjenigen, die Port wollten, etwas ein.

Am Tisch entstanden jetzt Einzelgespräche. Charlotte schnappte verschiedene Gesprächsfetzen auf.

»... wissen Sie, Cindy, Tiffany hat mir der Himmel geschickt«, sagte Hilary. »Ich wüßte nicht, was ich ohne sie machen sollte. Sie geht so wundervoll mit den Kindern um, und nichts ist ihr zuviel.«

»Also wirklich, das kann ich kaum glauben. Zu Hause ist sie ziemlich schwierig.«

»... Alex, Sie machen also in Computern, oder? Ich stelle mir das schrecklich öde vor. Können Sie mir erklären, was so spannend daran sein soll?«

»Ich fürchte, das kann ich nicht, Louise, vor allem nicht hier und jetzt, aber ich verstehe, warum Sie das so empfinden.«

Alex wandte sich von Louise ab und blickte über den Tisch hinweg Charlotte direkt in die Augen. »Welche Pläne haben Sie jetzt, Charlotte, wo Sie wieder in England sind?«

»Pläne?« wiederholte sie. Er lächelte, ein Lächeln, das sie, wie sie zu ihrem Entsetzen feststellte, doppelt sah, genau wie den Käse, der vor ihr stand. Zum Teufel, sie war betrunken!

»Ich habe mich nur gefragt, was Sie jetzt wohl machen werden«, sagte er, stützte seine Ellenbogen auf den Tisch und beugte sich vor.

Er würde wohl nicht aufgeben. »Mir einen Job suchen, natürlich«, antwortete sie fröhlich.

Ihre Mutter lachte verächtlich. »Das wird nicht leicht sein, Charlotte«, meinte sie. »Du hast ja keine Ahnung von der Rezession, und außerdem bist du nicht gerade überqualifiziert, abgesehen von deinem bißchen Französisch.«

»Danke«, erwiderte Charlotte, ergriff ihr Weinglas und kippte den letzten Schluck hinunter.

»Ich bin nur realistisch«, beharrte Louise. »Im ganzen Land gehen andauernd irgendwelche Firmen Pleite.«

»Antiquitätengeschäfte aber nicht, was, Mutter?«

Ein unbehagliches Schweigen senkte sich über die Runde. Derek durchbrach es.

»Ich bin sicher, jemand wie Charlotte findet ganz schnell einen Job«, sagte er, beugte sich zu ihr und schenkte ihr noch einmal Wein ein. »Ich wette, es klingt ganz schön sexy, wenn Sie Französisch sprechen.«

Charlotte kicherte, und Hilary blickte scharf auf. »David!« schnauzte sie ihren Mann an. »Kaffee!«

David stemmte sich noch einmal mühsam aus seinem Stuhl hoch und blickte mit glasigen Augen in die Runde. »Wer möchte Kaffee?«

»Alle, natürlich«, erwiderte Hilary rasch, erinnerte sich dann jedoch an ihre guten Manieren und blickte sich um. »Es sei denn, es möchte jemand Tee.«

»Mach besser nur für sieben Personen Kaffee«, meinte Louise beißend. »Dein Vater ist mal wieder eingeschlafen.«

Hilary stöhnte leise auf, als sie ihren Vater ansah. Was mochte Alex bloß von ihnen denken?

»Also, was für einen Job?«

Charlotte schrie innerlich auf. Warum konnte dieser Typ nicht endlich seinen Mund halten und sie in Ruhe lassen? Woher zum Teufel sollte sie wissen, welche Art von Arbeit sie finden würde? »Ach, ich weiß nicht, irgend etwas wird sich schon ergeben«, murmelte sie, »und außerdem brauche ich auch nicht sofort eine Stelle. Peter hat mir sehr viel ...« Ihre Stimme versagte.

»Arbeit würde dich auf Trab halten«, meinte Hilary, »und dich ablenken.«

»Warum arbeiten Sie nicht einfach für uns?« sagte Derek und zwinkerte ihr zu. »Erstklassige, französischsprechende Masseuse, das würde uns Zulauf bescheren, was, Cindy?«

»Halt den Mund, Derek«, entgegnete Cindy ruhig.

Unter dem Tischtuch legte Derek seine linke Hand fest auf Charlottes Oberschenkel.

Charlotte schob langsam ihren Stuhl zurück und erhob sich unsicher. Sie ergriff ihr Weinglas, schwenkte es in der Luft und sagte mit schwankender Stimme: »Hilary, das war eine wundervolle Lasagne ... ich meine, Moussaka ... Ich möchte euch allen für diesen reizenden Abend danken, ich habe nicht mehr so viel Spaß gehabt, seit ... nun, seit ich Peter gesagt habe, ich würde nicht ... Oh, es tut mir leid, ich glaube, ich gehe jetzt besser nach Hause.« Sie knallte ihr Glas wieder auf den Tisch und verschüttete etwas Wein dabei, dann sank sie langsam auf ihrem Stuhl zusammen und brach in Tränen aus.

Entsetztes Schweigen trat ein, gefolgt von hektischer Betriebsamkeit. Derek bot an, Charlotte nach Hause zu bringen, und Cindy zischte ihn an, er würde nichts dergleichen tun. Hilary sagte zu David, er solle Charlotte nach oben schaffen, bevor sie sich auf ihren antiken chinesischen Teppich übergab. Aber Louise überraschte sie alle, indem sie meinte: »Nein, seid doch nicht albern. Alex kann sie nach Hause bringen. Er wohnt schließlich am nächsten.«

»Mutter!« schrie Hilary entsetzt auf. »Alex kann doch unmöglich ... sie muß hier bei uns bleiben!«

»Nein!« jammerte Charlotte. »Ich will nicht hierbleiben, ich will nach Hause.«

»Kein Problem«, erwiderte Alex. »Ich bringe sie ins Ivy Cottage. Könnte mir bitte jemand ihre Tasche geben?« Und bevor Hilary noch weiter protestieren konnte, führte Alex die schniefende Charlotte schon zur Haustür. »Gute Nacht allerseits«, sagte er. »Macht euch keine Gedanken, nach einem Spaziergang in der frischen Luft fühlt sie sich bestimmt gleich viel besser.«

7

Mit einer Tasse Kaffee in der Hand stieß Alex die Tür zu seinem Arbeitszimmer auf, das früher einmal das kleine Eßzimmer vom Mrs. Clifford senior gewesen war. Die Wärme der frühen Morgensonne drang durch die Fenster, obwohl es erst Viertel nach acht war. Er öffnete das Fenster über seinem Schreibtisch und blickte in den Garten.

Hoch oben in der Silberbirke bauten zwei Elstern sich ein Nest. Erst gestern hatten sie ihr altes Nest gegen den Angriff einer großen schwarzen Krähe verteidigen müssen. Sie hatten in dem Versuch, ihr Heim zu verteidigen, einen unglaublichen Lärm gemacht, hatten gekreischt und geschrien und wütend mit den Flügeln geschlagen, während die Krähe immer wieder auf sie zugeschossen kam und dabei ihre Flügel so bedrohlich wie den Umhang eines Vampirs bewegte. Als Alex heute früh die beiden entschlossenen Vögel sah, wünschte er ihnen Glück. Er bewunderte sie für ihre Tatkraft. Eine Weile sah er ihnen noch zu und setzte sich dann an seinen Schreibtisch. Er trank einen Schluck Kaffee, lehnte sich in seinem Stuhl zurück und dachte darüber nach, wie sich Charlotte wohl fühlte.

Gestern abend hatte er Charlotte noch lange durch den mondbeschienenen Garten von Ivy Cottage geführt. Einmal hatte sie sogar rezitiert »rundherum durch den Garten wie ein Teddybär«. Bei jeder Runde stützte Charlotte sich weniger auf ihn, und schließlich erreichte sie das Stadium, in dem sie ganz allein wieder aufrecht gehen konnte. An diesem Punkt blieben sie im Vorgarten stehen. Alex nahm den Schlüssel aus ihrer Tasche, und sie gingen beide ins Haus.

Eine Zeitlang stolperten sie durch die Dunkelheit, weil keiner von ihnen wußte, wo der Lichtschalter war. Als sie zusammenstießen, sagte Charlotte zu Alex, er solle leise sein. »Pst«, flüsterte sie und hob den Finger an die Lippen, »du weckst Peter auf, und das mag er nicht, und dann ist er sauer.«

»Ich versuche ja, leise zu sein«, antwortete er unterdrückt und gab sich Mühe, sie zu beruhigen.

Schließlich gelangten sie in die Küche und fanden den Lichtschalter. Aber Charlotte drehte das Licht sofort wieder aus. »Guck mal«, sagte sie lächelnd und wies mit weit aufgerissenen, entzückten Augen zum Fenster. »Ist das nicht schön? Der Mond scheint uns, wir brauchen gar kein Licht.«

Auf der Spüle stand ein Wasserkocher, daneben ein Glas, eine halbleere Flasche Gin und zwei leere Flaschen Tonic. Er ließ Wasser in den Kessel, stöpselte ihn in die Steckdose und drehte sich dann um, um Charlotte zu fragen, wo der Kaffee stand. Aber sie war weg.

Als er in den Flur trat, kam sie gerade die Treppe herunter. Ihr Lächeln, das er in der Küche ganz bezaubernd gefunden hatte, war verschwunden. »Er ist nicht da«, sagte sie ärgerlich.

»Wer ist nicht da, Charlotte?«

»Peter.«

Charlotte war über diese Entdeckung so verwirrt, daß sie augenblicklich nüchtern wurde. Sie ging in die Küche, drehte das Licht an und durchwühlte die Schränke, bis sie eine kleine Dose Nescafé fand. Zwanzig Minuten später war er nach Hause gegangen.

Alex schaltete seinen Computer ein. Er wollte ein paar Stunden arbeiten, obwohl es Samstag war. In dieser Woche hatte ein kleiner Handwerksbetrieb in Congleton ihn beauftragt, ihnen ein System zu installieren, das Rechnungswesen, Planung, Produktion und Kontrolle des Lagerbestandes umfaßte. Es würde ein umfangreicher Job werden, Arbeit für mindestens fünf Monate.

Computer waren Alex' »Ding« gewesen, seit er die Universität verlassen hatte, und auf seinem Gebiet galt er allgemein als brillant. Henderson und Wyatt PLC, die große Versicherung, deren Hauptbüro in London war, hatte das nur zu gut gewußt, und deshalb war der Vorstand auch völlig schockiert gewesen, als Alex, ihr erfahrenster Projektmanager für Datenverarbeitung, kündigte. Sie boten ihm viel Geld an, damit er blieb, aber Alex ließ sich nicht umstimmen. Er kündigte mit einer Frist von sechs Monaten, und als diese vorüber waren, gab er seinen Firmenwagen zurück, verkaufte seine Wohnung und lagerte seine Möbel ein. Dann besorgte er sich die notwendigen Visa, packte einen großen Rucksack und reiste nach Osten – nach Polen, Lettland und Estland, und zwar aus dem einzigen Grund, weil er dorthin wollte.

Seine Freunde und vor allem seine Familie waren entsetzt, und nach zahlreichen ängstlichen Telefonanrufen gingen sie einfach davon aus, daß Alex in »dem Alter« war – Alex Hamilton, so schlossen sie, hatte seine Midlife-Krise eben früh, und am besten ließ man ihn in Ruhe.

Seine Rückkehr nach England fiel genau mit seinem sechsunddreißigsten Geburtstag zusammen. Er traf um ein paar Pfund leichter auf Heathrow ein und hatte äußerst feste Vorstellungen davon, was er als nächstes tun würde. Er wollte sich mit einer eigenen Beratungsfirma selbständig machen und sein Leben so führen, wie es ihm in den Kram paßte. Er war sich allerdings nicht so sicher, wo das geschehen sollte. In London mochte er nicht wieder wohnen, nicht sein neues Leben da anfangen, wo er es acht Monate vorher feierlich begraben hatte. Von nun an wollte er ein ganz spontanes Leben führen und seine Entscheidungen treffen, wie man eine Münze wirft. Noch auf dem Flughafen kaufte er eine Karte von Großbritannien, breitete sie aus – Schottland lag auf seinem Rucksack und das Festland über dem Oberkörper eines schlafenden Mädchens – und bat einen anderen Reisenden, ihm auf der Karte zu zeigen, wo er zuletzt in Großbritannien Urlaub gemacht hatte. Der Mann antwortete, er habe über Silvester ein paar sehr angenehme Urlaubstage in Cheshire verbracht. Alex hielt einen Bleistift über Cheshire, schloß die Augen und landete mit dem Stift auf Hulme Welford – dort würde sein neues Zuhause sein.

Eine Woche später buchte er in einer gemütlichen kleinen Pension am Ortsrand ein Zimmer und erkundete von dort Hulme Welford. Als er die Fachwerkhäuser sah – manche sogar mit Strohdach –, war sein erster Eindruck, daß ihm gefiel, was er sah. Er suchte die Immobilienagentur mitten im Ort auf, und schon bald besichtigte er Ivy Cottage 1a, das zu vermieten war.

»Wie Sie sehen, sind alle Umbauten von hohem Standard, Sie werden also keine Probleme mit dem Haus haben«, sagte David Parker zu ihm, als sie in dem kleinen, leeren Schlafzimmer standen, von dessen Fenster aus man über den Garten und die Felder dahinter sah. Ein Traktor zog langsam Furchen in einen Acker, und ein Schwarm Krähen folgte ihm. »Die Aussicht ist auch nicht schlecht«, drängte David Parker lächelnd, da er offensichtlich hoffte, den Vertrag hier und jetzt im Schlafzimmer abschließen zu können.

Aber Alex brauchte gar nicht überredet zu werden, sein Entschluß war schon gefaßt. Bevor er die Immobilienagentur betreten hatte, hatte er bereits eine Münze geworfen – Kopf, und er würde die erste Mietwohnung nehmen, die er sah. Und Kopf war gefallen.

Sie gingen die Treppe hinunter und durch die Küchentür in den Garten hinaus. Alex stand auf dem Rasen und blickte zum Haus. »Ich möchte es gerne mieten«, sagte er, »aber nur interessehalber, wer ist mein Vermieter?«

»Eigentlich eine Vermieterin. Meine Schwägerin.« David Parker schloß ab, und während sie in den Ort zurückfuhren, erklärte er kurz, warum Mrs. Lawrence wieder nach Hulme Welford zurückkehrte. »Sie braucht jetzt ihre Familie um sich herum«, fügte er hinzu.

Alex hoffte, daß das wirklich stimmte. Manchmal waren Familien das letzte, was man brauchte.

Zurück in Davids Büro füllte Alex die notwendigen Formulare aus und gab Namen und Adressen von Personen an, die ihm hoffentlich »einen guten Charakter« bescheinigten.

»Und was machen Sie beruflich, Mr. Hamilton?«

»Ich bin Managementberater und auf Informationstechnologie spezialisiert«, antwortete Alex, wobei er absichtlich so klang, als wolle er sich bei *Mastermind* bewerben.

»Gut. Das klingt...«

»Respektabel genug?«

Die beiden Männer lächelten, sie verstanden einander.

»Ich muß noch die Empfehlungen überprüfen – das wird ungefähr eine Woche dauern –, und dann muß ich Sie um zwei Monatsmieten im voraus und eine Kaution von vierhundert Pfund bitten. Ist das in Ordnung?«

»Kein Problem. Wann, glauben Sie, kann ich einziehen?«

David Parker blickte auf den Kalender auf seinem

Schreibtisch. »Sagen wir mal, in zwei Wochen. Würde Ihnen das passen?«

Es hatte ihm sehr gut gepaßt. In den letzten vierzehn Tagen hatte Alex sich im Ort eingerichtet, und er hatte das Gefühl, willkommen zu sein, auf eine vorsichtig prüfende Art.

Er rief das Dokument auf, an dem er gestern morgen gearbeitet hatte, drückte ein paar Tasten und begann zu tippen. Aber seine Konzentration hielt nicht lange vor. Er blickte auf und fragte sich, was für ein Geräusch er da gerade gehört hatte. So etwas wie ein unterdrücktes Weinen? Oder wurden die Elstern wieder angegriffen? Er sah aus dem Fenster. In der Birke war alles ruhig. Dann folgte ein deutlicheres Geräusch, klarer zu identifizieren. Seine Vermieterin war wach, und offensichtlich ging es ihr schlecht. Er stand vom Schreibtisch auf und ging rasch nach oben ins Badezimmer, bevor er nach nebenan eilte, um nachzusehen, ob er helfen konnte.

Moussaka zum zweiten Mal war ekelerregend, vor allem, wenn sie einem in der Nase steckte. Wenn sie das überlebte, dachte Charlotte, würde sie ihrer Schwester nie verzeihen. Sie umklammerte Kopf und Magen gleichzeitig und sah auf den Küchenboden. Es war kein schöner Anblick. Sie hatte sich nur heruntergeschleppt, um sich etwas zu trinken zu holen, und jetzt mußte sie dieses gräßliche Zeug wegputzen.

Das ungewohnte Geräusch der Türklingel ließ sie aufspringen, und erneut begann der Brechreiz. Dieses Mal schaffte sie es gerade noch zur Toilette.

Als sie in die Küche zurücktaumelte, dachte sie, sie hätte Halluzinationen. Alex Hamilton stand an der Spüle und ließ heißes Wasser in eine Waschschüssel laufen. Sie blieb mit offenem Mund stehen und wußte nicht, was sie tun sollte. Sie hatte immer noch die Kleider an, die sie gestern abend getragen hatte, und kam sich vor wie ein Paar alter Strumpfhosen, die gerade aus der Waschmaschine gezogen worden waren.

»Ach, da sind Sie ja«, sagte er, drehte den Heißwasserhahn ab und hob die Schüssel aus der Spüle. »Ich dachte, Sie bräuchten vielleicht Hilfe. Aber als ich läutete und niemand kam, bin ich ums Haus rumgegangen und habe gesehen, daß die Hintertür offen war. Sie fühlen sich wahrscheinlich ziemlich angeschlagen.«

Charlottes Mund ging noch weiter auf. Mitgefühl war das letzte, was sie erwartet hatte: spöttische Verachtung, ja; Besorgnis, nein. Sie versuchte zu sprechen, aber es kam kein Ton heraus, statt dessen rannte sie wieder zur Toilette.

Als sie zurückkam, lag Alex auf den Knien. Er hatte rosafarbene Gummihandschuhe an. Irgendwie fand sie die Kraft zu lachen.

Er blickte auf. »Was ist daran so lustig?«

»Es tut mir leid, Sie sehen mit diesen Handschuhen einfach albern aus! Vermutlich hat Hilary sie gekauft, sie hat sich so viel Mühe gegeben, alles perfekt für mich vorzubereiten... sie meint es nur gut... und ich habe mich gestern abend entsetzlich danebenbenommen.«

Er stand auf. »Sie verzeiht Ihnen sicher.«

»Wissen Sie, es wäre einfacher für mich, wenn Sie ein richtiger Mistkerl wären.«

»Vielleicht bin ich das ja«, antwortete er. »Haben Sie irgendwo Putzmittel?«

Sie fühlte sich zu schwach und zu verwirrt, um ihm wirklich helfen zu können. »Sehen Sie unter der Spüle nach«, erwiderte sie. »Hilary hat bestimmt welches dorthin gestellt.« Dann fiel ihr ein, daß Alex gesagt hatte, die Hintertür sei offen gewesen, und sie fragte sich, wie das sein konnte. Doch dann erinnerte sie sich wieder. Bevor sie gestern abend weggegangen war, hatte sie den Wintergarten geöffnet... und vergessen, die Tür wieder zu schließen.

Aber das war bestimmt nicht das einzige, was sie vergessen hatte, oder?

»Ich habe so etwas noch nie zugeben müssen«, sagte Charlotte nervös und sah zu, wie Alex die Schublade unter der Spüle hervorzog, »aber ich habe keine Vorstellung davon, wie ich gestern abend nach Hause gekommen bin. Vermutlich hat Hilary mich nach Hause gebracht.«

Alex drehte den Sicherheitsverschluß von der Putzmittelflasche und goß etwas Reiniger auf den Küchenboden. Er drehte sich zu ihr um. »Können Sie sich an gar nichts mehr von gestern abend erinnern?«

Sie wich vor dem Geruch zurück und entgegnete laut: »Doch, natürlich!« Das bedauerte sie jedoch sofort, denn ihr Kopf begann zu pochen wie eine Kesselpauke. »Ich erinnere mich nur nicht mehr, wie ich nach Hause gekommen bin.«

»Also, nicht Hilary hat Sie nach Hause gebracht, sondern ich.«

»Sie!«

»Aus einem Grund, der vermutlich nur Ihrer Mutter bekannt ist, hat sie es vorgeschlagen, und mir hat es nichts ausgemacht.«

Charlotte war sprachlos. Was zum Teufel hatte ihre Mutter vor?

Alex zog die Gummihandschuhe aus und wies auf ein Glas mit einer dunkelbraunen Flüssigkeit, das auf dem Tisch stand. »Sie sollten das besser trinken.«

»Was ist das?«

»Ein patentiertes Katerrezept, es wirkt immer. Ich habe es aus Polen mitgebracht, wo die Leute häufiger mehr trinken als ihnen guttut.«

Charlotte ergriff das Glas zögernd und roch daran. »Riecht eklig«, sagte sie und verzog das Gesicht.

»Schmeckt auch eklig. Aber Sie können mir vertrauen, es wirkt!«

Zu schwach, um zu widersprechen, setzte Charlotte das Glas an die Lippen und dachte, wenn ihr wieder übel würde, hätte sie zumindest das Vergnügen, daß Alex es wegwischte. Die dicke Flüssigkeit rann ihre Kehle hinunter und erinnerte sie an das einzige Mal in ihrem Leben, als sie Austern gegessen hatte. Sie schüttelte sich und hatte das Gefühl, sie müsse sich gleich wieder übergeben.

»Ich schlage vor, Sie nehmen jetzt ein Bad und gehen dann wieder ins Bett.«

Charlotte, die seltsam gehorsam war, tat, was er sagte, bis sie im oberen Stock ankam. Da wurde ihr auf einmal bewußt, daß ein vergleichsweise unbekannter Mann in ihr Badezimmer ging und damit begann, ihr ein Bad einzulassen. Bei Alex' Anblick, wie er sich über die Wasserhähne beugte und in ihren gerade erst aufgestellten Toilettensachen wühlte, hatte sie plötzlich das unangenehme Gefühl, daß ihr jemand zu nahe kam. Spröde sagte sie: »Ich mache das schon alleine, vielen Dank. Sie sind schließlich mein Mieter, nicht mein Ehemann.«

Alex sah weder verletzt noch beleidigt aus. Er drehte den Wasserhahn ab, wischte sich in Ermangelung eines Handtuchs die Hände an der Hose trocken und sagte: »Okay, falls Sie mich brauchen, ich bin nebenan.«

8

Iris Braithwaite stand mit einem Hundekot-Schäufelchen in der einen und einer Hundeleine in der anderen Hand gerade vor Charlottes Einfahrt, als Alex Hamilton aus der Haustür von Ivy Cottage kam.

Von einem wuchernden Forsythienbusch verborgen und als Gründungsmitglied der Nachbarschaftsdetektive von Hulme Welford hatte sie keinerlei Probleme damit, Alex unbemerkt zu beobachten, während er von einer Seite des Hauses zur anderen ging. Sie hatte auch nur wenig Schwierigkeiten, sich ihre Version der Ereignisse in der vorangegangenen Nacht vorzustellen.

Sünde, Sünde mit einem großen S, beanspruchte all ihre Gedanken und ließ sie völlig vergessen, was am anderen Ende der Hundeleine war, bis sie einen Schritt zurücktrat und auf dem ausrutschte, was ihr elfjähriger King-Charles-Spaniel Henry gerade abgesondert hatte. Indem sie sich an einem Forsythienast festhielt, gelang es Iris Braithwaite zwar, aufrecht stehen zu bleiben und somit ihre Würde hochzuhalten, jedoch nicht ihren Seidenschal. Er schwebte langsam zu Boden und bedeckte wie das Tuch eines Zauberers Henrys Häufchen.

Samstags hatten Derek und Cindy in In The Pink am meisten zu tun. Kaum hatten sie um Viertel vor neun geöffnet, waren der Salon und der Gymnastikraum bereits brechend voll. Wie Derek über die Geräusche des örtlichen Radiosenders hinweg hören konnte, erklärte Dawn, ihre Kosmetikerin, im hinteren Salon gerade einer horizontalen Mrs. Carlton, wie sie am besten vor dem Schlafengehen jeden Abend ihre Poren schloß. Zuvor hatte sie einen Vortrag darüber gehalten, wie gefährlich es sei, das Stratum Corneum zu entwässern, indem man eine entfettende Creme oder sonstwas benutzte. Es klang alles ziemlich überzeugend, und selbst wenn er kein Wort davon glaubte, diese Gänse taten es, und das war die Hauptsache.

In dem Versuch, Dawns beständiges Geplapper zu ignorieren, fuhr er fort, Wickler in Mrs. Jeffs Haare zu drehen, einer attraktiven Blondine aus dem Neubaugebiet am Orchard Way. Sie war mit *dem* Darren Jeffs verheiratet, einem hochbezahlten Torschützen von Manchester United – obwohl gemunkelt wurde, daß Darren in den letzten Jahren mehr als nur Tore schoß. Bis gestern abend war Derek der Meinung gewesen, daß Mrs. Jeffs besonderer Aufmerksamkeit wert sei, und hatte sie für die begehrenswerteste Frau im Ort gehalten.

Nun aber, als Derek in den Spiegel auf das schmale Gesicht schaute, das über den neuesten Bestseller von Jackie Collins gebeugt war, betrachtete er sie als zweite Wahl. Ihm fiel auch auf, daß sie schon seit zehn Minuten die gleiche pikante Stelle las. Sozusagen über Nacht war Mrs. Jeffs in die zweite Liga verwiesen worden, denn auf einmal begehrte alles an ihm nur noch Charlotte Lawrence.

Er würde sich vorsichtig an Charlotte heranmachen müssen, das war ihm klar: Eine trauernde Witwe war härter zu knacken als eine gelangweilte Hausfrau. Nachdem er letzte Nacht mit Cindy geschlafen hatte, hatte er noch lange wach gelegen und an Charlotte gedacht: wie er mit seinen Händen durch ihre wunderschönen Haare mit der natürlichen dunklen Farbe fuhr; wie er ihr die geheime Stelle im Wald in der Nähe des Teichs zeigen wollte – wo er eigentlich Mrs. Jeffs hatte mit hinnehmen wollen.

»Derek!« Cindy stand neben ihm, einen Lockenstab in der einen Hand und eine Sprühdose mit Stylingschaum in der anderen. »Ich weiß nicht, wo du mit deinen Gedanken bist, aber Mrs. Jeffs hat jetzt genug Wickler auf dem Kopf.«

Er blickte auf die inzwischen in Ungnade gefallene Mrs. Jeffs nieder, die unter einer Kappe durchsichtigen Plastiks fast nicht mehr zu sehen war. Ehrlich gesagt war es ihm völlig egal. Er hatte erkannt, daß er von nun an, wenn er bei Charlotte etwas erreichen wollte, ganz subtil vorgehen mußte.

Charlotte wachte kurz nach zwei am Nachmittag auf. Sie war erstaunt, wie wohl sie sich fühlte, sogar so wohl, daß sie sich fragte, ob der Kater und das, was ihn verursacht hatte, wohl nur ein schrecklicher Traum gewesen war. Aber als sie ihre Kleider entdeckte, die verstreut am Fußende lagen, und sah, wie zerknittert sie waren, wurde ihr klar, daß da wohl einiges im argen lag. Am Vormittag hatte sie sich nur teilweise an die Ereignisse des vergangenen Abends erinnert, jetzt konnte sie sich an *alles* erinnern. Oh, wie hatte sie sich zum Narren gemacht, besonders als sie stundenlang mit Alex durch den Garten gewandert war!

Betrunken. Sie schloß die Augen und schauderte. Sie war noch nie zuvor betrunken gewesen. Angeheitert ja, aber noch nie so betrunken, daß sie sich danach übergeben mußte.

Die denkwürdigste Gelegenheit, bei der sie zuviel getrunken hatte, war gewesen, als Peter sie zum ersten Mal seinen Eltern vorgestellt hatte. »Ich glaube, du solltest meine Eltern kennenlernen«, hatte er eines Abends am Telefon gesagt.

»Warum? Soll ich einen Schock kriegen?« hatte sie erwidert.

Ann und Godfrey *waren* ein Schock mit ihren puritanischen Sitten. Schon zu Beginn des Abendessens, als Charlotte Messer und Gabel ergriff, war die Stimmung eisig. Den ersten gesellschaftlichen Schnitzer beging sie, als sie einen Schluck Wein trank und sagte: »Er schmeckt hervorragend.«

»Wir selbst rühren nie welchen an«, bemerkte Godfrey, der aufrecht wie ein Soldat auf seinem Stuhl saß.

Sie versuchte, sich bei Ann einzuschmeicheln. »Ist es nicht großartig, wie erfolgreich Peter dieses Jahr in seinem Job war?«

»Wir wollten nie, daß er Wirtschaftsprüfer wird.«

Charlotte blickte Peter an, um zu sehen, wie er reagierte. Sein Gesicht war ausdruckslos, wodurch er sehr verletzlich wirkte. In diesem Moment dachte Charlotte zum ersten Mal, daß sie Peter liebte.

Am Ende des Essens hatte Charlotte mehr Wein getrunken, als ihr guttat, und sie beging den endgültigen *faux-pas*. Sie griff über eine brennende Kerze hinweg nach ihrer Kaffeetasse und stieß plötzlich einen gellenden Schrei aus. Sie ließ die Tasse fallen, verschüttete überall Kaffee und sah mit Entsetzen, daß ihr Finger brannte – ihr falscher Nagel hatte Feuer gefangen. »Es tut mir schrecklich leid«, jammerte sie und steckte den Finger in ihr Weinglas. Es zischte nur kurz, aber die Erinnerung an diesen Abend hielt länger vor.

Als sie im Auto zurück nach London fuhren, entschuldigte sie sich bei Peter. »Es tut mir leid, ich habe alles verdorben.«

»Unsinn«, sagte er und lächelte zum ersten Mal an diesem Abend. »Du hast sie richtig durcheinandergewirbelt.«

»Ich glaube nicht, daß sie mit mir einverstanden sind.«

»Gut. Willst du mich heiraten?«

Das war der impulsive Peter gewesen, in den sie sich verliebt hatte, und sie hatte ihn drei Monate später geheiratet.

Charlotte schob die Decke zurück und stand auf. Sie holte ein paar Kleidungsstücke aus dem Koffer, zog sich an und ging hinunter, um sich etwas zu essen zu machen. Sie verhungerte beinahe.

In der Küche roch es scharf nach Putzmittel. Sie öffnete alle Fenster und die Tür, machte sich ein Sandwich und räumte die Gin- und Tonicflaschen vom vergangenen Abend weg. Während sie sich an die Küchenzeile lehnte und in ihr Käsebrot biß, bemerkte sie zum ersten Mal, wieviel ihre Schwester für sie getan hatte. Der Kühlschrank und die Schränke waren mit den wichtigsten Grundnahrungsmitteln und den nötigsten Haushaltsgeräten gefüllt. Gestern war ihr das alles nicht aufgefallen. Wie undankbar sie gewirkt haben mußte!

Von nun an, beschloß sie, war es vorbei mit dem Selbstmitleid, den Vorwürfen und der Unfreundlichkeit denen gegenüber, die ihr helfen wollten. Was geschehen war, war geschehen. Sie hatte Peter nicht umgebracht, das Wetter war schuld gewesen – der Schnee und das Glatteis. »Ich bin nicht verantwortlich für Peters Tod«, sagte sie laut.

Es war an der Zeit, stark, positiv und entschlossen, vor allem aber nett zu sein. Viel zu lange war sie zynisch gewesen, und zwar in einem solchen Maße, daß sie möglicherweise schon vergessen hatte, wie es ging, nett zu sein. Es bedeutete bestimmt nicht, daß man seine eigene Schwester bei ihrem Abendessen demütigte. Und es war auch nicht nett, sich danach auf den Küchenboden zu erbrechen und dann unhöflich zu jemandem zu sein, der nur helfen wollte. Aber dieses Getränk hatte schrecklich gerochen. Dafür würde sie sich nicht entschuldigen.

Nach dieser selbsterteilten Lektion machte Charlotte sich eine Tasse Tee, stellte sich an die Tür ihrer leeren Küche und betrachtete den länglich geschnittenen Raum angestrengt. Die Küchenzeile war aus qualitativ guter Pinie, und die cremefarbenen und blauen Kacheln waren makellos. Auch der Raum selbst hatte keine offensichtlichen Mängel. Ihr Pinientisch und die Stühle, die am Montag aus Brüssel kamen, würden gut hier hinein passen, und mit ein bißchen frischer Farbe und hübschen Vorhängen würde es so aussehen, wie sie sich ihre Küche immer vorgestellt hatte. Wie lange wünschte sie sich das schon – in einem Haus zu wohnen, das ihr gehörte, und nicht in einer Mietwohnung, in der sie kein Gefühl von »daheim« oder Dauer entwickeln konnte.

Sie fühlte sich auf einmal richtig vergnügt und lief nach oben, um einen Notizblock und einen Stift zu holen. Wieder in der Küche begann sie, eine Liste zusammenzustellen. Ganz oben auf die Liste schrieb sie »Mich bei allen entschuldigen« und unterstrich die Zeile; das nächste war »Farbe kaufen«, gefolgt von »Vorhangstoff aussuchen«, und nach kurzer Überlegung schrieb sie noch auf »Einen Hund kaufen«. Sie hatte schon seit Jahren einen Hund haben wollen, aber Peter hatte immer gesagt: »Nein, das geht nicht.« Und gemessen an den Umständen hatte er natürlich recht gehabt.

Sie fragte sich gerade, wie sie am besten einen Hund kaufen sollte, als es an der Tür läutete.

Sie öffnete die Haustür und sah als erstes einen Riesenstrauß roter Rosen, der ihr von einem gebräunten Arm präsentiert wurde. Sie roch zwar nicht die Rosen, dafür aber das Aftershave, und so konnte sie sich recht gut vorstellen, wer sich mit ausgestrecktem Arm hinter dem Ziegelpfosten der Veranda verbarg.

»Sie sind wunderschön«, sagte sie. »Schade, daß sie nicht für mich sind.«

»Aber das sind sie doch«, antwortete Derek Rogers und trat aus seinem Versteck. »Sie sind selbstverständlich für Sie.« Und dann legte er eine Hand fest auf ihre Schulter, schob sie ins Haus und schloß die Tür hinter sich. »Wissen Sie, Charlotte, ich habe mir heute früh etwas vorgenommen.«

»Das ist komisch«, sagte Charlotte, »ich auch.«

»Ich habe mir das Versprechen gegeben, freundlich zu Witwen und Waisen zu sein.«

Charlotte mußte lachen, obwohl sie das vielleicht besser nicht getan hätte. »Und ich habe gerade gelobt, stark, positiv, entschlossen und nett zu sein«, erwiderte sie.

Er lächelte. »Klingt gut. Ich hoffe, Sie werden nett zu mir sein. Die müssen ins Wasser gestellt werden.« Er reichte ihr die Rosen. »Hier geht es in die Küche, oder?«

Warum, dachte Charlotte, glaubt eigentlich jeder, er habe das Recht dazu, einfach in *mein* Haus einzudringen? Sie folgte ihm, legte die Rosen in die Spüle, steckte den Stöpsel in den Abfluß und drehte das kalte Wasser auf.

»Ich glaube, ich muß mich wegen gestern abend entschuldigen«, sagte sie über das Geräusch des fließenden Wassers hinweg. »Normalerweise betrinke ich mich nicht.«

»Sie brauchen sich nicht zu entschuldigen«, entgegnete er und trat auf sie zu. »Ich mag Frauen, die sich gehenlassen können.«

Charlotte drehte den Hahn wieder zu und trat einen Schritt zurück. »Ich möchte nur nicht, daß Sie einen falschen Eindruck von mir bekommen.«

»Und was für ein Eindruck wäre das?«

»Na ja, Sie wissen schon, daß ich mich immer schlecht benehme.«

Er lachte und rückte ein wenig näher. »Ich würde sagen, Sie haben sich wundervoll benommen.«

»Dann ist es ja gut«, erwiderte sie fröhlich. Sie mußte daran denken, daß sie gestern abend das Gefühl gehabt hatte, es könnte Spaß machen, ein bißchen mit Derek zu flirten. Jetzt war sie sich da nicht mehr so sicher. Sie ging auf die andere Seite der Küche.

»Tatsächlich so wundervoll, daß ich mir den ganzen Abend lang vorgestellt habe, Sie auf der Stelle zu lieben, immer und immer wieder.«

Sie versuchte, zu lachen und gleichmütig zu klingen, als ob sie mit dieser Art von Gespräch völlig *au fait* wäre. »Was, vor allen Leuten?«

Wieder rückte er näher. »Nun, ich glaube, wir beide sind dabei lieber unter uns, oder?«

Er macht nur einen Scherz, sagte sie sich. Er versucht nur, mich auszuloten, festzustellen, ob ich schockiert bin. Wieder versuchte sie zu lachen. Er stellte sich direkt vor sie hin.

Zuerst reagierte sie völlig passiv, als er sie küßte, weil sie zu überrascht war, um überhaupt etwas zu unternehmen. Dann erwiderte sie den Kuß, weil es ihr wirklich gefiel. Es dauerte nur den Bruchteil einer Sekunde, war aber lange genug, um Derek davon zu überzeugen, daß auch ihr restlicher Körper für ihn bereit war. »Nein«, sagte sie bestimmt, als seine Hände von ihren Schultern zu ihrem Nacken glitten.

»Ich will das nicht hören«, flüsterte er.

»Wie wär's dann damit?« sagte Charlotte, die wieder zur Besinnung kam. »Cindy!«

»Cindy macht das nichts aus.«

»Verdammt nochmal!« schrie Charlotte und stieß ihn weg. »Glauben Sie wirklich, Sie können meinen Namen der langen Liste Ihrer Eroberungen hinzufügen?« Sie ging zur Spüle, holte die Rosen heraus und drückte ihm den tropfenden Strauß an die Brust. »Ich möchte mein Versprechen halten, Derek«, sagte sie ruhig, »also: Würden Sie jetzt... bitte... gehen?«

Iris Braithwaite machte gerade ihre Runde, um das Kirchenblatt zu verteilen. Sie war auf dem Weg zu Charlottes Einfahrt, als sie hörte, wie die Haustür geöffnet wurde, und sah, wie Derek Rogers herauskam. Iris hielt einen Moment inne, drehte sich dann auf dem Absatz um und ging die Acacia Lane zu ihrem sicheren The White Cottage hinunter. »Diese Charlotte Lawrence besitzt keinen Funken Schamgefühl! Ihr Mann ist noch nicht einmal kalt«, murmelte sie den ganzen Weg zu ihrem Haus über erbittert vor sich hin. »*Zwei* Männer an einem Tag! Ich muß Reverend Jackson warnen. Vor ihr ist kein Mann sicher. Sogar er könnte in Gefahr sein!«

9

Nun, du überraschst mich«, sagte Louise zu Hilary am Telefon. »Ich dachte, du rennst gleich bei Tagesanbruch hinüber, um nachzusehen, wie es deiner Schwester geht.«

»Nicht, nachdem sie sich so entsetzlich benommen hat«, erwiderte Hilary nachdrücklich. Der beißende Spott ihrer Mutter fiel ihr nicht auf.

»Stell dich nicht so an, Hilary. Charlotte war nur betrunken. Du hörst dich an, als hätte sie gestern abend ein Massaker angerichtet, und um ehrlich zu sein, zumindest bei einer Person hätte ich gar nichts dagegen gehabt, wenn sie ihn umgebracht hätte.«

Ausnahmsweise einmal einer Meinung mit ihrer Mutter entgegnete Hilary: »Du hast natürlich völlig recht – eigentlich hat dieser Derek Rogers allein die Schuld. Ich habe Charlotte vor ihm gewarnt, aber du weißt ja, wie sie ist, sie glaubt, sie weiß …«

»Unsinn! Derek ist ein Schatz«, antwortete Louise, die insgeheim dachte, daß sie alle vor Langeweile umgekommen wären, wenn es Derek nicht gegeben hätte. »Ich meinte deinen Vater. Du liebe Güte, seit er pensioniert ist, kann man ihn einfach nicht mehr wach halten. Als wir Ostersonntag bei den Macmillans waren, ist ihm das gleiche passiert.«

Verärgert nahm Hilary zur Kenntnis, daß ihre Mutter jetzt das Telefongespräch übernommen hatte und sich ausführlich über den pensionierten Dr. Neville Archer ausließ. Sechsunddreißig Jahre lang war ihr Vater praktischer Arzt in Hulme Welford gewesen, bis er sich letztes Jahr endlich zur Ruhe gesetzt hatte. Seitdem beklagte sich Louise ständig darüber, wie lästig er war, daß er dauernd nur herumhinge und ihr im Weg sei. Hilary konnte das nachfühlen. Sie empfand oft das gleiche, wenn David Urlaub hatte.

Nun ja, zumindest das würde ihrer Schwester erspart bleiben. Sie würde sich nicht damit herumschlagen müssen, daß Peter ihr im Weg war. Bei dem Gedanken an Charlotte fiel Hilary wieder ein, warum sie ihre Mutter eigentlich angerufen hatte.

»Mutter«, unterbrach sie sie, »vergiß Dad mal für einen Moment. Meinst du nicht, du solltest mal nach Charlotte sehen?«

»Und warum in aller Welt sollte ich das?«

»Na ja, weil sie sich vielleicht übergeben hat und ...«

»Und was? Daran erstickt ist? Du meine Güte, Hilary, meinst du nicht, du hast eine zu lebhafte Phantasie? Hör mal, es ist Samstag nachmittag, und ich habe den Laden voller Kunden. Wenn du dir solche Sorgen machst, daß Charlotte in ihrem eigenen Erbrochenen liegt, dann geh und kümmere dich um sie.«

Hilary legte schockiert auf. Sie hatte ganz vergessen, daß ihre Mutter mit dem Telefon von ihrem kleinen Büro an den Schreibtisch im Geschäft gegangen war. Allein bei dem Gedanken, daß alle Kunden dem einseitigen Gespräch ihrer Mutter zugehört hatten, zuckte sie zusammen. Was sie sich wohl gedacht hatten?

Und nach Charlotte würde sie ganz bestimmt nicht sehen. Sie hatte nicht die Absicht, sich um ihre Schwester zu kümmern, jedenfalls nicht, bevor diese sich nicht dafür entschuldigt hatte, daß sie ihr Abendessen ruiniert hatte.

Am Ende war es Neville – der seine Stachelbeeren versorgt und Zeit hatte –, der nach Charlotte sah.

Er konnte unmöglich zu Fuß zum Ivy Cottage gehen, obwohl es nur zehn Minuten entfernt war. Wahrscheinlich, so vermutete er, war die Pensionierung schuld. Statt dessen holte er das Auto aus der Garage und hoffte, als er in die Acacia Lane einbog, daß Hilary ihn nicht sah. Sie würde es Louise erzählen, und die würde es ihm dann ständig vorhalten und ihn auf noch weniger Kalorien setzen. »Wenn du dich überhaupt nicht mehr bewegen willst, mußt du auch weniger essen«, hatte Louise zu ihm gesagt, als er das letzte Mal mit dem Auto eine, wie sie es nannte, unnötige Fahrt gemacht hatte. Energiegeladen wie sie war, fuhr sie natürlich überall mit dem Fahrrad hin, und sie hatte jetzt das gleiche Gewicht – betonte sie gerne – wie damals, als sie mit Charlotte schwanger wurde.

»Hallo, Dad«, sagte Charlotte, als sie ihm die Tür öffnete. »Komm herein.«

Er trat ein. »Du siehst besser aus, als ich erwartet habe«, meinte er.

»Ich habe mich gestern abend ein bißchen danebenbenommen, was?«

Er lächelte. »Ich auch. Wir sind ein schönes Paar.«

In der Küche fiel Neville sofort auf, daß die *Gelben Seiten* aufgeschlagen auf der Anrichte lagen. »Kann ich dir bei irgend etwas helfen?« fragte er vorsichtig. Man sagte ihm in der letzten Zeit so oft, daß es nichts für ihn zu tun gebe, daß er es kaum noch wagte, die Frage zu stellen.

»Ja, das kannst du«, erwiderte sie. »Hast du eine Stunde Zeit?«

»Ja«, antwortete er fröhlich. »Ich habe sogar vierundzwanzig Stunden lang Zeit, wenn du es brauchst.«

»Also dann«, sagte sie und griff nach ihrer Tasche.

»Fahr mich nach Lower Peover und hilf mir, einen Hund zu kaufen.«

Neville folgte seiner Tochter aus dem Haus.

Er fühlte sich auf einmal glücklich. Es war schön, Charlotte wieder um sich zu haben.

10

Charlotte blickte auf die Uhr. Es war halb sieben und Sonntag morgen. Sie stöhnte und versuchte den Lärm, der von unten kam, zu ignorieren. Hunde schliefen doch sicher länger? Sie lag da und lauschte noch eine Weile auf das beständige Jaulen, dann gab sie nach, stand auf und ging hinunter in die Küche.

Als sie die Küchentür öffnete, war sie entschlossen, hart zu bleiben, aber als sie das kleine Gesicht sah, das – mit schräggelegtem Kopf – zu ihr aufblickte, schmolz ihr Widerstand dahin. Sie beugte sich hinunter und nahm den kleinen Hund auf den Arm.

Am Nachmittag zuvor im Zwinger hatte der Hund sie genauso angesehen. Mrs. Ingram-Walker, mit der Charlotte bereits am Telefon gesprochen hatte, hatte Charlotte und ihren Vater am Tor mit lauter Stimme begrüßt, um den Lärm, den die weißen Westhighlandterrier-Welpen machten, zu übertönen. »Haben Sie uns gleich gefunden? Liegt ein bißchen abseits, was? Na ja, Sie haben es geschafft, das ist die Hauptsache.«

Sie gingen durch die Zwinger, und Mrs. Ingram-Walker schien entschlossen, ihnen eine spezielle Führung angedeihen zu lassen. Allerdings genossen sie auch jeden Schritt. Die Anlage war beeindruckend, makellos sauber, und überall hingen Zertifikate und Rosetten für den besten Rüden und die beste Hündin.

»Dir ist doch klar, worauf das hinausläuft, Charlotte?« fragte ihr Vater, als sie auf eine weitere Auszeichnung hingewiesen wurden, dieses Mal für Hygiene. »Das sind die Lockvögel, um den hohen Preis zu rechtfertigen, den sie dir jetzt jede Minute nennen wird.«

»So etwas hätte Peter auch sagen können«, erwiderte Charlotte zugeknöpft.

Nachdem sie beinahe alle Welpen besichtigt hatten, entdeckte Charlotte einen Westie, der etwas älter aussah und allein in einem Verschlag saß. »Warum ist dieser hier ganz allein?« fragte sie.

»Ich habe sie aus einem früheren Wurf zurückbehalten, weil ich dachte, sie sei vielleicht zur Zucht geeignet. Es stellte sich aber heraus, daß sie es nicht ist. Das ist immer ein Problem, wissen Sie. Man bleibt dann auf ihnen sitzen – die Leute wollen Welpen, keinen sieben Monate alten Hund. Sie ist allerdings keine schlechte Hündin.«

»Kann ich sie mir einmal ansehen?« fragte Charlotte und bückte sich näher heran. Die kleine Hündin hatte den Kopf schräg gelegt und blickte sie aus der hintersten Ecke des Verschlages mit scheuem Gesicht an. Charlotte hatte sich bereits entschlossen. Dieser Hund oder keiner.

Als sie jetzt den kleinen Hund im Arm hielt, sah Charlotte auf die Zeitungen, mit denen sie am Abend vorher die Küche ausgelegt hatte. Mrs. Ingram-Walker hatte zwar gemeint, das bräuchte sie nicht, der Hund sei vollkommen stubenrein, aber Charlotte war lieber kein Risiko eingegangen. »Du bist also wirklich ein braves kleines Mädchen«, sagte sie, als sie feststellte, daß alles trocken war.

Sie setzte den Hund wieder ab und begann, die Zeitungen aufzusammeln. Dabei fiel ihr die Seite mit den Todesanzeigen in die Hände. Alle kürzlich Verstorbenen waren

Frauen um die siebzig oder achtzig: Mrs. Mary Robinson, Mrs. Edith Byron, Miss Alice Hayes, Mrs. Annie Tompkins und schließlich Miss Mabel Unwin. Charlotte blickte von der letzten Anzeige auf und sah auf die weiße Hündin, die wieder den Kopf schräg legte. »Ja.« Charlotte lächelte. »Ich glaube, ich habe den perfekten Namen für dich gefunden – Mabel.«

Das Frühstück wurde vom Läuten der Türglocke unterbrochen. Mabel, die mit dem Inhalt einer kleinen Porzellanschüssel beschäftigt war, blickte nicht einmal auf.

»Du bist mir ein guter Wachhund«, sagte Charlotte und stellte ihre Müslischüssel auf die Anrichte. »Ich bringe dich wieder zu Mrs. Ingram-Walker, wenn du dein Geld nicht einspielst«, rief sie über die Schulter, während sie in den Flur ging.

Charlotte öffnete die Tür. »Redest du jetzt schon mit dir selbst?« fragte Louise, blickte ihre Tochter dann scharf an und fügte hinzu: »Oder hast du Besuch?«

»Um halb sieben morgens, Mutter?«

»Alles ist möglich.« Louise klemmte sich ihre Sonntagszeitung unter den Arm und blickte die Treppe hinauf.

Charlotte starrte ihre Mutter an, schloß die Tür und ging dann kopfschüttelnd wieder in die Küche. »Wolltest du irgendwas Bestimmtes? Ich meine, es ist nett, dich zu sehen, aber ein bißchen früh für einen Besuch, vor allem für dich.«

»Mach dir keine Sorgen, ich bleibe nicht lange. Hast du noch etwas Tee? Oh, was ist das denn?« Sie starrte auf Mabel.

»Sie ist für die Zucht ungeeignet«, sagte Charlotte. »Siehst du das nicht?«

»Für Rätselraten ist es noch zu früh am Morgen, Charlotte. Wem gehört er?«

»*Sie*«, betonte Charlotte, »gehört mir. Ich habe sie gestern von einer Mrs. Ingram-Walker gekauft.«

»Hast du den Verstand verloren? Wie willst du denn für ihn, ich meine sie, sorgen, wenn du wieder arbeiten gehst?«

»Ach, auf einmal bin ich in der Lage, eine Stelle zu finden?«

»Na ja, das bleibt natürlich noch abzuwarten.«

»Mutter, verdirb mir nicht die Freude«, sagte Charlotte und reichte ihr einen Becher mit Tee. »Ich habe mir immer schon einen Hund gewünscht, und außerdem brauche ich Gesellschaft.«

Louise legte die *Sunday Times* auf die Küchenanrichte und nahm den Becher in beide Hände. »Hilary wohnt dir direkt gegenüber, und wir sind auch nur zehn Minuten zu Fuß von dir entfernt.«

»Ja, und ihr alle führt euer eigenes Leben.« Charlotte dachte, daß sie gerade jetzt viel lieber nur Mabel um sich hätte als jedes andere Mitglied ihrer Familie, von ihrem Vater abgesehen. »Sieh mal«, sagte sie, »ich kann nicht von euch erwarten, daß ihr ständig um mich herum seid. Das wäre nicht richtig.«

»Da hast du vermutlich recht.«

»Und da wir gerade dabei sind, recht zu haben und fair zu sein, warum um Himmels willen hast du am Freitag abend vorgeschlagen, daß Alex mich nach Hause bringen soll?«

Louise lachte. »Ich wollte mir einen Spaß machen, und Hilary mit ihrem eigenen Spiel schlagen. Du hättest ihren Gesichtsausdruck sehen sollen!«

»Ich kann's mir vorstellen«, erwiderte Charlotte. Der Gedanke erheiterte sie. »Also, weshalb bist du hier, außer um eine Tasse Tee zu trinken?«

»Ach ja. Um dir zu sagen, daß du heute früh in die Kirche gehen sollst.«

»Ist heute irgendwas Besonderes?«

»Nein, aber ich denke, du solltest dich zeigen.«

»Du hast noch nie jemanden gezwungen, in die Kirche zu gehen. Warum gerade jetzt, und, noch wichtiger, warum gerade mich?«

»Nun, Charlotte«, sagte Louise und stellte ihren leeren Becher ab, »man hat dich erwischt. Ich war gerade im Zeitschriftenladen«, sie wies mit dem Kopf auf ihre *Sunday Times*, »und habe gehört, wie Iris Braithwaite mit Mrs. Haslip geredet hat. Offensichtlich wissen es schon alle.«

»Was?«

Louise lächelte. »Ich muß den Hut vor dir ziehen, Charlotte, du machst keine halben Sachen, was?«

»Wer spielt denn jetzt hier Rätselraten?«

»Du offensichtlich. Ich bin allerdings nicht sicher, daß Hulme Welford der geeignete Ort dafür ist. Zu klein, zu fromm – vor allem für eine Frau.«

»Um Himmels willen, Mutter, wovon redest du?«

»Nicht nur ich, *alle* reden davon, daß du in den ersten vierundzwanzig Stunden, nachdem du in Ivy Cottage eingezogen bist, nicht nur bereits deinen Mieter ins Bett gelockt hast, sondern gleich danach auch noch Derek Rogers.«

II

Zuerst lachte Charlotte laut über die Enthüllungen ihrer Mutter, die sie so ganz frisch von Iris Braithwaite erfahren hatte. »Diese absurden Behauptungen nimmt doch *bestimmt* keiner ernst.«

»Ich fürchte, Charlotte, daß die meisten Leute geradezu begierig darauf sind, es zu glauben.«

»Aber warum?«

»Weil es aufregend und verboten ist, und weil eine Frau es hier in Hulme Welford direkt vor ihrer Nase tut. Sie möchten nur zu gerne schockiert sein.«

»Also könnte Derek Rogers hier alle und jede verführen, rechts, links und in der Mitte, und das würde niemanden interessieren, meinst du?« Charlottes Stimme wurde lauter.

»Auf jeden Fall nicht so sehr. Alle erwarten, daß ein Mann wie Derek sich schlecht benimmt, das gehört zu den Spielregeln. Aber du bist Witwe, und von dir wird erwartet, daß du dich auch so benimmst, und weil du eine Frau bist, kannst du nur die Rolle des Opfers spielen. Spiel deine Rolle anders, und schon stehst du im Mittelpunkt des Sensationsklatsches.«

Charlotte fand die Situation mittlerweile weniger erheiternd. »Das ist doch lächerlich.«

»Es tut mir leid, Charlotte«, fuhr ihre Mutter fort, »aber du hast die Regeln gebrochen, und du bist aufgeflogen.«

»Sag mal, glaubst du eigentlich diesen ganzen Quatsch?«

Louise zuckte mit den Schultern. »Das spielt doch keine Rolle, oder?«

»Natürlich tut es das.«

»Du meine Güte, ich verstehe gar nicht, warum du dich so aufregst, du hast doch früher nichts darum gegeben, was jemand von dir dachte. Es war noch nie deine Stärke, dich anzupassen, oder?« Sie lachte. »Ich weiß, daß du mich haßt, wenn ich das sage, aber in dir steckt mehr von mir, als du glaubst.«

Charlotte versuchte, diesen nervtötenden Kommentar ihrer Mutter zu ignorieren. »Und warum soll ich deiner Meinung nach heute früh in die Kirche gehen?«

»Was du in deinem eigenen Haus machst, geht Iris nichts an. Du darfst es nicht zulassen, daß sie sich in deine Privatsphäre oder die eines anderen einmischt. Du mußt gegen sie angehen.«

Charlotte seufzte. Danach stand ihr im Augenblick wirklich nicht der Sinn. »Es gibt nichts, wogegen ich angehen könnte, weil nichts davon wahr ist«, erwiderte sie müde.

»Nichts?« fragte Louise und musterte ihre Tochter prüfend.

»Nichts«, wiederholte Charlotte und blickte aus dem Küchenfenster, um dem Blick ihrer Mutter auszuweichen. Nun, sie mußte ja schließlich nicht erwähnen, daß Derek sie geküßt hatte, oder? Und die Rosen hatte sie ja auch nicht behalten, sondern sie ihm direkt zurückgegeben.

Ihre Mutter griff nach ihrer *Sunday Times*. »Ich muß jetzt los. Aber wie ich bereits gesagt habe, geh in die Kirche, schaff das aus der Welt und sieh zu, daß dich viele Leute, und vor allem Iris, dort sehen, am besten auf Knien liegend. Wenn es etwas gibt, das die Selbstgerechten lieben, dann ist es eine Sünderin, die um Vergebung betet.«

Charlotte stellte das schmutzige Geschirr in die Spüle und drehte den Heißwasserhahn auf. Der Wasserstrahl landete auf ihrem Müslilöffel und spritzte ihr ins Gesicht. Sie trocknete sich ab und erwog die Alternativen, die sie hatte: Wenn sie gar nichts tat, würde jeder sie für schuldig halten; wenn sie dagegen anginge, würde jeder denken, daß sie sich zu offensichtlich wehrte.

Vor dem Altar stand eine elegant gewandete Mrs. Haslip und verlas die Nachrichten der Woche. Die übrige Gemeinde war so damit beschäftigt, sich Ausreden auszudenken, um nicht für den Wohltätigkeitsbasar und das Gemeindeessen eingespannt zu werden, daß niemandem auffiel, wie Charlotte leise hinten hereinschlüpfte und sich in eine leere Bank setzte. Soweit, so gut, sagte sie sich und wünschte, der wirkliche Anlaß ihres Besuchs in St. John sei es, unauffällig bis zur Unsichtbarkeit zu sein. Statt dessen war sie hier, um ihren Namen reinzuwaschen.

Sie hatte eigentlich beschlossen, nicht in die Kirche zu gehen. Sollte doch ruhig jeder denken, sie sei mannstoll. Aber dann hatte sie an Cindy und ihre Kinder gedacht, und wie unfair die ganze Situation war, und sich auf den Weg nach St. John gemacht. Sie würde das durchstehen, und zwar nicht, um ihren eigenen Ruf und auch ganz bestimmt nicht, um Dereks Ruf zu retten, sondern sie würde es für seine Familie tun. Und natürlich mußte sie auch an Alex denken.

Die Messe war jetzt im Gange. Charlotte starrte auf das Kreuzstichmuster des Kniekissens vor ihr und dachte daran, wann sie das letzte Mal in der Kirche gewesen war. Peters Beerdigung.

Den ganzen Gottesdienst über hatten Peters Eltern bewegungslos dagesessen und ihre Trauer nicht gezeigt, bis er vorüber war und die Trauergemeinde zum nahe gelegenen Krematorium zog. Dort hatte Ann endlich zum ersten Mal einen Hauch von Gefühlen gezeigt und sich auf die eckige Schulter ihres Mannes gestützt. Es war, als hätte die Hitze der Flammen, die ihren Sohn verzehrten, bewirkt, daß ihre übliche Kälte einem, wenn auch nur leichten, Bedauern wich.

Als Charlotte aufblickte, sah sie, daß sie nicht mehr allein in der Bank saß. Malcolm Jackson war gerade mitten in seiner Predigt über spirituelle Gaben angelangt und hielt zur visuellen Unterstützung eine kleine, mit rosafarbener Tapete beklebte Dose hoch.

Rechts neben ihr saß ein ernst aussehender, großer junger Mann von vielleicht achtzehn Jahren mit starkem, athletischem Körperbau. Er trug eine moderne Schildpattbrille, die halb von den Haaren verdeckt wurde. Sie fielen ihm auf einer Seite in die Stirn. Den Rest seines Körpers verbarg ein abgetragener Jogginganzug. Aus seinem leicht geröteten und glänzenden Gesicht schloß Charlotte, daß er den Jogginganzug zu seinem ursprünglichen Zweck angezogen hatte. Auch der Geruch, den er ausströmte, bestätigte das. Die Hitze seines Körpers strahlte zu ihr aus, und sie glaubte, auch Feindseligkeit zu spüren. Aber nein. Sie wurde langsam paranoid. Er wandte sich um und sah sie an. Sie lächelte, aber er drehte den Kopf wieder weg und konzentrierte sich auf die Predigt.

»Geschenke gibt es in verschiedenen Größen und Formen«, verkündete Malcolm Jackson. »Dies hier war einmal eine verbeulte Kaffeedose, die jemand weggeworfen hatte, aber durch die Gabe der Kreativität ist sie nun ein Papierkorb. Ich möchte Sie alle dazu auffordern, gehen Sie heim…«, eine kleine Pause, ein leichtes Lächeln, »Nein, nicht jetzt, aber später, und sehen sie in Ihren spirituellen Schränken nach, was Gott Ihnen mitgegeben hat.

Was hat Gott Ihnen gegeben, das Sie all die Jahre ignoriert haben?«

Charlotte traute sich nicht, sich vorzustellen, was wohl in ihrem spirituellen Schrank liegen mochte, und sah sich statt dessen die Gemeinde und den Chor an. Iris Braithwaite trug einen breitkrempigen, braunen Filzhut und stellte alleine schon dadurch sicher, daß sie der Mittelpunkt des Chors war. Sie war größer als die anderen Damen, die jetzt alle aufgestanden waren, um zu singen, und überragte sie um mindestens zehn Zentimeter. Als Mr. Phelps vom Postamt alle Register der Orgel zog und die Gemeinde sich erhob, schloß Iris, die die Hände vor der Brust gefaltet hatte, als wolle sie ihre Jungfräulichkeit schützen, die Augen, öffnete den Mund und bereitete sich darauf vor, alle mit der Gnade ihrer tiefen Altstimme zu beglücken. Nach wenigen Worten der ersten Zeile von »Give Me Joy« – einem Lied, das nach Iris' Geschmack viel zu modern war, wie jeder wußte – riß sie die Augen wieder auf, weil in der dritten Reihe jemand mitklatschte. Sie starrte das unbotmäßige Paar mißbilligend an, aber die beiden machten mutig weiter bis zum Ende.

Als das Lied vorüber war, kam »Der Frieden« an die Reihe. Anarchie schien in den Bänken auszubrechen, da jeder jeden begrüßte, als sei er ein langverlorener Freund. Niemand grüßte Iris. Charlotte, der die Vorstellung widerstrebte, von jemandem gegrüßt zu werden, den sie kannte, wandte sich an ihren einsamen Banknachbarn in der Hoffnung, mit ihm ein nettes, unverfängliches Gespräch führen zu können.

»Sie sehen so aus, als wären Sie gerade joggen gewesen«, sagte sie. Wie lächerlich sie klang.

Der junge Mann blickte auf seine Kleider und antwortete ein wenig trotzig: »Haben Sie etwas dagegen?«

»Natürlich nicht, aber es gibt vermutlich Leute, die etwas dagegen haben, und sie werden keine Ruhe geben, bevor Sie nicht in einem langweiligen grauen Anzug stecken.«

Er lächelte schwach, sah ihr beinahe in die Augen. »Ich kann nur so kommen«, erwiderte er und rückte seine Brille zurecht.

Charlotte fragte sich gerade, wie er das meinte, als er fortfuhr: »Sie sind Charlotte Lawrence, nicht wahr?«

»Ja.«

»Wissen Sie, wer ich bin?«

»Nein.«

Da sah er ihr direkt in die Augen und fragte: »Haben Sie wirklich mit Derek Rogers geschlafen?«

»Nein!« antwortete sie schockiert. Auf diese offene Frage, vor allem von einem so jungen Mann, war sie nicht vorbereitet gewesen.

Da der Gottesdienst offensichtlich wieder aufgenommen worden war, wandte sich Charlotte von dem inquisitorischen Knaben ab und versuchte, den Anschluß zu bekommen.

»...ich glaube an Gott, den allmächtigen Vater...«

»Glauben Sie mir, das habe ich nicht«, sagte Charlotte zu dem jungen Mann. Auf einmal hatte sie den Wunsch, sich zu verteidigen. Sie kniete sich auf ihr Kissen.

»Schöpfer des Himmels und der Erde...«

»Haben Sie es vor?«

»...und an Jesus Christus...«

»Nein, ganz gewiß nicht.«

»seinen eingeborenen Sohn, unsern Herrn...«

»Gut«, sagte ihr Banknachbar.

Ein paar Minuten nach dem Ende des Gottesdienstes hatte sich ein beachtlicher Stau vor dem Kirchenportal gebildet. Charlotte beschloß, auf ihrem Platz zu bleiben, bis das Schlimmste vorüber war. Sie war wieder allein, da ihr seltsamer Nachbar gegangen war. Genauso schweigend, wie er gekommen war, verschwand er auch wieder, Sekunden vor Ende des Gottesdienstes. Zwar hatte sie die Art seiner Fragen ziemlich genervt, aber es war etwas an ihm gewesen, das ihr gefallen hatte – seine Direktheit.

Vorne in der Schlange erblickte sie ihre Schwester. Sie hielt etwas in der Hand, das wie ein Mini-Toilettensitz aussah. Charlotte lächelte ihr zu und dachte daran, daß sie sich noch entschuldigen mußte. Bildete sie sich das nur ein oder hatte ihre Schwester sie gerade ignoriert? Verwirrt erhob sie sich und reihte sich in die Schlange ein, dankbar dafür, daß die Leute um sie herum vollkommen in ihre eigenen Gespräche vertieft waren und es ihnen anscheinend völlig egal war, was sie gemacht oder nicht gemacht hatte.

Hinter ihr ertönte eine Stimme. »Charlotte, da bist du ja!« Es war ihre Mutter, mit ihrem Vater im Schlepptau. Zu Charlottes Überraschung küßte Louise sie. Sie wußte warum, und war ihr, zumindest einmal im Leben, dankbar.

Sie standen mittlerweile auf gleicher Höhe mit Malcolm Jackson an der Tür, und Charlotte wurde langsam nervös. Hatte Malcolm den Klatsch gehört? Du lieber Himmel, am Ende hatte er noch gedacht, sie mache dem jungen Mann neben sich ein Angebot!

»Schön, Sie zu sehen, Charlotte. Wie geht es Ihnen?« hörte sie Malcolm sagen. Sie nickte schweigend, aber statt ihm in die Augen zu sehen, heftete sie ihren Blick auf einen kleinen Rotweinfleck auf seinem ansonsten makellos weißen Gewand. Sie fragte sich, ob Iris Braithwaite den Fleck wohl während des Gottesdienstes auch gesehen hatte, und ob sie jetzt wohl eine Kampagne plante, um den Vikar von Hulme Welford zu säubern.

»Es geht ihr gut«, antwortete ihre Mutter an ihrer Stelle. »Wir kümmern uns alle um sie, nicht wahr, mein Liebling, damit sie nicht so leidet.«

Charlotte blickte sie verwirrt an. Solche Töne hatte sie

von ihrer Mutter noch nie gehört. Plötzlich kam ihr alles so falsch vor, und sie fühlte sich von dem Wort »leiden« angezogen wie von einem Magneten. Gestern war sie glücklich gewesen. Heute morgen, bevor ihre Mutter vorbeigekommen war, war sie glücklich gewesen. Aber das war falsch, völlig falsch. Sie hatte kein Recht dazu, etwas anderes als die Last von Peters Tod zu spüren. Was in der Kirche gesagt worden war, all diese Worte über Liebe und Erlösung von dem Bösen, denen sie zugehört und die sie wiederholt hatte – sie hatte kein Recht dazu. Nicht nach dem, was sie Peter angetan hatte. Panik stieg in ihr auf. Sie versuchte, sie zu unterdrücken und das überwältigende Schuldgefühl, das sich in ihr ausbreitete, zu beherrschen und strebte zur Tür, wollte hinaus in die Sonne.

»Ich möchte mich nicht aufdrängen, Charlotte«, sagte Malcolm, »es gibt bestimmt genügend Menschen, die Ihnen Hilfe anbieten, aber wenn ich irgend etwas für Sie tun kann, dann wissen Sie ja, wo Sie mich finden können, obwohl Mrs. Braithwaite behauptet, ich sei immer so schwer aufzutreiben. Offenbar hat sie gestern den ganzen Nachmittag nach mir gesucht, sie hatte mir wohl etwas Wichtiges zu erzählen.«

Charlotte zwang sich zu einem Lächeln und hoffte die ganze Zeit inständig, daß das Gespräch bald vorbei war. Als jedoch der Name Iris Braithwaite fiel, änderte sie ihre Meinung. »Es gibt etwas, womit Sie mir helfen können.«

»Ja?« Malcolm blickte sie eifrig und voller Mitgefühl an.

»Ich möchte gerne wissen, wer der junge Mann war, der in der Kirche neben mir saß.«

»Das war Barry. Netter Junge, er scheint allerdings die Last der ganzen Welt auf seinen Schultern zu tragen. Er ist Derek Rogers ältester Sohn.«

Draußen vor der Tür mußte Charlotte das gerade Gehörte erst einmal verdauen. Sie lehnte sich an einen Grabstein, der so groß war wie ein Austin Mini, und versuchte damit fertigzuwerden, daß sie tatsächlich neben Barry Rogers gesessen hatte. *Haben Sie wirklich mit Derek Rogers geschlafen?*

»Nun«, meinte ihre Mutter, »das war doch gar nicht so schlimm, oder? Wir würden dich ja zum Mittagessen einladen, aber in einer Stunde fängt ein Flohmarkt an, und ich muß hin, um mir die besten Stücke herauszupicken, bevor die Meute einfällt.«

»Mach dir wegen mir keine Gedanken«, sagte Charlotte geistesabwesend und blickte ihrer Mutter nach. »Ich habe jede Menge zu tun.«

»Geht es dir gut, Charlotte?« fragte ihr Vater, der jetzt an ihre Seite trat. »Du siehst ein bißchen seltsam aus.«

»Mir geht es gut«, log sie.

»Nein, das tut es nicht«, erwiderte er. »Ich sehe das, ich war nämlich mal Arzt, weißt du?«

»Oh, Dad, sei nicht so nett zu mir, nicht jetzt, ich verfalle sonst in Selbstmitleid, und das darf nicht sein. Peters Vater hat immer behauptet, ich würde in Selbstmitleid ertrinken.«

»Denk nicht an Peters Vater. Soll ich mal mit Iris Braithwaite reden? Sie hat kein Recht dazu, im Ort Lügen über dich zu verbreiten.«

Charlotte sah ihren Vater lächelnd an. »Nein«, erwiderte sie und schüttelte den Kopf, »aber trotzdem danke.«

Er blickte sie verwirrt an. »Wofür?«

»Dafür, daß du *mir* glaubst und nicht Iris Braithwaite.«

»Neville, beeil dich bitte«, rief Louise. Sie stand schon am Ende des Kiesweges und machte das Friedhofstor auf.

Einen Augenblick lang schwankte Neville Archer zwischen seiner Frau und seiner Tochter.

»Geh schon, Dad«, sagte Charlotte. »Mir geht's gut.«

Sie war kaum allein, da spürte sie, daß sie jemand anstarrte. Sie sah auf und begegnete Iris Braithwaites eisigem Blick, die mit ihren Busenfreundinnen Mrs. Haslip und Mrs. Bradley Malcolm Jackson in die Zange genommen hatte. Eine Mischung aus Angst und verwirrter Schuld sagte Charlotte, sie solle besser weglaufen, aber ihre Wut und ihr Gefühl für Gerechtigkeit sagten ihr, jetzt sei der passende Augenblick, um aus der Hüfte zu schießen.

»Hallo, Mrs. Braithwaite«, rief sie aus und ging auf sie zu.

Statt einer Antwort packte die ältere Frau ihre Handtasche fester.

»Sie sind genau die Frau, die ich gesucht habe«, meinte Charlotte fröhlich, als sie direkt vor Iris stand. Die Nachzügler aus der Kirche spitzten ihre Ohren und drehten sich zu ihnen um. Sie spürten, daß gleich etwas viel Interessanteres passieren würde als die Diskussion darüber, wie der Vikar den Gottesdienst aufbaute. Charlotte fuhr fort: »Ich glaube, Sie haben mir etwas zu sagen, oder, Mrs. Braithwaite?«

»Das habe ich ganz bestimmt nicht!«

»Oh, aber natürlich, und nicht nur mir.«

Die Perlen auf Iris' Seidenbluse begannen zu beben. »Mrs. Lawrence, ich versichere Ihnen, ich habe Ihnen absolut gar nichts zu sagen.«

Diese hochmütige Rechtschaffenheit war zuviel für Charlotte. »Glauben Sie wirklich«, sagte sie in bedrohlichem Tonfall, »daß ich fähig bin, kurz hintereinander mit zwei Männern, die ich kaum kenne, ins Bett zu gehen?«

»Ich weiß, was ich gesehen habe«, erwiderte Iris Braithwaite. Sie wich keinen Schritt zurück und versicherte sich mit einem Blick der Unterstützung der beiden anderen Frauen, die sich jedoch beinahe unmerklich von Iris distanzierten.

»Sie haben zwei Männer gesehen, die aus meinem Haus

kamen, nicht mehr und nicht weniger«, sagte Charlotte. »Ich schlage vor, Sie versuchen, das, was Sie mit ihrem bösartigen Klatsch angerichtet haben, wiedergutzumachen, und am besten fangen Sie damit an, sich bei Mr. und Mrs. Rogers und ihren Kindern zu entschuldigen.«

Damit drehte sich Charlotte auf dem Absatz um und ging. Iris Braitwaite blickte ihr nach wie ein hypnotisiertes Kaninchen, das in den Lichtkegel eines Autos geraten ist. Charlotte bekam den schweigenden Applaus derer, die gerade erlebt hatten, wie Iris Braithwaite zum ersten Mal öffentlich heruntergeputzt worden war, nicht mehr mit.

12

Charlotte fühlte sich erschöpft. Eigentlich hätte sie nach dem öffentlichen Sieg über Iris Braithwaite fröhlich und guter Dinge nach Hause hüpfen sollen, aber statt dessen war sie schockiert und traurig über das, was gerade geschehen war.

Ihr ganzes Leben lang hatte sie, wie viele andere im Ort, Iris Braithwaite als ihr persönliches *bête noire* angesehen. Iris hatte die Gesellschaft von Hulme Welford regiert, solange Charlotte denken konnte, und bis heute war ihre Autorität nie öffentlich in Frage gestellt worden. Und doch ging Charlotte der schreckliche Gesichtsausdruck der älteren Frau nicht aus dem Sinn.

Peter hatte genauso ausgesehen, als sie an jenem Morgen mit ihm gesprochen hatte. Ihr fiel jetzt wieder ein, wie er versucht hatte, sein Verletztsein vor ihr zu verbergen. Das Bild stieg so mächtig in ihr auf, daß sie wieder in ihrer Brüsseler Wohnung war, in der Küche saß, Kaffee, Toast, gekochte Eier roch... und ihre Worte hörte, Worte, die Peter über den Frühstückstisch hinweg mitten ins Herz getroffen hatten: *Ich möchte die Scheidung, Peter.* Zuerst dachte sie, er habe sie nicht gehört. Dann legte er langsam sein Messer auf den Teller vor sich – ein halb geschmolzener Klecks Butter hing an der Schneide – und blickte sie mit zusammengepreßten Lippen unverwandt an. Endlos lange saß er so da: gelähmt von seiner emotional armseligen Erziehung. Nichts hatte ihn auf diesen verheerenden Augenblick in seinem Leben vorbereitet.

O Gott, dachte Charlotte, als sie die Straße überquerte, was war bloß mit ihr los, daß sie einfach so herumlief und die Leute verletzte?

Sie hatte noch keine Lust, nach Hause zurückzukehren, da immerhin die Möglichkeit bestand, unterwegs Hilary oder sogar Iris Braithwaite zu treffen. Also wandte Charlotte sich nach links und ging die Hauptstraße entlang, bis sie zu Ted Coopers Schreibwarengeschäft gelangte.

Hinter seinem Rücken war Ted Cooper immer schon Glatzen-Ted genannt worden. Vor drei Jahren aber hatte er seinen lebenslangen Kampf gegen sein schütteres Haar aufgegeben und die wenigen verbliebenen Strähnen mit einem Toupet verdeckt. So war aus ihm Toupet-Ted geworden. Mittlerweile, nach drei Jahren Schmutz und Nikotin, sah sein berühmtes falsches Haar aus, als sei es zu einem einzigen Stück zusammengeschweißt.

Charlotte stieß die Tür auf. Ted saß hinter seiner Ladentheke und las in *People*. Von der Titelseite starrte Charlotte das Gesicht eines kürzlich in Ungnade gefallenen Kricketspielers an. Seine Augen beobachteten sie, als sie zur Theke trat.

»Hallo, meine Liebe«, sagte Ted und blickte von seiner Zeitschrift auf. »Schon eingelebt? Neue Freunde gefunden?«

»Noch nicht«, erwiderte Charlotte, der die Doppeldeutigkeit von Teds Frage natürlich aufgefallen war.

»Hat sich eigentlich nichts verändert, seit Sie weggegangen sind, oder?«

»Nein, nichts hat sich geändert«, stimmte sie zu, wobei ihr auffiel, daß auch Teds nikotinverfärbte Finger mit den überlangen Nägeln und seine schwarzen Zahnstummel immer noch die gleichen waren.

Unschlüssig sah sie die Sonntagszeitungen durch. Die Schlagzeilen auf der ersten Seite kündeten entweder von einem »verärgerten« oder von einem »wütenden« Mitglied der königlichen Familie, mit Ausnahme von *People*, die als einzige ihre Leser über das ausschweifende Sexualleben eines Kricketspielers aus Northamptonshire informierte. Auf den anspruchsvolleren Magazinen war fast ausnahmslos ein müde blickender John Major abgebildet. Da sie keine besondere Vorliebe für irgendeine Zeitung hatte, griff Charlotte nach dem *Independent*, der ihr am nächsten lag. Während sie Ted das Geld reichte, sinnierte sie darüber, wie passend diese Wahl doch gewesen war.

Sie wollte gerade den Laden verlassen, als sie in der Tür plötzlich einem blauen Anorak und einer rosafarbenen, handgestrickten Jacke gegenüberstand. Charlotte kannte das Paar zwar nicht, hatte sie aber in der Kirche gesehen und wußte, daß sie ihre Auseinandersetzung mit Iris mitbekommen hatten. Beide lächelten Charlotte nun breit an. Höflich erwiderte sie ihr Lächeln und wollte rasch an ihnen vorbeischlüpfen. Aber das ließen sie nicht zu.

»Wir möchten Ihnen gerne gratulieren«, sagte der Anorak.

»Ja, das möchten wir wirklich«, echote die rosafarbene Strickjacke.

»Es wurde Zeit, daß ihr endlich jemand Einhalt gebietet«, meinte der Anorak.

»Ja, ganz bestimmt«, versicherte die Strickjacke.

Hinter dem Tresen raschelte es, da Ted erneut die Zeitschrift sinken ließ. Seine Aufmerksamkeit wurde offensichtlich von etwas anderem gefesselt als von Hintern und Titten. Er blickte zu ihnen hinüber und mischte sich unbefangen in das Gespräch ein. »Hallo, Reg, hallo, Joan. Habt ihr gerade tatsächlich Glückwunsch gesagt?«

»Hat sie es Ihnen nicht erzählt, Ted?« fragte der Anorak, der nun als Reg identifiziert war. Charlotte spielte nervös mit dem *Independent* und blickte zu Boden.

Reg und Joan schlossen die Tür hinter sich und drängten sich hastig an den Kartenständern und Zeitschriftenauslagen vorbei, um Ted ihre Neuigkeiten mitteilen zu können.

»Sie war sehr mutig«, sagte Reg.

»O ja, das war sie«, echote Joan.

»Ich muß jetzt wirklich gehen.« Charlotte wich zur Tür zurück. Sie fühlte sich auch ohne diese unangebrachte Heldenverehrung, die ihr Schuldgefühl nur noch verstärkte, schon schlecht genug.

»Sie hat Iris Braithwaite diesen ganzen Unsinn über den Friseur und den Mieter einfach ins Gesicht gesagt! Natürlich hatten wir das sowieso nicht einen Augenblick lang geglaubt, stimmt's, Joan?« Doch als Reg und Joan sich umdrehten, um ihrer Heldin diese Tatsache zu versichern, war niemand mehr da. Konsterniert blickten sie sich im Laden um, als hofften sie, Charlotte hinter dem Drehständer mit Thrillern oder Liebesromanen zu entdecken. Sie waren wirklich enttäuscht.

Charlotte hatte sich so beeilt, von dem Laden wegzukommen, daß sie bereits in Daisy Bank eingebogen und auf dem Weg zur Acacia Lane war. Am liebsten hätte sie laut geschrien. Sie war nach Hulme Welford zurückgekehrt, um Ruhe in ihr Leben zu bringen. Es sollte eine Rückkehr zu tröstlich vertrauten Dingen werden, wie zum Beispiel die Streitereien zwischen Hilary und ihr oder der Mangel an Verständnis seitens ihrer Mutter. Sogar die sich ständig einmischende Iris Braithwaite hatte ein notwendiger Part ihrer Gesundung sein sollen. Aber in weniger als achtundvierzig Stunden hatte sie das ersehnte ruhige Gleichgewicht irgendwie zunichte gemacht.

In ihrer ersten Nacht in Ivy Cottage hatte sie bereits

das Gefühl gehabt, jemand habe das durchgelutschte Ende ihrer Schmusedecke abgeschnitten – jetzt kam es ihr so vor, als habe ihr jemand die ganze Decke weggenommen.

»Ich werde ganz bestimmt nicht mit ihr reden, David, nicht nach dem, was sie getan hat«, sagte Hilary und klappte heftig den Geschirrspüler zu, als wolle sie damit ihre Worte unterstreichen. Sie erreichte damit jedoch nur, daß sie selbst zusammenzuckte, weil sie drinnen Geschirr zerbrechen hörte.

»Warum bist du so sauer, Mummy?« fragte Becky, die über ein Malbuch gebeugt am Küchentisch saß. »Hoffentlich hast du nicht meinen Peter-Rabbit-Teller kaputtgemacht.«

Philip, der auf der Treppe an der Tür zum Garten saß und den Schlamm des gestrigen Spiels von seinen Fußballschuhen kratzte, lachte und sagte: »Das geschähe dir ganz recht, schließlich hast du auch absichtlich meinen Manchester-City-Becher kaputtgemacht.«

Becky warf einen gelben Stift nach ihrem Bruder, der sich dafür mit einem Schlammklumpen revanchierte. Sie stieß ein schrilles Geheul aus.

»Hört auf, ihr zwei«, sagte Hilary, die gerade die Überreste des Frühstücks in den Müllzerkleinerer kippte. Sie stellte ihn an, und ein lautes Stampfen und Krachen ertönte. Über dem Lärm hinweg schrie sie David, der gerade die Wochenendbeilage las, zu: »Ich finde es ganz schön unverfroren von ihr, daß sie da war!«

»Was?« fragte David, ohne aufzublicken.

»Ich sagte... Ach, was soll's.« Hilary stellte den Müllzerkleinerer wieder aus und sagte, immer noch laut: »Mit dem neuen Modell hätten wir nicht soviel Ärger. Und die teureren Geräte sind auch viel leiser.«

David blickte verwirrt auf. »Wovon redest du eigentlich?« Er faltete die Zeitung zusammen und ging auf der Suche nach Ruhe und Frieden ins Wohnzimmer. Er wußte aus Erfahrung, daß es nicht ratsam war, in Hilarys Nähe zu sein, wenn sie in solcher Stimmung war. Offengestanden glaubte er kein Wort von dem, was über Charlotte geredet wurde. Er fragte sich allerdings, ob er es nur nicht glauben wollte oder ob ihm die Vorstellung, daß Charlotte zu so etwas fähig war, nicht gefiel.

Hilary schürzte die Lippen, ergriff einen Holzlöffel und schob noch mehr vertrocknete Brotkrusten und matschige Cornflakes in den Müllzerkleinerer.

»Mummy?«

»*Ja*, Becky!« fuhr Hilary auf. Dann jedoch fiel ihr ein, daß ihre Tochter schließlich nichts dafür konnte, daß Charlotte soviel Schande über die Familie brachte. »Was ist denn, mein Schatz?«

»Mummy, du kennst doch Tante Charlotte.«

»Ja.« Das habe ich zumindest immer gedacht, sagte sie zu sich selbst.

»Warum trägt Tante Charlotte keinen Schlafanzug so wie ich?«

»Das ist aber eine komische Frage. Warum fragst du?«

Becky blickte von ihrem Malbuch auf. »Ich habe in der Kirche gehört, wie jemand gesagt hat, Tante Charlotte braucht zwei Männer im Bett, damit ihr warm ist.«

Sobald Charlotte zu Hause angekommen war, rannte sie die Treppe hinauf, steckte ihren Kopf in den Wandschrank, wo sie hoffentlich niemand hören konnte, und schrie, so lange und laut sie konnte. Als Therapie bewährte es sich allerdings nicht. Deshalb schloß sie die Tür wieder und ging hinunter in die Küche, wo Mabel auf einem Quietschtier herumkaute, das Charlotte und ihr Vater gestern zusammen mit einem Freßnapf und einer Hundeleine gekauft hatten. Als der kleine Hund Charlotte erblickte, sprang er sofort auf sie zu. Charlotte lächelte und fühlte sich gleich besser.

Sie fütterte Mabel und ging mit ihr in den Garten. Dabei überlegte sie, was sie mit dem restlichen Tag anfangen sollte. Eigentlich müßte sie hinübergehen und sich bei Hilary entschuldigen, aber im Moment konnte sie ihre Schwester wirklich nicht ertragen. Im Haus gab es nichts für sie zu tun, erst morgen, wenn der Möbelwagen kam, und außerdem war auch viel zu schönes Wetter, um drinnen zu bleiben.

Als ihr Blick an dem Gartenhäuschen mit seiner blaugestrichenen Tür hängenblieb, fiel ihr ein, daß bestimmt Gartenmöbel darinstanden. Sie ging ins Haus zurück, wo sie den großen, rostigen Schlüssel für den Schuppen fand.

Während Charlotte versuchte, ihn im Schloß umzudrehen, spürte sie die Wärme der Sonne auf ihrem Rücken. Dieser Teil des Gartens war geradezu sonnenverwöhnt, mit Beeten voller Rosen, Vergißmeinnicht und winzigen, dunkelroten Stiefmütterchen, die bis auf den Weg wuchsen und auch entlang der Wand des Gartenhäuschens, die größtenteils von einer blühenden Glyzinie überwuchert wurde. An der Mauer standen und lagen zerbrochene und zersplitterte Terrakottatöpfe. Charlotte fand, sie sahen traurig aus, so als warteten sie immer noch darauf, daß die Cliffords wiederkämen.

Schließlich schaffte sie es, den Schlüssel umzudrehen, und die Tür ging anstandslos auf. In Davids Exposé des Hauses hatte Charlotte gelesen, daß Ivy Cottage »nicht nur über ein sehr geräumiges Gartenhaus« verfügte, sondern daß man darin auch »zahlreiche hübsche, rustikale Gartenmöbel« fand.

Auf den ersten Blick schien das allerdings nicht der Fall zu sein. Im Dämmerlicht und mit all den Spinnweben sah es Charlotte eher so aus, als hätten die Cliffords einfach vergessen, einen Blick hineinzuwerfen, bevor sie weggezogen waren. Ein alter Rasenmäher war da, Besen in verschiedenen Stadien der Altersschwäche, ein paar schmutzstarrende Gartenhandschuhe, die bedrohlich auf dem Fußboden lagen – als warteten sie nur auf das nächste Opfer, auf das sie sich stürzen konnten –, und einige Gartenscheren und ein Korb mit getrockneten Rosen. Es war drückend warm, und es roch nach Erde und Dünger.

Charlotte ging hinein und stellte fest, daß der Schuppen größer war, als sie zunächst gedacht hatte. Hinter dem Rasenmäher erblickte sie eine Schubkarre und verschiedene alte Gartenmöbel.

Während Mabel beharrlich hinter ihr hertrottete, holte Charlotte zwei weißgestrichene Klappsessel heraus, einen zum Sitzen und einen, auf den sie die Füße legen konnte. Neben dem ausladenden Feigenbaum auf der linken Seite des Gartens klappte sie die Stühle vorsichtig auseinander. Sie waren schmutzig, mit toten Insekten und abblätternder Farbe bedeckt. Charlotte ging ins Haus und holte einen Eimer mit Wasser und einen Lappen. Hinter ihr wurde ein Fenster geöffnet, und Bachs Messe in b-Moll ertönte, gefolgt von dem unmißverständlichen Duft von kochendem Essen und dem Geräusch klappernden Geschirrs. Dies erinnerte Charlotte daran, daß sie nicht nur nicht überlegt hatte, was sie heute essen wollte, sondern auch, daß dies einer der Nachteile dabei war, daß sie Haus und Garten mit jemandem teilte. Sollte sie sich umdrehen und Alex Hamilton begrüßen? Er stand jetzt zweifellos in seiner Küche und beobachtete sie. Oder sollte sie so tun, als hätte sie das Fenster nicht gehört?

Sie dachte daran, wie nett Alex zu ihr gewesen war und daß sie sich bei ihm entschuldigen mußte, also drehte sie sich um, um ihm zu zeigen, daß sie Frieden schließen wollte. Aber er war gar nicht da.

Also machte sie sich wieder daran, die Stühle zu säubern. Schließlich hatte sie das zufriedene Gefühl, ihr möglichstes getan zu haben, und ließ sich vorsichtig nieder. Der altersschwache Stuhl ächzte ein bißchen, aber als er keine weiteren Anzeichen dafür von sich gab, zusammenbrechen zu wollen, streckte sie sich entspannt aus, verschränkte die Hände hinter dem Kopf, legte die Füße auf den anderen Stuhl und wandte ihre Aufmerksamkeit dem Garten zu.

Er war hübsch, zwar im Augenblick etwas ungepflegt, aber trotzdem hübsch. Der Rasen war mit Gänseblümchen und Löwenzahn gesprenkelt und erstreckte sich ungefähr dreißig Meter weit bis zu einem Windschutz aus hohen Tannen, Fichten, Silberbirken und zahlreichen Rhododendren, die kurz vor dem Aufblühen standen. Zu ihrer Rechten lag ein großes, ungepflegtes Beet, und dahinter schirmte eine hohe Rotbuchenhecke das Haus gegen In The Pink ab.

Charlotte dachte unwillkürlich, daß sie sicher etwas Wirksameres brauchte als eine Buchenhecke, um Derek Rogers fernzuhalten.

Zu ihrer Linken stand hinter dem Feigenbaum ebenfalls eine Buchenhecke, die allerdings nicht als Sichtschutz diente, weil dahinter nur noch Dickicht war.

Sie schloß die Augen und lauschte dem leisen Gurren der Tauben in den Bäumen, das begleitet wurde von den lauteren Passagen der Bach-Messe, die selbst bis in diesen abgeschiedenen Teil des Gartens drangen. In dieser friedlichen, sonnenwarmen Umgebung schlief sie beinahe ein.

Plötzlich jedoch bellte Mabel, und Charlotte zuckte zusammen und setzte sich kerzengerade auf. Mabel hatte sie ganz vergessen. Wo war sie? Als sie zum Haus blickte, sah sie den kleinen Hund auf dem Rasen vor dem Wintergarten liegen. Alex kniete neben ihm und streichelte ihn.

»Hallo«, sagte er und sah zu Charlotte hinüber.

Sie nickte, stand auf und ging zu ihm.

»Ich wollte Sie gerade fragen, ob Sie mir beim Mittagessen Gesellschaft leisten möchten.«

»Oh«, erwiderte sie überrascht und log dann: »Ich habe schon gegessen.«

Er wirkte enttäuscht. Mit zusammengekniffenen Augen blickte er in die Sonne. »Ich dachte, ich esse hier draußen. Ist doch keine schlechte Idee an so einem schönen Tag.«

Er hatte recht, dachte Charlotte, es war eine gute Idee, und sie kam um vor Hunger. Warum hatte sie ihn bloß angelogen?

»Roastbeef und Yorkshirepudding«, sagte er. »Sind Sie sicher, daß Sie sich nicht anschließen möchten?«

Sie schob die Hände in die Hosentaschen. »Ach was, warum eigentlich nicht?«

Sie holten gemeinsam den Eisentisch aus dem Schuppen, und während Charlotte ihn abwischte, brachte Alex zwei Tabletts mit Essen, Gläsern und einer Flasche Rotwein heraus. Mabel tanzte ihm nach Aufmerksamkeit heischend ständig zwischen den Füßen herum.

»Sie wußten, daß ich gelogen habe, nicht wahr?« fragte Charlotte, als sie sich schließlich setzten.

»Nennen wir es mal Intuition.« Er reichte ihr Gabel und Messer. »Ich wette, Sie haben seit Freitag abend nichts Richtiges mehr gegessen.«

»Haben Sie mir nachspioniert?« Ihre Stimme klang leicht vorwurfsvoll.

»Das ist nicht schwer, so nah, wie wir beieinander wohnen.« Er reichte ihr ein Glas Wein, hielt sein eigenes hoch und sagte: »Auf...« Lächelnd schwieg er und fuhr dann entschlossen fort: »Auf einen schönen Sommer!«

»Ja, auf einen schönen Sommer«, wiederholte Charlotte ohne Überzeugung. Sie trank einen Schluck Wein.

»Bulgarischer, billig und angenehm«, sagte er und beobachtete sie. »Ich glaube leider nicht an teure Weine.«

»An was glauben Sie dann?« Der Zynismus in ihrer Stimme war nicht zu überhören.

Er stellte sein Glas vorsichtig auf den Tisch. »Gute Frage.«

»Es tut mir leid, das war ungehörig. Ich habe mir gestern gelobt, so etwas nicht mehr zu machen – zynisch zu sein und so.« Sie aß ein wenig von dem lockeren Yorkshirepudding und blickte zur Seite zu den Silberbirken, wo sich zwei Elstern gerade ein Nest bauten.

Alex ergriff die Gelegenheit, Charlotte unbemerkt zu mustern, und fand, daß als erstes an ihr das schulterlange Haar auffiel. Es war ganz dunkel, ohne eine Spur von Grau. Sie trug es, wie auch am Freitag abend, locker um ihr Gesicht, und es rahmte einen Mund ein, den man groß nennen konnte. Für seinen Geschmack allerdings war er perfekt – voll und sinnlich –, und wenn sie lächelte, erschienen zwei Grübchen. Das war ihm schon am Freitag abend aufgefallen, ebenso wie ihre Augenfarbe, die offenbar je nach Lichteinfall wechselte. Beim Abendessen hatten sie dunkel, fast violett gewirkt; und jetzt hier in der Sonne sah er fasziniert, wie strahlend enzianblau sie geworden waren. Ihm fiel auch auf, daß sie erschöpft aussah. Mehr noch, sie wirkte, als ob sie sich nicht wohl in ihrer Haut fühlte, es war etwas Unbehagliches um sie herum. Ob das unterdrückte Wut war, fragte er sich, Wut über das Leben, das ihr so übel mitgespielt hatte? Sicher hatte sie einen Grund, so zu empfinden... War es ihm nicht selbst auch einmal so gegangen?

»In der höchsten Birke dahinten bauen Elstern ein Nest«, sagte er. »Können Sie es sehen? Es gab schon eins in einer der Koniferen, aber eine Krähe hat es zerstört.« Lächelnd blickte er Charlotte an. »Das Leben ist hart, was?« sagte er leise.

»Es schmeckt wundervoll«, erwiderte sie, wobei sie ein Stück Roastbeef auf ihre Gabel spießte. »Wann haben Sie so gut kochen gelernt?«

»In meiner Studentenzeit«, sagte er und machte sich in Gedanken eine Notiz, worüber sie nicht reden wollte. »Als ich bei der ehrenwerten Mrs. Holroyd wohnte. Sie weilt leider nicht mehr unter den Lebenden, aber dort draußen«, er machte eine weit ausholende Armbewegung, als ob er Charlotte die Welt zeigen wolle, »gibt es zahlreiche Menschen, die die Erinnerung an sie in Ehren halten. Sie war wirklich eine großartige Vermieterin, die Generationen von Studenten das richtige Leben beigebracht hat – wie man kocht, wäscht und bügelt.«

Charlotte lächelte. »Und wo hat das alles stattgefunden, auf welcher Universität? Nein, sagen Sie nichts, lassen Sie mich raten. Ich würde sagen, Sie waren in Cambridge.«

Er lachte und trank einen Schluck Wein. »Meine Eltern hätten es gerne gehabt, wenn ich dorthin gegangen wäre, um in die Fußstapfen meines Vaters und meines älteren Bruders zu treten. Ich hatte sogar schon einen Studienplatz.«

»Und warum sind Sie nicht gegangen?«

»Die Gründe eines Achtzehnjährigen: Ich wollte mich nicht anpassen, und ich wollte nicht das ganze Trara und den Druck, und deswegen habe ich mich für Leeds entschieden.«

»Und dann, was haben Sie als nächstes gemacht? Eine Kommune in den Mooren von Yorkshire gegründet?«

»Wissen Sie was? Ich habe mich angepaßt! Kaum hatte ich mein Examen, bekam ich eine Stelle bei Henderson & Wyatt, und noch bevor ich wußte, wie mir geschah, war ich eingetragenes Mitglied in allem, was ich vorher verachtet hatte. Enttäuschendes Ende eines vielversprechenden Anfangs, oder?«

»Wenn es dabei geblieben wäre, sicher, aber jetzt sind Sie hier in Hulme Welford. Warum?«

Alex erzählte Charlotte, wie er seine Karriere bei Henderson & Wyatt beendet und sich einfach hatte auszahlen lassen und das getan hatte, wozu er Lust hatte. »Mir war es auf einmal wichtig, mir selbst zu beweisen, daß all dieses Zeug wie Status, Macht und Reichtum gar nichts bedeutet, daß dies alles Quatsch ist. Ich wußte ganz genau, daß es für den einzelnen langfristig überhaupt keinen Unterschied machte, ob ich blieb oder ging. Kurzfristig rissen sie sich natürlich alle ein Bein aus, um nur ja den richtigen Ersatz für den dynamischen Alex Hamilton zu finden, aber ich wette mit Ihnen, heute sagen sie alle, Alex Wer? Und das ist auch in Ordnung so, weil sie das letztendlich auch gesagt hätten, wenn ich in Rente gegangen wäre.«

Charlotte runzelte die Stirn. »Das ist komisch, nicht? Die meisten Leute haben gerne das Gefühl, wichtig oder unersetzlich zu sein. Das gibt ihnen überhaupt erst ihre Identität, ihr Namensschild, wenn Sie so wollen.«

»Man braucht Mut, um man selbst zu sein und zu wissen, daß man eine bedeutende Person ist, etwas Wertvolles zu bieten hat, auch ohne all diese Selbstrechtfertigungen vorweisen zu können.«

Charlotte dachte für einen Moment darüber nach. »Wie ist es mit der Ehe?« fragte sie dann. »Brauchen Sie dieses Label auch nicht?«

Er blickte sie an und legte Gabel und Messer auf seinen leeren Teller. »Ich war so gut wie verheiratet«, antwortete er. *So gut wie verheiratet* – wie glatt das klang, beinahe so, als ob seine Zeit mit Lucy gar nichts bedeutet hätte. Noch vor kurzem hätte er über diese Phase in seinem Leben gar nicht reden können, ohne Schmerz zu empfinden. Aber hier saß er nun, der lebende Beweis für das, was seine Familie und seine Freunde zu ihm gesagt hatten: *Die Zeit heilt alle Wunden*. Es hatte zwar eine Weile gedauert, aber es hatte sich als richtig erwiesen. »Noch etwas Wein?« fragte er.

»Nein danke. Nach meinem Benehmen bei Hilary sollte ich besser vorsichtig sein. Was heißt ›so gut wie‹?«

In den Zweigen des Feigenbaumes über ihnen begann eine Amsel zu singen. Mabel sprang auf und bellte sie laut an. Der Vogel schnarrte beleidigt und flog davon.

»Sie ist auf meinen unterkühlten Charme nicht hereingefallen und hat mich ständig abgewiesen«, entgegnete Alex mit leichtem Lachen und wechselte das Thema. »Nun, sagen Sie mir doch, wie ist denn St. John so?«

»Besser als in meiner Jugend«, erwiderte Charlotte und registrierte, daß auch Alex Hamilton, wie die meisten Menschen, eine Achillesferse hatte. »Für Iris Braithwaites Geschmack allerdings ist es nicht orthodox genug.« Plötzlich stand sie wieder auf dem Kirchhof und sah den schrecklichen Ausdruck auf Iris' Gesicht.

Beim Essen mit Alex hier im Garten war es ihr gelungen, die Vorfälle des Morgens zu vergessen. Als sie jetzt auf einmal daran dachte, wich ihr alle Farbe aus dem Gesicht, und sie fragte sich, ob Alex den Klatsch, der durch den ganzen Ort gegangen sein mußte, wohl auch schon gehört hatte. Aber dann hätte er es doch bestimmt erwähnt, oder nicht?

»Ist irgendwas nicht in Ordnung?« fragte er.

»Ich ...« Das war gräßlich. Wie sollte sie es ihm sagen? Sie räusperte sich. »Wahrscheinlich sollte ich es Ihnen erzählen, bevor Sie es von jemand anderem erfahren.«

Alex zog die Augenbrauen hoch. »Habe ich was verpaßt?«

Charlotte seufzte und erzählte ihm, was sie angeblich mit ihm und Derek angestellt hatte.

Alex schlug ein Bein über das andere und zog den Fuß langsam zu sich heran. Sie sah ihm an, daß es ihm schwerfiel, nicht zu lächeln, aber sie fuhr in ihrem Bericht fort, erzählte ihm vom Besuch ihrer Mutter, von Dereks Sohn Barry, der sie in der Kirche ins Kreuzverhör genommen hatte, ihrem Wortwechsel mit Iris und schließlich von der Szene in Toupet-Teds Laden.

»Dann wird es ja wohl jetzt vorbei sein«, meinte Alex, als sie fertig war. »Iris Braithwaite entschuldigt sich und alle vergessen es. Sie sind reingewaschen.«

Sie schüttelte den Kopf. »Nein, das bin ich nicht, und ich werde es auch nie sein. Verstehen Sie nicht, daß alle es für möglich gehalten haben?«

»Nun ja, in einem gewissen Maß sind wir schließlich alle dazu fähig.«

»Und Hilary hat mich heute früh in der Kirche ignoriert, sie hat mich geschnitten! Sie stand am Weihwasserbecken mit so einem albernen Toilettensitz in der Hand und wandte sich ab, als ich ihr zulächelte. Soviel zu christlicher Nächstenliebe!« Sie senkte den Kopf, wobei ihre Haare ihr wie eine Kaskade über das Gesicht fielen und die aufsteigenden Tränen verbargen.

Alex lehnte sich in seinem Stuhl zurück. Nachdenklich blickte er Charlotte an. Nach einer Weile legte er ihr schweigend die Hand auf die Schulter. Sie hob den Kopf, blickte ihn an und stand dann auf.

»Ich gehe jetzt besser. Ich bin im Moment keine besonders gute Gesellschaft, ich bin zu sehr damit beschäftigt, mir selbst leid zu tun.« Sie schüttelte den Kopf. »Und wissen Sie was, Iris hat mir heute früh auch leid getan.«

»Jetzt haben Sie mich wirklich getroffen«, erwiderte er verwirrt. »Kommen Sie, bleiben Sie noch ein bißchen und erklären Sie mir das.«

Sie setzte sich wieder, selbst ganz überrascht darüber, daß sie seinem Wunsch so bereitwillig nachkam. »Wissen Sie, ich habe Iris heute früh herausgefordert, weil ich wirklich glaubte, das sei richtig, genauso wie ich glaubte, es sei richtig, wieder nach Hulme Welford zu kommen. Jetzt ergibt das alles irgendwie keinen Sinn mehr.«

»Erzählen Sie«, sagte Alex langsam, »erzählen Sie mir etwas über Ihr Leben mit Peter in Brüssel. Wie war es?«

Sie zog ihre Sandalen aus und fuhr mit den bloßen Füßen leicht über das Gras. Sie dachte über Alex' Frage nach. Niemand hatte sie jemals wirklich gefragt, wie *ihr* Leben gewesen war. Es waren Vermutungen angestellt worden – sie war die Frau eines »cleveren jungen Kerls« gewesen, sie waren immer irgendwo hingegangen, sowohl geographisch als auch im übertragenen Sinn. Es war ihnen gut gegangen, sie hatten schöne Wohnungen, eine gesicherte Zukunft gehabt. Und sie hatte mühsam versucht, sich in Übereinstimmung mit Peters Arbeit ein eigenes Leben zu schaffen, bis sie gemerkt hatte, daß sie damit nicht verdrängen konnte, daß ihr Mann seine Arbeit mehr liebte als sie; daß sie nur noch eine ungeliebte Unterbrechung dessen war, was ihn wirklich erregte. Sie sah sich mehr und mehr als eine der Akquisitionen auf Peters Weg. Sie war ein notwendiger Bestandteil seines Bildes von einem perfekten Manager, solange sie sich darauf einließ, nur eine Nebenrolle zu spielen.

Ihr ging ihre vorgefertigte Antwort auf Alex' Frage durch den Kopf – *es hat Spaß gemacht, es gab viel zu tun und zu sehen, das ganze fremde Essen und die Kultur* –, aber statt dessen blickte sie Alex in die Augen und sagte: »Es war leer und kalt, und ich habe es gehaßt.«

13

Hallo, störe ich?«

Davids Erscheinen im Garten von Ivy Cottage kam so unerwartet, daß das Schweigen, nach Charlottes Worten im gedämpften Sonnenlicht unter dem Feigenbaum entstanden, wie fortgeblasen war. Sein Auftauchen wurde von Lärm und Aktivität begleitet – Mabel bellte ihn an, und die Amsel, die Mabel vorher verjagt hatte, die aber mittlerweile wiedergekommen war, flog unter ärgerlichem Schimpfen wieder in die Sicherheit der Buchenhecke.

»Natürlich störst du nicht«, sagte Charlotte und war ihrem Schwager dankbar, daß er sie vor weiteren Enthüllungen bewahrt hatte. Warum hatte sie das gesagt? Sie würde in Zukunft darauf achten müssen, daß ihr so etwas nicht mehr entschlüpfte, denn das würde alle möglichen Bekenntnisse nach sich ziehen. *Warum haben Sie Brüssel so sehr gehaßt?* wäre die nächste logische Frage. *Weil mein Mann im Leben nichts mehr gebraucht hat als seine Arbeit; weil mein Mann es mir unmöglich machte, ihn so zu lieben, wie ich es gerne gewollt hätte.* O nein, ein solches Gespräch konnte nur in eine Richtung führen, zu einer fürchterlichen, endgültigen Auflösung – daß sie die Schuld an Peters Tod auf der eisglatten Straße nach Luxemburg trug.

»Ich hole dir noch einen Stuhl«, sagte sie.

Während er seiner Schwägerin nachblickte, mußte David daran denken, wie er sie zum ersten Mal gesehen hatte. Er hatte Hilary in seinem ersten Jahr am Polytechnikum in Oxford kennengelernt, und sie hatte ihn in den Weihnachtsferien eingeladen, ein paar Tage bei ihr und ihrer Familie zu verbringen. Am Silvesterabend war Charlotte aus London gekommen, mit einem hübschen kleinen, grünen MG und einem Freund namens Clive. An diesem Abend hatte es die meiste Zeit geschneit, und als sie spät in der Nacht zu Louises und Nevilles Cottage zurückgingen, fing Charlotte an zu lachen und sagte, sie würde am liebsten barfuß im Schnee tanzen. Sie dachten alle, sie würde einen Witz machen, aber dann zog sie sich ihren dicken Mantel und die Schuhe aus und tat genau das. Wie eine Nymphe schwebte sie im Mondlicht umher. Hilary mißbilligte es natürlich. »Um Himmels willen, Charlotte, hör auf, dich so zu produzieren!« Aber er und Clive sahen wie gebannt zu. Als die Kirchenglocken den Beginn des neuen Jahres verkündeten, hatten sie alle laut gejubelt und sich gegenseitig geküßt. Er erinnerte sich noch daran, daß er Charlotte am liebsten einen langen, nassen Kuß mit offenem Mund gegeben hätte, aber statt dessen auf ihre geschlossenen Lippen gestoßen war.

Drei Jahre später waren er und Hilary verheiratet. Und damit war er eine Art Bruder für Charlotte geworden, und Küsse bedeuteten nur noch ein zurückhaltendes Streifen der Wange.

Während er jetzt Charlotte nachsah, wie sie barfuß über den Rasen ging, fragte sich David, ob sie seitdem wohl jemals wieder barfuß im Schnee getanzt hatte.

Alex blickte Charlotte ebenfalls nach und dachte an das, was sie gerade zu ihm gesagt hatte – *Es war leer und kalt, und ich habe es gehaßt.* Es war ein deutliches, aufrührendes Bild, das sie ihm dadurch gezeichnet hatte, und nur ein

Idiot konnte dabei an Belgiens geringe Bevölkerungsdichte und das wechselhafte Wetter denken. Ihn jedoch beunruhigte auch noch etwas anderes.

Was ist mit der Ehe? Brauchen Sie dieses Label auch nicht? Lucy. Schon zweimal an diesem Tag war er gezwungen gewesen, an sie zu denken. Während er hier in der Sonne gesessen und Charlotte zugehört hatte, hatte er versucht, Lucy aus seinen Gedanken zu verbannen, diese unliebsame Erinnerung wieder in die Tiefen seines Gedächtnisses zurückzudrängen, wo er sie seit langem wie einen geheimen Schatz aufbewahrte und, wie das häufig bei Schätzen der Fall ist, nur selten anrührte. Sie war ein lebhaftes, kraftvolles Mädchen gewesen, und so war auch die Erinnerung an sie, selbst noch nach sieben Jahren.

»Alex, ich habe es dir mindestens schon hundertmal gesagt, daß ich mich nicht mit dir einlassen werde, jedenfalls nicht, solange es auch nur eine winzige Chance gibt, daß mich jemand heiratet, der nicht jeden Moment seines Lebens vor seinem Computer verbringt.«

»Ich will dich ja gar nicht heiraten«, hatte er gelacht und ihre Hand ergriffen, während sie zum Wasserfall von Haworth spazierten. »Ich will nur jede Nacht mit dir schlafen, das ist alles.«

»Na, das tust du ja sowieso schon oft genug.«

Er hatte sie geküßt und sie hinuntergezogen zwischen Heidekraut und reifenden Heidelbeeren, obwohl eine ganze Gruppe von japanischen Touristen mit Sonnenhüten und Kameras um sie herumschwirrte.

»Du bist ein Mistkerl, Alex Hamilton, und ich liebe dich!« hatte sie so laut sie konnte geschrien, gerade als der letzte Tourist diskret versuchte, an ihnen vorbeizuhuschen.

Nach Lucy hatte es zwar andere Frauen in seinem Leben gegeben, aber jede weitere Beziehung war nur oberflächlich geblieben.

»Möchten Sie etwas trinken, David?« fragte er abrupt und stand auf.

David blickte auf die Weinflasche, die auf dem Tisch stand. »Ja, ein Glas Wein gerne, danke.«

Während Alex in seine Seite von Ivy Cottage ging, um noch ein Glas zu holen, kam Charlotte mit einem Gartenstuhl wieder.

»Ich sehe, du hast die Gartenmöbel gefunden. Sie sind sehr alt, schon fast antik«, sagte David.

»Das glaube ich auch«, erwiderte Charlotte und wischte den Stuhl ab. »Es würde mich gar nicht wundern, wenn sie von der Arche Noah wären.«

Alex kam mit einem weiteren Glas wieder und schenkte Wein ein. Charlotte lehnte dankend ab. »Na, David, warum bist du nicht in The Gables und tust das, was Väter am Sonntag für gewöhnlich tun?«

»Wenn du es genau wissen willst, mir stand es bis hier oben.« Er wies auf sein unrasiertes Kinn. »Hilary ist heute nicht gut drauf. Es hat wahrscheinlich was zu tun mit...« Er schwieg und nahm einen stärkenden Schluck Wein. »Na ja, du weißt schon...« Wieder schwieg er, wies mit dem Kopf zu In The Pink hinüber und dann zu Alex.

Alex lächelte. »Sie glauben das doch nicht, David, oder?«

»Du meine Güte, nein!« erwiderte David, streckte die Beine aus und stellte sein Glas auf seinen leicht vorgewölbten Bauch.

»Lügner«, sagte Charlotte plötzlich. »Du bist genauso schlecht wie alle anderen!«

»Nein, wirklich, ich glaube kein Wort davon. Es ist nur, na ja, du weißt ja, es fallen einem einfach nur die alten Sprüche ein, kein Rauch ohne Feuer und so.«

»Also«, meinte Charlotte und kniff leicht die Augen zusammen, »ist Hilary stinksauer, was?«

»Das kannst du wohl sagen«, entgegnete David und blies die Backen auf. »Sie schäumt geradezu.«

»Na, dann ist der Tag ja doch nicht ganz verloren, oder?«

»Oh, das ist großartig, ganz großartig«, erwiderte David laut und trank einen weiteren Schluck Wein. »Darauf kann ich mich von jetzt an freuen, was? Ihr beiden Schwestern schaukelt euch die ganze Zeit gegenseitig hoch, und ich stecke mittendrin?«

»Wissen Sie eigentlich, wer wirklich mittendrin steckt?« fragte Alex und beugte sich vor.

Charlotte und David blickten ihn an. »Wer?« fragten sie gleichzeitig.

»Cindy, natürlich. War schon jemand bei ihr und hat ihr die Wahrheit gesagt?«

Charlotte verzog das Gesicht. »Tut mir leid, aber dazu hatte ich keine Lust. Meinen Sie, ich sollte es tun?«

»Was halten Sie davon, wenn wir es gemeinsam machen?« fragte Alex. »Nach dem, was ich von Dereks Ruf weiß, wird es ziemlich schwierig werden, sie davon zu überzeugen, daß zwischen Ihnen beiden nichts passiert ist.«

»Ich werde darüber nachdenken«, sagte Charlotte und mied Alex' Blick. Sie hatte nicht das Verlangen, auf Cindy zu stoßen.

Abgesehen von Barry war Cindy alleine zu Haus. Aus seinem Zimmer drang Musik: Mönche sangen immer wieder das gleiche. Barry hatte diese Musik einmal als erhebend bezeichnet – bei einem seiner seltenen Ausflüge aus seinem Zimmer.

Jeder Tag verlief gleich. Sobald Barry von der Schule nach Hause kam, ging er sofort hinauf in sein Zimmer, stellte die Musik an und steckte den Kopf in die Bücher. Auch der heutige Sonntag bildete da keine Ausnahme. Er war in seinem Zimmer, seit er heute morgen vom Joggen zurückgekommen war. Nur zum Mittagessen war er kurz herausgekommen, hatte allerdings bei Tisch kaum ein Wort gesagt, sondern nur geistesabwesend das Essen in seinen Mund geschaufelt und dabei seine Augen nicht von dem Buch gewandt, das er gerade las. Die Jungen, die sie mit achtzehn gekannt hatte, waren nie so wie Barry gewesen. Sie hatten eher Derek geähnelt, dachte sie wehmütig. Aber Barry war ein seltsamer Junge, immer so ruhig und nachdenklich. In der letzten Zeit war das sogar noch ausgeprägter geworden. Sie hatte sein Zimmer durchsucht, während er in der Schule war, hatte aber nichts gefunden. Sie haßte sich dafür, aber schließlich gab es diese Merkzettel von der Schule, auf denen stand, was man machen sollte, wenn sich das Verhalten des Kindes änderte. Sie konnte sich allerdings auch nicht vorstellen, daß Barry in irgend etwas verwickelt war, nicht in Drogen oder so. Tiffany ja. Bei ihr konnte sie sich sogar Heroin vorstellen. Cindy zuckte zusammen und verdrängte den Gedanken an ihre Kinder. Sie ging in das Badezimmer, das sich an ihr Schlafzimmer anschloß, und blickte in den großen beleuchteten Spiegel über seinem und ihrem Waschbecken.

Kritisch betrachtete sie ihr Gesicht und fuhr sacht mit einem perfekt manikürten Zeigefinger über die Haut unter ihrem rechten Auge. Der Schatten der leicht schlaffen Haut unter ihren Wimpern war ihr Warnung genug, daß sie jetzt ihre Lieblingsaugenpackung aus Zitrone und Aprikose brauchte. *Kummer kann eine verheerende Wirkung auf Ihre Haut haben* – sie begriff die Ironie ihrer Worte zu Charlotte am Freitag abend nur zu gut. Aber sie fühlte sich jetzt nicht in der Stimmung für eine Augenpackung, und außerdem war Sonntag. Sicher konnte doch auch ihre Haut einmal einen Tag freinehmen?

Nein, ermahnte sie sich nachdrücklich, laß dich nicht gehen, laß das nicht zu. Du hast zahllose bedeutungslose

Affären überlebt, du wirst auch diese überleben. Sollen sie es doch ruhig ausleben, damit er sie vergißt, und das war's dann.

Sie war wirklich ganz gelassen. Das hatte sie sich beigebracht. Selbst als sie den beiden jungen Angestellten im Salon, Tracy und Lorraine, die gestern am späten Nachmittag den Wäscheschrank aufräumten, zugehört hatte, war sie ruhig geblieben.

»Es ist mal wieder soweit«, hatte Lorraine gekichert.

»Aber dieses Mal hat er einen Konkurrenten, nicht?« hatte Tracy erwidert. »Dieser gutaussehende Typ, der gerade drüben eingezogen ist.«

Cindy faßte ihre Haare zu einem festen Pferdeschwanz zusammen und drehte ein Gummiband darum. Zuerst säuberte und erfrischte sie ihre Haut, dann trug sie vorsichtig die süß riechende, cremige Paste rund um ihre Augen auf.

Da sie zehn Minuten warten mußte, bis die Packung wirkte, ging sie ins Schlafzimmer, um sich eine Zeitschrift zu holen. Als sie an dem deckenhohen Spiegel am anderen Ende des blaß pfirsichfarbenen Raumes vorbeikam, sah sie für den Bruchteil einer Sekunde ein hageres, weißes Gesicht, das gar nicht *ihr* ähnlich sah, sondern eher einer gräßlich verunstalteten alten Frau. Derek würde eine solche Frau niemals lieben, flüsterte eine Stimme in ihrem Kopf. Sie stand da und sah dieses erschreckende Bild an, bis es schließlich verschwand und wieder zu dem Gesicht wurde, an das sie gewöhnt war, zu dem Gesicht, das Derek hoffentlich liebte... auf seine Art.

Sie ging mit der Zeitschrift ins Badezimmer zurück, setzte sich in den kleinen Korbstuhl neben der Badewanne und blätterte die Seiten durch, mit ihren lebensverbessernden Rezepten für Sex und Blätterteigpastete. Dabei versuchte sie verzweifelt, nicht an Derek und was er ihr antat zu denken.

Sie haßte ihn nicht für das, was er tat, meistens konnte er einfach nicht anders – es war wie eine schlechte Angewohnheit. Und aus Gründen, die sie nicht verstand, liebte sie ihn, sie hatte ihn immer schon geliebt, und sie wußte, daß dieses Gefühl immer dasein würde... genauso wie seine Affären.

Nach den Maßstäben der meisten Leute war sie wohl immer noch eine attraktive Frau. Ihre Haut war fest und glatt, ihre Brüste und ihre Pobacken waren nicht schlaff geworden. Sie trainierte, aß die richtigen Sachen, trank kaum Alkohol und kleidete sich immer sorgfältig. Und sie hatte sich noch nie, noch nie in ihrem Leben, Derek im Bett verweigert. Warum reichte sie ihm dann nicht? Was brauchte er noch?

Und warum mußte diese verdammte Charlotte Lawrence nebenan einziehen?

14

Ich weiß, es ist mein Fehler«, sagte Hilary ins Telefon. »Es war dumm von mir, es nicht im Kalender einzutragen, aber Tiffany kann heute abend nicht – anscheinend hat Barry Geburtstag – und David hat einen seiner gräßlichen Rotary-Abende, und Mum und Dad, du glaubst es nicht, gehen auch aus. Deshalb habe ich gedacht, Charlotte, ob du vielleicht… glaub mir, ich weiß, was du für einen anstrengenden Tag hinter dir hast, aber meinst du, du könntest heute abend auf die Kinder aufpassen?«

Babysitten! Charlotte blickte auf das Chaos um sich herum im Flur und fragte sich, ob ihre Schwester tatsächlich eine Vorstellung davon hatte, wie anstrengend ihr Tag gewesen war.

Um acht Uhr dreißig morgens hatten rauhe englische und französische Stimmen noch zu dem Lärm, den der belgische Möbelwagen machte, beigetragen, als dieser versuchte, rückwärts die Einfahrt von Ivy Cottage hochzufahren. Die Terrakottatöpfe an der Einfahrt von The Gables hatte der Fahrer schon gestreift und dann seinen Ehrgeiz darein gesetzt, seinen Wagen durch das sprichwörtliche Nadelöhr zu bringen, wobei die niedrigeren Äste einer Eberesche und zahlreiche Forsythienzweige daran glauben mußten.

Charlotte hatte das Eintreffen des Möbelwagens mißtrauisch beobachtet. Ihr war klar, daß da die letzten acht Jahre ihres Lebens auf sie zukamen – ungefähr zweiunddreißig Kubikmeter ehelichen Lebens. Bisher war Ivy Cottage neutraler Boden gewesen und hatte nichts mit Peter zu tun gehabt. Jetzt mußte sie die Türen öffnen und sich den acht Jahren mit diesem Mann stellen, und sie war sich noch nicht sicher, wie sie damit umgehen konnte.

»Können wir was zu trinken haben, bevor wir anfangen?« hatte der Vorarbeiter gefragt und sie damit jeder Möglichkeit enthoben, weiter über das nachzudenken, was aus dem Möbelwagen auf sie zukam.

Fünf Stunden später, nach zahlreichen Kaffee- und Teepausen, waren die Männer wieder verschwunden und hinterließen ein Haus voll halb geöffneter Kisten. Da ihr niemand half, das Chaos zu beseitigen, hatte sich Charlotte alleine an die Arbeit gemacht, bis ihr Vater kam.

»Hallo«, rief er von der offenen Haustür her.

»Ich bin hier«, rief sie zurück.

Zögernd trat er in das mit Kisten übersäte Wohnzimmer. »Brauchst du Hilfe?«

Charlotte sprang hinter dem Sofa hervor. »Braucht ein Fisch Wasser?«

Zusammen schoben, hoben, räumten sie aus und ein, bis sie schließlich in der mit Geschirr vollgestellten Küche eine Pause machten.

»Ich wußte nicht, daß du ganz alleine bist. Ich dachte, Hilary würde dir helfen«, sagte Neville und nahm einen Becher Tee entgegen.

Charlotte sank auf einen Stuhl. »Nein, sie ist auf einem Schulausflug mit Beckys Klasse. Chester Zoo, glaube ich. Sie kommt erst gegen fünf zurück.«

»Es überrascht mich, daß niemand dir Hilfe angeboten hat«, erwiderte Neville ruhig.

Sie registrierte, wohin ihr Vater mit dem Kopf wies. »Er ist heute früh um acht mit dem Auto weggefahren, Dad, es sei denn, du meinst, Derek und Cindy hätten mir gerne geholfen.«

Neville starrte verlegen in seinen Tee. »Nein, ich meinte gar nichts Besonderes, einfach nur...«

»Komm schon, Dad.« Sie lachte. »Trink deinen Tee aus und fahr nach Hause. Ich muß mit Mabel spazierengehen.«

Charlotte hatte ihrem Vater gerade auf Wiedersehen gesagt, die Haustür geschlossen und war über Kisten mit Büchern und Stapel unausgepackter Bilder gestiegen, als Hilary anrief.

»Es dauert nicht lange, es ist ein Elternabend«, sagte Hilary. »Patricia Longton ist nicht da, deshalb bin ich heute abend nicht Schriftführerin, sondern vertrete sie als Vorsitzende. Außerdem habe ich gedacht, da du ja die Kinder so lange nicht gesehen hast, wäre es vielleicht nett für dich, sie heute abend ein bißchen für dich allein zu haben. Was meinst du?«

Hilary hielt den Atem an. Sie war sich des Schweigens am anderen Ende des Telefons bewußt. Sie wußte, daß es riskant war, schließlich war sie seit Freitag ein bißchen rauh mit ihrer Schwester umgesprungen, wie David ihr ausführlich berichtet hatte, als er am Tag zuvor von Ivy Cottage zurückgekommen war. Sie hatte gerade ein Blech mit Törtchen für den Schulausflug aus dem Backofen gezogen, als David hereingeschneit kam und sagte: »Hilary, du bist eine Idiotin, und du solltest dich bei Charlotte entschuldigen.«

Da sie sich nun auf das Anrühren von rosa Zuckerguß konzentrierte, hatte Hilary David nicht unterbrochen.

»Wie konntest du nur annehmen, daß deine eigene Schwester zu so etwas fähig ist! Hat sie nicht schon genug um die Ohren, ohne daß du und die anderen Weiber im

Ort sie auch noch als unersättliche...« Sie lauschte dem Schweigen, während er offenbar nach dem passenden Wort suchte. »... Schlampe hinstellen müßt!« sagte er schließlich.

Da hatte sie ihn angeblickt. »David, das ist aber kein nettes Wort!«

»Verdammt richtig, das ist es nicht.«

»Was ist eine Schlampe, Daddy?«

Sie waren beide herumgefahren. Becky stand in der Tür und versuchte sich an ein paar wackligen *demi-pliés*. »Streck deinen Po nicht so raus«, hatte Hilary rasch bemerkt und David angesehen, als wolle sie sagen, da siehst du, was du angerichtet hast.

»Also, was meinst du, Charlotte?« wiederholte Hilary jetzt. »Es dauert nur ein paar Stunden.« Sie überlegte, ob sie noch sagen sollte, daß sie Vergangenes ruhen lassen sollten: Schließlich war dieser Anruf so eine Art Entschuldigung, das merkte doch sicher auch ihre sture Schwester, oder? Dann hörte sie auf einmal etwas am anderen Ende der Leitung, das wie unterdrücktes Weinen klang. »Charlotte«, sagte sie besorgt, »soll ich rüberkommen?«

»Nein.«

»Aber du bist außer dir, du weinst doch. Ich komme vorbei und stelle Wasser auf. Ich mache uns eine gute Tasse Tee.«

»Ich habe nicht geweint.«

»Charlotte, es ist schon in Ordnung, Tränen gehören zum Trauern dazu, wirklich, du darfst nicht...«

»Ich habe nicht geweint, ich habe gelacht, Hilary.«

»Gelacht!« Was in aller Welt hatte ihre Schwester jetzt zu lachen?

»Ich hatte ganz vergessen, wie nervtötend du sein kannst.«

Hilary seufzte erleichtert. »Du machst es also. Wir sehen uns dann in einer Stunde.«

Immer noch lachend legte Charlotte den Hörer auf, holte die Hundeleine und machte sich auf die Suche nach Mabel, die zusammengerollt in einem umgestürzten Karton lag.

Sie schloß die Haustür ab und ging die Einfahrt hinunter. Auf halber Strecke kam ihr in der Paralleleinfahrt ein roter Citroën entgegen. Alex saß darin, und weil das Schiebedach offen war, hörte sie Mozarts Requiem. Er winkte ihr zu und hielt an.

»Wie ging es mit dem Auspacken?« rief er.

»Es geht noch weiter«, erwiderte sie und verzog das Gesicht.

Er stieg aus und kam auf sie zu. »Tut mir leid, daß ich nicht helfen konnte. Kann ich jetzt noch irgend etwas tun?«

»Ich habe für heute Schluß gemacht, ich bin ziemlich erledigt. Aber danke für das Angebot.«

Alex bückte sich zu Mabel, die an ihrer Leine zerrte, um ihn zu erreichen, und sagte: »Waren Sie schon bei Cindy?«

»Nein«, erwiderte Charlotte verlegen, wobei sie froh war, wenigstens eine passende Entschuldigung zu haben. »Ich hatte heute noch keine Zeit.«

Er richtete sich auf und sah sie an. »Was halten Sie davon, wenn wir jetzt gehen? Ich könnte mitkommen. Wir sollten sie beruhigen... und Sie auch.«

Charlotte blickte zur Seite und fragte sich, warum dieser Mann sich solche Gedanken um die Gefühle anderer Leute machte.

»Wo liegt das Problem? Haben Sie Angst, daß sie uns nicht glaubt?«

»Nein, darum geht es nicht, es ist eher... ach, ich weiß nicht, es klingt wirklich albern, aber ich glaube sowieso nicht, daß Cindy und ich jemals die besten Freundinnen werden. Ich habe einfach das Gefühl, daß sie mich schon als Dereks Trophäe abgehakt hat. Selbst wenn ich mich dieses Mal als unschuldig herausstellen sollte, ist es in ihren Augen doch nur eine Frage der Zeit, bis ich dann schuldig werde.«

Alex schüttelte den Kopf. »Sie haben recht«, sagte er, »das klingt wirklich albern. Kommen Sie, wir gehen einfach nach nebenan, sagen, was wir zu sagen haben und heitern die arme Frau ein bißchen auf.«

»Überfallen Sie die Leute immer so?«

Er lächelte. »Ja, ständig. Und mit größtem Vergnügen.«

»Können wir bitte Mrs. Rogers sprechen?« sagte Charlotte zu der jungen Empfangsdame, die unwillig einen Schmollmund machte, weil sie daran gehindert wurde, nach Hause zu gehen.

»Haben Sie einen Termin?« fragte sie, und zog dabei schon einmal ihre Jacke an.

»Nein, aber...«

»Nun, es tut mir sehr leid, aber wir wollen gerade schließen, und Mrs. Rogers ist in Eile. Sie muß heute pünktlich Schluß machen, ihr Sohn hat seinen achtzehnten Geburtstag...«

»Danke, Tracy, ich kann sicher ein paar Minuten für meine Nachbarn erübrigen.« Cindy stand da, in eleganten kirschroten Pumps und einem weißen Kittel, der ihre schlanken Arme und Beine sogar noch brauner erscheinen ließ. Ihr Haar war im Nacken zusammengebunden und enthüllte ein makelloses Gesicht. Sie war eine wandelnde Werbung für In The Pink, und wahrscheinlich eiferten alle ihre Kundinnen ihr nach.

»Hunde sind hier eigentlich nicht zugelassen«, sagte Cindy und blickte auf Mabel, »aber Tracy kümmert sich um ihn.« Sie ignorierte Tracys verärgerten Blick über die zunehmende Verspätung und fuhr fort: »Wir gehen ins Büro, dort stört uns keiner.« Dann drehte sie sich um und ging den Korridor entlang. Charlotte und Alex folgten ihr.

Auf dem Weg erklärte Cindy: »Derek ist zur Zeit mit Mrs. Jeffs beschäftigt, sie ist eine seiner Stammkundinnen. Sie kommt dreimal in der Woche.«

»Tatsächlich«, sagte Charlotte, der der eigentliche Sinn dieser Bemerkung nicht entgangen war.

Cindy öffnete eine Tür. »Mrs. Jeffs Mann spielt bei Manchester United. Sind Sie zufällig Fußballfan? Ich nicht.«

Oder kein Fan von Mrs. Jeffs, dachte Charlotte, die überrascht war von der Nüchternheit des Raumes, in dem sie jetzt standen. Was sie bisher von In The Pink gesehen hatten, war eine verspielte Mischung aus rosafarbenen Jalousien und geblümter Tapete; hier jedoch waren die Wände in einem kühlen Grau gestrichen, und die Einrichtung war kompromißlos schwarz, modern und rechteckig. Der Raum strahlte Geschäftstüchtigkeit aus. Charlotte fand allerdings, daß Cindy besser zu dem großen Schreibtisch im Empfangsbereich paßte.

»Setzen Sie sich doch«, sagte Cindy. »Möchten Sie eine Tasse Kaffee?«

Niemand setzte sich. Alex redete als erster. »Nein, danke, Cindy. Wir wollen Sie nicht lange aufhalten. Ihre Empfangsdame hat uns gesagt, daß Sie es eilig haben. Wir sind nur gekommen, um Ihnen zu sagen, nun, um zu versuchen zu erklären, was ...«

Cindy lächelte zum ersten Mal.

Charlotte ergriff das Wort. »Es ist nichts passiert, Cindy. Iris Braithwaite hat sich Unsinn eingebildet und ist durch den ganzen Ort gelaufen und hat sich und uns zu Idioten gemacht.«

»Ich weiß«, erwiderte Cindy leise, allerdings ohne Wärme in der Stimme. Das war eine ganz neue Erfahrung für sie – eine von Dereks Frauen beteuerte ihre Unschuld. »Mrs. Braithwaite ist gestern abend vorbeigekommen. Es ist ihr am Ende sogar gelungen, sich zu entschuldigen.«

»Ich bin so froh, daß wir das geklärt haben«, meinte Charlotte, die sich sichtlich entspannte.

»Ja«, stimmte Cindy ihr zu und nahm eine Heftklammer vom Schreibtisch. Sie drehte sie in den Händen, als wolle sie sie auf mögliche Mängel untersuchen. Dann blickte sie Charlotte an. »Abgesehen von einer Sache natürlich.«

»Und die wäre?« fragte Charlotte nervös.

»Nun, es ist nur eine Kleinigkeit, aber was hat mein Mann eigentlich mit einem Rosenstrauß in Ihrem Haus zu suchen gehabt?«

»Ich wußte es, ich wußte es doch!« sagte Charlotte, als sie von In The Pink weggingen. »Ich wußte, daß das passieren würde. Sehen Sie, was Sie angerichtet haben?«

»Cindy hätte sie wahrscheinlich sowieso danach gefragt, und da war es doch besser, daß sie es nicht in aller Öffentlichkeit getan hat. In ihrem Büro konnte sie zumindest niemand hören.«

»Was sollte ich denn sagen? Wie soll ich auf eine solche Frage antworten? O ja, Cindy, Ihr Mann kam mit dem größten Rosenstrauß, den ich je gesehen habe, zu mir und hat mich an der Spüle geküßt?«

»Sie hat gar keine Antwort erwartet. Sie weiß ganz genau, was Derek vorhatte, als er bei Ihnen auftauchte. Sie hat lediglich einen Warnschuß abgegeben, das war alles. Sie muß sich selbst überzeugen, daß sie alles tut, was sie kann, um Derek davon abzuhalten, sie noch einmal zu verletzen.«

Alex steckte die Hände in die Hosentaschen. »So, so... er hat Sie also geküßt?«

Charlotte stöhnte. »Das war nur eine alberne Begrapscherei«, erwiderte sie verärgert. »Ich habe es gar nicht richtig zur Kenntnis genommen.«

Alex sah sie an und fing an zu lachen. Charlotte lächelte, mußte dann aber auch lachen, als ihr auffiel, wie unglaubwürdig ihre Worte geklungen hatten.

Hilary öffnete das Fenster von Philips Zimmer und hörte das Gelächter. Sie blickte über die Straße und sah, wie Charlotte und Alex auf Ivy Cottage zugingen. Die Dinge entwickelten sich doch recht erfreulich.

15

Barry ließ sich blind von seiner Schwester durch das Haus und hinaus auf die Einfahrt führen.

»Jetzt bleib hier stehen«, sagte Tiffany zu ihm, »und halte die Augen geschlossen, bis ich dir erlaube, sie aufzumachen.« Er spürte, wie sie hinter seinem Kopf den Knoten des Tuchs löste, das sie ihm um die Augen gebunden hatte, und es wegzog. »Jetzt mach die Augen auf – *Überraschung*!«

Er blinzelte im Licht der tiefstehenden Abendsonne und starrte ungläubig auf einen brandneuen Peugeot 205.

»Na, was sagst du dazu, Bas?« meinte sein Vater, der sich an das Auto gelehnt hatte. »Nicht schlecht, was? Ich hatte in deinem Alter nur ein Fahrrad.«

»Es ist toll, Dad«, erwiderte Barry, der den metallicgrauen Wagen immer noch anstarrte. »Ich habe sowas nicht erwartet, ich weiß gar nicht, was ich sagen soll... danke.«

»Mit dem Schlitten kannst du jede Menge Mädchen abschleppen. Darüber brauchst du dir jetzt jedenfalls keine Gedanken mehr zu machen.«

Barry wandte sich an seine Mutter. »Danke«, sagte er, »das ist ein tolles Geschenk.«

»Fahr aber bitte vorsichtig«, erwiderte sie.

»Jetzt mußt du nur noch nächste Woche deinen Test bestehen«, meinte Tiffany, »und dann können wir losdüsen, nur wir beide, Junge.«

Barry runzelte die Stirn und fuhr sich mit der Hand durch die Haare. »Vielleicht falle ich ja durch.«

»Quatsch, natürlich nicht. Schließlich hattest du ja keinen Unterricht bei Dad.«

»Um Himmels willen«, sagte Derek. »Hört mal, ich weiß nicht, wie es euch geht, aber mir hängt der Magen bis in die Kniekehlen.« Er warf Barry den Schlüssel zu. »Los, Bas, du kannst uns zum Restaurant fahren.«

»Wir können noch nicht los«, sagte Cindy.

»Warum nicht?«

»Tiffany kann unmöglich so mitkommen, sieh dir doch mal an, wie sie aussieht. In diesen schrecklichen Sachen lassen sie sie gar nicht ins Restaurant.«

»Hör auf, Mum!« schrie Tiffany.

»Wage es bloß nicht, mich vor allen Nachbarn so anzuschreien. Geh ins Haus und zieh dir was Hübscheres an.«

Tiffany starrte ihre Mutter finster an und rührte sich nicht von der Stelle.

Barry spürte, daß die Wut seiner Mutter bitterer Enttäuschung wich. Sie tat ihm leid, und er verstand die Frustration und Desillusionierung, die ihr Leben beherrschte – zuerst sein Vater, dann er und zu guter Letzt auch noch Tiffany. Dabei war es wirklich ganz einfach: alles, was seine Mutter sich jemals von ihrem Leben erhofft hatte, war ein treuer Ehemann und eine richtige Tochter.

»Sieh mal, Mum«, meinte er, »ich weiß, daß es dich stört, aber sie zieht sich nun mal gerne so an. Sie fügt doch niemandem Schaden zu.«

»Wenn ihr mit den philosophischen Gesprächen aufhören würdet«, fiel Derek ungeduldig ein, »könnten wir vielleicht endlich fahren.« Er schüttelte den Kopf. »Ich sag's ja immer, wer zum Teufel braucht schon eine Familie?«

Wir, dachte Barry, während er sich daranmachte, sein Geburtstagsgeschenk aufzuschließen.

»Sie haben mir wahrscheinlich im Laden die falsche Kassette gegeben«, sagte Derek und holte die Kassette aus dem Recorder. »Ich dachte, es wären die Vier Jahreszeiten.«

»Das ist es auch, Dad, toll, danke«, erwiderte Barry, die Augen fest auf die Straße gerichtet.

Derek machte sich einen Spaß daraus, das Label zu lesen. »Tja, ich wußte doch, daß sie einen Fehler gemacht haben. Das ist überhaupt nicht Frankie Valley, das ist dieser Nigel Kennedy.«

»Meine Güte, Dad«, schrie Tiffany von hinten, »du bist wirklich ein Blödmann!«

Derek drehte sich um und grinste Tiffany an. »Ich kann euch immer noch ganz gut auf den Arm nehmen, was?«

»Idiot!«

»Rede nicht so mit deinem Vater«, sagte Cindy.

»Genau«, stimmte Derek ihr grinsend zu, »es wäre ganz schön, wenn es in dieser Familie zur Abwechslung mal etwas mehr Respekt gäbe.«

Barry blickte in den Rückspiegel und sah, daß seine Schwester kurz vor dem Durchdrehen war.

»Guten Abend, Sir«, sagte der Ober im White Swan. »Es tut mir leid, aber es ist kein Tisch mehr frei. Vielleicht möchten Sie an der Bar warten, ich bin sicher, daß ...«

»Ist schon in Ordnung, guter Mann, Sie sind neu hier, nicht wahr? Mein Name ist Rogers. Wir haben reserviert.«

Der Ober verschwand in einer Aura grandioser Arroganz, um die Liste der Reservierungen zu überprüfen.

»Hier entlang bitte, Mr. Rogers«, sagte er, als er wieder zurückkam. »Ihr Tisch ist dort. Sie haben telefonisch eine Flasche Champagner bestellt. Soll ich sie jetzt schon für Sie öffnen, Sir?«

Sie setzten sich an einen übertrieben blau und weiß eingedeckten Tisch, und der Ober reichte ihnen vier überdimensionale Speisekarten. Barry beobachtete, wie sein Vater ein großes Getue darum machte, den Champagner zu kosten und ihn für gut zu erklären. Sie hoben ihre Gläser und begannen, für den Abend heile Familie zu spielen – ein Abend, der sich für Barry endlos in die Länge zog.

Sie verbrachten selten als Familie Zeit miteinander, und Gelegenheiten wie diese, bei denen sie gezwungen waren, sich so zu verhalten, bedeuteten für gewöhnlich ziemlichen Streß. Barry erkannte das schon am Gesicht seiner Mutter. Solange er denken konnte, hatte er zwischen ihr und sich eine Entfremdung gespürt. Jahrelang hatte er nicht gewußt, warum, aber in der letzten Zeit hatte er begriffen, daß er es seiner Mutter, ganz gleich, was er tat, nicht recht machen konnte; er konnte sie nicht glücklich machen. Tiffany war das mühelos gelungen, solange sie klein war, aber dann war sie größer geworden und hatte sozusagen über Nacht alle Illusionen, die ihre Mutter gehegt hatte, zerstört.

»Herzlichen Glückwunsch zum Geburtstag, Bas«, sagte sein Vater und stieß mit ihm an. »Trink das ruhig und mach dir keine Gedanken wegen des Fahrens, ich fahre nach Hause.«

»Prost!« erwiderte Barry und nahm einen kleinen Schluck. Er hatte nicht vor, sich zu betrinken. Er hatte noch viel zu viel zu tun, um seine Prüfungen in ein paar Tagen zu bestehen.

»Ich verstehe es ja immer noch nicht ganz, Bas. Warum

zum Teufel wolltest du eigentlich nicht mit deinen Kumpels feiern? Ihr hättet nach Manchester fahren, ein paar Mädchen aufreißen und eine Party feiern können! Wir hätten das schon bezahlt.«

Barry schüttelte den Kopf. »Ich wollte nicht.«

»Wolltest du denn das hier?« fragte Tiffany und blickte sich um.

»Wir sitzen nicht oft zusammen an einem Tisch und reden, oder?« begann Barry.

»Und wenn schon«, unterbrach ihn Tiffany.

»Barry hat vielleicht recht.«

Barry blickte seine Mutter prüfend an und fragte sich, ob das zynisch gemeint war. Es sah jedoch nicht so aus. Vielleicht konnte er heute abend endlich das Thema anschneiden.

»Hey, mir wird das hier zu ernst«, warf Derek ein und trank sein Glas aus. »Kommt, noch ein Glas Champagner.« Er griff nach der Flasche, die hinter ihm in einem Sektkühler stand. Sofort erschien ein junger Kellner, ungefähr im gleichen Alter wie Barry, und schenkte ihm ein. »Keine Sorge, mein Junge«, meinte Derek, »ich wollte dir nicht den Job wegnehmen.«

»Ich mach' mir keine Sorgen, Kumpel. Die haben hier sowieso zu wenig Personal. Selbst wenn ich in Ihre Suppe spuckte, könnten sie es sich nicht leisten, mich rauszuschmeißen.«

Derek grölte vor Lachen. Aufmerksam schnellten ein paar Köpfe in die Höhe.

Der Kellner war genau nach dem Geschmack seines Vaters, dachte Barry, jemand, der genauso frech war wie er mit dieser So-bin-ich-eben-Einstellung. Wenn er auch mehr so wäre, würde er sicher besser mit seinem Vater auskommen.

»Netter Typ«, sagte Derek, als sie das Essen bestellt hatten. »Der wird's im Leben noch weit bringen.«

Tiffany schniefte vernehmlich. »Hoffentlich spuckt er wenigstens in deine Suppe.«

Als sie mit Dessert und Kaffee fertig waren und Cindy zur Toilette gegangen war, wußte Barry, daß er die Chance verpaßt hatte. Sein Vater beglückte gerade den jungen Kellner mit seiner Lebensgeschichte – seine Vom-Tellerwäscher-zum-Millionär-Saga. »Wissen Sie, mein Junge, das ganze Leben liegt noch vor Ihnen. Wie alt sind Sie, siebzehn?«

»Achtzehn«, erwiderte der Kellner und unterdrückte ein Gähnen.

»Mein Sohn auch, da, der Kerl, der da sitzt wie ein Schlappschwanz. Man sollte nicht meinen, daß heute sein achtzehnter Geburtstag ist, was? Er sollte mit seinen Kumpels feiern, statt hier mit uns herumzuhängen. Ich wette, Sie haben richtig gefeiert.« Er stupste den jungen Kellner in die Rippen und zwinkerte ihm zu.

Der Kellner sah Tiffany an. »Ja, habe ich.«

»Ich habe bezahlt, Derek, Zeit, daß wir nach Hause gehen.« Cindy kam zum Tisch zurück. Sie sah alles andere als fröhlich aus.

Draußen auf dem spärlich beleuchteten Parkplatz geleiteten Cindy und Barry Derek zum Auto. »Du läßt mich jetzt besser fahren, Bas«, sagte Derek. »Schließlich willst du sicher nicht den Führerschein verlieren, bevor du ihn überhaupt hast.«

»Ist er nicht rührend?« sagte Tiffany verächtlich.

»Halt den Mund, Tiffany«, zischte Cindy, »denk dran, er ist immer noch dein Vater.«

»Als ob ich das je vergessen könnte.«

Sie fuhren nach Hause und hörten zu, wie Derek »Ooh what a night« zu Vivaldis ›L'Autunno‹ sang. Für Barry war der Abend genauso zu Ende gegangen, wie er es sich vorgestellt hatte. Er war ein Idiot, wenn er glaubte, daß irgend jemand in seiner Familie hören wollte, was er zu sagen hatte. Schließlich war er für seinen Vater nur ein »Schlappschwanz« – keine sehr angenehme Eröffnung an seinem Geburtstag. Aber er war daran gewöhnt, so wie er an alle Witze und Anspielungen gewöhnt war. Na ja, er mußte eben einfach warten, bis der richtige Zeitpunkt gekommen war.

16

Hilary war absichtlich früh gekommen, bevor Iris Braithwaite und die anderen eintrafen, um den Frühlingsbasar in St. John aufzubauen. So hatte sie zumindest die Möglichkeit, die Dinge so zu arrangieren, wie es ihr gefiel, und nicht so, wie Iris es wollte. Hilary empfand es als Schande, daß eine einzelne Frau die ganze Gemeinde derart unter ihrer Fuchtel hatte. Sie wußte genau, daß viel mehr Leute aus dem Ort freiwillig helfen würden, wenn nicht Iris Braithwaite schon in jedem Komitee wäre. »Tut mir leid«, entschuldigten sich die anderen verlegen, wenn sie sie um Hilfe bat, »ich kann nicht, nicht, wenn *sie* dabei ist.«

Hilary hatte in der vergangenen Woche nichts von Iris gesehen oder gehört, was vor einem solchen Ereignis wie dem heutigen ungewöhnlich war, aber das hing wahrscheinlich mit dem zusammen, was Charlotte letzten Sonntag zu ihr gesagt hatte. Obwohl Hilary ihre Schwester bewunderte, versetzte es ihr einen eifersüchtigen Stich, daß Charlotte den Mut gehabt hatte, sich gegen Iris zu wehren, und sie nicht. Sie wünschte, sie wäre dabei gewesen, statt nach Hause zu eilen, das Frühstücksgeschirr abzuräumen und den Sonntagsbraten in die Röhre zu schieben. Eine Schande, daß niemand ihr danach gesagt hatte, was passiert war, es hätte ihr eine Menge Mißverständnisse zwischen Charlotte und ihr erspart. Glücklicherweise jedoch hatte Kate Hampton ihr wenigstens auf der Elternversammlung am Montag abend davon erzählt. »Deine Schwester war großartig. Es war vor der Kirchentür dramatischer als in der wöchentlichen Folge von *Eastenders*. Vielleicht ändert sich jetzt mal endlich was. Der Verlust für Belgien ist sicher ein Gewinn für Hulme Welford. Sie ist geradezu eine Lokalheldin geworden.«

Hilary hatte versucht, ihre Enttäuschung darüber herunterzuschlucken, daß auf einmal alle Aufmerksamkeit ihrer Schwester galt. So hatte sie sich das irgendwie nicht vorgestellt. Natürlich wollte sie nicht, daß es Charlotte schlechtging, aber andererseits wollte sie auch nicht, daß sie einfach so in den Ort kam und im Mittelpunkt stand – ein solches Benehmen stand trauernden Witwen einfach nicht zu. Demütig, still in Tränen aufgelöst und anlehnungsbedürftig entsprach ihnen mehr, oder?

Sie begann, die Tische einzudecken, die die Pfadfinder gestern abend aufgestellt hatten, und widmete sich dann den Kleiderkisten. Zunächst sortierte sie die Sachen nach Geschlecht und dann nach Größe. Gerade hielt sie einen roten G-String aus Spitze hoch – die Art von Unterwäsche, die sie nie im Leben tragen würde – und fragte sich, wer um alles in der Welt den wohl gespendet hatte, als Iris Braithwaite, gefolgt von Mrs. Haslip und Mrs. Bradley, hereinspaziert kam. Alle drei waren schwer beladen mit etlichen Tupperware-Dosen.

»Mrs. Parker! Ich hoffe doch, Sie haben nicht vor, *das* zum Verkauf anzubieten?«

Hilary errötete. »Natürlich nicht, Mrs. Braithwaite. Ich überlegte gerade ...«

»Nun, vergessen Sie es. Legen Sie ihn wieder in die Kiste und lassen Sie uns weitermachen, wir haben noch viel zu tun. Mrs. Haslip, Sie übernehmen die Arbeit in der Küche, und sorgen Sie um Himmels willen dafür, daß die Kessel sauber sind und die Kaffeedose nichts anderes enthält. Ich kenne diese gräßlichen Pfadfinder!«

Philip war bei den Pfadfindern, und Hilary hätte ihn am liebsten in Schutz genommen. Statt dessen jedoch beugte sie sich über die nächste Kiste und begann, die Sachen auszusortieren. Das war nicht gerecht: *Sie* hatte die meiste Arbeit getan, *ihr* Haus war die Sammelstelle gewesen, auf *ihrem* Computer waren alle Aushängezettel gedruckt worden, um auf das Ereignis aufmerksam zu machen – sie hatte all ihre Zeit und Mühe investiert, und jetzt, in der letzten Minute, kam Iris Braithwaite und übernahm das Kommando.

Es war immer das gleiche. Bevor sie die Kinder bekommen hatte, war sie Lehrerin gewesen, und ihrer Meinung nach sogar eine ganz gute. Sie wußte genau, wann sich das alles geändert hatte – als die Kinder kamen und sie zu Hause blieb. Sie hatte einmal gelesen, daß jedesmal, wenn der Körper einer Frau die Nachgeburt abstieß, ein Stück Selbstvertrauen, Freiheit und Mut mit verlorenging. Normalerweise glaubte Hilary nicht an solche neumodischen Theorien, aber seitdem sie Kinder hatte, hatte sie tatsächlich mehr Ängste entwickelt: vor Höhe, dem Fliegen, tiefem Wasser – und vor Iris Braithwaite.

»Nun, Mrs. Parker, ich schlage vor, Mrs. Bradley hilft Ihnen, damit nicht weitere unschickliche Kleidungsstücke auf den Tischen landen. Du meine Güte, sehen Sie sich nur einmal diesen Fußboden an! Mrs. Haslip, steht in der Küche ein Besen? Wenn ja, bringen Sie ihn sofort hierher.«

Während sie unter Iris' tyrannischen Anweisungen arbeiteten, verspürte Hilary widerwillig ein perverses Gefühl von Befriedigung. Es sah so aus, als ob Charlottes mutige Worte nach der Kirche keine besonders große Wirkung auf Iris gehabt hatten. Soviel zur Lokalheldin.

Um Viertel vor elf erschienen Malcolm Jackson, Charlotte und die anderen gezwungenen Helfer und stellten sich unter Iris' wachsamem Blick in Position, um die Flut der Basarbesucher in Empfang zu nehmen.

Wohltätigkeitsbasare in Hulme Welford waren immer gut besucht, und da es draußen immer eine lange Schlange gab, wurden die Türen im allgemeinen früher geöffnet; so auch heute.

»Gut, meine Damen«, verkündete Iris Braithwaite, »sind Sie bereit?« Sie stand zwischen der Tür und einem kleinen Tisch mit einer bestickten Tischdecke und einer zerbeulten Bonbondose, in die die zwanzig Pence Eintrittsgeld wandern sollten. Sie drehte den Schlüssel um und wandte sich an die wartende Menge. »Meine Damen und Herren ...« Ihre Stimme ging jedoch im allgemeinen Jubel unter, und sie zog sich vernünftigerweise hinter ihre Bonbondose zurück.

Charlotte und Hilary standen hinter dem Tisch mit den Frauenkleidern, bereit für den Ansturm. Charlottes ursprüngliche Reaktion auf die Frage ihrer Schwester, ob sie wohl helfen mochte, war gewesen, nein zu sagen, aber dann hatte sie es sich anders überlegt, da sie ja sonst sowieso nichts zu tun hatte.

Sie hatte eine ruhige, angenehme Woche in Ivy Cottage verbracht, abgesehen davon, daß Hilary alle paar Stunden auftauchte, »um nachzusehen, wie es ihr ging«. Sie hatte weiter ausgepackt und einen ziemlich teuren Kauf getätigt – ein neues Auto. Dabei hatte sie an Peters Worte gedacht und versucht, sich einzureden, daß sie kein schlechtes Gewissen deswegen haben mußte: *»Man spart am falschen Ende, wenn man einen Gebrauchtwagen kauft«*, hatte er immer gesagt. Und wie der schick gekleidete, nach *Polo* duftende Verkäufer im Autohaus gesagt hatte, mußte sie auch immer an ihre persönliche Sicherheit denken; in einem neuen Auto würde ihr statistisch gesehen weniger passieren als in einem alten. Es war ihr aber dennoch nicht richtig vorgekommen, sich mit dem Geld ein Auto zu kaufen, das ihr ihrer Meinung nach eigentlich nicht zustand.

Peters Geld war ein Thema, das sie zu verdrängen suchte. Wenn sie sich von ihm hätte scheiden lassen, hätte sie nichts erwartet. Aber nun war er tot, und dank seiner gut geplanten Versicherungen war sie auf einmal äußerst gut versorgt.

»Wieviel kostet dies?«

Charlotte blickte die scharfgesichtige Frau und die Marks&Spencer-Bluse, die sie in der Hand hielt, an. »Vierzig Pence«, antwortete sie.

»Vierzig Pence, meine Liebe, Sie machen wohl Witze! Wir sind hier auf einem Wohltätigkeitsbasar, nicht bei Harrods!«

Hilary hatte sie vor den Flohmarktprofis gewarnt, deshalb blieb sie hart. »Doch, bestimmt vierzig Pence. Sie ist noch in sehr gutem Zustand. Sehen Sie, sie ist kaum getragen worden.«

»Woher wollen Sie denn das wissen? Außerdem ist sie nur aus Polyester. Oder soll das etwa Seide sein?«

Charlotte begann, Gefallen an dem Ganzen zu finden. Es machte Spaß, auf dieser irrationalen Basis zu argumentieren, vor allem wegen so etwas Trivialem wie einer Bluse. Sie hatte in ihrer Ehe viel zu selten mit Peter streiten können, da dieser jede Konfrontation vermied. Immer wenn sie versucht hatte, mit ihm zu streiten, war er einfach weggegangen.

»Komm zurück und kämpf mit mir!« hatte sie ihm nachgeschrien.

»Kämpfen?« hatte er einmal geantwortet. »Aber ich bin doch dein Ehemann«, und bei einer anderen Gelegenheit hatte er gemeint, »Charlotte, du sagst wirklich die seltsamsten Sachen«. Seine Logik war unwiderlegbar gewesen, und sie mußte ihre Wut unterdrücken, was sie jedoch nur noch wütender machte.

»Sie wissen sicher, daß Polyester sich manchmal abnutzt, wenn man ihn ein paarmal getragen hat?«

»Ja«, sagte die Frau und blickte auf die Manschette, die Charlotte ihr zeigte.

»Nun, sehen Sie, kein bißchen abgenutzt.«

»Mm ...«, erwiderte die Frau, »vielleicht haben Sie ja recht, vielleicht ist sie noch nie getragen worden, aber wenn ich sie zum ersten Mal trage, ist sie wahrscheinlich gleich ganz hinüber. Ich gebe Ihnen zwanzig Pence.«

»Tut mir leid, sie kostet vierzig«, sagte Charlotte fest, »Und außerdem ist das Geld für einen guten Zweck, für ein neues Buntglasfenster in der Kirche.«

»Na gut, dann geben Sie sie her, hier ist Ihr Geld, aber ich will eine Plakette neben dem verdammten Fenster mit meinem Namen darauf.«

Triumphierend warf Charlotte das Geld in die Büchse. Das Ganze versprach lustiger zu werden, als sie gedacht hatte.

»Wie hast du das bloß geschafft?« flüsterte Hilary ihr zu. »Ich habe mit dieser verfluchten Mrs. Barret noch nie handeln können. Oh, sieh mal, Malcolm legt jetzt los.«

Am Küchentresen machte Reverend Jackson Werbung für die Erfrischungen. »Jetzt gibt es Tee und Kaffee für jedermann«, überschrie er den Lärm der Schnäppchenjäger. »Und beachten Sie auch unsere köstlichen selbstgebackenen Kuchen!«

»Hallo, ihr beiden.«

»Alex«, sagte Hilary, »wie nett von Ihnen, daß Sie kommen und uns unterstützen.«

Charlotte fiel auf, daß Hilary besonders freundlich lächelte und sich mit der Hand ordnend durch die Haare fuhr.

»Wieviel kostet das, meine Liebe?« Es war wieder Mrs. Barret, dieses Mal mit einer marineblauen Strickjacke in der Hand. Charlotte beugte sich vor, aber die alte Frau sagte: »Nein, ich frage nicht Sie, ich frage *sie*«, und hielt Hilary die Strickjacke entgegen.

»Ich sehe, Sie haben schon ein bißchen eingekauft«, meinte Charlotte und blickte auf den Stapel Krimis, den Alex in der Hand hielt.

»Die Gelegenheit konnte ich mir nicht entgehen lassen«, entgegnete er. »Fünf Morde für ein Pfund und ein Buch über Bäume. Ich fürchte jedoch, meine Rippen haben beim Handeln Schaden genommen.«

»Sie werden eben vor dem nächsten Basar ernsthaft trainieren und Schutzkleidung anziehen müssen.« Charlotte senkte die Stimme. »Sie müssen vor allem auf die alten Frauen achten. Sie sind die schlimmsten, und vor allem haben sie Ellenbogen wie Dolche.«

»Und sie sind gnadenlos, das ist mir auch schon aufgefallen.«

»Kommen Sie, Mrs. Lawrence, keine Privatgespräche. Die Kunden warten darauf, bedient zu werden.« Iris Braithwaite hatte sich herangepirscht. »Es freut mich, daß Sie auch hier sind, Mr. Hamilton«, sagte sie dann. »Darf ich Ihnen die Herrenbekleidung weiter vorne zeigen? Es gibt ein paar recht hübsche Pullover in ihrer Größe, glaube ich.«

Alex zwinkerte Charlotte zu und ging weiter, allerdings nicht in die Herrenabteilung, sondern zum gemischten Schrott.

Charlotte sah ihm nach und versuchte gleichzeitig zu verhindern, daß der Stapel von Strickjacken, Blusen und Kleidern – der mittlerweile ein Eigenleben bekommen zu haben schien – vom Tisch fiel. Neben ihr schwankte ihre Schwester immer noch unter dem Angriff der unbesiegbaren Mrs. Barret.

Lächelnd beobachtete Charlotte, wie Alex das kitschige Porträt eines kleinen Jungen, dem eine Träne die Wange herunterrann, in die Hand nahm. Zu ihrer Verblüffung kaufte er es. Er ging weg, wandte sich dann jedoch wieder zum Tisch um. Etwas anderes hatte seine Aufmerksamkeit gefesselt. Fasziniert davon, für welchen Quatsch er jetzt sein Geld vergeuden wollte, sah Charlotte, wie er nach einem kleinen Löffel griff. Er drehte ihn prüfend in der Hand, untersuchte die Rückseite genau und fuhr streichelnd mit seinem Finger an ihm entlang. Charlotte erschauerte.

»Wie lange muß ich hier noch stehen, bevor ich bedient werde?«

»Ja bitte?«

»Ich möchte diese beiden Röcke. Wieviel kosten sie?«

»Einen Löffel.«

»Wie bitte?«

Charlotte wurde tiefrot. »Ich meine, ein Pfund. Jeder kostet fünfzig Pence.«

Die Kundin reichte ihr das Geld und ging weg. Sofort nahm ein anderer Kunde ihren Platz ein. »Hallo, Charlotte, haben Sie kürzlich eine gute Klatschgeschichte gehört?« Es war Derek.

»Ich glaube nicht, daß es hier etwas Interessantes für Sie gibt«, sagte sie. Und mit einem Blick auf Dereks enge, gebleichte Jeans, sein rosafarbenes Polohemd, sein goldenes Armkettchen und das cremefarbene Jackett, das er lässig über die Schultern gehängt hatte, fügte sie hinzu: »Ich glaube nicht, daß es hier überhaupt schick genug für Sie ist.«

Er grinste anzüglich. »Für's erste reichen Sie mir.«

Charlotte wußte, daß sie nicht lachen sollte. Männer wie Derek Rogers brauchten keine Ermutigung. Deshalb versuchte sie so geschäftsmäßig wie möglich zu klingen. »Nun ja, da Sie schon mal da sind, können Sie genausogut etwas kaufen.«

»Was für eine gute Idee. Ich könnte ja versuchen, ein Geschenk für Cindy zu erstehen. Ich habe gehört, Sie haben sie besucht? Hat sie es Ihnen sehr schwergemacht? Sie ist ein wirklicher Satan in Pumps, was?« Er legte sein Jackett auf dem Tisch nebenan ab und begann, die Kleider zu durchwühlen. »Oh, was haben wir denn da?« Ganz unten aus dem Stapel zog er den roten G-String aus Spitze hervor. »Das entspricht doch schon mehr meinem Geschmack.«

»Ach, und ich dachte schon, Sie erkennen ihn wieder«, spottete Charlotte.

»Jetzt, wo Sie es sagen, kommt er mir irgendwie bekannt vor.« Er zupfte das Kleidungsstück spielerisch in ihre Richtung.

Genau in diesem Augenblick trat Hilary zu ihnen. »Um Gottes willen!« sagte sie. »Geben Sie mir das, Derek.«

»Ganz bestimmt nicht. Ich will es kaufen.«

»Seien Sie nicht albern. Geben Sie es mir, bevor Iris es sieht.«

»Warum, gehört es ihr?«

Charlotte brach in Lachen aus. Hilary blickte immer noch todernst. »Ich sollte es aussortieren, habe es aber vergessen. Sie kratzt mir die Augen aus, wenn sie es sieht.«

»Kommen Sie schon, Derek, geben Sie es ihr«, sagte Charlotte, die sah, wie unbehaglich ihrer Schwester zumute war. Die arme Hilary, sie war immer so humorlos.

»Was soll er ihr geben?« Alex stand halb verborgen hinter seinem kitschigen Bild.

Derek wedelte ihm mit dem Spitzending vor der Nase herum. Alex zog eine Augenbraue hoch. »Was ist das denn hier für ein exotischer Basar?«

»Hilary will es mich nicht kaufen lassen.«

»Vielleicht will sie zuerst Ihr Geld sehen.«

»Nun, in diesem Fall hole ich doch mal meine Brieftasche.« Derek wollte nach seinem Jackett greifen und blickte sich suchend um. »Es ist weg!«

Da der G-String gerade einsam oben auf dem Kleiderstapel lag, griff Charlotte verstohlen danach und reichte ihn Hilary.

»Hey«, sagte Derek, und seine Stimme wurde lauter, »das ist jetzt nicht mehr witzig.«

Hilary und Charlotte blickten sich beunruhigt an. Regel Nummer eins bei jedem Basar – lasse *nie* etwas liegen.

»Sehen Sie, ich habe mein Jackett hierhin gelegt. Es ist cremefarben, es ist von Armani, und es ist verdammt noch mal weg.«

»Hallo, Dad, was ist denn hier für ein Aufstand?«

Beim Klang von Tiffanys Stimme drehte Derek sich um und sank dann zurück gegen den Tisch, die Hände vor den Mund geschlagen. »Um Gottes willen, Tiffany!«

Tiffanys Haare waren fachmännisch zu einer erstaunlichen Hochfrisur aufgetürmt, und sie waren schreiend rosa.

»Das Problem mit euch ist, daß ihr keinen Spaß verstehen könnt!« schrie Tiffany ihre Eltern in der Küche an.

»Ein Spaß«, erwiderte Cindy schwach. Ihr Gesicht und ihre Lippen waren fast so weiß wie ihr Kittel.

»Du solltest jetzt auf der Stelle anfangen, uns zu erzählen, was sie für ein Produkt benutzt haben, und dann können wir darüber nachdenken, was wir dagegen unternehmen.«

»Wie zum Teufel soll ich das wissen, Dad? Ich habe nur nach Pink gefragt. Ich hab' jedenfalls genug, ich gehe jetzt.«

»Du wirst nicht gehen, mein Fräulein«, schrie Derek. »Ich will nicht, daß dich die Leute so sehen.«

»Und ich will dich nicht sehen, Dad!«

Sie knallte die Tür hinter sich zu und stampfte die Einfahrt hinunter ohne die leiseste Vorstellung, wo sie hingehen sollte. Heiße Tränen der Wut stiegen in ihr auf, aber sie drängte sie zurück und murmelte: »Fünfzehnjährige Mädchen weinen nicht.«

»Sechsunddreißig Jahre alte Frauen aber«, sagte eine Stimme.

Hilary Parkers Schwester stand vor ihr.

»Alles okay?«

Tiffany schniefte. »Ich weiß nicht«, antwortete sie mürrisch.

»Hattest du Ärger mit deinen Eltern?«

Tiffany schniefte wieder.

»Warum kommst du nicht einfach rüber und trinkst eine schöne, langweilige Tasse Tee bei mir? Ich bin richtig erschöpft nach all dieser Feilscherei auf dem Basar.«

»Sie sagen mir aber nicht auch noch, wie blöd ich war, oder?«

Charlotte lachte. »Na komm schon, du brauchst mir nicht zu erzählen, wie es ist, ein Teenager zu sein. Obwohl ich fast schon vergessen hatte, wie schrecklich es war.«

In Ivy Cottage wurden sie an der Hintertür geräuschvoll von Mabel begrüßt.

»Läßt du sie bitte hinaus?« bat Charlotte. »Sie muß wahrscheinlich ganz dringend. Was möchtest du? Tee, Kaffee oder etwas Kaltes?«

»Kaffee bitte, viel Milch und zwei Stück Zucker.«

»Ich erinnere mich noch gut an diese Zeit.«

Tiffany runzelte die Stirn. »Warum machen Sie sich älter, als Sie sind?«

»Wahrscheinlich, weil ich mich im Moment so fühle. Wo sollen wir uns hinsetzen? Nach draußen oder bleiben wir drinnen?«

»Im Garten wäre schön. Von meinem Zimmerfenster aus sieht er hübsch aus.«

Sie setzten sich auf das trockene Gras unter dem Feigenbaum. Charlotte nahm Mabel auf den Schoß, zog ihre Schuhe aus und blickte auf Tiffanys schweres Schuhwerk. »Sind diese Stiefel so unbequem, wie sie aussehen?«

»Nein, man muß sie nur einlaufen.« Sie begann konzentriert, die Schnürsenkel aufzubinden. Plötzlich blickte sie auf. »Wollen Sie nicht wissen, warum ich es gemacht habe?«

Charlotte trank einen Schluck Tee. Nachdenklich blickte sie auf das dünne, fünfzehnjährige Mädchen mit der blassen Haut, den schwarzen Augen, den baumelnden Ohrringen und dem unglaublichen Zuckerbäckerhaar. »Je nachdem«, antwortete sie schließlich.

»Je nachdem was?«

»Je nachdem, ob du wirklich willst, daß ich dich frage, warum du es getan hast.«

»Das ist es wahrscheinlich. Mum und Dad haben sich nicht mal die Mühe gemacht, mich zu fragen. Ich wollte wirklich, daß sie fragen, damit ich ...«

»Damit du es ihnen richtig zeigen konntest?«

Tiffany lächelte. »Sehen Sie, Sie wissen doch noch ganz gut, wie es ist, ein Teenager zu sein.«

Charlotte legte sich ins Gras. »Na komm, erzähl mir alles.«

Tiffany hatte mittlerweile die Stiefel ausgezogen, rieb ihre verschwitzten, weißen Füße und streckte sich ebenfalls auf dem Rasen aus. »Eigentlich hab' ich's aus zwei Gründen getan«, sagte sie und blickte in das Laub des Baumes über ihnen. »Zum einen finde ich es witzig, wenn meine Haare die gleiche eklige Farbe haben wie unser Haus. Wenn sie es mit dem Haus machen können, warum kann ich es dann nicht auch mit meinen Haaren machen?«

Charlotte lächelte. Diese Art von Logik hätte sie bei Peter anwenden können, wenn er je so etwas Extravagantes getan hätte. »Weiter«, sagte sie. »Was war der andere Grund?«

»Ich wollte sie auf Teufel komm raus schockieren.«

Aufrichtigkeit. Wie erfrischend, dachte Charlotte. »Schön für dich«, sagte sie. »Zitier mich aber bitte nicht.«

»Dads Gesicht war doch gut, oder?« meinte Tiffany und

fuhr sich vorsichtig mit der Hand durch ihre starren Haare.

»Ich weiß nicht, wer schockierter war, Iris oder dein Vater.«

»Mrs. Braithwaite sah auch toll aus.«

»Sie sah irgendwie ganz in Ordnung aus«, meinte Charlotte. »Ich kenne deinen Dad nicht besonders gut, aber das war wahrscheinlich einer der seltenen Momente in seinem Leben, wo er wirklich sprachlos war.«

»Da haben Sie recht. Was ist übrigens mit seinem Jackett? Haben Sie es gefunden?«

»Alex hat es aufgetrieben. Toupet-Ted hatte es von Mrs. Bradley gekauft, und Alex mußte auf ihn einreden, um es zurückzubekommen. Ted sagte, er habe zwei Pfund dafür bezahlt, und für weniger als drei würde er es nicht wieder hergeben. Also sag deinem Vater, er schuldet Alex drei Pfund.«

Tiffany feixte. »Dad wird wütend sein – er hat fast vierhundert dafür bezahlt.«

17

Sie erlaubte Alex, sie nach oben zu bringen. Am Fußende des Bettes küßte er sie, langsam, zögernd, wie eine leichte Sommerbrise, die über sie hinwegwehte. Er trat zurück, hielt sie an ihren ausgestreckten Armen und verschränkte seine schlanken Finger mit ihren. Sie liebte es, und sie liebte ihn. Sie schloß die Augen, wollte den Augenblick für immer festhalten, wollte, daß er nie zu Ende ging. Dann bewegte sich etwas, und als sie die Augen öffnete, begegnete sie dem lüsternen Blick Dereks. Seine Hände griffen nach ihr und stießen sie auf ihr Bett. Sie wandte sich ab und schloß wieder die Augen. Sie wollte Alex. Sie rief nach ihm und öffnete erwartungsvoll wieder die Augen. Diesmal kam Peter auf sie zu. Er legte sich stöhnend auf sie, und sie fühlte seinen Körper heiß und feucht an ihrem. Er begann zu schreien. Laut vor schrecklichen Schmerzen zu schreien, während sein Körper sich öffnete und zertrümmerte Rippen und ein zuckendes Herz enthüllte. Sie stieß ihn weg und schrie auf, weil sie in seinem feuchten Blut lag.

Charlotte schob die Steppdecke zur Seite und taumelte ins Badezimmer. Sie lehnte sich an das kühle Waschbecken und starrte in den Spiegel. Schweißbedeckt, mit heftig klopfendem Herzen zog sie ihr Baumwoll-T-Shirt aus und stellte sich unter die Dusche. Sie ließ den Wasserstrahl hart auf sich niederprasseln. Erst als sie endlich aufgehört hatte zu zittern, drehte sie das Wasser ab und trocknete sich grob mit einem Handtuch ab.

In der Dunkelheit ihres Schlafzimmers blickte sie auf den Wecker auf ihrem Nachttisch. Halb vier zeigten die Leuchtzeiger an.

Sie öffnete das Fenster und sog tief den Duft des taufeuchten Grases und der Erde ein. Der Vollmond ergoß sein Licht über den Garten, und die Rinden der Silberbirken am Ende des Rasens erstrahlten in magischem Glanz. Dort draußen war alles so friedlich, so ruhig, ein dramatischer Kontrast zu dem Entsetzen, das sie gerade empfunden hatte.

Charlotte stützte sich mit den Ellbogen auf die Fensterbank und blickte auf die Ranken der Glyzinie, die versuchte, das Fenster zu erreichen. Etwas so Unordentliches wie Glyzinien hätte Peter nie toleriert. Peter.

Sie schauderte. Zum ersten Mal seit dem Unfall hatte sie von ihm geträumt. Sie schlang ihre Arme um sich, als wolle sie sich gegen den Gedanken an sein Blut schützen. Warum hatte sie davon geträumt? Es war verrückt. Als sie Peters Leiche identifizieren mußte, war fast überhaupt kein Blut zu sehen gewesen. Sie hatte damals gedacht, daß Peter selbst im Tod nicht bereit war, etwas von sich preiszugeben. Jetzt war sie auf diesen Gedanken überhaupt nicht mehr stolz.

Sie war auch nicht stolz auf den ersten Teil des Traums. Was war nur mit ihr los?

Sie zog die Vorhänge zu und ging zurück ins Bett, vorsichtig, damit sie Mabel nicht störte, die sich auf Peters Seite des Bettes fest schlafend zusammengerollt hatte.

Da er nun schon einmal am Wohltätigkeitsbasar in Hulme Welford teilgenommen hatte, beschloß Alex, daß es nun an der Zeit sei, auch St. John einmal einen Besuch abzustatten.

An der Kirchentür traf er auf Mrs. Braithwaite und eine Frau, die er gestern ebenfalls in der Stadthalle gesehen hatte. Mrs. Braithwaite reichte ihm ein Gesangbuch und ein Gemeindeblatt. »Es freut mich, Sie endlich hier zu sehen, Mr. Hamilton«, sagte sie.

Er nickte leicht mit dem Kopf.

»Guten Morgen«, sagte die andere Frau mit einer Freundlichkeit, die sich wohltuend abhob. Sie klang ein wenig atemlos. »Ich bin Mrs. Bradley. Ich hoffe, Sie sind zufrieden mit dem, was Sie hier erleben, und kommen wieder. Die Kirche ist sehr alt, sie geht zurück auf ...«

»Also hören Sie, Mrs. Bradley«, unterbrach Iris sie, »wir arbeiten für den Herrn, nicht für das Kulturamt.«

»Danke«, erwiderte Alex. »Ich bin sicher, daß ich es höchst interessant finden werde.«

»Ich hoffe, eher erbaulich, Mr. Hamilton. Reverend Jackson predigt heute über Gottes Plan.«

»Ach ja«, sagte Alex, »und er hat seine unendliche Gnade über uns ausgeschüttet – da er uns versteht und zu allen Zeiten weiß, was gut für uns ist.«

»Ganz genau«, entgegnete Mrs. Braithwaite abweisend. »Jetzt gehen Sie weiter, Mr. Hamilton, hinter Ihnen warten noch andere Leute auf Einlaß.«

Alex setzte sich dorthin, wo er immer in Kirchen saß – in die linke hinterste Bankreihe. Ohne sich umzublicken, senkte er den Kopf.

Als er ihn eine Weile später wieder hob, saß Charlotte neben ihm. Sie wirkte erschreckt, als er sie ansah. »Ich habe Sie gar nicht erkannt«, sagte sie und schien vor ihm zurückzuweichen.

»Stimmt etwas nicht?« Ihm fiel auf, daß sie tiefe Schatten unter den Augen hatte und ihr Gesicht ganz blaß war. »Bin ich auf einmal *persona non grata*?«

Sie blickte zu Boden und drehte an ihrem goldenen Ehering.

Charlotte spürte, daß Alex' Blick auf ihr ruhte, und ihr war klar, daß er auf eine Antwort wartete. Aber was sollte sie ihm sagen? Daß er an diesem Morgen der letzte in ganz Hulme Welford war, neben dem sie sitzen wollte? Daß sie ihn zweimal in vierundzwanzig Stunden begehrt hatte, bewußt und unbewußt? »Ich bin nur überrascht, Sie heute früh hier zu sehen«, meinte sie schließlich.

»Da sind Sie nicht die einzige. Mrs. Braithwaite hat mir bereits ordentlich eingeheizt. Die Frau hat Haare auf den Zähnen. Ah, es geht los!« Damit nahm er sein Gesangbuch und stand auf, während die Orgel energisch die ersten Töne von »Come Sing the Praise of Jesus« intonierte.

Sie waren gerade mitten in der zweiten Strophe angelangt, als eine dritte Person sich zu Alex und Charlotte gesellte. Es war Barry Rogers. Charlotte erkannte den nun schon vertrauten Jogginganzug und das gerötete Gesicht, und wieder einmal stellte sie fest, daß er sich hinter der Steinsäule verbarg. Kurz vor dem Ende des Gottesdienstes verschwand er so verstohlen, wie er gekommen war, genau wie in der Woche zuvor.

»Warum tut er das wohl?« fragte Charlotte Alex, nachdem sie ihm die Geschichte erzählt hatte. »Warum schleicht sich Barry jede Woche in die Kirche hinein und wieder hinaus? Das ist doch ein bißchen komisch, finden Sie nicht?«

Alex zuckte mit den Schultern. »Vielleicht steht er spät auf und muß aus irgendeinem Grund immer wieder früh gehen.«

»Nein, da steckt mehr dahinter. Ich wette ...«

»Wetten im Haus des Herrn, Mrs. Lawrence, schämen Sie sich!« Mrs. Braithwaite tauchte drohend hinter ihnen auf. »Und, Mr. Hamilton, hat Ihnen die Predigt zugesagt?«

Sie wartete seine Antwort gar nicht erst ab, sondern stürzte sich gleich auf ihr nächstes Opfer. »Nun, Mrs. Haslip, ich frage mich wirklich, ob Orchideen als Altarblumen so geeignet sind. Es hat mich den ganzen Gottesdienst über gestört, daß sie so teuer sind. Reverend Jackson braucht zweckdienliche Blumen, keinen exotischen Tand.«

»Mir sind die Blumen nicht mal aufgefallen«, sagte Alex zu Charlotte, während sie auf Malcolm Jackson zugingen.

»Ich konnte an nichts anderes denken«, erwiderte Charlotte und lächelte zum ersten Mal. »Ich habe die ganze Zeit über gedacht, was ist das nur für ein exotischer Tand am Altar!«

»Hallo, Charlotte«, ertönte Malcolm Jacksons Stimme. »Wie schön, Sie zu sehen. Wie geht es Ihnen?«

»Gut«, log sie und sagte mit einer Beiläufigkeit, die sie eigentlich verabscheute: »Kennen Sie meinen Mieter schon, Mr. Hamilton?«

»Es ist immer gut, frisches Blut in der Kirche zu haben.«

Charlotte zuckte zusammen.

»Sie sind nicht zufällig daran interessiert, Türdienst zu machen, oder?« fragte Malcolm und schüttelte Alex die Hand. »Dann hätte die Gemeinde jemand Neuen, den sie kritisieren könnte«, fügte er lachend hinzu.

»Warum nicht?« sagte Alex.

Malcolm Jackson war erstaunt, weil seine Angebote selten auf Gegenliebe stießen. »Also gut. Ich komme nächste Woche mit dem Gemeindebrief bei Ihnen vorbei.«

»Das war nicht nötig, Sie hätten auch nein sagen können. Das machen die meisten«, sagte Charlotte zu Alex, als sie aus der Kirche hinausgingen.

»Nun, ich bin eben nicht die meisten.«

Charlotte blickte ihn aufmerksam an. »Nein, das sind Sie nicht, aber wer oder was sind Sie eigentlich?«

»Das klingt wie eine abgedroschene Zeile aus einem alten Film.«

»Da haben Sie recht«, erwiderte sie, »aber die Frage bleibt trotzdem.«

»Wissen Sie was, ich mähe Ihnen heute nachmittag den Rasen, und dann erzähle ich es Ihnen.«

»Okay. Was halten Sie davon, wenn ich uns erst etwas zum Mittagessen mache?« Sie runzelte die Stirn und sah zu Boden, während sie in die Acacia Lane einbogen.

»Das wäre schön.« Alex spürte Charlottes plötzliche Zurückhaltung. »Aber nur, wenn Sie wirklich wollen.«

Sie blieb stehen und sah ihn an. »Vielleicht besser doch nicht. Ich möchte nicht, daß die Leute ... schließlich ist Peter erst seit kurzem tot.«

Er blickte ihr in die Augen, die im Schatten der Laubbäume so dunkelviolett waren, wie er sie von ihrer ersten Begegnung in Erinnerung hatte. »Ich dachte, Sie wollten mich nur zum Mittagessen einladen.«

»Du meine Güte, Sie hören sich langsam an wie Derek«, schnappte sie.

»Das war schon besser. Sie sehen dann nicht so ...«

»Reden Sie ruhig weiter, wie sehe ich nicht aus?«

Er zögerte, bevor er weitersprach. Vom ersten Augenblick an, als er Charlotte kennengelernt hatte, war ihm an ihrer Trauer etwas falsch vorgekommen; er wußte nicht, was es war, wußte nur, daß etwas nicht stimmte. Manchmal hatte er das Gefühl, daß er sie deshalb nicht so behandelte wie eine Frau, die gerade erst den Mann, den sie liebte, verloren hatte, weil sie sich selbst nicht so verhielt. Er sagte: »Ich habe nur das Gefühl, daß Sie manchmal Sie selbst sind, und manchmal versuchen Sie, so zu sein, wie es die anderen Leute von Ihnen erwarten.«

»Und was erwarten sie von mir?« erwiderte Charlotte kühl.

»Die trauernde Witwe«, sagte er leise und sah ihr immer noch direkt in die Augen.

Charlotte erwiderte nichts, sondern ging schnell weiter.

Alex ließ sie gehen, lief ihr dann aber nach und holte sie an seinem Eingang zu Ivy Cottage ein. »Es tut mir leid«, entschuldigte er sich. »Ich hätte das vielleicht nicht sagen sollen.«

Sie wandte sich ihm zu, und er wappnete sich insgeheim schon gegen ihren Zorn. Statt dessen blickte sie ihn ganz ruhig an. »Können wir dieses Gespräch beim Mittagessen fortsetzen?«

»Was denkst du, wie kommt Charlotte zurecht?« fragte Neville Archer seine Frau, als er an der Ampel in Wilmslow langsam anfuhr. Er war sich des ungeduldigen Range Rovers hinter ihm, der fast auf der Stoßstange seines müden alten Volvos klebte, durchaus bewußt, aber er ließ sich nicht hetzen. Während er in den zweiten Gang schaltete, fügte er hinzu: »Ich meine, kommt sie wirklich zurecht?«

Louise blickte von der Royal-Worcester-Teekanne auf ihrem Schoß auf – die übrigen Schnäppchen des Flohmarktbesuches am Sonntag morgen lagen hinten im Auto, nur diese wunderhübsche kleine Teekanne nicht. Trotz des winzigen Sprungs im Deckel war sie eine Schönheit, ein richtiges Fundstück. Sie streichelte über die Tülle und entgegnete geistesabwesend: »Was meinst du?«

Neville wußte, daß seine Frau ihm gar nicht zuhörte. Louises Gedanken kreisten um das Porzellanteil auf ihrem Schoß. Komisch, daß etwas so Kleines und Unbedeutendes wie diese Teekanne solche Leidenschaft bei seiner Frau auslösen konnte. Das schaffte nichts anderes.

Bei ihm waren es natürlich seine Stachelbeeren. Aber das war doch auch wirklich etwas Aufregendes. Die endlosen Versuche, die perfekte Beere zu kultivieren, sie in den ersten Tagen des Wachstums zu pflegen, zuzusehen, wie sie wuchs bis zu jenem erregenden, erhebenden Moment, wo man sie pflücken und beurteilen lassen konnte. Es war wie mit Kindern – man hegte und pflegte sie und dann übergab man sie dem Leben. Das brachte ihn wieder auf sein ursprüngliches Thema: Charlotte.

»Ich habe mich gerade gefragt, ob wir nicht mehr für sie tun sollten.« Was er eigentlich sagen wollte, aber nicht konnte, war, wie unzulänglich er sich vorkam, wie hilflos er sich bei Trauerfällen fühlte. Er war sein ganzes Leben lang praktischer Arzt gewesen, hatte wunderbar mit Gallenblasen, Masern, Herpes, Erkältungen und Hämorrhoiden umgehen können, aber als Mrs. Jenkins einen Nervenzusammenbruch hatte, weil Mr. Jenkins sie verlassen hatte, oder als er Mr. Forbes hatte sagen müssen, daß seine hübsche junge Frau an Gebärmutterkrebs sterben würde, war er völlig nutzlos gewesen, und er wußte das auch.

Aus einem Grund, den er selbst nicht erklären konnte, war er überzeugt, daß Charlotte irgend etwas verbarg. Ob nur vor ihm oder vor allen wußte er nicht. Deshalb fragte er jetzt seine Frau. Hatte Charlotte vielleicht mit ihrer Mutter etwas besprochen, was sie ihm nicht sagen konnte? Er bezweifelte das. Er und Charlotte hatten sich immer sehr nahegestanden.

»Paß auf!« Louises Stimme durchbrach unerwartet seine Gedanken. Er sah die Bremslichter des Autos vor ihm und stieg hart auf die Bremse. Der Volvo machte eine großartige Vollbremsung, und Louise wurde so heftig nach vorne geschleudert, daß ihre Nase fast ans Handschuhfach stieß.

»Ich weiß nicht, was in der letzten Zeit mit dir los ist«, beklagte sie sich, während sie sich wieder aufrichtete und ihre kostbare Teekanne untersuchte. »Du bist so …«

Neville wußte schon, was jetzt kam.

»… langsam!« sagte sie nachdrücklich.

Statt einer Antwort packte er das Lenkrad fester und winkelte seine Arme in einer perfekten Zehn-Minuten-vor-zwei-Position an. »Du hast meine Frage nicht beantwortet«, sagte er, wobei er das Verlangen unterdrückte, ihr zu entgegnen: Und du bist so abwesend in der letzten Zeit, du hörst mir nie zu.

»Ich weiß gar nicht, warum du immer auf Charlotte herumreitest. Sie ist alt genug, um für sich selbst zu sorgen.«

Er setzte den Blinker, um einen dahinkriechenden Müllwagen zu überholen, und scherte aus. »Findest du das nicht ein bißchen hart? Schließlich ist ihr Mann gestorben, und nicht irgendein Haustier. Das war nicht gerade alltäglich für sie.«

Louise blickte zu dem Fahrer des Müllwagens hinüber, als sie auf gleicher Höhe waren. Er zwinkerte ihr plump zu, und sie sah wieder weg. »Du liebe Güte, Neville, kannst du dich vielleicht ein bißchen beeilen? Ja, ich bin mir der Tatsache, daß ihr Mann und nicht ihr Goldhamster gestorben ist, sehr wohl bewußt, aber damit muß Charlotte ganz allein fertigwerden.«

Neville trat hart aufs Gaspedal, wobei er sich einen köstlichen Augenblick lang vorstellte, Louises geliebte kleine Teekanne läge darunter. Ein Lächeln huschte über sein Gesicht, und er trat das Pedal noch stärker durch. Während er die A 34 nach Hulme Welford entlangjagte, beschloß er, seine Frau zu ignorieren. Er würde Charlotte besuchen und sie zum Reden bringen. Morgen wollte er hingehen, wenn Louise im Geschäft war.

18

Sie trank den Wein viel zu schnell, wie immer, wenn sie nervös war. Aber warum war sie nervös? Alex war nun wahrhaftig kein furchteinflößender Mann.

Sie hatten sich zum Essen zuerst auf Alex' Terrasse gesetzt, sich aber dann, als die Maisonne zu heiß wurde, an Charlottes bevorzugte Stelle im Garten zurückgezogen, unter den kühlen Schatten des Feigenbaumes. Sie hatten jeder zwei Portionen Spaghetti Carbonara mit Knoblauchbrot gegessen und saßen jetzt faul in ihren Stühlen und genossen das Gefühl, das nur ein angenehm gefüllter Magen mit sich bringt. Alex nahm sich eine Traube aus der Keramikschüssel auf dem Tisch.

Charlotte versuchte, ihn nicht zu beobachten, aber es gelang ihr nicht. Seine Hände faszinierten sie, was wahrscheinlich einer der Gründe dafür war, daß sie zuviel trank. Vor dem Zwischenfall mit dem Löffel auf dem Basar hatte sie Alex' Hände nicht beachtet, jetzt aber drängten sie sich ihr ständig auf. Sie erschauerte unwillkürlich und blickte zu Mabel, die zu ihren Füßen lag. Sie hob den kleinen Hund auf den Schoß, damit ihre Hände Beschäftigung hatten.

»Ist Ihnen kalt? Wenn Sie wollen, können wir uns wieder in die Sonne setzen.«

»Wie bitte? Oh, ich verstehe, nein, mir ist nicht kalt, überhaupt nicht.«

Er lächelte. »Möchten Sie jetzt das Gespräch fortsetzen?«

Während des Essens hatte sie das, was Alex nach der Kirche zu ihr gesagt hatte, mit keinem Wort erwähnt. Sie wollte dem Thema nicht ausweichen, es hatte sich nur nicht ergeben. Sie hatten über alles mögliche geredet: über Alex' Vorliebe für silbernen Schnickschnack – daher der Löffel; und über das Spiel, das er und sein Bruder immer gespielt hatten – wer findet das scheußlichste Geburtstagsgeschenk für den anderen –; daher der weinende Junge. Und dann hatte er ihr von dem Buch über Bäume erzählt, das er gekauft hatte.

»Wußten Sie, daß der Name Eberesche angeblich auf das norwegische Wort *runa* zurückgeht?«

»Du lieber Himmel, wirklich?« hatte sie lässig erwidert und dabei so getan, als ob sie gähnen müßte.

»Es bedeutet Zauber«, fuhr er unbeirrt fort. »Offensichtlich hat man Ebereschen außerhalb von Friedhöfen und Häusern gepflanzt, um Hexen abzuhalten.«

Dann sah sie das Zwinkern in seinen Augen.

»Ich erwähne das nur, weil ich bemerkt habe, daß am Ende Ihrer Einfahrt eine steht. Mit ein bißchen Glück könnte sie Mrs. Braithwaite fernhalten.«

Sie hatte lachen müssen, darüber und auch ein bißchen über sich, weil sie Alex kurzfristig für langweilig gehalten hatte.

Aber jetzt war das Thema angeschnitten worden. Was sollte sie tun oder sagen? Wie um alles in der Welt war sie auf den Gedanken gekommen, daß sie mit Alex über ihre gescheiterte Ehe reden könnte? Warum gerade mit ihm? Warum nicht mit Hilary? Mit ihren Eltern? Lag es daran, daß Alex Peter nicht gekannt hatte, und sie glaubte, daß er sie nicht verurteilen würde?

»Ich ... ich bin nicht sicher, um ehrlich zu sein«, sagte sie. »Ich glaube, ich kann es nicht. Ich dachte, ich könnte es, aber jetzt kann ich doch nicht.«

Er sah sie aufmerksam an und wandte dann seinen Blick ab. »Sie haben einen hübschen Garten. Das war etwas, das ich mir in London immer gewünscht habe.«

»Das ist doch dumm«, erwiderte sie, dankbar für den Themenwechsel. »Warum haben Sie sich nicht einfach ein Haus mit Garten gekauft?«

Er lehnte sich in seinem Stuhl zurück und blickte zu der Glyzinie, die die Rückseite von Ivy Cottage bedeckte. »Manchmal«, sagte er langsam, »sind Träume besser als die Wirklichkeit.« Er nahm sich noch eine Traube. »Und außerdem sah die Wirklichkeit damals so aus, daß ich keine freie Minute hatte, um meinen Träumen nachzuhängen. Damals war Arbeit die erste Priorität.«

»Peter war genauso. Er hätte es allerdings nie zugegeben.«

»Die meisten Männer merken es gar nicht. Es ist wie sich verlieben, man tut es nicht absichtlich, es passiert einfach. Aber für eine Ehefrau muß das schwer zu akzeptieren sein.«

»Das ist es, oder vielmehr, war es«, erwiderte Charlotte nachdenklich. »Aber irgendwie arrangiert man sich damit, nicht mehr die *numero uno* bei seinem Mann zu sein. Aber es tut weh, und es besteht immer die Gefahr, daß ...« Sie schwieg. Sollte sie es ihm sagen? Würde er es verstehen? Würde er verstehen, daß man, wenn man nur noch der zweite auf der Liste ist, sich selbst und die Menschen um einen herum haßt, vor allem die, die man einmal geliebt hat? »Ist denn Arbeit immer noch das Wichtigste für Sie?« fragte sie, um von sich abzulenken.

Er lachte und rollte eine Traube zwischen Daumen und Zeigefinger. Sie wünschte, er täte das nicht. Nein, das stimmte nicht. Sie wünschte, daß er nicht mehr damit aufhörte.

»Ich glaube, die Tatsache, daß ich hier im Garten meiner Vermieterin sitze und billigen ungarischen Wein aus dem Supermarkt trinke, beweist, daß sie mir nicht mehr so wichtig ist. Meine Achtzig-Stunden-Wochen gehören schon lange der Vergangenheit an, aber ebenso mein Geschäftswagen und meine feine Adresse.«

»Dann finden Sie also, daß Acacia Lane nicht fein genug für Sie ist?«

Er lachte wieder und nahm sich noch eine Traube. Charlotte sah zu, wie er den Stengel sorgfältig abpflückte, und wieder lief ihr ein Schauer über den Rücken.

»Kommen Sie«, sagte er und sprang auf, »wir gehen wieder in die Sonne. Ihnen ist offensichtlich kalt.«

Sie unterdrückte ein Lachen und setzte Mabel ins Gras. Dann stand sie auf und räumte das Geschirr zusammen. »Ich habe meinen Teil der Abmachung eingehalten«, sagte sie, »jetzt sind Sie dran. Der Rasenmäher steht da drüben.«

»Huhu, ich bin's nur, kann ich reinkommen?« Hilary tauchte in der offenen Wintergartentür auf. Sie trat in die Küche, wo Charlotte an der Spüle stand. »Ich verkaufe Karten für das Gemeindeessen am nächsten Samstag. Ich sollte sie eigentlich heute früh nach der Kirche verkaufen, aber das ging nicht, weil ich nicht da war. Ich mußte Philip zu einem Auswärtsspiel nach Macclesfield fahren – er hat das Siegtor geschossen! Er ist wirklich sehr gut, du solltest einmal mitkommen und bei einem Spiel zusehen.« Sie legte die Eintrittskarten und den Umschlag mit dem Geld hin, sah sich suchend nach einem Küchenhandtuch um und begann automatisch, die Teller abzutrocknen, die Charlotte gerade gespült hatte. »Du hast wirklich was verpaßt«, sagte sie und ließ einen der Teller wieder ins Wasser gleiten. »Also, wo war ich gerade?«

»Ich glaube, du wolltest Eintrittskarten für das Gemeindeessen verkaufen«, sagte Charlotte lächelnd.

»Ach ja. Nun, ich habe es nebenan versucht«, sie wies mit dem Kopf auf die Küchenwand, die an Alex' Teil des Hauses stieß, »aber es war niemand da, also dachte ich, Alex wäre vielleicht hier bei dir.«

»So, dachtest du?« Charlotte widmete sich aufmerksam der Pfanne, die sie gerade unter fließendem heißen Wasser säuberte.

»Dieses Küchenhandtuch ist nicht besonders sauber. Hast du kein anderes?«

»In der Schublade da drüben.«

Hilary begann die unordentlich eingeräumte Schublade zu durchwühlen. »Charlotte ...« setzte sie an, kam aber nicht weiter, da in diesem Augenblick der Rasenmäher angeworfen wurde. Sie trat zu ihrer Schwester und blickte aus dem Fenster. »Es ist Alex«, sagte Charlotte unnötigerweise, als hinter dem Gartenhaus ein Rasenmäher auftauchte, gefolgt von Alex, der jetzt nur noch mit Shorts bekleidet war.

»Das sehe ich«, erwiderte Hilary und drückte sich näher an die Spüle. »Sieh ihn dir bloß an!«

»Hilary!«

Hilary schlug sich die Hand vor den Mund, als wolle sie weitere unzüchtige Gedanken daran hindern, zu entschlüpfen. »Ich meine, ich wollte nur...«

Charlotte lachte. »Ich weiß genau, was du gemeint hast, und ich bin ganz deiner Meinung.«

»Wirklich?« sagte Hilary hoffnungsvoll. Endlich verliebte ihre Schwester sich in Alex! Lächelnd sah sie zu, wie Alex den Rasenmäher durch den Garten schob. »Er ist ziemlich braun, findest du nicht auch?«

Charlotte legte den Kopf schräg, als sähe sie so Alex' nackten Rücken aus einem besseren Winkel. »Mm ... ja, könnte man sagen.«

»Die Shorts stehen ihm gut.« Hilary wollte endlich vorankommen. »Sieht überhaupt gut aus, was?«

Charlotte war gerade im Begriff zu antworten, als Alex das andere Ende des Gartens erreicht hatte, sich mit dem Rasenmäher umdrehte und sie beide am Fenster stehen sah. Er winkte ihnen zu.

Sie winkten zurück und wandten sich vom Fenster ab. »Soll ich Wasser aufsetzen?« fragte Hilary verlegen.

Sie setzten sich mit ihrem Tee an den Tisch. Hilary konnte noch mit einem Auge nach draußen schielen, aber Charlotte saß mit dem Rücken zum Garten. »Es ist lange her, seit wir uns nach einem Mann umgesehen haben, was?« sagte Hilary.

Charlotte antwortete nicht. Hilary beschloß, mutig zu sein. »Du darfst ja, weißt du ... nur weil du Witwe bist, bedeutet das ja nicht, daß du auf einmal keine Frau mehr bist. Du wirst es wieder versuchen und dich daran erinnern müssen, wie es früher war, vor Peter.«

Charlotte dachte darüber nach, während sie ihren Tee trank. Vor Peter. Damals hatte Hilary ihr vorgeworfen, sie sei lasziv, aber das hatte nur daran gelegen, daß sie so fest mit David zusammen war.

Hilary spürte, daß Charlotte nichts mehr zu dem Thema sagen wollte. Sie griff nach ihren Eintrittskarten. »Du kommst doch, oder?«

Charlotte schüttelte den Kopf. »Ich glaube nicht.«

»Warum denn nicht?« Hilarys Enttäuschung war offensichtlich. Sie war sich so sicher gewesen, Charlotte und Alex an diesem Abend in den Gemeindesaal locken zu können!

Charlotte knallte ihre Tasse so heftig auf den Tisch, daß sie Tee verspritzte. »Ich weiß genau, was du gedacht hast. Eine Eintrittskarte für Alex und eine für Charlotte. Hältst du mich wirklich für so naiv?«

Charlotte konnte spüren, wie ihr die Röte ins Gesicht

stieg und ihre Haut vor irrationaler Wut prickelte. Auf einmal hätte sie am liebsten geweint, dicke Tränen geweint ... warum, wußte sie nicht. Doch, sie wußte es. Aus Schuldgefühl. Schuld! Sie war immer da, quälte sie Tag und Nacht. Sie war auch da gewesen, als Alex und sie zusammen zu Mittag gegessen hatten. Alles war ganz unschuldig gewesen, aber die ganze Zeit über hatte sie das Gefühl gehabt, etwas Unrechtes zu tun, daß es unrecht war, Alex' Gesellschaft zu genießen.Und verdammt noch mal, sie hatte sie genossen. Sie war gerne mit ihm zusammen. Er war nett, amüsant, aufmerksam, und außerdem fand sie ihn attraktiv. Und jetzt wollte Hilary sie sogar noch weiter treiben. Nun, das würde sie nicht zulassen. Sie würde dem Ganzen ein Ende machen, und zwar hier und jetzt. Es war an der Zeit, daß sie sich endlich zusammenriß. Es würde kein »Alex und Charlotte« mehr geben, und dann würde es auch keine Schuld mehr geben ... und keine Träume mehr.

Ihr gesunder Menschenverstand sagte ihr, daß es noch zu früh war. Keine Frau, die noch alle Sinne beisammen hatte, würde sich nur ein paar Monate nach dem Tod ihres Mannes bereits wieder mit einem anderen Mann einlassen. Das war Wahnsinn. Und es war pietätlos. Ja, das war es. Sie mußte eine vernünftige Trauerzeit einhalten. Das war ihre Pflicht. Sie hatte vielleicht in der Ehe mit Peter versagt, aber wenigstens nach seinem Tod würde sie alles richtig machen. Das war sie ihm schuldig. Beinahe hätte sie vor Erleichterung geseufzt, als sie merkte, daß sie endlich die unwiderlegbare Rechtfertigung dafür gefunden hatte, daß sie sich nicht mit Alex Hamilton einzulassen brauchte. Sie hatte die richtige Waffe gefunden, um jede Versuchung abzuwehren.

Hilary blickte sie über den Rand ihrer Tasse an und sagte ruhig: »Du kannst auch alleine kommen.«

»Ich weiß«, erwiderte Charlotte. »Ich könnte auch einen Freund mitbringen.«

Hilary sah verblüfft aus. »Natürlich.« Sie beschloß, die Chance nicht vorbeigehen zu lassen. »Also zwei Eintrittskarten.« Sie zog zwei orangefarbene Karten aus ihrem Päckchen. »Sie kosten fünf Pfund.«

Charlotte machte sich auf die Suche nach ihrer Tasche und fragte sich, was sie gerade getan hatte. Wen konnte sie denn schon bitten, sie zu begleiten? Sie ging zurück in die Küche und reichte ihrer Schwester eine Fünfpfundnote.

»Wen bringst du denn mit?« fragte Hilary. Sie räumte ihre Sachen zusammen und wagte es nicht, ihrer Schwester in die Augen zu sehen.

Für den Bruchteil einer Sekunde haßte Charlotte sie. »Laß dich überraschen.«

Hilary besaß soviel Anstand, nicht weiter in Charlotte zu dringen. Sie trat zur Tür. »Sagst du Alex bitte, daß ich später bei ihm vorbeikomme? Mach's gut.« Und weg war sie.

Charlotte blickte aus dem Fenster. Alex hatte mittlerweile die Hälfte des Rasens gemäht und war ganz versunken in seine Arbeit. Er sah aus wie ein Mann, der völlig im Einklang mit sich war.

Charlotte beneidete ihn.

Alex stellte den Rasenmäher ab und schob ihn in den Schuppen. Ihm fiel auf, daß Charlotte wieder am Küchenfenster stand. Ihm fiel auch auf, daß sie sich sofort wegdrehte, als sie merkte, daß er sie gesehen hatte.

Er bückte sich und säuberte den Rasenmäher, an dem Gras klebte. Seine Gedanken jedoch kreisten weiter um Charlotte. Manchmal hatte er das deutliche Gefühl, daß sie ihm etwas erzählen wollte – vielleicht nicht direkt ihm, sondern überhaupt jemandem. Dann jedoch wieder behandelte sie ihn, als sei er Jack the Ripper.

Er lächelte, als ihm einfiel, was Lucy so oft zu ihm gesagt

hatte: *Alex, ich glaube, du bist eine frustrierte Kummerkastentante, du versuchst immer, die Probleme anderer Leute zu lösen.*

»Das brauchen Sie nicht.«

Charlotte stand in der Tür, und Alex erkannte an ihrem gepreßten Tonfall, daß er wieder einmal zu Jack the Ripper geworden war.

»Ich kann ihn selber saubermachen«, sagte sie.

Er richtete sich auf und trat auf sie zu. »Kein Problem«, antwortete er. Was war zwischen dem Essen und jetzt passiert? Was hatte ihren Stimmungswechsel verursacht? Hatte er irgend etwas Falsches gesagt? »Vielleicht können Sie mich als Gärtner einstellen«, scherzte er. »Ich könnte in den Schuppen ziehen.«

»Und ich soll vermutlich Ihre Lady Chatterley werden.« Ihre Stimme triefte vor Sarkasmus.

Schweigend starrten sie einander an, bis Charlotte es nicht mehr aushielt. Die stickige Luft im Schuppen, die sich mit dem süßlichen Geruch des frisch gemähten Grases und dem Benzinduft vermischte, überwältigte sie. Sie trat zurück in den Sonnenschein und die frische Luft. Alex nahm sein T-Shirt vom Haken an der Tür. »Tut mir leid, wenn ich Sie verärgert habe«, sagte er. »Es war nur ein Scherz.«

Charlotte hätte sich am liebsten auch entschuldigt, aber das konnte sie nicht. Ihr war klar, daß sie, so dicht wie sie bei Alex stand und die Wärme seines vor Schweiß glänzenden Körpers spürte, nichts lieber als Constance Chatterley gewesen wäre. Sie schluckte und versuchte, ihrem Vorsatz treu zu bleiben. »Hilary hat mich gebeten, Ihnen etwas auszurichten«, sagte sie.

Sein Gesichtsausdruck war undurchdringlich.

»Es ist wegen des Essens im Gemeindesaal nächsten Samstag. Hilary läßt fragen, ob Sie eine Eintrittskarte möchten. Natürlich weiß sie auch, daß Sie Samstag abends wahrscheinlich Wichtigeres zu tun haben.« Sie zwang sich zu einem kurzen Lachen.

Alex tat es ihr gleich. »Soll ich es etwa zulassen, daß Mrs. Braithwaite meine Abwesenheit kommentiert? Keine Angst. Sie können Hilary sagen, daß ich gerne eine Eintrittskarte haben möchte. Sie können ihr sogar sagen, daß ich gerne zwei hätte. Es ist doch wahrscheinlich in Ordnung, wenn ich eine Freundin mitbringe?«

»Je mehr, desto lustiger wird es«, erwiderte Charlotte überrascht. »Ich bringe auch jemanden mit.«

Alex warf sein T-Shirt über die Schulter und ging.

Mist, dachte Charlotte, während sie ihm nachsah. Was um alles in der Welt sollte sie jetzt tun? Nicht nur, daß Hilary jetzt erwartete, daß sie mit einem Mann auftauchte, Alex brachte auch noch jemanden mit. Verdammt!

19

Was war mit ihr los? Sie tat nie Zucker in den Kaffee. Peter nahm immer Zucker.

Letzte Nacht hatte sie wieder von ihm geträumt. Dieses Mal lag er in einem Krankenhausbett, und zwar nicht in einem normalen Zimmer, sondern in einem, das in ein Büro verwandelt worden war: In einer Ecke stand ein Faxgerät, Zimmerpflanzen in einer anderen und in der Mitte ein Schreibtisch, auf dem Peters Attachékoffer lag. Peter selbst lag im Bett, vor sich seinen treuen Laptop. Sie sah das alles durch eine Glasscheibe, während sie versuchte, einen Termin bei ihrem Mann zu bekommen. Die attraktive Krankenschwester sagte ihr jedoch, Peter sei zu beschäftigt, um sie jetzt zu empfangen. Ob sie nicht später wiederkommen könne? »Aber später wird er tot sein«, hatte sie die Krankenschwester angeschrien, und dann hatten zwei Polizisten sie abgeführt und zu ihr gesagt, sie hätten Fragen an sie wegen des Todes ihres Mannes.

Wurde sie langsam verrückt? Charlotte schüttelte den Kopf. Sie stand vom Tisch auf und kippte den Kaffee – Peters Kaffee – in den Ausguß. In diesem Augenblick hörte sie das Klappern des Briefkastens und ging in den Flur, um die Post zu holen.

Danach kochte sie sich neuen Kaffee und nahm die Briefe mit nach oben, um sie zu lesen. Mabel lag zusammengerollt auf dem Bett. Der erste Brief war von ihrem Anwalt, irgendwas über Investitionen, die Peter getätigt hatte. Sie steckte ihn wieder in den Umschlag. Der zweite war handgeschrieben und trug eine Brüsseler Briefmarke. Sie wußte sofort, daß er von Christina Castelli war.

Als sie die erste Seite überflog, war Charlotte nicht überrascht, daß Platitüden wie »ich hoffe, Du hast Dich eingelebt« fehlten – das war auch entschieden nicht Christinas Stil. Statt dessen berichtete sie ausführlich von einem dicken deutschen Industriellen und einem irischen Diplomaten, der sie einen ganzen Abend lang auf gälisch angesungen hatte. Unten auf der zweiten Seite stand dann: »... und deshalb, Charlotte, habe ich einen Flug nach Manchester gebucht und komme Dich nächsten Monat besuchen.« Auch das genaue Datum und die Zeit, wann Christina eintreffen würde, hatte sie notiert und schrieb: »... Du brauchst mich nicht abzuholen, ich nehme mir ein Taxi und bin pünktlich zur Cocktailzeit da.«

Charlotte lachte laut auf. »Cocktails!« sagte sie. »In der Acacia Lane, man stelle sich das vor!« Sie lachte wieder und versuchte sich Christina in Hulme Welford vorzustellen: Christina und Iris Braithwaite ... Christina und Derek Rogers! Sie legte sich aufs Kissen zurück und las den Brief noch einmal, um sich ihre Freundin intensiver vor Augen zu führen. Ihre Gedanken wurden vom schrillen Läuten des Telefons neben dem Bett unterbrochen. Sie nahm den Hörer ab. »Hallo?«

»Charlotte?«

»Ja?« Ihr Gehirn ging automatisch eine Liste möglicher männlicher Anrufer durch, die sich morgens um acht Uhr melden könnten.

»Ich bin es, Jonathan.«

»Jonathan!«

»Ich bin am Freitag in England, geschäftlich, Birmingham. Okay, wenn ich dich besuche, Samstag, gegen Mittag? Wenn ich bei dir übernachten könnte, wäre auch nicht schlecht.«

Ja, es war Jonathan, unverkennbar, er redete immer im Telegrammstil. »Ja, natürlich, ich freue mich«, log sie.

»Okay, bis dann.« Der Hörer wurde aufgelegt und Charlotte blieb mit einem dröhnenden Geräusch in den Ohren und einem verwirrten Gesichtsausdruck zurück. Sie legte den Hörer auf die Gabel und kraulte Mabel. »Da werden wir also das Vergnügen von Jonathans Gesellschaft haben, so ein Glück! Jonathan, der King Kong von Hong Kong. Ich wette, du kannst Peters Bruder genausowenig leiden wie ich.«

In den acht Jahren ihrer Ehe war Charlotte ihrem Schwager nur bei wenigen Gelegenheiten begegnet. Das erste Mal hatten sie sich zufällig auf einer Party in London getroffen, kurz nachdem sie Peter kennengelernt hatte. Damals wußte sie noch nicht, daß Peter einen Bruder hatte, und als sie mit zwei Gläsern Wein aus der Küche ihrer Gastgeberin kam, hatte Peter bewundernd vor einem großen Gemälde gestanden. Sie reichte ihm sein Glas, küßte ihn leicht auf die Wange und stellte im gleichen Augenblick fest, daß es gar nicht Peter war, was der verwunderte Gesichtsausdruck des Mannes sofort bestätigte. Verlegen hatte sie dagestanden und ihn angestarrt, völlig verwirrt von der außergewöhnlichen Ähnlichkeit zwischen diesem Mann und Peter. Dann war Peter aufgetaucht, und auch er hatte einen Augenblick lang einfach nur dagestanden und gestarrt.

»Überraschung!« hatte der Mann gerufen und einen großen Schluck Wein aus dem Glas getrunken, das Charlotte ihm gerade gereicht hatte.

»Wieder eine deiner Stippvisiten?« erwiderte Peter kalt.

»Wenn die Pflicht ruft, muß man antworten. Willst du mich nicht vorstellen?«

Peter drehte sich zu Charlotte um. Seine Augen waren schmal zusammengekniffen und dunkel. »Das ist Jonathan, und wie du dir wahrscheinlich schon gedacht hast, ist er mein Bruder.«

Als sie später im Auto nach Hause fuhren, hatte Peter kaum ein Wort gesagt, aber seine schmalen Lippen verrieten Charlotte alles, was sie wissen wollte – daß die beiden Brüder sich trotz der frappierenden Ähnlichkeit nicht gerade liebten.

Ein anderes Mal waren sie sich in Singapur begegnet. Damals bekam Charlotte eine deutlichere Vorstellung von der Rivalität zwischen den beiden Männern. Jonathan war vier Jahre älter, und das konnte anscheinend keiner der beiden vergessen. »Als älterer Bruder bestehe ich darauf, euch zum Abendessen einzuladen«, hatte Jonathan gesagt, als er in ihre Wohnung kam. Er war gerade von Hongkong herübergeflogen, wo er arbeitete und lukrative Geschäftsabschlüsse von gigantischen Proportionen tätigte.

»Ich habe uns schon einen Tisch bestellt«, hatte Peter erwidert, »in einem Restaurant, wo uns der Geschäftsführer persönlich kennt.«

Und so war der Abend weitergegangen. Jeder der beiden Brüder hatte versucht, den anderen auszustechen, und Charlotte vergaßen sie dabei völlig.

Und jetzt, nach all diesen Jahren, wollte Jonathan sie besuchen kommen. Warum? Wollte er seinen Triumph auskosten? »Siehst du, kleiner Bruder, ich habe mehr Durchhaltevermögen als du.«

Doch auf einmal kam Charlotte der Gedanke, daß sie Jonathan gut brauchen konnte, wenn er nun schon einmal hier war.

Kurz nach zwölf läutete es an der Tür, und Mabel begann zu bellen.

»Hallo.« Neville Archer stand in der Tür. Er bückte sich, um den kleinen Hund zu streicheln. »Hast du ein bißchen Zeit für deinen alten Dad?«

»Komm rein«, erwiderte Charlotte und küßte ihn auf die Wange.

Er blickte sich um, während er in die Küche ging. Offensichtlich hatte seine Tochter, seit er ihr am Montag beim Auspacken geholfen hatte, die Dinge mehr oder weniger in den Griff bekommen. Es hingen sogar schon ein paar Bilder an der Wand, allerdings standen die meisten immer noch auf dem Fußboden. Vielleicht sollte er Charlotte anbieten, sie aufzuhängen, oder würde sie das als Einmischung betrachten?

»Hast du Hunger? Ich war zwar noch nicht einkaufen, aber ich habe noch ein bißchen Cambozola und Crackers.«

Er nickte und setzte sich an den Tisch. »Sag aber deiner Mutter nichts davon. Cambozola erlaubt sie mir schon seit einem halben Jahr nicht mehr – zu viele Kalorien.«

Sie lachten verschwörerisch. Neville war beruhigt, sie war immer noch seine Verbündete. Er wartete, bis Charlotte sich zu ihm an den Tisch gesetzt hatte, und rückte dann mit der Sprache heraus. »Charlotte«, sagte er und nahm sich etwas Käse, »du kannst mir natürlich sagen, ich soll mich um meinen eigenen Kram kümmern, oder du kannst mich sogar hinauswerfen oder einfach nur lügen, aber wie geht es dir eigentlich wirklich? Ich weiß, ich kann so was nicht gut, wie deine Mutter jederzeit unterschreiben würde ...«

»Hat Mutter dich geschickt?« Charlotte wunderte sich über die Worte ihres Vaters, die wie eine wohlvorbereitete Rede herausgekommen waren.

»Nein. Sie glaubt, ich bin bei Ron Wicklow wegen der Stachelbeeren-Ausstellung.«

»Du hast Mutter angelogen. Warum?«

Neville zuckte mit den Schultern. Er kam sich vor wie

ein kleiner Junge, der beim Äpfelklauen erwischt worden ist. »Ich ... ich habe mir Sorgen um dich gemacht und wollte wissen ...«

»O, Dad.« Sie fuhr mit der Hand über seinen Arm. Der rauhe Tweedstoff fühlte sich tröstlich an. Er war immer wie ein Landarzt angezogen gewesen und war es auch heute noch. Plötzlich stand ihr ganz lebhaft vor Augen, wie sie als Kind vor seiner Praxis gespielt und zwei älteren Frauen zugehört hatte, die über ihren Vater redeten: »Er ist so ein liebenswerter Mann. Ich würde ihn am liebsten mit nach Hause nehmen und auf den Kamin stellen.«

»Ich habe mir solche Sorgen um dich gemacht«, beharrte ihr Vater. »Es muß schrecklich für dich gewesen sein, Peter so plötzlich zu verlieren. Ich wollte dich nur wissen lassen, daß ich immer für dich da bin, wenn du mich brauchst.«

Tränen stiegen in ihr auf, aber sie kämpfte sie nieder und reichte ihm den Teller mit den Crackern. »Wir haben uns immer nahegestanden, nicht?«

Er nickte. Sie befanden sich jetzt auf unsicherem Gebiet, und er traute seiner Stimme nicht.

»Wir haben immer irgendwie gewußt, was der andere denkt.«

Wieder nickte er.

»Zur Zeit jedoch kannst du dir nicht im geringsten vorstellen, was in meinem Kopf vorgeht ... Und ich würde es dir auch nicht zumuten wollen.«

Er sagte immer noch nichts, war aber jetzt fest davon überzeugt, daß seine Tochter ihm etwas verschwieg. Wenn er nur lange genug wartete, würde sie schon damit herausrücken.

»Möchtest du noch Käse?« fragte sie und schob ihm die Platte hin.

Er schüttelte den Kopf.

»Weißt du, es ist nicht so, wie alle denken. Jeder glaubt, ich …« Sie stand vom Tisch auf und machte sich am Wasserkessel zu schaffen.

Das war nicht gut. Er konnte es nicht mehr ertragen. Er mußte etwas sagen. »Charlotte …« Weiter kam er nicht, weil das Telefon klingelte. War die Erleichterung, die sich auf dem Gesicht seiner Tochter ausbreitete, als sie in den Flur ging, die Antwort darauf?

Er beobachtete durch die offene Tür, wie Charlotte den Hörer abnahm. »Hallo, Mum«, sagte sie. Er schüttelte den Kopf und tat so, als hielte er sich eine Pistole an die Schläfe. Charlotte unterdrückte ein Lächeln. »Was, hier? Du glaubst, Dad ist hier?« Sie legte die Hand über die Sprechmuschel und flüsterte: »Ron Wicklow hat gerade angerufen und nach dir gefragt.«

»Um Himmels willen«, stöhnte Neville.

Charlotte schickte ihren Vater seinem Schicksal entgegen, räumte den Tisch ab und ging nach draußen. Sie holte ein paar Gartengeräte und die Schubkarre aus dem Schuppen und machte sich an die Arbeit.

Die Beete waren lange nicht mehr gepflegt worden; anscheinend war durch den Tod von Mrs. Clifford senior der Garten in der Prioritätsliste der Cliffords ganz nach unten gerutscht. So war es eben, wenn jemand starb. Oder? Jemand anderer hätte sich vielleicht hektisch in die Arbeit gestürzt, gegraben, Unkraut gejätet und geharkt, um nicht an den Verlust denken zu müssen. Vielleicht sollte sie das auch tun. Sich in etwas stürzen, damit sie keine Zeit hatte, sich Vorwürfe zu machen, und nicht dauernd das Bedürfnis entwickelte, sich jemandem anzuvertrauen. Fast hätte sie ihrem Vater alles erzählt, sie war wirklich nahe daran gewesen. Tief und kraftvoll grub sie den schweren Lehmboden um. »Asche zu Asche, Staub zu Staub«, sagte sie plötzlich laut.

Alex legte den Hörer auf und machte sich rasch ein paar Notizen in den Block auf seinem Schreibtisch – eine Firma in Knutsford wollte ihr Lagerüberprüfungssystem auf den neuesten Stand bringen.

Er blickte aus dem Fenster. Am Ende des Gartens sah er Charlotte mit einer vollbeladenen Schubkarre. Sofort überlegte er sich, was für eine Entschuldigung er wohl haben könnte, um hinauszugehen und mit ihr zu sprechen. Er lächelte. Er war schon wieder soweit.

Er ging in seine kleine Küche und setzte den Wasserkessel auf. Er würde ihr eine Tasse Tee machen.

Dann durchquerte er den Garten und blieb ein paar Meter von Charlotte entfernt stehen. Sie redete während des Umgrabens mit sich selbst. Nein, es war eher so eine Art Singsang. *»Asche zu Asche, Staub zu Staub«*, wiederholte sie immer wieder. Er stand ganz still und wußte nicht, was er tun sollte. Anscheinend merkte sie gar nicht, daß er da war. Er kam sich vor wie ein Eindringling und wollte sich gerade wieder langsam zurückziehen, als es hinter ihm japste. Mabel kam über den Rasen gerannt.

Charlotte drehte sich abrupt um. »Wie lange stehen Sie schon da?« Sie wurde rot. Er entdeckte, daß auf ihrer rechten Wange Erde verschmiert war. Am liebsten hätte er sie fortgewischt.

»Ich dachte, Sie würden vielleicht gerne eine Teepause machen«, sagte er und ignorierte ihre Frage.

»Oh, danke.« Sie ließ den Spaten fallen und zog ihre Gartenhandschuhe aus. »Ich war mit den Gedanken ganz woanders, ich habe Sie gar nicht kommen hören. Haben Sie gearbeitet?« Die Worte sprudelten förmlich aus ihr heraus, als wolle sie damit ihre Verlegenheit überspielen. Er reichte ihr den Becher.

»Ja«, antwortete er, dankbar dafür, daß er heute offenbar nicht Jack the Ripper war. »Ich glaube, ich habe gerade einen neuen Kunden gewonnen, drüben in Knutsford. Wie lange brauche ich bis dahin ungefähr?«

»Nicht lange«, meinte sie und strich sich eine Haarsträhne aus den Augen. »Ungefähr eine halbe Stunde. Es kann allerdings schwer werden, einen Parkplatz zu finden, Sie sollten also sicherheitshalber zehn Minuten früher hier wegfahren.«

Alex, der froh war, daß er sich mit ihr unterhalten konnte, fuhr fort: »Und wie ist es in Knutsford so?«

»Nett, aber sehr spießig. Schwarzweiß wie Hulme Welford, vielleicht ein bißchen anspruchsvoller. Sie haben Mrs. Gaskell, während wir nur Iris Braithwaite haben.«

Er lachte.

Charlotte trank ihren Tee aus und gab ihm den Becher zurück. »Danke, das hat mir gutgetan.« Dann blickte sie über seine Schulter. »Es sieht so aus, als ob einer von uns Besuch bekommt«, sagte sie.

Alex drehte sich um und sah Barry Rogers auf sie zukommen.

»Herzlichen Glückwunsch!« sagte er. »Ich habe gehört, du hast am Mittwoch deine Führerscheinprüfung bestanden. Gut gemacht.«

Barry rückte seine Brille zurecht. »Ich habe wahrscheinlich nur Glück gehabt.«

»Unsinn«, erwiderte Charlotte, »so etwas wie Glück gibt es nicht.«

»Ich hoffe doch. Ich habe heute früh meine ersten Physikprüfungen hinter mich gebracht.« Er strich seine Haare zurück, die jedoch genau wie seine Brille sofort wieder in die ursprüngliche Position zurückfielen.

Charlotte stöhnte. »Und, wie war's?«

Barry lächelte, wodurch sich sein ernstes Gesicht vollkommen veränderte. »Eigentlich war es okay, leichter als ich gedacht habe.«

»Schön«, sagte Alex. »Was kommt als nächstes?«

»Chemie fängt morgen an, und dann kommen Biologie und Ökonomie. Das Ganze ist auf dreieinhalb Wochen verteilt.«

Charlotte stöhnte wieder. »Du armer Junge. Und was bringt dich hierher? Ich hoffe, du willst keinen Nachhilfeunterricht von mir?«

So plötzlich, wie sein Lächeln aufgetaucht war, verschwand es auch wieder. Barry sah beide verlegen an.

Alex spürte seine Angespanntheit, und da er dachte, es habe etwas mit Charlotte und Derek zu tun, sagte er: »Ich gehe dann mal.«

»Nein, nein, bitte nicht.«

Wieder rückte Barry seine Brille zurecht und strich sich die Haare aus der Stirn. »Ich möchte mit Ihnen beiden reden, wenn es Ihnen recht ist.«

»Klingt geheimnisvoll«, sagte Charlotte und geleitete die beiden Männer zu den Stühlen, die jetzt ständig unter dem Feigenbaum standen.

»Hat es etwas mit deinen Eltern zu tun?« fragte sie vorsichtig.

»Nein, bestimmt nicht, na ja, nicht direkt jedenfalls. Ich sollte mich wahrscheinlich erst mal bei Ihnen entschuldigen wegen dem, was ich an dem Sonntag in der Kirche gesagt habe. Normalerweise laufe ich nicht durch die Gegend und ...«

»Ich hätte an deiner Stelle wahrscheinlich genauso reagiert.«

»Nun«, meinte Alex und stellte die leeren Becher auf den Gartentisch, »womit können wir dir helfen?«

»Es ist ein bißchen schwierig.« Barry quetschte seinen langen, schlaksigen Körper in einen der zierlichen Stühle. »Ich weiß nicht so recht, wo ich anfangen soll, und bitte, sagen Sie jetzt nicht, am Anfang.«

»Ich habe auch was gegen Klischees.« Charlotte lächelte. »Schieß los, sag, was du willst.« Ihre Worte klangen warm und aufrichtig, und Alex dachte, daß das die echte Charlotte war, entspannt und bereit zu helfen. Barry stellte ja auch keine Bedrohung für sie dar. Er selbst dagegen bedeutete irgendwie Gefahr für sie. Warum nur?

»Wissen Sie, es stimmt doch, oder?« sagte Barry. »Die meisten Leute fühlen oder erfahren etwas in einer bestimmten Phase ihres Lebens, von dem sie wissen, daß es ihr Leben für immer verändern wird.« Er wandte ihnen sein ernstes Gesicht zu und suchte nach Bestätigung für diese Aussage.

Alex nickte, und Charlotte beugte sich in ihrem Stuhl vor, als wolle sie Barry zum Weiterreden ermuntern.

»Nun, ich glaube, ich bin an diesem Punkt angelangt, und ich weiß nicht, was ich jetzt tun soll.«

Alex rieb sich nachdenklich das Kinn, und für den Bruchteil einer Sekunde war Charlotte abgelenkt und in die Betrachtung seiner Hand versunken.

»Also, du meinst«, sagte Alex, und Charlotte konzentrierte sich wieder auf das Gespräch, »daß dir kürzlich etwas passiert ist, was deine Sicht des Lebens geändert hat?«

»Ja, genauso ist es.« Barry blickte sie spürbar erleichtert an. »Ich wußte ja, daß Sie es verstehen würden. Deshalb bin ich hergekommen.«

Charlotte dachte einen Moment lang darüber nach. Warum nur hatte Alex diese Wirkung auf andere Menschen? Warum vertrauten sich ihm die Leute an? Zuerst sie, dann Barry. Sie verstand es nicht, sie verstand aber auch dieses Gespräch nicht. Worüber redeten sie eigentlich? Ging es um ein Mädchen? Hatte Barry sich verliebt? Sie nahm all ihren Mut zusammen. »Wie heißt sie denn?«

Zuerst blickte Barry sie verwirrt an, dann lächelte er, und wieder verwandelte das Lächeln sein ernstes Jungengesicht in das Gesicht eines hinreißenden jungen Mannes. »Ich glaube, Mrs. Lawrence«, sagte er höflich, und

Charlotte kam sich in diesem Augenblick uralt vor, »Sie haben mich falsch verstanden.«

»Oh«, erwiderte Charlotte, »aber ich dachte …« Und dann durchfuhr sie ein anderer Gedanke. »Oh«, sagte sie noch einmal, »du meinst, es ist …«

Da warf Alex rasch ein: »Ich denke, Barry erklärt es uns jetzt besser.« Er sah Barry an und lächelte ermutigend.

20

Barry fühlte sich besser, nachdem er mit jemandem darüber gesprochen hatte. Jetzt mußte er es nur noch seinen Eltern sagen.

Es würde bestimmt nicht einfach werden. Sein Vater würde zuerst verblüfft sein, dann würde er sich darüber lustig machen. Tiffany würde normal reagieren. Sie würde ihn eine Zeitlang damit aufziehen, und dann würde es ihr zu langweilig werden. Bei seiner Mutter war er sich nicht so sicher. Manchmal war es schwierig, ihre Reaktionen vorherzusehen.

Er konnte seine Eltern in der Küche hören. Sie redeten allerdings nicht miteinander, sondern gingen einfach nur hin und her. Er beschloß, daß jetzt der richtige Zeitpunkt war, holte tief Luft, stand von seinem Schreibtisch auf und ging hinunter.

Schweigend begannen sie zu essen. Tiffanys Stuhl war wie immer leer. Barry wollte nichts sagen, solange sie nicht da war, aber je länger er wartete, desto mehr schwand sein Mut. Vielleicht konnte er es ihnen morgen, nach seiner Chemieprüfung, sagen? Nervös fuhr er sich mit den Händen durch die Haare. »Ich hatte heute früh meine erste Physikprüfung«, sagte er.

Seine Mutter blickte von ihrem Salatteller auf. »Oh, tut

mir leid, das hatte ich ganz vergessen.« Sie sah so aus, als sei sie wirklich über diese elterliche Vernachlässigung betrübt. »Wie ist es gelaufen?«

»Wenn man bedenkt, wie teuer diese Schule ist, sollte es wohl gut gelaufen sein«, meinte sein Vater und griff nach dem Glas mit der Mayonnaise. »Na, ich hab' bloß einen Witz gemacht, Bas. Wie war's denn?«

»Okay, glaube ich. Ich hatte Glück, es ist genau das gekommen, was ich vorbereitet hatte.«

»Du bist spät dran«, sagte Cindy über Barrys Schulter, als Tiffany in die Küche geschlendert kam.

Tiffany, die immer noch schreiend rosa gefärbt war, ignorierte ihre Mutter und verzog das Gesicht, als sie den Salat auf ihrem Teller sah. Dann setzte sie sich und lächelte Barry an. »Na, wie war's?«

»Wenn du rechtzeitig hier gewesen wärst«, fauchte Cindy sie an, »dann wüßtest du es.«

Tiffany achtete nicht auf ihre Mutter und sagte zu Barry: »Du kannst es mir ja später erzählen.«

»Eigentlich«, sagte Barry vorsichtig und legte sein Besteck auf den Teller, »möchte ich euch allen etwas sagen.«

Sein Vater blickte ihn mißtrauisch an, doch dann überzog ein breites Grinsen sein Gesicht. Er spießte ein großes Radieschen auf seine Gabel und sagte: »Du gerissener kleiner Teufel, du hast dir endlich ein Mädchen angelacht, was? Ich hab' dir ja gesagt, daß das Auto es bringt.«

»Halt den Mund, Dad«, erwiderte Tiffany, »und laß Barry ausreden.«

»Paß auf, was du sagst, mein Fräulein. Du bist nicht ...«

»Hört mal«, unterbrach Barry ihn und hob seine Stimme ein wenig, »das, was ich euch sagen will, fällt mir schon schwer genug, auch ohne daß ihr euch streitet.«

Cindy blickte ihn scharf an. »Schwer genug?« wiederholte sie. »Warum, was hast du gemacht?«

»O mein Gott«, sagte Derek langsam und musterte seinen Sohn. »Du hast ein Mädchen geschwängert, was? Dieser ganze Mist darüber, daß du nicht an Mädchen interessiert bist und wie verrückt lernen mußt, damit hast du uns bloß auf den Arm genommen. Zum Teufel noch mal! Ich dachte, selbst du weißt über Verhütung Bescheid.«

»Was, so wie du?« Cindys Stimme war genauso spröde wie der Blick, mit dem sie ihren Mann bedachte.

Barry sprang auf, so daß sein Stuhl laut über den Küchenboden schabte. Schweigend blickten ihn die anderen an. »Dad«, sagte er, »das hat alles überhaupt nichts mit einem Mädchen zu tun.« Endlich hörten sie ihm aufmerksam zu, und er fuhr, durch seinen Ärger mutiger geworden, fort: »Ich habe kürzlich etwas über mich entdeckt, was ich euch mitteilen möchte, etwas, das euch vielleicht überrascht.« Er schwieg und suchte nach den richtigen Worten.

Sein Vater legte sein Besteck auf den Tisch. Auch er stand auf und sah Barry direkt in die Augen. »Na, dann pack mal deine Koffer. Du kannst woanders Unzucht treiben, wenn ich es mir bloß nicht anzusehen brauche.«

Drei Augenpaare starrten Derek verblüfft an. »Nicht nur«, sagte er und sah erst seine Frau und dann wieder Barry an, »nicht nur, daß er ein Schlappschwanz ist, er ist auch noch eine verdammte Tunte.« Er drehte allen den Rücken zu. »Ich brauche ein Bier«, sagte er und trat zum Kühlschrank.

Cindys Augen füllten sich mit Tränen, und sie schob ihren Teller weg. Tiffany stand auf, trat zu Barry und legte ihm den Arm um die Schultern. »Wenn er geht«, sagte sie dramatisch, »gehe ich auch.«

»Gut!« schrie Derek, knallte die Kühlschranktür zu und zog an dem Verschluß seiner Bierdose. »Dann sind wir euch wenigstens beide los!«

»Aber Dad ...« Barrys Stimme klang seltsam ruhig und fest.

»Red mich nicht mit ›aber Dad‹ an«, fuhr Derek zu ihm herum. »Du hast uns alle betrogen. Du dreckiger... Homosexueller!« Er spuckte das Wort fast aus.

»Aber Dad, ich bin nicht homosexuell.«

»Nicht homosexuell? Wie nennst du es denn? Hast irgendeine andere schicke Bezeichnung dafür, was?«

»Es geht hier gar nicht um meine Sexualität«, erwiderte Barry.

»Um was denn sonst?«

»Um Gott.«

»Gott!« schrie Derek. »Was soll das denn heißen?«

»Es heißt, daß ich Christ geworden bin.«

Schaumblasen tropften zu Boden, als Derek sich an seinem Bier verschluckte. »Was?« keuchte er.

Barry hatte die Situation jetzt unter Kontrolle. »Ein Christ, Dad. Du weißt schon, jemand, der an Jesus Christus als seinen Erlöser glaubt.«

Derek war plötzlich ganz blaß geworden, lehnte sich schwer an die Anrichte und stierte sprachlos vor sich hin.

»Geil, Barry«, sagte Tiffany, »das hat Dad fertiggemacht.«

»Vielleicht können wir uns jetzt alle wieder setzen«, sagte Barry ruhig. Ihm fiel auf, wie erschöpft seine Mutter aussah, die als einzige völlig bewegungslos am Tisch sitzen geblieben war. Gehorsam setzten sein Vater und seine Schwester sich hin. Barry, der sich so gut fühlte wie schon lange nicht mehr, ergriff sein Besteck wieder und fragte: »Möchte noch jemand was sagen?«

»Ja, ähm ...«, sagte Derek schließlich, »und was bedeutet das jetzt genau – orangefarbene Gewänder und Tamburine?«

Barry lachte und schob seine Brille hoch. »Dad, ich habe nicht vor, hier in der Acacia Lane ein zweites Fort Waco zu errichten.« Seine Worte klangen leicht, beinahe schnodderig, in dem Versuch, die Stimmung am Tisch aufzuheitern.

»Du bis ja noch nicht mal konfirmiert oder so«, meinte Tiffany.

»Ich weiß. Und was noch wichtiger ist, ich bin noch nicht einmal getauft.«

»Ich wollte euch beide taufen lassen«, sagte Cindy. Es waren seit Minuten die ersten Worte, die sie sprach. »Ich wollte euch beide taufen lassen, als ihr Babies wart.«

»Dir ist es doch nur um ein neues Kleid und das Fest gegangen«, fuhr Derek sie an und trank seinen letzten Schluck Bier.

»Das ist nicht wahr!«

»Na, ich finde das großartig«, sagte Tiffany, die schon wieder einen neuen Streit fürchtete. »Wenigstens kommt jetzt mal ein bißchen so dringend benötigte Moral in unser Haus!« Sie blickte ihren Vater betont an.

Zum ersten Mal in seinem Leben sah Barry seinen Vater zusammenzucken.

Um acht Uhr waren sie mit dem Essen fertig, und es mußte seinen Eltern, wie Barry im nachhinein dachte, wie eine Ewigkeit vorgekommen sein, dazusitzen, als wenn der Erzbischof von Canterbury zu Besuch gekommen wäre. Sie wirkten beide erleichtert, als er sagte, er müsse noch einmal kurz weg.

Barry klopfte an Alex' Tür.

»War es schlimm?« Alex führte ihn in das kleine, sparsam eingerichtete Wohnzimmer.

»Es wundert mich, daß Sie nicht gehört haben, wie sie rumgeschrien haben. Armer Dad, er hat gedacht, ich wolle ihm beibringen, ich sei schwul.«

»Du lieber Himmel!« erwiderte Alex. »Ich glaube allerdings, daß Eltern es manchmal auch schwer haben. Wahrscheinlich ist es ganz normal, daß sie hin und wieder das Falsche denken, einfach, weil es ihre größten Ängste sind.«

»So habe ich das noch gar nicht gesehen, aber Sie haben recht. Für Dad bedeutet Sexualität alles.«

»Und was passiert jetzt als nächstes?«

»Ich gehe nach Hause und bereite mich auf meine Chemieprüfung morgen früh vor.«

21

Hat dich wohlversorgt hinterlassen, was?«

Charlotte schluckte, nicht zum ersten Mal, seit ihr Schwager vor zwei Stunden erschienen war, in einem riesengroßen gemieteten Mercedes und mit seinem Ralph-Lauren-Kleidersack samt passender Aktentasche.

Sie blickte auf Jonathan, der sich mit seinen langen Beinen in einem teuren flotten Anzug auf dem Sofa lümmelte, und fühlte sich abgestoßen davon, wie er sich überall gleich immer heimisch fühlte. Wirklich überraschend jedoch hatte sie der Schock getroffen, daß er sie so sehr an Peter erinnerte. Sie hatte sich darauf nicht vorbereitet, hatte nicht darüber nachgedacht, wie verwirrend es sein konnte, einem Mann gegenüberzustehen, der dem toten Ehemann so ähnlich sah. Sogar die Art, wie Jonathan winzige Flusen von seinem Jackett pickte, erinnerte sie an Peter.

»Du Glückliche.«

Charlotte sah Jonathan an. »Ich Glückliche?« wiederholte sie. »Was meinst du damit?«

Jonathan schlug die Beine übereinander. »Das ganze Geld, das Peter dir hinterlassen hat.«

Charlotte stand von ihrem Stuhl auf und versuchte, ihren Zorn zu beherrschen. Wie typisch, wie verdammt typisch für Jonathan, daß er seinen Bruder anscheinend überhaupt nicht vermißte, sondern lediglich ein lebhaftes Interesse daran zeigte, wie gut versorgt Peter seine Witwe zurückgelassen hatte. Und warum? Warum zum Teufel machte Jonathan sich Gedanken darüber, wieviel Geld sie hatte, wo er doch selbst auf der ganzen Welt wohlgefüllte Bankkonten besaß? Fühlte er sich betrogen? Sie atmete tief durch, entschlossen, ruhig zu bleiben. Sie mußte Jonathan bis morgen früh bei Laune halten, dann konnte sie ihm sagen, was sie wirklich von ihm hielt. Wenn sie ihn jetzt schon verärgerte, hatte sie keine »Begleitung« für den Abend im Gemeindesaal.

»Hübsch hast du es hier, Charlotte. Eine kostspielige, aber lohnende Investition, würde ich sagen.«

Sie nickte. Wie konnte er es wagen! Wie konnte er es wagen, so mit ihr zu reden? Was für ein Recht hatte er zu solchen Äußerungen? Oder war sie nur wütend, weil es ihr fast so vorkam, als ob Jonathan die Wahrheit kannte: daß Peters Tod für sie von Vorteil war – in jeder Hinsicht? Sie blickte aus dem Fenster und versuchte, sich von diesem schrecklichen Mann, der nur ein paar Meter von ihr entfernt saß, abzulenken. »Ich kann nicht abstreiten, daß Peter mich gut versorgt hat, also bin ich vermutlich, wie du sagst, wirklich glücklich.« Sie drehte sich um und sah Jonathan an. »Aber weißt du, im Leben gibt es Wichtigeres als Geld. Hat nicht John Ruskin gesagt, ›Der einzige Reichtum ist das Leben selbst‹?«

Er lächelte wie ein Frettchen. »Geld gibt aber ein gutes Gefühl.«

Charlotte bohrte ihre Fingernägel in die Handfläche. »Kaffee?«

»Schwarz, kein Zucker.«

Sie flüchtete in die Küche und machte ihrem Ärger Luft, indem sie mit Tassen und Löffeln klapperte, bis sie auf einmal merkte, daß sie nicht mehr allein war. Jonathan stand in der Tür und trat dann auf sie zu. Plötzlich war ihr unbehaglich.

»Du wirst natürlich bald wieder heiraten, was?« fragte er.

Sie fühlte seinen heißen Atem in ihrem Nacken und wich, verwundert über diese Bemerkung, vor ihm zurück. Allein die Vorstellung war schon absurd. Warum sollte sie einen Mann durch den nächsten ersetzen, der sich am Ende genauso verhalten würde, wie Peter es getan hatte – und sie zur Nummer zwei machte? Nein. Die Antwort war nein. Sie würde nicht wieder heiraten.

Sie blickte aus dem Fenster und sah, daß Alex über den Rasen vor seinem Teil des Hauses ging. Er hielt ein Glas Bier in der einen und ein Buch in der anderen Hand. Sie beobachtete, wie er sich auf dem Rasen niederließ. Warum arbeitet dieser Mann nie? dachte sie ärgerlich. Abrupt wandte sie sich zu Jonathan um.

»Nein, ich habe nicht die Absicht, wieder zu heiraten«, sagte sie und lächelte ihn süß an. »Nur für den Fall, daß das ein Antrag sein sollte, Jonathan.«

Derek schaltete das Licht im Salon aus. Es war ein anstrengender Samstag gewesen, und sie hatten spät Schluß gemacht, deshalb hatte er keine Zeit mehr gehabt, zu trainieren und in die Sauna zu gehen, bevor er heute abend ausging. Eine Veranstaltung im Gemeindesaal entsprach zwar nicht ganz seiner Vorstellung von einem vergnüglichen Abend, aber es konnte dem Geschäft nicht schaden, wenn er und Cindy sich bei den gesellschaftlichen Ereignissen im Ort sehen ließen. Und natürlich gab es auch noch die Aussicht, daß Charlotte da war.

Er hatte Charlotte seit diesem lächerlichen Basar letzten Samstag nicht mehr gesehen, und da es zahlreiche Probleme mit den Salons in Wilmslow und Altrincham gab, hatte er die ganze Woche über auch keine Zeit gehabt, mal rasch nebenan vorbeizuschauen. Was ihn allerdings wirklich störte, war, daß ihr Mieter möglicherweise mehr tat, als nur mal »ab und zu vorbeizuschauen«.

Während er im Haupthaus die Treppe hinaufging, hörte Derek laute Musik aus Tiffanys Zimmer – The Doors, Musik aus alten Zeiten. Ärger flackerte in ihm auf, als er stehenblieb und »Come on Baby Light my Fire« zuhörte. Er haßte Nostalgie. Sie erinnerte ihn nur daran, daß er älter wurde.

Er ging weiter und blieb vor Bas' Zimmer stehen. Stille. Wahrscheinlich im Gebet versunken, dachte Derek spöttisch. Sofort bedauerte er diesen Gedanken. Er wußte allerdings nicht, warum, und das beunruhigte ihn. Eigentlich bedauerte er nie etwas. Er stand vor dem Zimmer seines Sohnes und war beinahe verleitet, hineinzugehen. Aber was sollte er sagen? Was konnte er schon sagen? Er schüttelte den Kopf. Was passierte bloß mit seiner Familie? Er verstand das alles nicht. Tiffany lief herum wie ein Lutschbonbon, und jetzt wurde aus Bas auf einmal auch noch so ein verdammter Mönch! Bruder Bas! Wieder schüttelte er den Kopf, ihm war das alles zu hoch. Religion war was für Sonderlinge, für die Typen, die zu schwach waren, ohne mentale Krücke durchs Leben zu kommen. Warum also hatte Bas sich gerade das ausgesucht?

»Hallo, Dad.«

Derek zuckte zusammen, als Barry plötzlich hinter ihm stand. »Bas«, sagte er und war unendlich erleichtert, seinen ein Meter fünfundachtzig großen Sohn, der bestimmt nicht wie ein Sonderling oder Schwächling aussah, vor sich stehen zu sehen. »Ich dachte, du wärst in deinem Zimmer.«

»Nein, ich war im Gemeindesaal und habe geholfen, alles für heute abend vorzubereiten. Ich war vorher bei Malcolm Jackson, und irgendwie hat er mich eingespannt.«

Derek blickte ihn unbehaglich an.

»Ich bin zu ihm gegangen, weil ich mich taufen lassen möchte. Er sagte, er könne das irgendwann im Sommer während des Gottesdienstes machen.«

»Ich verstehe«, war das einzige, was Derek dazu einfiel. Er konnte förmlich spüren, daß sein Sohn ihm noch etwas anderes sagen wollte. Er beobachtete, wie er seine Brille wieder zurechtrückte.

»Dad, ich möchte gerne, daß du und Mum dabei seid, und Tiffany auch.«

Derek riß den Mund auf. »O nein, ich glaube nicht... Ich meine, wir können nicht... nicht Tiffany, so wie sie aussieht.«

»Dad, es spielt wirklich keine Rolle, wie sie aussieht. Aber du mußt nicht kommen, wenn du nicht willst. Ich... ich möchte dich nicht in Verlegenheit bringen, ich verstehe das schon.«

Derek blickte seinen Sohn an. Plötzlich kam er sich wie das größte Stück Scheiße vor, das jemals auf der Erde existiert hatte. Er wich dem Blick seines Sohnes aus, steckte die Hände in die Taschen und sah auf seine Schuhe. Schließlich hob er den Kopf. »Okay, wenn du uns dabeihaben willst, dann kommen wir. Aber im Taufkleid würdest du ganz schön bescheuert aussehen, ich kaufe dir einen richtigen Anzug.«

»Danke, Dad, das ist toll.«

Sie standen sich gegenüber und wußten auf einmal nicht mehr, was sie sagen sollten. Der dröhnende Lärm der Musik durchdrang das Schweigen zwischen ihnen.

Der seltsame Augenblick war vorbei, als sich eine Tür öffnete und Tiffany herauskam. »Ihr seht ja todernst aus«, überschrie sie die Musik. »Habt ihr schon wieder gestritten?«

Derek und Barry wechselten einen Blick und lachten.

»Was ist denn in euch gefahren?« fragte Tiffany.

Derek fühlte eine eigenartige, ungewohnte Welle der Zuneigung für seine Kinder in sich aufsteigen. Er fragte sich, wohin Cindy wohl verschwunden war, und sagte: »Wo ist deine Mutter?«

»Sie hat sich hingelegt, sie sagte, sie hätte Kopfschmerzen«, erklärte Tiffany.

»Na, dann stellst du besser mal den Krach ab«, erwiderte Derek. »Wie soll sie sich denn dabei ausruhen?«

Verblüfft blickten Barry und Tiffany einander an. Rücksichtnahme – bei ihrem Vater?

»O mein Gott, wo habe ich ihn bloß hingetan?«

»Was hingetan?« fragte David Hilary, die an ihm vorbeiraste wie ein Eilzug.

»Den Schlüssel«, schrie Hilary, »den Schlüssel für den Gemeindesaal heute abend.«

David wußte immer, wann seine Frau in Panik war. Sie wirkte dann viel größer und ihre Nasenflügel weiteten sich kaum wahrnehmbar. Die Erfahrung hatte ihn gelehrt, daß er in solchen Situationen für gewöhnlich nur wenig tun konnte. Vor Jahren noch war er dumm genug gewesen, es für seine Aufgabe zu halten, die Situation unter Kontrolle zu bringen, aber mittlerweile wußte er es besser. Geduldig sah er zu, wie Hilary die Schubladen der Eichenkommode auf ihrer Seite des Bettes durchwühlte.

»Als ich vom Tischdecken zurückkam, hatte ich ihn noch«, sagte sie.

David räusperte sich und beschloß, es zu riskieren. »Was hattest du heute nachmittag an?«

»Ach, sei nicht albern, David, daran habe ich auch schon gedacht. So blöd bin ich schließlich nicht.« Sie stieß einen frustrierten Schrei aus und sank aufs Bett, genau auf das Kleid, das sie eben noch zehn Minuten lang gebügelt hatte. »Ich hatte mich so auf heute abend gefreut«, jammerte sie. »Ich dachte, ich hätte ein einziges Mal alles sorgfältig organisiert: die Eintrittskarten, das Essen, die Getränke. Alles. Und jetzt habe ich diesen verdammten Schlüssel verloren, und kein Mensch kommt in den Saal. Was werden sie bloß von mir denken?«

David trat vorsichtig auf das Bett zu. »Können wir uns nicht den Schlüssel von den Pfadfindern borgen?«

Hilary schniefte abweisend. »Nein. Sie sind dieses Wochenende im Peak Distrikt unterwegs.« Sie griff nach einem Taschentuch und putzte sich die Nase. »Ich habe noch genau eine Stunde, um den Schlüssel zu finden«, verkündete sie entschlossen, »und ich werde ihn finden.«

Da er wußte, daß er nichts sagen oder tun konnte, setzte David sich in den kleinen Sessel in der Ecke des Schlafzimmers, nicht ohne vorher Hilarys Jeans sorgfältig zur Seite zu räumen. Er erinnerte sich, daß sie sie heute getragen hatte. Es konnte ja nicht schaden nachzusehen, dachte er. Verstohlen durchsuchte er alle Taschen, damit Hilary ja nicht merkte, daß er ihre Aussage anzweifelte. Zu seiner Erleichterung stießen seine Finger auf kaltes Metall, aber da war noch etwas anderes, etwas Seidiges. »Hilary«, sagte er, »was ist das denn?«

»Um Gottes willen, David, laß mich doch jetzt in Ruhe«, erwiderte sie kurz angebunden und rauschte an ihm vorbei ins Badezimmer.

Er folgte ihr und schloß die Tür hinter sich. »Ich habe was für dich.« Er hielt einen großen Schlüssel hoch und wedelte ihr damit vor dem Gesicht herum.

»David, du bist wundervoll! Wo war er?«

»In deinen Jeans.«

Sie blickte ihn verwirrt an und schien gleichzeitig wieder auf ihre normale Größe zurückzuschrumpfen. »Ich habe doch die Taschen durchsucht«, sagte sie, »wirklich, gerade eben noch.«

»Die hinteren Taschen auch?«

Sie schüttelte den Kopf und griff nach dem Schlüssel.

Aber David zog seine Hand weg. »Nicht so schnell.« Mit der anderen Hand ließ er etwas Rotes aus Spitze vor ihrem Gesicht baumeln. »Was ist das, Liebling?« fragte er. »Hast du das vor mir versteckt?«

Hilary wurde so rot wie der G-String in Davids Hand und erwiderte hastig: »Das ist nicht meiner. Ich habe ihn auf dem Basar gefunden. Derek Rogers wollte ihn haben, und ich wollte nicht, daß er ihn kauft.«

David lachte. »Das war aber nicht sehr sportlich von dir, oder?«

»Du verstehst das nicht.« Sie war ganz verlegen. »Iris sagte mir, ich solle ihn wegtun, und irgendwie habe ich es vergessen, und dann ist er auf dem Tisch mit den anderen Kleidern gelandet, und ich ...«

David sah seine Frau an. »Ach, und ich habe gedacht, du hättest dir was Besonderes für mich ausgedacht.« Er zog Hilary in seine Arme und küßte sie, wobei er keinen Zweifel daran ließ, woran er gedacht hatte.

»Die Kinder ...« sagte sie.

»Sehen fern.«

»Wir haben nicht mehr lange ... Tiffany kommt ...«

Er küßte sie wieder. »Ich verlange meine Belohnung dafür, daß ich den Schlüssel gefunden habe.«

22

Zum dritten Mal in fünf Minuten blickte Charlotte auf das kaputte Schloß der Badezimmertür. Jonathan duschte im Gästebad, aber ihr Schwager hatte den ganzen Tag ein Verhalten an den Tag gelegt, das sie ernsthaft beunruhigte. In den acht Jahren ihrer Ehe mit Peter hatte Jonathan ihr nie auch nur die leiseste Aufmerksamkeit geschenkt, doch jetzt war er auf einmal überaufmerksam.

In der Badewanne sitzend, wünschte sie sich glühend, eine dieser aufregenden Frauen aus dem Fernsehen zu sein, die immer Schaumbäder nahmen, so daß man, wenn überraschend jemand ins Bad platzte, nur perfekt gebräunte Schultern aus Bergen von Schaum herausragen sah. Ihr nackter, weißer Körper dagegen war nur allzu deutlich im klaren Badewasser sichtbar.

Sie lehnte sich zurück und versuchte, sich zu entspannen. Dabei überlegte sie, wie sie die Ereignisse des Abends, der sich endlos lang vor ihr erstreckte, in den Griff bekommen sollte. Während sie im Garten saßen, hatte sie sich endlich getraut, Jonathan zu fragen, ob er sie wohl zum Essen begleiten würde. Zuerst hatte sie bei seinem Gesichtsausdruck gedacht, er würde es ablehnen. Aber dann hatte er gelächelt und gesagt: »Wie drollig. Um wieviel Uhr?«

Charlotte legte einen Fuß auf den Heißwasserhahn und überdachte noch einmal ihre Ziele an diesem Abend: ihre Schwester von der Fährte abbringen und Alex davon überzeugen, daß sie seine Aufmerksamkeit nicht brauchte. Zu diesem Zweck würde sie das Unmögliche vollbringen müssen – mit Jonathan während des Essens nett plaudern und den ganzen Abend nicht von seiner Seite weichen. Heute abend mußte sie sich als Frau präsentieren, die keine Hilfe von außen brauchte, um ihr Leben wieder in den Griff zu bekommen.

Sie schloß die Augen und drückte den erdbeerförmigen Schwamm über ihrem Gesicht aus. Dann schüttelte sie das Wasser ab und versuchte noch angestrengter, sich zu entspannen. Lächeln würde helfen. Ihr kam die Idee, daß es wohl ganz nützlich sein könnte, wenn sie jetzt übte, an Jonathan zu denken und gleichzeitig zu lächeln – schließlich würde sie das heute abend im Gemeindesaal die ganze Zeit über tun müssen. Sie teilte die Lippen und grinste albern. Sie konnte sich in den verchromten Wasserhähnen am anderen Ende der Badewanne sehen. Das konvex verzerrte Spiegelbild ließ ihr Lächeln natürlicher erscheinen. Entschlossen legte sie ihren Fuß über den Wasserhahn und dachte daran, wie sie sich heute abend beweisen würde, daß sie nicht nur mit Jonathan, sondern auch mit allen anderen, die ihr Leben unbedingt organisieren wollten, fertigwurde. Als sie sich davon überzeugt hatte, daß alles gut werden würde, atmete sie tief aus.

Und dann brach die Hölle los.

»Verdammt noch mal, was zum Teufel ist denn hier los? Ich gehe für zehn Minuten aus meinem Zimmer...«

Charlotte setzte sich auf, als sie Jonathans ärgerliche Stimme hörte. Ein Bellen ertönte, gefolgt von einem Laut, der sie aus der Wanne springen und nach einem Handtuch greifen ließ. Mabel jaulte.

Sie stieß die Badezimmertür auf. Jonathan stand da, ein Handtuch um die Hüften, und hielt in der einen Hand eine zerrissene Krawatte und in der anderen Mabel. Er hatte sie fest am Nacken gepackt, so daß ihr die Augen hervorquollen und sie die Zähne gefletscht hatte.

Charlotte handelte ohne nachzudenken. Sie trat Jonathan zweimal vors Schienbein und griff nach dem kleinen Hund. Sie hielt das jammernde Tier fest an sich gepreßt, stieß Jonathan zur Seite und rannte in ihr Schlafzimmer. Erst als sie sich aufs Bett setzte, um sich Mabel anzusehen, merkte sie, daß sie ihr Handtuch verloren hatte.

»Also denk daran, Neville, iß nichts mit Mayonnaise.«

»Ja, Liebes.«

»Hast du auch daran gedacht, die Hintertür abzuschließen?«

»Ja.«

»Ich hoffe, Malcolm hält nicht so eine lange Rede wie letztes Jahr. Ich meine mich zu erinnern, daß dein Magen die ganze Zeit geknurrt hat. Achte bitte darauf.« Die Hände voller Quiches, wies Louise mit dem Kopf auf Davids Volvo. »Sie hätten auch laufen können, meinst du nicht? Habe ich dir schon erzählt, daß Hilary gesagt hat, Charlotte käme auch heute abend? Offenbar will sie einen Freund mitbringen. Ich frage mich bloß, wen. Ich meine, sie kennt hier doch niemanden, oder? Neville, hörst du mir überhaupt zu?«

»Was?«

»Ach, schon gut. Aber denk dran, was ich dir wegen der Mayonnaise gesagt habe.«

»Mrs. Parker, die Musik ist viel zu laut, drehen Sie sie bitte leiser. Ich habe Ihnen schon hundertmal gesagt, daß meine angegriffenen Nerven diese Lautstärke einfach nicht vertragen.«

»Ich weiß aber nicht, wo ich sie leiser stellen soll, Mrs. Braithwaite. Da sind so viele Knöpfe und Schalter.«

»Nun, dann stehen Sie hier nicht im Weg. Lassen Sie mich durch.«

Hilary flüchtete aus dem kleinen abgetrennten Bereich, in dem Malcolm Jacksons hochmoderner CD-Spieler und Verstärker standen, in die Sicherheit der Küche am anderen Ende des Saales. Innerhalb von Sekunden erfüllte der Klang von Mantovani – Iris' persönliche Wahl – den ganzen Saal. Dann kam nichts mehr, nur eine peinliche Stille, so daß die Leute mitten im Satz aufhörten zu reden.

»Mrs. Braithwaite, erlauben Sie bitte«, sagte ein besorgter Malcolm Jackson, der rasch herbeigeeilt war, um sicherzustellen, daß seinem kostbaren Eigentum nicht noch weiterer Schaden zugefügt wurde. »Dieser Knopf hier, auf dem Lautstärke steht, bei dem müssen Sie darauf achten, daß die Nadeln synchronisiert sind, sonst überladen Sie ...«

»Ganz recht, Vikar. Aber ich kann nicht den ganzen Abend hier herumstehen und über synchronisierte Nadeln diskutieren. Ich habe auch noch in der Küche zu tun.«

Malcolm seufzte erleichtert und ging davon, um weitere Gemeindemitglieder an der Tür zu begrüßen. »Ah, Louise und Neville, wie schön, Sie zu sehen.«

»Hallo, Malcolm«, sagte Louise. »Entschuldigen Sie bitte, daß ich nicht stehenbleibe. Ich muß diese Quiches auf den Tischen verteilen.«

»Guten Abend, Malcolm«, sagte Neville, und die beiden Männer schüttelten sich die Hände. »Kann ich irgend etwas tun?«

»Das ist nett von Ihnen, aber ich glaube, es ist alles unter Kontrolle. Ihre Tochter und Mrs. Braithwaite haben uns anscheinend alle fest im Griff.«

»Ja, das ist Hilary, wie sie leibt und lebt.« Neville ging

weiter, um sich etwas zu trinken zu holen. Hinter dem Tisch mit den Getränken stand sein Schwiegersohn und betätigte sich als Barkeeper. Er reihte sich in die Schlange ein. »Brauchst du Hilfe?« rief er David über den Lärm der Gespräche ringsum zu.

»Nein, danke«, rief David zurück. »Ich glaube, ich schaffe das schon.«

Schließlich war Neville an der Reihe.

»Was kann ich dir anbieten? Ich habe Rotwein, Weißwein, irgendein schreckliches alkoholfreies Gesöff, Lager, Bier, Orangensaft, Seven-up oder Mineralwasser.«

»Ich möchte gern Rotwein, bitte. Soll ich dir wirklich nicht helfen?«

David lächelte. »Nein, ist schon in Ordnung. Geh du nur und amüsier dich.«

In Anbetracht der Schlange hinter ihm bezahlte Neville sein Getränk und ging weiter. Er stellte sich unter ein Porträt der Queen und versuchte, das Gefühl der Isolation, das ihn bei derartigen Veranstaltungen immer überkam, zu unterdrücken. Er fühlte sich bei solchen Festen immer fehl am Platz und konnte sich einfach nicht unter die Menge mischen. Er blickte auf seine Uhr und fragte sich, wo Charlotte wohl blieb.

Alex und sein Gast betraten den Saal und wurden von Malcolm Jackson begrüßt. »Ah, ich sehe, Sie haben etwas zu trinken mitgebracht. Stellen Sie es dort auf den Tisch, da, wo David Parker steht und aussieht, als würde er gleich gelyncht.«

Alex führte seinen Gast durch die Menge der Einheimischen, von denen er die meisten noch nie gesehen hatte, bis an die Bar. »David«, sagte er, »haben Sie eine Verwendung für diese Flaschen?«

»Hallo, Alex. Ja, kann ich gut gebrauchen, danke.« David nahm die beiden Flaschen Weißwein, die Alex ihm reichte, entgegen und stellte sie zu den übrigen. »Hilary erwähnte, daß Sie kommen wollten«, sagte er, »mit einer Freundin.«

Davids Blick ruhte begehrlich auf dem Gesicht seines Gastes, so daß Alex sie ihm notgedrungen vorstellte. »David, das ist Heather. Heather, das ist David, einer meiner Nachbarn und der Schwager meiner Vermieterin.«

»Sie sind nicht von hier, oder?« fragte David. »Ich würde mich bestimmt an Sie erinnern, wenn wir uns schon einmal gesehen hätten.«

Alex grinste in sich hinein, während David diese abgedroschene Phrase voller Überzeugung von sich gab. Allerdings war sie unbestreitbar wahr. Mit ihrer jungen, geschmeidigen Figur, den puderblauen Augen und den lockigen blonden Haaren paßte Heather perfekt in die Kategorie der Frauen, auf die die meisten Männer standen. Er hatte sie erst vor ein paar Tagen in Knutsford kennengelernt, wo sie als Empfangsdame bei jener Firma arbeitete, die ihn in der Woche zuvor um Beratung gebeten hatte. Als er beim Hinausgehen seinen Besucherausweis bei ihr abgab, lud er sie zum Mittagessen ein. Sie aßen in einem überfüllten Lokal in der King Street, und sie redete die meiste Zeit, während er dasaß und sich überlegte, warum er das überhaupt machte. Er hatte noch nie zuvor ein Mädchen für einen bestimmten Zweck benutzt, und doch tat er jetzt genau das. Und alles wegen Charlotte.

Als er zu Charlotte gesagt hatte, er brächte eine Freundin zu dem Essen mit, war das eine beleidigte Reaktion auf ihren plötzlichen Stimmungswechsel ihm gegenüber gewesen. Schon am gleichen Abend jedoch hatte er seine Worte bereut. Aber als sie ein paar Tage später im Garten mit Barry geredet und er gesehen hatte, wie entspannt sie in der Gesellschaft von jemand anderem war, war ihm der Gedanke gekommen, daß sie sich vielleicht wohler in seiner Gegenwart fühlte, wenn er sich ein bißchen zurückzog. Und wenn er jemand anderen zu dem Essen mitbrachte, bestand immer noch die Chance, Charlottes Gesellschaft zu genießen, ohne daß sie sich von ihm irgendwie bedroht fühlte. Die einzige Frage, die er sich bei dem Ganzen nicht gestellt hatte, war, warum er sich so sehr um Charlotte bemühte.

Am Ende des Mittagessens stand sein Plan fest. »Ein Wohltätigkeitsessen«, hatte Heather wiederholt. »Ich habe noch nie an so etwas teilgenommen. Was muß ich anziehen?«

»Etwas Lässiges«, hatte er geantwortet, und sie hatte ihm beinahe leid getan. Sie war wahrscheinlich eher an Nachtclubs in Manchester gewöhnt.

»Was kann ich dir anbieten?« fragte David Heather jetzt.

»Ich hätte gern einen 20-20.«

»Ah«, erwiderte David und blickte suchend auf seine Flaschen. Er hatte keine Ahnung, was für ein Getränk das sein sollte. *»Bitte was?«*

»Malibu und Coke?«

»Wie wäre es mit einem Glas Weißwein?«

»Und für mich ein Bier bitte.« Alex blickte sich um. Das war also das Wohltätigkeitsessen im Gemeindesaal. Auch er war noch nie zuvor auf einer solchen Veranstaltung gewesen. Es war mehr los, als er gedacht hatte, und die Leute schienen sich zu amüsieren – ebenfalls mehr, als er gedacht hatte. Er versuchte, ein paar vertraute Gesichter ausfindig zu machen. Drüben bei der Küche stand Hilary, sie sah erhitzt und aufgeregt aus; Louise Archer plauderte mit einer Frau mittleren Alters, die er nicht kannte; Toupet-Ted bekam von Iris Braithwaite gerade unmißverständlich mitgeteilt, daß er hier nicht rauchen dürfe, und Neville Archer stand ganz allein unter einer farbenprächtigen Photographie der Queen. »Komm«, sagte Alex, nahm die Getränke von David entgegen und zog Heather am Arm durch die Menge. »Ich stelle dich dem Vater meiner Vermieterin vor.«

»Hallo, Neville.«

Neville fuhr herum. »Wie schön, Sie zu sehen, Alex.«

»Das ist Heather.« Alex zögerte, bevor er hinzufügte: »Eine Freundin.« Sie schüttelten sich die Hände. »Charlotte noch nicht da?« fragte er beiläufig und betrachtete die Queen.

»Nein. Und um ehrlich zu sein, ich könnte sie jetzt gut brauchen. Ich fühle mich in solchen Situationen immer ziemlich unwohl. Ich weiß nie, was ich sagen soll. Es ist schwierig, Small talk mit Leuten zu machen, die ich sonst immer nur ohne Kleider erlebt habe.«

Alex lachte. Als er Heathers verwunderten Gesichtsausdruck sah, meinte er: »Neville ist Arzt.«

»*War* Arzt«, verbesserte Neville ihn. »Jetzt bin ich nur noch ...«

»Nur noch was?« Louise stand da, mit einer Handvoll Erdnüsse.

»Nichts, Liebes«, erwiderte Neville und blickte sehnsüchtig auf die Erdnüsse.

Louise wandte sich an Alex. »Wie geht es Ihnen, Alex? Ich habe gehört, Sie haben sich aufs Gärtnern verlegt?«

»Bist du fertig, Jonathan? Wir müssen gehen.«

Die Frage, die sie durch die geschlossene Tür des Gästezimmers stellte, klang komisch. Aber Charlotte wußte nicht, was sie sonst zu einem Mann sagen sollte, der ihr so wenig bedeutete und den sie gerade körperlich angegriffen hatte, ganz zu schweigen davon, daß sie nackt vor ihm herumgesprungen war.

Die Tür ging auf, und sie versuchte zu lächeln. »Sieh mal, Jonathan ...« setzte sie an.

»Sechsunddreißig Pfund, die Krawatte«, sagte er.

Sie holte tief Luft. »Ich kann dir einen Scheck ausstellen, wenn du möchtest, oder hättest du es lieber in bar?«

Er ignorierte sie und ging zurück in sein Zimmer.

Dort griff er nach dem Jackett, das seinen dunkelblauen Yves-St.-Laurent-Anzug vervollständigte. Prüfend betrachtete er sich in dem deckenhohen Schrankspiegel, dann bückte er sich und hob ein Handtuch vom Boden auf. »Ich glaube, das ist deins?«

Sie errötete und nahm es entgegen. »Danke.«

Sein Kleidersack lag gepackt auf dem Bett, und er griff danach. »Ich gehe wohl heute nacht besser in ein Hotel.«

»Nein«, sagte sie, »bitte nicht.«

Er sah sie eindringlich an.

»Das brauchst du nicht, Jonathan«, sagte sie, und ungeachtet aller ihrer Instinkte fügte sie hinzu: »Es tut mir leid, ich hätte dich nicht treten dürfen. Ich weiß nicht, was über mich gekommen ist.«

Er starrte sie weiter schweigend an, als ob er sie ergründen wollte, und dann plötzlich glitt das vertraute, frettchenähnliche Lächeln über sein Gesicht. Väterlich schüttelte er den Kopf und sagte: »Gott, Charlotte, du brauchst wieder einen Mann, und zwar bald.«

Sie traute sich nicht, auf diese überhebliche Bemerkung etwas zu erwidern, deshalb wandte sie sich ab und ging zur Treppe. »Wir machen uns jetzt besser auf den Weg«, sagte sie. Und bei jeder Treppenstufe betete sie, bitte, lieber Gott, hilf mir, diesen Abend zu überstehen.

Es war noch hell, als sie die kurze Strecke zum Gemeindesaal gingen. Jonathan achtete sorgfältig darauf, wohin er seine teuren Schuhe setzte. Sie schwiegen, bis Charlotte kurz vor dem Gemeindesaal auffiel, daß Jonathan eigentlich eher für ein Dinner im Ritz angezogen war als für ein Dorffest, und sie sagte: »Du findest es bestimmt schrecklich einfach, Jonathan, nicht wie die Veranstaltungen, die du normalerweise gewöhnt bist.«

Er erwiderte nichts.

Sie lachte fröhlich und hakte sich bei ihm unter. Er sah sie verdutzt an. Ihr öffentlicher Auftritt hatte begonnen.

Im Saal entdeckte Charlotte Alex sofort, und sie wußte, daß er sie auch gesehen hatte. Automatisch lächelte sie Jonathan an. »Komm«, sagte sie, »ich muß dich ... ich meine ... ich möchte dich jemandem vorstellen.«

Einen Augenblick lang standen sich die beiden Paare einander gegenüber wie vier Bauern auf einem Schachbrett. »Hallo, Charlotte«, sagte Alex. Sie nickte ihm zu und legte ihre Hand auf Jonathans Arm. »Ich möchte Ihnen Jonathan vorstellen. Er verbringt das Wochenende bei mir.« Bildete sie sich das ein, oder zog er leicht die Augenbrauen hoch?

»Hallo«, sagte Alex und registrierte den Kontrast zwischen seinen Jeans mit dem einfachen Hemd und dem untadeligen Anzug ihm gegenüber.

»Und Sie sind?« fragte Jonathan.

Alex konnte sich nicht beherrschen. »Alex Hamilton. Ich lebe bei Charlotte.« Er spürte, wie Heather neben ihm erstarrte, sah den entsetzten Ausdruck auf Charlottes Gesicht, aber vor allem sah er die überraschte Miene ihres Begleiters.

Charlotte lachte ein bißchen zu laut. »Mr. Hamilton will sagen, er ist zur Zeit mein Mieter im Anbau.« Sie betonte das »zur Zeit« und warf Alex einen Blick zu, der besagte: Warte, bis wir nach Hause kommen.

»Aber Sie können unmöglich seine Vermieterin sein!«

Charlotte blickte Heather an. Sie war höchstens zweiundzwanzig und hatte eine Taille, die man mit zwei Händen umfassen konnte. »Und warum nicht?« fragte sie.

Heather sah Alex anklagend an. »Du hast mir gesagt, deine Vermieterin sei übellaunig und grob. Ich habe jemand viel älteren erwartet.«

Charlotte funkelte Alex an. Er lachte verlegen. »Nein,

nein, du verwechselst das. Ich habe Iris Braithwaite beschrieben.«

»Also«, meinte Jonathan, den das Gespräch offensichtlich langweilte, »und was machen Sie so?«

Das gab den Ausschlag. Jetzt wußte Alex ganz genau, daß er diesen sogenannten Freund von Charlotte nicht leiden konnte. »Ich bin gerade im Gemeindesaal«, erwiderte er. »Kann ich Ihnen und Charlotte etwas zu trinken besorgen?« Alex stellte fest, daß Charlotte auf ihrer Unterlippe herumkaute. Versuchte sie, ein leises Lächeln zu verbergen?

»Ich hole die Getränke schon«, sagte Charlotte. »Möchtest du Weißwein?«

»Ein gutgekühlter Chardonnay ist wohl hier nicht zu bekommen, oder?«

Alex unterdrückte ein Lachen und lief rasch hinter Charlotte her, als sie zur Bar ging. »Ich helfe Ihnen«, bot er an.

»Das ist nicht nötig«, zischte sie ihm zu. »Ich schaffe das schon.«

»Natürlich«, erwiderte Alex, während sie sich hinten an der Schlange anstellten, »das weiß ich. Wer ist Ihr Freund?«

Sie lächelte. »Ach, wir kennen uns seit einer Ewigkeit.«

Alex schob die Hände in die Taschen. »Einen hübschen Anzug hat er an.«

»Was soll das denn schon wieder heißen?«

»Nichts, überhaupt nichts«, sagte er unschuldig. »Hübscher Anzug am richtigen Ort.«

»Wenn Sie es genau wissen wollen, er ist gerade aus Hongkong gekommen, und er hatte nichts anderes dabei.«

»Oh«, erwiderte Alex und neigte übertrieben den Kopf, »das erklärt natürlich alles.«

»Und um wieviel Uhr müssen Sie Ihre kleine Freundin nach Hause bringen?«

»*Touché.*«

Sie gingen mit den Weingläsern zurück an die Stelle, wo sie alle gestanden hatten, aber Jonathan und Heather waren verschwunden. »Ah, gut«, meinte Alex, »da bleiben nur noch wir beide übrig.«

»Ja, genau.« Charlotte blickte sich besorgt im Saal nach Jonathan um.

»Und was sollte das mit mir als Mieter auf Zeit?« wollte Alex wissen.

»Das sind Sie doch. Sie möchten sich doch bald ein eigenes Haus kaufen, oder nicht?«

Alex runzelte die Stirn. Das war natürlich sein ursprünglicher Plan gewesen, aber mittlerweile war er sich da nicht mehr so sicher.

»Und wie können Sie es wagen, mich als übellaunig zu bezeichnen?«

»Und grob«, ergänzte er hilfsbereit.

»Ich hätte nicht wenig Lust, Sie vor die Tür zu setzen.«

»Hallo, ihr beiden.« Es war Hilary. »Unterhaltet ihr euch gut? Erzählt mir bloß nicht, daß eure Verabredungen euch versetzt haben.«

Charlotte starrte ihre Schwester finster an.

»Wir haben sie anscheinend verloren«, erwiderte Alex. »Sie müssen hier irgendwo sein.«

»Wie sehen sie aus? Vielleicht habe ich sie ja gesehen.«

»Seine Verabredung«, sagte Charlotte, »sieht so aus, als müsse sie um diese Zeit schon zu Hause im Bett liegen.«

»Und ihrer sieht aus, als hätte er seine Aktentasche verloren.«

»Oh, gut«, meinte Hilary, die nicht wirklich zuhörte, fröhlich. »Sie tauchen bestimmt bald wieder auf. Es gibt gleich Essen, und ihr solltet von allem probieren, aber geht bloß nicht an Iris' Linsendip. Ich war letztes Jahr danach tagelang auf dem Klo. Oh, seht mal, da kommen ja Cindy und Derek endlich.«

Derek, der hinter Cindy herkam, schob einen Servierwagen vor sich her. »Aus dem Weg«, schrie er, und die Leute stoben zur Seite, während er in voller Geschwindigkeit mit dem Wagen durch den Saal trabte.

»Ich sehe besser mal nach, was sie mitgebracht haben«, sagte Hilary. »Es scheint eine ganze Menge zu sein, was immer es auch ist.«

Als sie wieder allein waren, sagte Alex: »Ihr Vater hat eben nach Ihnen gesucht. Er ist ein netter Mann. Ich mag ihn.«

Charlotte lächelte. »Ich setze Sie aber trotzdem vor die Tür.«

»Kommen Sie, holen wir uns etwas zu essen. Ich verhungere. Sie können mir kündigen, während ich esse.«

»Ich glaube, liebe Gäste«, rief Malcolm Jackson, drehte die Musik leiser und gebot dem Ansturm auf das Büffet Einhalt, »daß wir jetzt die Gelegenheit ergreifen sollten, die Köpfe zu senken und Dank zu sagen …«

Plötzlich durchbrach ein lauter Schrei von irgendwoher die gehorsame Stille. Alex sah, wie Hilary gegen Louise sank, die ihrerseits laut keuchte. Mit aufgerissenen Augen standen die beiden Frauen da, als wären sie zu Salzsäulen erstarrt. Er folgte ihrem Blick und sah Charlottes Freund Jonathan, der neben Heather stand.

»Verdammt!«

Er drehte sich zu Charlotte um.

»Verdammt«, sagte sie noch einmal.

»Du meine Güte, Charlotte, warum um alles in der Welt hast du uns denn nichts gesagt?«

»Ja, Mutter hat recht, warum eigentlich nicht?« sagte Hilary, während sie in der Küche des Gemeindesaals standen. »Schließlich gehört er zur Familie.«

Zornig erwiderte Charlotte: »Nein, das tut er nicht. Keiner von euch kennt ihn, und ihr würdet ihn auch bestimmt nicht kennen wollen, er ist ein Schwein.«

»Charlotte!« protestierte Hilary. »Er ist Peters Bruder.«

Charlotte verzog den Mund.

»Nun«, warf Neville ein, der das Gefühl hatte, er sollte auch einmal etwas zu der Unterhaltung beitragen. »Er ist seinem Bruder wirklich wie aus dem Gesicht geschnitten, nicht?«

Hilary schüttelte den Kopf. »Ich konnte es gar nicht glauben, als ich ihn sah. Ich war so überzeugt davon, daß es Peter war... ein Geist...« Ihre Stimme versagte. »Ich komme mir jetzt ein bißchen blöd vor.«

»Da wir uns ja mittlerweile alle von dem Schock erholt haben«, sagte Louise, »schlage ich vor, wir gehen hinaus und stellen uns Peters Bruder zumindest vor.« Sie warf Charlotte noch einen vorwurfsvollen Blick zu und verließ die Küche, gefolgt von Hilary und Neville. Charlotte zockelte trübselig hinterher. Ihr Plan war fehlgeschlagen, weil sie einfach nicht bedacht hatte, daß jedem, der Peter gekannt hatte, Jonathans Ähnlichkeit auffallen mußte. Und sie hatte auch nicht bedacht, daß jemand so weit gehen würde, in ihm Peters Geist zu sehen. Blöde Hilary. Das war typisch für sie, eine so lächerliche Schlußfolgerung zu ziehen.

Unglücklich kaute sie auf ihrer Unterlippe herum. Ihr war klar, daß sie sich lächerlich gemacht hatte. Wie hatte sie sich nur einbilden können, mit so einem albernen Theater durchzukommen? Alex davon zu überzeugen, daß Jonathan eine Flamme aus alten Tagen war, war eine Sache, aber zu glauben, sie könne ihre Familie hereinlegen, war eine andere.

Im Saal schienen die Gäste den Aufruhr vergessen zu haben. Frank Sinatra hatte Mantovani ersetzt, und das allgemeine Getümmel zeigte an, daß alle sich prächtig amüsierten.

»Ich habe auf einmal gar keinen Hunger mehr«, sagte Charlotte betrübt zu ihrem Vater.

»Komm, du ißt trotzdem besser was. Sag mir doch, in welchen Gerichten wohl Mayonnaise ist. Ich möchte sie alle probieren.«

An der Bar schenkte David ein Glas Wein für Derek ein.

»Und Sie meinen, Charlottes Mann sah genauso aus wie dieser Typ im Anzug?«

David unterdrückte ein Lächeln, als er Derek das Glas reichte. »Fast genauso. Aber wie finden Sie denn die Blonde? Sie ist mit Alex gekommen, scheint ihn aber aus den Augen verloren zu haben.«

Derek lachte. Er blickte sich um und suchte Alex. Schließlich erblickte er ihn. Er hielt einen Teller mit Reis und ein leeres Glas in der einen und eine Gabel in der anderen Hand und hörte Iris Braithwaite aufmerksam zu. »Sieht so aus, als ob unser Alex ältere Damen bevorzugt«, meinte Derek und trank einen Schluck Wein. »Das schmeckt ja ekelhaft«, schauderte er. »Wie Mückenpisse. Was zum Teufel ist das?«

David blickte auf die Flasche. »Tut mir leid, ich habe Ihnen aus Versehen den alkoholfreien Wein gegeben. Iris Braithwaite wollte, daß wir ein paar Flaschen da haben, sie behauptet, Alkohol sei der direkte Weg zur Hölle.«

»Na, dann stehen Sie nicht herum, sondern geben Sie mir einen Fahrschein«, sagte Derek. »Oder nein, geben Sie mir besser gleich zwei.« Er nahm die Gläser von David entgegen und wandte sich in die Richtung von Alex und Iris Braithwaite.

»Guten Abend, Mrs. Braithwaite«, sagte er und nickte Alex zu. »Ich dachte, Sie hätten vielleicht gerne was zu trinken?« Er reichte ihr ein Glas. »Ich muß sagen, dieser alkoholfreie Wein ist ausgezeichnet. Ich könnte direkt süchtig danach werden.«

Alex blickte Derek an und fragte sich, ob er richtig gehört hatte.

»Das freut mich«, erwiderte Iris. »Alkohol ist der direkte Weg in die ...«

»Hölle«, beendete Derek den Satz für sie. »Sie haben ja so recht, Mrs. Braithwaite.«

Wieder fragte sich Alex, ob er richtig gehört hatte. »Wenn Sie mich entschuldigen wollen, ich will mir rasch noch etwas zu essen besorgen.«

»Versuchen Sie einmal meinen Linsendip. Es ist noch reichlich da«, rief Iris ihm nach. Sie hob ihr Glas und trank daraus. Dann zuckte sie zusammen und preßte die Lippen aufeinander.

»Ganz schön trocken, nicht wahr?« sagte Derek lächelnd. »Man muß sich erst daran gewöhnen.«

Alex traf auf Cindy, als er sich ein Stück Spinatquiche holte. »Hallo«, sagte er. »Derek erklärt gerade Iris Braithwaite die Vorzüge von alkoholfreiem Wein.«

Sie sah ihn an, als habe er den Verstand verloren. »Das bezweifle ich irgendwie.«

»An Ihrer Stelle wäre ich vorsichtig mit diesem Linsendip«, sagte er. »Hilary hat mir erzählt, daß er am nächsten Tag eine tödliche Wirkung hat. Wie geht es Barry?«

»Barry? Es geht ihm gut. Warum?«

»Ich habe an seine Prüfungen gedacht. Er scheint ein intelligenter Junge zu sein, er wird es schon schaffen. Sie werden ihn wahrscheinlich vermissen, wenn er auf die Universität geht?«

Cindy nahm sich eine gefüllte Tomate und stellte sie zu den anderen Sachen auf ihrem Teller. »Wahrscheinlich. Obwohl, um ehrlich zu sein, sehen wir ihn auch kaum, wenn er zu Hause ist. Er vergräbt sich die meiste Zeit in seinem Zimmer.«

Sie gingen vom Büffet weg und setzten sich hin. Am anderen Ende des Saales entdeckte Alex Derek an der Bar. Interessiert beobachtete er, wie Derek zwei weitere volle Weingläser in Mrs. Braithwaites Richtung trug. Er wandte sich wieder Cindy zu und sah überrascht, daß sie die Hand vor den Mund hielt und daß ihr Tränen in den Augen standen. »Linsendip?« fragte er.

Ungefähr um halb elf, als Charlotte ihrer Schwester gerade dabei half, zweiundsechzig Tassen Kaffee zu machen, merkte sie, daß etwas nicht stimmte. Iris Braithwaite wirkte ein wenig seltsam. Charlotte fiel unwillkürlich Margaret Thatcher nach der gewonnenen Wahl ein, als sie beobachtete, wie Iris durch den Saal hüpfte und sich angeregt mit jedem unterhielt. Sogar ihre Handtasche schwang an ihrem Arm wie bei Maggie. Charlotte beschloß, der Sache nachzugehen.

Bewaffnet mit einer Tasse Kaffee, trat sie gerade auf Iris zu, als diese Alex eine Hand auf die Schulter legte. »Eine Tasse Kaffee, Mrs. Braithwaite?«

Beim Klang von Charlottes Stimme fuhr Iris herum. »Ganz gewiß nicht«, entgegnete sie. »Ich möchte noch etwas von diesem köstlichen alkoholfreien Wein, den der nette Mr. Rogers mir gegeben hat. Wären Sie so freundlich, mir ein Glas zu holen, während ich mit Ihrem jungen Mann plaudere?«

Charlotte roch diskret an Iris' gepudertem Gesicht. Sie blickte Alex an und formte unhörbar die Worte: »Ich glaube, sie ist betrunken.«

Alex reagierte sofort. »Es gibt keinen mehr, Mrs. Braithwaite«, sagte er.

»Was!« schrie Iris, so daß alle Umstehenden sich erschrocken nach ihr umsahen. Alex und Charlotte traten dichter an sie heran, um sie vor den Blicken der anderen abzuschirmen.

Aber Iris wollte davon nichts wissen. »Ich will etwas zu trinken«, sagte sie wie eine trotzige Vierjährige. »Wo ist Mr. Rogers?« Sie machte sich auf die Suche nach ihm. Charlotte und Alex beobachteten, daß sie ihn an Malcolm Jacksons Stereoanlage erspähte, wo er die CDs und Kassetten durchsah. Er wirkte alarmiert, als sie näher kam, und wollte sich aus dem Staub machen.

»Oh, oh, Sie böser Mann«, kicherte Iris und beschleunigte ihren Schritt. »Sie laufen doch nicht etwa vor mir davon?«

Derek sah völlig erschreckt aus und legte ebenfalls an Tempo zu. Und dann trat die Katastrophe ein. Iris stolperte in ihrer Eile, Derek einzuholen, über ein elektrisches Kabel, das von der Stereoanlage zum Hauptstecker verlief. Sie griff danach, um sich festzuhalten – und augenblicklich war der Saal in tiefe Dunkelheit gehüllt. Sie hatte den gesamten Sicherungskasten aus der Wand gezerrt.

In dem allgemeinen Aufruhr, der folgte – Schreie gespielten Entsetzens, Kichern, die sonore Stimme des Vikars, der alle aufforderte, Ruhe zu bewahren, und einer albernen Stimme, die rief, »Es werde Licht« – gab es einen sehr lauten Knall, gefolgt von einem noch lauteren Schrei und einem Ausdruck, der bei einer kirchlichen Wohltätigkeitsveranstaltung eigentlich nicht angebracht war.

Neville, der sich während des Stromausfalls in der Küche aufgehalten hatte, fand eine Schachtel mit Kerzen und Streichhölzer auf einem Bord über der Kaffeedose. Kurz darauf tauchte wunderbarerweise eine Prozession von Kerzentragenden aus der Küche auf und verteilte sich überall im Saal. Und eine Stimme, wahrscheinlich die, die gesagt hatte »Es werde Licht« verkündete nun: »Und es ward Licht.«

Die Unordnung ringsum war erstaunlich. Stühle waren umgekippt und sogar einer der Tische, die schwer mit Reissalaten beladen gewesen waren. Im flackernden Kerzenlicht sah der Fußboden so aus, als sei er mit Tausenden von Maden übersät. Ein zerrissener Vorhang lag mitsamt der Gardinenstange ebenfalls auf dem Boden.

»Ich glaube, ich habe mir was gebrochen!« kam ein Schrei aus dem Halbdunkel. Cindy, die die Stimme ihres

Mannes erkannte, bahnte sich vorsichtig einen Weg zu ihm. Sie beugte sich über ihn und erhob sich dann wieder. »Was hast du da auf dem Rücken, Derek?«

»Ich glaube, das ist Hundescheiße«, schrie er und zuckte vor Schmerz zusammen. »Ich bin darauf ausgerutscht.«

Jemand lachte. »Das wird wahrscheinlich eher Mrs. Braithwaites Linsendip sein.«

23

Start spreading the news, I'm leaving today…«

»Bitte, Mrs. Braithwaite, seien Sie still, Sie wecken die Nachbarschaft auf«, bat Charlotte. Alex und sie hielten die ältere Frau fest, während sie sich langsam im Dunkeln vom Gemeindesaal zur Acacia Lane bewegten.

Aber Iris war nicht zu bremsen. »…I want to be a part of it, New York, New York…«

»Kommen Sie, Mrs. Braithwaite«, redete Alex auf sie ein, »wir bringen Sie nach Hause.«

Iris strahlte ihn an, küßte ihn auf die Wange und sang weiter. »…These vagabond shoes are longing to stray right through the very heart of it, New York, New York…«

Charlotte begann zu lachen. In diesem Moment wand sich Iris aus Charlottes Griff, baute sich vor Alex auf und sang ihn an, wobei sie ihm fest in die Augen sah. Ihre tiefe Altstimme traf ein wenig daneben, ihre Aussprache jedoch war überraschend klar für jemanden, der so betrunken war. »…I want to wake up in a city that doesn't sleep and find I'm king of the hills, top of the heap…« In einer plötzlichen Eingebung schlang Alex seine Arme um Iris und tanzte mit ihr, wobei er sie gekonnt in Richtung The White Cottage schob.

Charlotte folgte den beiden. Die Tränen liefen ihr übers

Gesicht, so sehr mußte sie lachen. »Ich glaube, ich halte das nicht mehr aus«, stöhnte sie. »Ich mache mich gleich naß.«

»Na, sehen Sie vorher bitte noch zu, daß Sie ihren Schlüssel finden«, rief Alex über die Schulter, als sie an Iris' Gartentor kamen. »Er ist wahrscheinlich in ihrer Handtasche.«

Charlotte griff danach, aber Iris drückte das Tor auf und zog Alex hinter sich her, als ob sie *ihn* nach Hause brächte. Sie durchwühlte ihre Handtasche und zog ihren Hausschlüssel heraus. Dann ließ sie die Tasche wieder zuschnappen und warf den Schlüssel durch den Briefkastenschlitz. Mit vor Überraschung geweiteten Augen blickte sie die beiden an. »Das Schlüsselloch ist aber groß geworden«, sagte sie, und während sie von einer Seite zur anderen schaukelte, als befände sie sich auf einem schwankenden Schiff, sang sie weiter, »... I'll make a brand new star of it in old New York and if I can make it there I can make it anywhere ...«

»Was sollen wir jetzt tun?« fragte Charlotte. »Ein Fenster einschlagen?«

»Ganz sicher nicht, Mrs. Lawrence«, erwiderte Iris scharf und unterbrach ihren Gesang. »Schließlich habe ich noch einen ganz guten Schlüssel im Garten versteckt.«

»Los, kommen Sie«, sagte Alex, »lassen Sie uns auf die Jagd gehen.«

Iris legte schon wieder los. »A-hunting we shall go, a-hunting we shall go ...« sang sie, während sie ihnen vorausging und sogar einen übermütigen kleinen Hopser produzierte, als sie um die Hausecke bogen.

»Passen Sie auf meine Pelargonien auf, Mr. Hamilton, Sie sind ihnen gefährlich nahe. Wer versteckt sich da im Dunkeln?«

»Ich bin's, Mrs. Braithwaite, Charlotte Lawrence.«

»Was um alles in der Welt machen Sie mitten in der Nacht in meinem Kräutergarten?«

»Mrs. Braithwaite«, unterbrach Alex sie geduldig, »wissen Sie, wo der Schlüssel ist?«

»Nun, natürlich weiß ich das, aber Sie müssen die Augen schließen, während ich ihn hole, und Mrs. Lawrence, Sie auch.«

Erstaunlicherweise fand Iris nicht nur den Schlüssel, sondern es gelang ihr auch, die Hintertür aufzuschließen. Sie traten in die Küche, und Alex fand nach einigem Suchen den Lichtschalter. Er schob Iris in den Flur, und Charlotte sagte: »Ich bringe sie zu Bett, und Sie können ihr einen Kaffee machen.«

»Ich besorge ihr besser einen Eimer oder so«, antwortete Alex. »Ihr wird wahrscheinlich heute nacht hundsgemein schlecht werden.«

»Hat da jemand meinen Hund erwähnt? Wo ist Henry?«

Alex und Charlotte tauschten einen Blick. Das war eine gute Frage. Wo war Iris' Spaniel? Er hätte eigentlich bellen müssen bei all dem Lärm, den sie gerade draußen im Garten gemacht hatten.

»Komm, Henry«, schmeichelte Iris, »komm zu Frauchen.«

»Bringen Sie sie nach oben«, sagte Alex. »Ich suche nach ihm.«

»Kommen Sie, Mrs. Braithwaite, wir suchen oben nach Henry«, sagte Charlotte und nahm sie an der Hand. »Er wartet wahrscheinlich oben auf Sie.«

Iris sah erfreut aus. »Henry«, rief sie bei jedem schwankenden Schritt, »Henry, Frauchen kommt.«

Alex fand Henry im Wohnzimmer, zusammengerollt in seinem Körbchen. Er sah sofort, daß der Hund nicht schlief. Er war tot.

»O mein Liebling Henry«, jammerte Iris. »Er war mein einziger wirklicher Freund, der einzige, der mich wirklich geliebt hat ... selbst Sidney hat mich nicht wirklich geliebt. Armer kleiner Henry, er war doch erst elf Jahre alt, er hätte doch mindestens vierzehn werden können. Warum ist er gestorben?« Ihre Trauer war groß, sie war geradezu untröstlich.

»Ich wünschte, Henry hätte sich nicht ausgerechnet heute nacht zum Sterben hingelegt«, flüsterte Charlotte unten in der Küche, als sie Iris endlich zu Bett gebracht hatten. »Eine Zeitlang hat Iris irgendwie ... nun ja, glücklicher gewirkt, als ich sie je zuvor gesehen habe. Das ist wie ein besonders billiger und böser Trick Gottes, finden Sie nicht auch?«

Alex schüttelte den Kopf. »Ich grabe morgen ein Loch für ihn im Garten. Sie wird ihn wahrscheinlich dort begraben wollen.«

»Alex?« fragte Charlotte plötzlich. »Warum sind wir eigentlich hier?«

»Meinen Sie, auf der Erde und so?«

»Nein, ich meine, warum haben *wir* Iris nach Hause gebracht?«

»Sie meinen, warum wir sie nicht der öffentlichen Demütigung überlassen haben, die sie nach Meinung aller verdient?«

»Ja, genau das.«

»Wahrscheinlich, weil wir nett sind.«

»Sind wir das?«

Alex lachte. »Charlotte, ich bin zu müde für so etwas. Gehen Sie nach Hause. Ich bleibe hier, für den Fall, daß Mrs. Braithwaite sich heute nacht übergibt.«

Charlotte musterte Alex prüfend. »Was ist das mit Ihnen und Frauen, die sich übergeben?« sagte sie. »Sollten Sie nicht lieber gehen und nachsehen, was aus Ihrer kleinen Heather geworden ist?«

Wieder lachte er. »Ich glaube nicht. Sie wird wahrscheinlich gut versorgt von Ihrem ... von Jonathan ... macht es Ihnen was aus?«

Charlotte schüttelte den Kopf. »Nein.« Sie beschloß, reinen Tisch zu machen. »Sie haben wahrscheinlich mitbekommen, warum heute abend so ein Aufstand war, oder?«

»Daß Jonathan Peters Bruder ist? Ja. Sieht er Peter sehr ähnlich?«

»Als ich ihn zum ersten Mal gesehen habe, habe ich ihn für Peter gehalten.«

»Das muß aber doch sehr...« Er schwieg und suchte nach dem richtigen Wort, »schwierig für Sie sein.« Er wußte aus Erfahrung, wie schmerzlich es war, körperlich an jemanden erinnert zu werden, den man geliebt und verloren hatte.

Charlotte nahm die Tassen vom Tisch und stellte sie in die Spüle. »Ich habe es nicht geglaubt, aber sie haben recht. Es war ein ziemlicher Schock, als er heute früh die Einfahrt heraufkam.« Sie spülte die Tassen aus und drehte sich dann um. Alex stand dicht hinter ihr. Erst heute nachmittag hatte Jonathan so dicht hinter ihr gestanden, und vor ein paar Wochen Derek auch.

Sie blickte ihm ins Gesicht. Blaue Augen. Die Farbe war ihr vorher gar nicht aufgefallen, ebensowenig wie die kleine weiße Narbe unter seiner linken Augenbraue. Seine Lippen hatten sich geteilt, und sie spürte, daß er etwas sagen wollte. Ihr Herz begann schneller zu schlagen.

»Charlotte ...«

»Nein, bitte, sagen Sie nichts.« Und mit einer leisen Bewegung lehnte sie sich an ihn. Sie wußte, was es bedeuten würde, wußte auch, daß es das war, was sie wollte. Er hob die Hand, und als seine Finger ihre Wange berührten, drehte sie den Kopf und küßte seine Hand. Und dann küßte er sie, und sie hielt ihn fest, aus Angst, er könnte aufhören. Sie konnte nur noch denken, wie sehr sie ihn begehrte.

Dann kam von oben ein unmißverständliches Geräusch.

»Ein anderes Mal vielleicht«, sagte Alex ruhig, blickte ihr in die Augen und fuhr mit seiner Hand ihre Wange entlang.

Charlotte schwankte leicht. Sie fühlte sich alles andere als ruhig, aber sie schluckte ihre Enttäuschung hinunter und folgte Alex aus der Küche.

Es war drei Uhr morgens, als Iris Braithwaite endlich eingeschlafen war. Sie sanken auf das Sofa im Wohnzimmer. Henry und sein Körbchen hatten sie ins Eßzimmer – als behelfsmäßige Friedhofskapelle – gestellt.

Charlotte sagte: »Weißt du, ich verstehe gar nicht, wie all das passieren konnte. Warum war Iris eigentlich so betrunken? Sie trinkt nie Alkohol.«

»Ich glaube, Derek hat eine ganze Menge damit zu tun«, sagte Alex gähnend und legte Charlotte den Arm um die Schultern.

Sie streifte ihre Schuhe ab, zog die Füße an und kuschelte sich an ihn. »Wie dumm ich bin! Natürlich, das hat Iris ja gesagt, oder? Sie wollte noch etwas von dem köstlichen alkoholfreien Wein, den Mr. Rogers ihr gegeben hatte. Arme Iris! Sie hat in einer einzigen Nacht ihre Würde, ihren guten Ruf und ihren kleinen Henry verloren.«

Sie sah Alex an. Er hatte die Augen geschlossen. Sie war sich nicht ganz sicher, ob sie sich benommen fühlte, weil sie so müde war, oder ob sie immer noch unter dem Eindruck dessen stand, was sich in der Küche abgespielt hatte. Sie war sich jedoch ganz sicher, daß sie einen Schauer des Verlangens und der Erwartung verspürte. »Alex?«

»Ja?«

»Was wäre in der Küche passiert, wenn Iris nicht ...«

Er öffnete die Augen. »Meinst du, ob ich dann auf der Stelle mit dir auf dem Küchentisch geschlafen hätte?«

»Nein, ich ... nun, ja, okay, hättest du das getan?«

»Nein, Charlotte. Ich hätte nicht mit dir geschlafen.«

Sie setzte sich aufrecht hin. »Warum?« Sie fühlte sich abgewiesen. »Warum nicht?« wiederholte sie.

»Komm schon, Charlotte, es ist spät. Können wir nicht morgen darüber reden?«

»Nein. Ich will eine Antwort. Würdest du es zum Beispiel jetzt tun?«

Er sah sie verwirrt an. »Träume ich dieses Gespräch, oder habe ich einen großen Teil davon nicht mitbekommen?«

Sie rückte von ihm ab und setzte sich dann in einen der Sessel. »Anscheinend ist Iris nicht die einzige, die sich heute nacht zum Narren gemacht hat.«

24

Derek lag wach in einem fremden Bett. Die Spritze, die er bekommen hatte, hatte die schrecklichen Schmerzen vertrieben, nicht aber seine Wut und die Demütigung, die er empfunden hatte, als er im Gemeindesaal auf dem Boden lag. Ihm schauerte bei dem Gedanken an das ekelerregende Zeug, in dem er gelegen hatte – niemand würde ihn je davon überzeugen können, daß es etwas Eßbares gewesen war, auf dem er ausgerutscht war. Gott sei Dank war ein Arzt zur Stelle gewesen. Neville Archer war ihm früher nie als besonders fähig erschienen, aber er hatte sich der Situation gewachsen gezeigt, all diese Gaffer vertrieben und jemanden losgeschickt, um einen Krankenwagen zu rufen.

Ein gebrochenes Bein war der Lohn dafür, daß er sich auf diesem Dorffest gezeigt hatte, aber das war noch nicht alles – dieser Idiot von Notarzt hatte seine Hose zerschnitten! Achtzig Pfund hatte er letzten Monat dafür bezahlt. Das war wirklich ein großartiger Abend gewesen, und er hatte noch nicht einmal ein einziges Wort mit Charlotte gewechselt. Wo war sie überhaupt, als er sich in Schmerzen auf dem Boden wand? Hatte mit diesem Alex herumgeschäkert! Er hatte gesehen, wie sie zusammen weggegangen waren.

Und jetzt lag er hier allein um halb vier morgens, umgeben von schlaffen Körpern in gestreiften Flanellschlafanzügen. Gott sei Dank war er wenigstens so geistesgegenwärtig gewesen und hatte Cindy gebeten, auf dem Weg ins Krankenhaus noch ein Paar Boxershorts zu holen. Er setzte sich hin und reckte seinen Hals, um zu sehen, ob eine der Krankenschwestern in der Nähe war. Ah ja. Da saß eine an ihrem beleuchteten Schreibtisch, die hübsche junge Blondine, Schwester Wilkins, die ihn ins Bett verfrachtet hatte. Sie beugte sich über ein Buch und hielt einen Becher in der Hand.

Derek drückte auf den grünen Klingelknopf. »Schwester«, rief er. Eilig näherten sich quietschende Schritte auf dem Linoleumboden.

»Ja, Mr. Rogers, was gibt es?«

»Hallo«, sagte er heiter, als ob sie eine Kellnerin in einer Bar sei, die gekommen war, um seine Bestellung aufzunehmen.

»Schsch ... Sie wecken die anderen auf! Was ist denn?« Obwohl sie noch jung war und gerade erst ihre Prüfung abgelegt hatte, war Schwester Wilkins schon erfahren genug, um ganz genau zu wissen, was sie von ihrem neuesten Patienten zu halten hatte.

»Kommen Sie, setzen Sie sich her«, sagte Derek und klopfte auf sein Bett, »dann sage ich es Ihnen.«

Schwester Wilkins lächelte und wandte sich zum Gehen, doch da stöhnte Derek laut auf, woraufhin sie sich sofort über ihn beugte und ihn genauer ansah.

»So ist es besser«, sagte er. »Unterhalten Sie sich mit mir, ich fühle mich einsam.«

»Es ist sehr spät, Mr. Rogers, Sie sollten ein bißchen schlafen.«

Ein Lächeln breitete sich auf Dereks Gesicht aus. »Ich kann nicht. Ich bin es nicht gewöhnt, alleine zu schlafen.«

»Das überrascht mich irgendwie gar nicht«, erwiderte

Schwester Wilkins und betrachtete ihren gesund aussehenden Patienten mit der bloßen, gebräunten Brust und den lebendigen Augen.

»Und nun, wo ich Sie endgültig bezaubert habe, sagen Sie mir Ihren Namen. Meiner ist Derek.«

»Ich heiße Rosemary, und ich muß jetzt wirklich wieder an meinen Schreibtisch zurück.«

Befriedigt über den Eindruck, den er gemacht hatte, antwortete Derek: »Bis morgen früh dann, wenn Sie mich auf der Bahre meinen schicksalhaften Weg in den Operationssaal fahren.«

»Tut mir leid, aber morgen früh befinden Sie sich in der Obhut von Schwester Baker. Sie werden sie mögen.«

»Bestimmt?«

»Schwester Baker ist sehr nett und sehr zuvorkommend. Gute Nacht.«

»Gute Nacht, Rosemary.« Die Demütigung, die er erlitten hatte, begann zu verblassen, und Derek wurde endlich vom Schlaf überwältigt.

»Ich sage dir, ich habe recht«, sagte Hilary. Es war zehn Minuten nach acht am nächsten Morgen, und sie blickte aus dem Schlafzimmerfenster zu Ivy Cottage hinüber. »Charlotte ist gestern nacht nicht nach Hause gekommen, ihre Vorhänge sind nicht zugezogen, und dieser Mercedes ist auch weg.«

»Was?« entgegnete David und blinzelte aus der zerknüllten Decke hervor, die er sich so über den Kopf gezogen hatte, daß es aussah, als ob er ein Babymützchen trüge.

Hilary kam hinter dem Vorhang hervor. »Komm, David, es ist doch ganz offensichtlich, daß was passiert ist.«

David versuchte angestrengt, nachzudenken. Es war Sonntag morgen, der einzige Tag in der Woche, an dem er länger im Bett bleiben konnte. An den meisten Samstagen war er in seinem Büro und überzeugte Leute davon, sich ihr Traumhaus zu kaufen – wovon manche allerdings eher Alpträume waren, wie einige bald entdeckten. Alpträume, dabei fiel ihm etwas ein. Ja, gestern abend, Chaos im Gemeindesaal. Er drehte sich um, steckte den Kopf unter das Kopfkissen und dachte daran, wie Derek Rogers auf dem Fußboden gelegen hatte. Während Neville dafür sorgte, daß Derek abtransportiert wurde, hatte er sich verdrückt und sich in der Küche versteckt, damit niemand ihn lachen sah.

Es war in jeder Beziehung ein spaßiger Abend gewesen. Mit Charlotte und Peters Bruder hatte das Ganze begonnen. Komisch, daß Charlotte keinem von ihnen gesagt hatte, daß Jonathan zu Besuch gekommen war. Andererseits war er ein blöder Kerl – wirklich ein bißchen wie Peter –, vielleicht hatte sie deshalb nichts gesagt.

Er hatte in der Tat was Herablassendes, dachte David. »Immobilien«, hatte Jonathan gesagt und abschätzig den Kopf geschüttelt, als David sich ihm vorstellte, nachdem sich der Aufruhr um Peters »Wiederauferstehung« gelegt hatte. »Wie ist Ihr Umsatz?« hatte er dann gefragt. Kümmere dich um deine eigenen Sachen, hätte David ihm am liebsten geantwortet, aber statt dessen hatte er eine astronomisch hohe Summe aus der Luft gegriffen und sie vervierfacht. Aber selbst das brachte nichts, weil Jonathan ihm daraufhin detailliert auseinanderlegte, warum die Briten im allgemeinen so lausige Geschäftsleute waren. »Kein Mumm«, schien die Quintessenz des Ganzen zu sein.

Schließlich hatte Neville ihn durch sein Auftauchen gerettet, und er war an die Bar geflüchtet, um dort weiterzubedienen. Später dann hatte er seinen Augen nicht getraut, als er sah, wie die alte Ma Braithwaite Derek quer durch den Saal jagte, bis auf einmal alles völlig finster wurde. Und dann, als endlich ein paar Kerzen aufgetrieben worden waren, lag Derek mit gebrochenem Bein auf dem Boden.

Als ob sie seine Gedanken lesen könnte, sagte Hilary: »Komisch, als der Krankenwagen kam, war von Charlotte und Alex schon nichts mehr zu sehen. Deshalb bin ich ja auch so sicher…«

»Du kannst wegen gar nichts sicher sein«, murrte David unter seinem Kissen hervor. »Aber ganz egal, wo Charlotte jetzt ist, ich hoffe, sie bekommt mehr Schlaf als ich.«

Hilary ließ David in Ruhe, zog sich an und ging nach unten. Dort fand sie Philip und Becky, die in ihren Schlafanzügen an entgegengesetzten Enden des Sofas saßen und ihre Wochenendernährung in Form von gehirnverzehrendem Vor-Frühstücksfernsehen zu sich nahmen. »Wie lange seid ihr schon hier unten?« fragte sie.

»Erst seit zehn Minuten«, antwortete Philip, ohne den Blick vom Bildschirm abzuwenden.

Becky zog ihren Daumen aus dem Mund. »Wir haben *Sconic der Igel, Disney-Club* und *Scooby-Doo* gesehen.«

Philip funkelte seine Schwester wütend an. »Großmaul«, sagte er. »Wann gibt's Frühstück, Mum?«

»Wenn ihr euch angezogen habt, könnt ihr euch selbst etwas machen. Ich laufe rasch rüber zu Tante Charlotte. Ich bin gleich wieder da, und dann müssen wir auch bald in die Kirche gehen.«

»Oh, kann ich mitkommen?« fragte Becky und hüpfte vom Sofa. »Ich möchte ihren kleinen Hund mal sehen. Sie hat ihn nicht mitgebracht, als sie auf uns aufgepaßt hat.«

»Nein«, antwortete Hilary. Sie wollte alleine hinübergehen, um sich zu beweisen, daß sie recht gehabt und daß Charlotte die Nacht mit Alex verbracht hatte. Dann jedoch fiel ihr etwas ein. Angenommen, ihre Schwester war doch da? Wenn sie dann Becky dabei hatte, hatte sie eine perfekte Entschuldigung dafür, so früh vorbeizukommen –

weil Becky mit Mabel spielen wollte. Sie lächelte ihre Tochter an. »Na gut, aber beeil dich und zieh dich schnell an. Ich warte in der Küche auf dich.«

Als sie die Straße überquerten, lief Becky voraus, um an der Tür zu läuten. Zu ihrer Enttäuschung war sie jedoch zu klein, um den Klingelknopf zu erreichen. Während sie auf ihre Mutter wartete, öffnete sie den Briefkastenschlitz und blinzelte hinein. Mabel kam kläffend auf sie zu. Becky steckte einen Finger durch den Schlitz, zog ihn jedoch quietschend wieder zurück, als sie merkte, daß Mabel ziemlich hoch springen konnte.

Hilary drückte die Türklingel, was weiteres Gekläffe auslöste. Sie war erfreut. Eine weitere Entschuldigung – sie hatte sich Sorgen um Charlottes Hund gemacht, weil sie ihn bellen gehört hatte.

»Glaubst du, Tante Charlotte schläft noch, Mummy?«

»Höchstwahrscheinlich«, sagte sie und zog ein Schlüsselbund aus ihrer Tasche.

»Paßt einer von unseren Schlüsseln in Tante Charlottes Schlüsselloch?«

»Pst«, sagte Hilary und drehte den Schlüssel im Schloß. Plötzlich fiel ihr ein, daß sich ihre Schwester, wenn sie wirklich bei Alex war, direkt nebenan befand. »Nein«, flüsterte sie Becky zu, »das ist ein Schlüssel von Ivy Cottage.«

»Hat sie ihn dir gegeben?«

»Ja«, log Hilary. Sie wußte, daß ihre Schwester nie daran denken würde, ihr einen Zweitschlüssel zu geben, deshalb hatte sie sich als Vorsichtsmaßnahme einen zusätzlichen Schlüssel machen lassen, für den Fall, daß ... nur für den Notfall, wie zum Beispiel, um einen kleinen Hund zu retten, dachte sie und sprach sich selbst von jedem Vorwurf, den Charlotte ihr machen könnte, frei.

»Sollen wir nicht besser später noch mal wiederkommen, wenn sie jetzt noch schläft, Mummy?«

»Sei still, Becky.«

Hilary stieß die Tür auf, und sofort tanzte Mabel aufgeregt um ihre Beine. »Spiel du mit Mabel, ich springe schnell mal hinauf und sehe nach Tante Charlotte.«

Langsam ging sie die Treppe hinauf, wobei sie leise Charlottes Namen rief. Dann ging sie durch das Obergeschoß und blickte in die Schlafzimmer. Alle waren leer. Lächelnd huschte sie wieder hinunter. Als sie gerade die unterste Stufe erreicht hatte, hörte sie Becky sagen: »Oh, du ungezogener Hund, sieh nur, was du für einen Dreck in der Küche gemacht hast.«

Hilary verzog das Gesicht, als sie in die Küche kam. Sie trat so vorsichtig auf den Fußboden, als ginge sie auf Zehenspitzen durch ein Minenfeld. Sie machte die Hintertür auf und ließ dringend benötigte frische Luft hinein, dann öffnete sie den Schrank unter der Spüle, wo sie vor ein paar Wochen einige Flaschen Putzmittel deponiert hatte.

»Ich will dir helfen, Mummy«, sagte Becky, die mittlerweile von Mabel genug hatte. Eine der Flaschen gefiel ihr besonders. Sie griff danach.

»Paß auf, wo du hintrittst!« schrie Hilary. Aber es war schon zu spät. Becky glitt auf einer Pfütze aus und fiel mit einem Plumps in eins von Mabels Häufchen. Sofort begann sie zu heulen.

Mabel, die nach der einsam verbrachten Nacht ganz aufgeregt war, tapste über den Boden und kletterte auf Becky.

»Geh weg«, quietschte Becky, »geh weg, alles ist deine Schuld!«

Mabel, die Beckys Stöße für ein Spiel hielt, senkte ihre Zähne in den Ärmel von Beckys Sweatshirt, und während ihr Schwanz wie ein Propeller wedelte, begann sie daran zu zerren. Sie schüttelte den Kopf hin und her und ließ von Zeit zu Zeit ein tiefes Knurren hören. Becky zog heftig in die entgegengesetzte Richtung und fiel nach hinten, wobei

Mabel immer noch an ihrem Ärmel hing. Hilary machte einen verzweifelten Versuch, die Katastrophe zu verhindern, aber sie war nicht schnell genug. Hilflos sah sie zu, wie Beckys Kopf mit einem leisen Platschen im Unvermeidlichen landete.

Hilary und Becky zogen sich aus dem Chaos von Ivy Cottage in die relative Stille und Sauberkeit von The Gables zurück. Becky war mittlerweile hysterisch und Hilary kurz davor, ihre Tochter zu ohrfeigen, während sie ihr die schmutzigen Leggings und das Sweatshirt auszog. Sie stopfte die Sachen gerade in die Waschmaschine, als David in der Küche auftauchte.

»Was zum Teufel ist denn hier los?« übertönte er den Lärm von Beckys Gekreische.

»Daddy!« schrie sie. »Ich bin in Mabels ...«

»Wir hatten einen kleinen Unfall«, warf Hilary ein und versuchte, ganz ruhig zu klingen, da sie wußte, daß David nie verstehen würde, was sie drüben in Ivy Cottage zu suchen gehabt hatte.

»Ich gehe nie, nie wieder zu Tante Charlotte«, wimmerte Becky.

David blickte Hilary an. Sie wich seinem Blick jedoch aus. »Was habt ihr denn bei Charlotte gemacht? Ich meine mich zu erinnern, daß du heute früh gesagt hast, du wüßtest, daß sie nicht da ist.«

»Ich habe mir Sorgen um ihren Hund gemacht, wenn du es unbedingt wissen willst.«

David lachte freudlos. »Du hast herumgeschnüffelt, was?« Ohne ihre Antwort abzuwarten, wandte er sich zum Gehen, blickte dann aber seine Frau noch einmal an. »Und, war sie da oder nicht?«

25

Als Charlotte in Iris' Wohnzimmer aufwachte, war sie ganz steif, und ihr war kalt. Alex schlief immer noch auf dem Sofa. Als sie ihn sah, fiel ihr wieder ein, wie zornig sie in der Nacht gewesen war, nicht so sehr auf Alex, sondern mehr auf sich selbst.

Sie war so fest entschlossen gewesen, sich nicht mit Alex einzulassen. Doch dann hatte sie eine Drehung um hundertachtzig Grad gemacht. Als sie ihn küßte und in seinen Armen lag, hatte sie ihn mehr begehrt, als sie es je für möglich gehalten hatte. Wären die Umstände gestern nacht anders gewesen, hätte sie sicher mit ihm geschlafen. Aber dann machte er ihr ja nur zu deutlich, daß er nicht interessiert war. So war sie schließlich mit dem nagenden Gefühl verletzten Stolzes und dem festen Entschluß eingeschlafen, daß das nie wieder passieren würde. Seine Zurückweisung hatte ihre Beziehung ein für allemal festgelegt. Von nun an würde er nur noch ihr Mieter sein.

Sie zog die schweren Samtvorhänge auf und blickte in Iris' Vorgarten. Dabei überlegte sie, was sie Alex sagen wollte. Als sie sich herumdrehte, hatte er sich aufgesetzt und rieb sich das Gesicht. »Guten Morgen«, sagte er.

Sie ging zum Kamin und legte eine Hand auf das Sims. »Alex ...«

»Du willst mir doch nicht etwa erzählen, daß ich schnarche, oder?«

»Alex«, setzte sie noch einmal an und war sich sehr bewußt, daß ihr Tonfall nicht mit seinem übereinstimmte. »Was letzte Nacht geschehen ist, war...«

Er blickte sie einen Augenblick lang an, dann stand er auf. »Charlotte, unterbrich mich, falls ich unrecht habe, aber du beziehst dich doch jetzt darauf, daß wir uns letzte Nacht geküßt haben, oder? Wenn es so ist, muß ich dir nämlich sagen, daß ich das höchst erfreulich fand. Ich weiß nicht, was dir danach durch den Kopf gegangen ist, aber ich hatte anschließend deutlich den Eindruck, daß ich schon wieder mal etwas falsch gemacht habe. Und ich kann mir überhaupt nicht vorstellen, was.«

»Das ist ja unglaublich! Du hast doch schließlich gesagt...«

»Was gesagt?«

»Oh, nichts. Vergiß es.«

»Nein, red weiter. Sag's mir.«

»Du sagtest, du wolltest nicht mit mir...« Sie ging vom Kamin zum Fenster hinüber. »Also auf dieser Basis ist es besser, wenn...«

»O mein Gott, ich glaube es nicht, du denkst...«

»Alex, läßt du mich bitte aussprechen? Ich habe gestern nacht gehandelt ohne nachzudenken.« Sie holte tief Luft. »Ich halte diese emotionale Achterbahn nicht mehr aus, deshalb möchte ich die Dinge zwischen uns lieber klären. Du bist mein Mieter. Und auf dieser Ebene wollen wir in Zukunft unsere Beziehung auch belassen.«

»Das ist doch lächerlich. Ich meinte doch nur...«

»Bitte, Alex.«

Er zuckte mit den Schultern. »Du läßt mir ja keine andere Wahl.«

Alex rammte den Spaten heftig in die Erde, während er Henrys Grab aushob. Verdammte Charlotte Lawrence! Was machte sie eigentlich mit ihm? *Sie* hatte die emotionale Achterbahn satt? Nun, er erst recht. Genug war genug. Wie konnte sie nur so verbohrt sein? Er hatte doch gar nicht gemeint, daß er nicht mit ihr schlafen wollte. Er hatte diese Worte gesagt, ja, aber nur, weil er nicht wollte, daß sie dachte, er wolle es ausnutzen, daß sie noch so verletzlich war. Warum konnte sie das denn nicht begreifen? Wieder trat er auf den Spaten. Und wie konnte jemand, der noch alle fünf Sinne beisammen hatte, auf die Idee kommen, es in Iris Braithwaites Küche miteinander zu treiben? Seine Wut verflog ein bißchen bei dem Gedanken daran, wie Iris Braithwaite ihn mit heruntergelassenen Hosen erwischte.

Charlotte beobachtete Alex im Garten, um sich selbst davon zu überzeugen, daß sie ihn von nun an ganz leidenschaftslos betrachten konnte. Sie fand, sie konnte es ganz gut. Sie nahm den Kessel vom Herd und füllte ihn am Emaillebecken. Dann stellte sie ihn auf den Gasring und zündete ein Streichholz an. Letzte Nacht hatte sie genau das gleiche getan, aber da hatte sie ihre Umgebung nicht wahrgenommen. Heute morgen jedoch, in der hellen Morgensonne, die durch das makellos saubere Fenster fiel, wirkte die Küche wie aus einem Fünfziger-Jahre-Film. Nichts paßte zueinander, alles war zusammengestückelt, die sperrigen Haushaltsgeräte in Grün- und Cremetönen, an die Charlotte sich aus ihrer Kindheit noch gut erinnern konnte – wo andere sich weiterentwickelt hatten, war Iris stehengeblieben.

Während sie darauf wartete, daß das Wasser kochte, nahm Charlotte die Tassen, die sie letzte Nacht gespült hatte, und blickte sich suchend nach Tee um. Auf der grünen Resopalplatte zwischen Herd und Spüle stand keine Teebüchse, also öffnete sie eine der Schiebetüren an der freistehenden Anrichte. Kaffee, aber kein Tee. Sie entdeckte eine Tür in der Küchenwand und machte sie auf. Wie sie sich gedacht hatte, war es ein Speiseschrank. Sofort fiel ihr ihre Großmutter ein. Oma Archer war berüchtigt dafür gewesen, alles Mögliche zu hamstern, und so wie es aussah, gehörte auch Iris Braithwaite in diese Kategorie.

Auf dem obersten Regal sah Charlotte eine Blechbüchse mit Bird's Custard Powder, und sie wußte ohne hineinzublicken, daß die uralt aussehende Büchse wie bei Oma Archer halb leer sein würde und der restliche Inhalt steinhart. Während ihr Blick über die Regale glitt, zählte Charlotte zehn rostende Blechdosen Trockenmilch, acht Plastikpackungen Zucker, vier Pakete Soßenpulver, zahlreiche Dosen mit Fischkonserven, ganze Reihen eingemachter Birnen und Pfirsichschnitze und ein halbes Dutzend Flaschen mit Bratenfond. Der Kessel begann zu pfeifen. Charlotte stellte das Gas ab und ging noch einmal zum Speiseschrank, um ihre Suche fortzusetzen. Zwischen all diesen Schätzen mußte sich doch wenigstens ein Päckchen Tee finden lassen?

Auf dem untersten Regal, das voller Büchsen mit Campbell's Suppe und Sardinen in Tomatensauce war, entdeckte Charlotte eine alte Cadbury's Dose zum Gedenken an die Krönung der Königin. Oma Archer hatte die gleiche Dose gehabt – und jetzt gehörte sie Charlotte, die alte Knöpfe darin aufbewahrte. Neugierig nahm sie sie aus dem Regal und zog vorsichtig den Deckel ab. Sie erwartete zwar keine Teebeutel, war jedoch überrascht, als sie gebrauchte Geburtstagskuchenkerzen und ein paar Plastikdekorationen für Kuchen darin fand. Iris hatte doch nie Kinder gehabt! Alle Dekorationen waren Variationen des gleichen Themas – ein Hund, der eine Pfote hochhielt, ein Hund in einem Körbchen und ein Hund mit einem Knochen im Maul. Als Charlotte die Sachen in der Dose beiseite schob, fand sie darunter einen verblichenen, befleckten Umschlag. Beschämt über ihre Schnüffelei, aber nicht in der Lage, aufzuhören, öffnete sie den Umschlag und holte ein paar Photographien heraus. Jedes Photo zeigte Iris' Hund vor einem dekorierten Kuchen, auf dem in zittriger blauer Zuckerschrift stand: »Herzlichen Glückwunsch zum Geburtstag, Henry«. Charlotte zählte die Photographien. Es waren genau elf.

»Verdammt!« sagte sie laut. In dem vergeblichen Versuch, nicht zu weinen, kniff sie die Augen zusammen, stellte die Blechbüchse wieder ins Regal und schloß die Speiseschranktür. Gerade als sie die Tränen mit dem Handrücken abwischte, kam Alex in die Küche.

»Alles in Ordnung?« fragte er.

Sie erzählte ihm von der Blechbüchse und den Photos von Henry. »Es ist albern, nicht?« sagte sie. »Aber es sind immer die banalen Sachen im Leben, die einen treffen. Als ich letzte Nacht gesehen habe, daß Henry tot ist, hat mich das nicht sonderlich berührt, aber stell ein paar sentimentale Plastikteilchen vor mich hin, und ich bin völlig erledigt. Warum, denkst du, ist das so?« Sie schwieg, jedoch nicht lange genug, damit Alex antworten konnte. Als sie fortfuhr, überstürzten sich ihre Worte in dem Bemühen, die Emotionen zurückzudrängen. »Weißt du, als man mir sagte, Peter sei tot ... ich habe nicht geweint ... Kannst du dir das vorstellen? Ich habe nicht geweint, nicht eine einzige Träne.« Sie biß sich auf die Unterlippe, ballte die Fäuste und hielt den Atem an, damit ihr Körper nicht so zitterte und sie völlig verriet, aber sie konnte die Tränen nicht zurückhalten.

»Charlotte«, sagte Alex, »du mußt ...«

»Nein«, sagte sie, ohne ihn anzusehen. »Laß mich einfach ...«

»Ich habe nur noch eine verschwommene Erinnerung an heute nacht ...«

Sie fuhren herum. Iris Braithwaite stand in der Tür. Sie sah blaß und dünn aus. Sie trug einen Morgenmantel, und irgendwie gelang es ihr, seltsam majestätisch zu wirken.

»... aber ich erinnere mich noch ausreichend«, fuhr sie fort, »um mit dem untrüglichen Eindruck aufgewacht zu sein, daß ich mich aus irgendeinem unerklärlichen Grund sehr schlecht benommen habe. Ich würde es vorziehen, wenn Sie das Ereignis nie wieder erwähnen würden. Und nun ...« sie zögerte leicht, und ihre Stimme begann zu schwanken, »würde ich es sehr schätzen, Mr. Hamilton, wenn Sie Mrs. Lawrence, die aus eigenen Beweggründen recht angegriffen zu sein scheint, nach Hause brächten. Ich wäre jetzt sehr gerne mit meinem armen Henry allein. Danke, daß Sie so nett waren, das Loch für mich zu graben. Ich habe Sie vom Fenster aus beobachtet. Sie haben eine gute Wahl getroffen, unter dem Magnolienbaum ... er ist in dem Jahr gepflanzt worden, als Henry geboren wurde ...«

Sie konnte nicht mehr weiterreden und ging wieder nach oben.

Sie verließen The White Cottage schweigend. Da er sich jetzt darüber im klaren war, was seine Rolle sein sollte, wußte Alex, daß er nicht das Recht dazu hatte, Charlottes Kummer zu durchbrechen. Aber er dachte trotzdem darüber nach, wie lange sie wohl noch das Bedürfnis bekämpfen würde, sich aus ihrem eigenen Gefängnis zu befreien. Denn darum ging es, das wußte er jetzt. In Iris' Küche hatte er den Schmerz in Charlottes gequältem Gesicht gesehen, und er hatte in ihm den gleichen Schmerz wiedererkannt, den er einst empfunden hatte. Schuld. So sicher wie Charlotte eine Gefangene ihres Schuldgefühls wegen Peters Tod war, so hatte auch ihn Lucys Tod gefangengehalten.

»Ich bin so wütend!« sagte Charlotte und blieb stehen.

Er sah sie an, aber sie blickte die Einfahrt zu In The Pink hoch. »Alles ist nur *seine* Schuld. Wie kann er es nur wagen, mit seinem blitzenden Charme daherzukommen und Iris' Leben zu ruinieren? Er hat nicht das Recht, Menschen so zu verletzen.« Sie wandte sich zu Alex, ihr Gesicht war gerötet vor Zorn. »Ich hätte nicht übel Lust, hinzugehen und ihm die Meinung zu sagen. Kommst du mit?«

Sie waren gerade auf der Hälfte der Einfahrt, als Barry ihnen entgegenjoggte.

»Ist dein Vater schon auf?« fragte Charlotte.

Barry sah sie verwirrt an. »Wie bitte?« fragte er und fuhr sich nervös durch die Haare.

»Ich fragte, ob dein verkommener, stinkender Vater schon auf ist? Er lacht sich wahrscheinlich kaputt, was?«

»Dad ist nicht zu Hause, er ist ...«

»Schon unterwegs, wahrscheinlich, um das nächste Leben zu ruinieren«, erwiderte Charlotte hitzig.

»Hör mal, Charlotte«, griff Alex ein. Ihm war klar, daß Charlotte ihre Frustration an der erstbesten Person ausließ, die ihr über den Weg lief. »Barry hat damit nichts zu tun. Heb's dir auf bis später, wenn Derek wieder da ist.« Er versuchte, Charlotte wegzuziehen, aber sie blieb wie angewurzelt stehen.

»Dad kommt erst nach Hause, wenn sie ihn aus dem Krankenhaus entlassen.«

»Ach, da hat ihn wohl jemand vor mir erwischt, was?«

»Warte mal, Charlotte«, sagte Alex und legte beruhigend eine Hand auf ihren Arm. »Warum, was ist denn passiert?« fragte er Barry.

Langsam machte sich ein vorsichtiges Lächeln auf Barrys ernsten Zügen breit. »Dad hat sich gestern abend im Gemeindesaal das Bein gebrochen. Ich dachte, Sie wären dabeigewesen. Sie haben doch sicher gesehen, wie es passiert ist, oder?«

Zwei verständnislose Gesichter starrten Barry an. »Wir sind früh gegangen«, erklärte Alex.

»Offenbar ist der Strom ausgefallen, und Dad ist ausgerutscht und ...«

»Und hat sich das Bein gebrochen«, ergänzte Charlotte. »Na, Gott sei Dank gibt es noch einen Funken Gerechtigkeit auf der Welt.«

»Ich besuche ihn nachher, soll ich ihm etwas ausrichten?«

»Nein, danke. Ich gehe ihn selbst besuchen.«

Als Charlotte nach Ivy Cottage zurückkam, war sie entsetzt und schockiert – entsetzt über den Zustand der Küche und schockiert darüber, daß sie die arme Mabel so völlig vergessen hatte.

Nachdem sie saubergemacht, Mabel gefüttert und sich ausgiebig um sie gekümmert hatte, beschloß Charlotte, mit dem Hund am Teich spazierenzugehen. Sie ging die Acacia Lane hinunter und wandte sich dann nach links auf den Pfad zwischen In The Pink und The White Cottage. Sie spähte durch die sauber gestutzte Ligusterhecke, um zu sehen, ob Mrs. Braithwaite irgendwo war. Da Charlotte sie jedoch nirgends entdeckte, ging sie weiter den Hügel hinunter zum Teich.

Es war ein wunderschöner Morgen mit einem klaren, blauen Himmel. Während Mabel vorwärtszog und zwischen den Tannen herumschnüffelte, folgte Charlotte ihr langsam und genoß den Moment der Freiheit. Freiheit. Sie hatte das Gefühl, als habe sie ihr ganzes Leben lang danach gestrebt. Konnte man sie nur so erfahren? Wenn man völlig allein war? Charlotte stand auf der Lichtung, blickte über das stille Wasser und atmete den süßen Duft der Pinien ein. Es kam ihr so vor, als ob immer, wenn Menschen beteiligt waren, Zwänge auftauchten und Forderungen gestellt wurden. Ihrer Erfahrung nach schubsten auch die nettesten Menschen andere zu ihren Zwecken herum.

Sie rief Mabel und machte sich wieder auf den Weg nach Hause. Dabei dachte sie erneut an die arme Iris und fragte sich, wie es ihr jetzt wohl ging. Plötzlich überkam sie wieder die Wut, die sie auf der Einfahrt zu In The Pink überfallen hatte. Derek!

Charlotte log die Krankenschwester an, sagte, sie gehöre zur Familie und ging direkt durch zu Dereks Bett am anderen Ende des Ganges. Es war halb acht, und die Station war voller Besucher.

»Charlotte!« rief er, als er sie sah. Besucher und Patienten blickten auf, als sie an ihnen vorbeiging. »Meine Geliebte«, erklärte Derek laut, mit einem breiten Grinsen auf dem Gesicht.

»Halten Sie den Mund, Derek«, sagte sie zu ihm, als sie neben seinem Bett stand.

»Was, kein Kuß, nicht mal einen auf die Wange?«

Sie starrte ihn finster an. »Nicht nach dem, was Sie getan haben.« Ihre Stimme war laut und ziemlich wütend, und alle anderen Leute auf der Station gaben angestrengt vor, nicht zuzuhören.

»Nach dem, was ich getan habe? Von was reden Sie eigentlich? Ich liege hier und erhole mich von einem größeren Eingriff, und sie beschuldigen mich ...«

»Ich sagte, halten Sie den Mund, Derek, ich weiß wirklich nicht, wie Ihre Familie es mit Ihnen aushält.«

»Die fühlen sich wahrscheinlich magnetisch von mir angezogen.«

»Ich sagte, halten Sie ...«

»Okay, okay, das haben Sie schon mal gesagt«, erwiderte Derek und runzelte die Stirn. »Trotzdem, sind Sie sicher, daß Sie mich nicht mit jemandem verwechseln? Ich bin Derek Rogers, der mit dem gebrochenen Bein.« Er wies auf das Bettende. »Sie haben einen Stift in meine Tibia-was-immer-das-auch-ist gesteckt. Ich bin äußerst tapfer gewesen, und dafür verdiene ich bestimmt ein bißchen Mitgefühl von Ihnen. Ein Kuß würde schon reichen.«

»Sie sind entsetzlich. Was Sie gestern nacht gemacht haben, war grauenhaft.«

»Charlotte, ein Mann kann nichts dafür, wenn er sich das Bein bricht ...«

»Darum geht es nicht. Was Sie der armen Mrs. Braithwaite angetan haben, war so ...«

»Ich fand es witzig«, erwiderte Derek lächelnd. »Es machte sie ein bißchen lustiger, entspannte die alte Schreckschraube ein bißchen, oder?«

»Sie haben sie ruiniert!« schrie Charlotte. »Und das ist Ihnen wohl ganz egal, was?«

»Ach, hören Sie auf, Charlotte«, erwiderte Derek in gleicher Lautstärke, »übertreiben Sie doch nicht. Sie tun so, als hätte ich sie vergewaltigt.«

Ein hörbares Keuchen ging durch die Station.

»Das hätten Sie genausogut tun können. Sie hat ihre Würde und ihren guten Ruf verloren. Im ganzen Ort lacht man über sie.«

»Quatsch! Das war schon vorher so, und warum zum Teufel verteidigen Sie sie eigentlich so? Ich dachte, nach dem, was sie Ihnen angetan hat, würden Sie sich darüber freuen oder mir sogar dankbar sein.«

»Sie ... Sie begreifen es einfach nicht, was?« Es war hoffnungslos. Charlotte drehte Derek den Rücken zu und rauschte davon, während die anderen mit großen Augen hinter ihr hersahen.

»Da haben Sie verdammt recht, ich begreife es nicht!« schrie Derek hinter ihr her, und als sich daraufhin alle Gesichter ihm zuwandten, murrte er wütend: »Ach, haut doch ab!«

Was für ein Tag! dachte Derek bei sich und griff nach

seinem Wasserkrug. Ein Tag, der mit Schwester Baker, auf die er große Hoffnungen setzte, begonnen hatte. Sie hatte sich als schnauzbärtiger, rothaariger Cliff Baker herausgestellt und war so zuvorkommend wie eine Gabel von Uri Geller. Er trank einen Schluck Wasser, und als er aufblickte, sah er Cindy und Barry auf sich zukommen.

»Was wollte Charlotte?« fragte Cindy scharf, als sie an seinem Bettende stand. »Wir sind ihr auf der Treppe begegnet. Sie sah verärgert aus.«

»Wenn du es unbedingt wissen willst, sie hat mich gerade fertiggemacht, und ich meine damit nicht, daß wir gekuschelt haben. Frag diese neugierigen Leute hier«, sagte er und wies auf die übrigen Besucher, die schon längst nicht mehr so taten, als hörten sie nicht zu.

Barry blickte auf seinen Vater. »Alex hat gesagt, du hast gestern abend Mrs. Braithwaite betrunken gemacht. Stimmt das?«

»Ist vielleicht irgend jemand an meiner Operation interessiert? Ich jedenfalls bin froh, daß ich noch lebe.«

»Nun, stimmt es?«

»Natürlich nicht«, sagte Derek und blickte an seinem Sohn vorbei aus dem Fenster. Er konnte sehen, wie Charlotte auf dem Parkplatz unten in ihr Auto stieg. Sie knallte die Tür zu, sank dann über dem Lenkrad zusammen und schlug die Hände vors Gesicht.

»Dad?«

Derek sah Barry an. »Okay«, sagte er gereizt, »und wenn schon.«

»Du verdammter Idiot«, sagte Cindy mit unverhüllter Verachtung.

»Ich fand es lustig.«

»Alex sagt, Mrs. Braithwaites Hund ist gestern nacht gestorben«, sagte Barry.

»Alex sagt dies, Alex sagt das«, schrie Derek. »Mich

kotzt dieser Mann an!« Wieder wandten sich ihnen alle Köpfe zu.

Cindy lächelte plötzlich. Eifersucht! Wie schön, daß ihr Mann endlich auch einmal dieses selbstzerstörerische Gefühl kennenlernte. »Nun, und du kotzt uns alle an«, erwiderte sie und ging mit hoch erhobenem Kopf weg. Alle Blicke folgten ihr, als sie das Zimmer verließ.

Derek sah zu seinem Sohn. »Gehst du auch?«

Barry rückte seine Brille zurecht. »Nicht, wenn du willst, daß ich bleibe.«

Sie starrten einander an. Dann kam Barry langsam um das Bett herum und setzte sich auf den Stuhl zwischen dem Fenster und seinem Vater.

»Ich war ein ganz schöner Idiot, was, Bas?«

»Das könnte man so sagen, Dad.«

26

Meine liebe Carlotta, es tut mir sehr leid, aber ich kann diesen Monat leider nicht kommen. Ich muß nach Rom zu einer Beerdigung. Das wird ein richtiges Fest werden! Ich hoffe, Du verzeihst mir, daß ich Dich enttäusche.

Alles Liebe, Christina.

»Nein!« sagte Charlotte laut und blickte auf den Brief in ihrer Hand, der am Morgen mit der zweiten Post gekommen war. »Nein, ich verzeihe dir nicht. Ich will, daß du herkommst!«

In den letzten fünf Wochen war es in Hulme Welford seltsam ruhig gewesen. Der flammende Juni, der seinem Namen mit Hitze und Trockenheit alle Ehre gemacht hatte, war einem verregneten Juli gewichen, der die Leute zwang, im Haus zu bleiben und ihre Gärten den täglichen Regenschauern zu überlassen, die den Rittersporn zerschlugen und die billigen Grillgeräte mit Wasser und Rost füllten.

Charlotte hatte diese Zeit jedoch gut genutzt und die meisten Tage mit einem Pinsel in der Hand auf der Leiter zugebracht. Sie hatte sich sogar selbst Schablonenzeichnen beigebracht und die Küchenwände mit Glyzinien und das

Badezimmer mit Efeu bemalt, ganz im Einklang mit der äußeren Gestaltung des Hauses. Sie war wirklich richtig froh über ihre Erfolge gewesen. Aber jetzt war sie nicht mehr froh. Sie hatte sich so auf Christinas Besuch gefreut, hatte sogar extra ein Schlafzimmer für sie hergerichtet! Es gab so vieles, über das sie mit Christina reden wollte. Nach all dem Regen und dem im Haus Eingesperrtsein hatte sie das Gefühl, seit Wochen mit niemandem mehr geredet zu haben.

Alle schienen sehr beschäftigt zu sein. Dad mit seinen Stachelbeeren – die er vor dem Regen zu schützen versuchte –, Mum mit ihrem Laden und dem Feriengeschäft – und Alex, der sonst immer um sie herum gewesen war. Er war in der letzten Zeit gar nicht mehr gekommen. Charlotte hatte ihre Gespräche im Garten vermißt. Gelegentlich hörte sie Musik durch die Wand, aber Alex war ein angenehmer Mieter, und die Musik war nie zu laut oder aufdringlich. Manchmal hörte sie, wie er früh am Morgen wegfuhr und erst spät abends wiederkam. An manchen Abenden schien er gar nicht nach Hause zu kommen. Sie fragte sich, was er dann wohl tat. War er bei Heather? Vielleicht ja nicht, nicht nach Jonathan.

Jonathan hatte sie zuletzt gesehen, als sie aus dem Krankenhaus kam, wo sie Derek die Meinung gesagt hatte. Er saß wartend auf der Treppe. »Ich brauche meine Sachen«, hatte er gesagt, ohne auch nur die kleinste Erklärung abzugeben, wo er seit dem Abend zuvor gewesen war oder was er getan hatte. Und dann war er weggefahren, in seinem gemieteten Mercedes.

Hilary hatte sie auch kaum gesehen. Ihre Schwester mußte zahlreiche Eltern-und-Kind-Aktivitäten organisieren und war außerdem mit den Vorbereitungen für den alljährlichen Campingurlaub beschäftigt. Erst vor zwei Tagen hatte Hilary mit Charlotte im Wintergarten gesessen, während der Regen auf das Glasdach über ihnen rauschte, und ganz vergnügt, wie Charlotte fand, gesagt: »Na, zumindest können wir uns auf das Wetter in der Provence verlassen.« Gestern morgen waren sie dann in der üblichen Gereiztheit vor den Ferien abgereist. Der Volvo quoll über von geflickten Zelten, Mückenmittel, Wasserreinigungstabletten und Sonnencreme Faktor zwanzig. David hatte vorgehabt, im Morgengrauen zu fahren, aber um neun Uhr saß er immer noch im Auto, ließ den Motor aufheulen und wartete darauf, daß Becky, die über Bauchweh geklagt hatte, von der Toilette kam.

Charlotte hörte, wie Mabel an der Tür zum Wintergarten kratzte, und ließ sie herein. Der kleine Hund war ganz durchnäßt, und sie nahm ein Handtuch, um ihn abzutrocknen. Da läutete es an der Tür.

»Hallo, Tiffany«, sagte Charlotte, als sie öffnete.

»Störe ich Sie?«

»Nein, natürlich nicht, komm herein. Ich wollte mich gerade mit etwas Eßbarem trösten. Hast du Lust, mir dabei Gesellschaft zu leisten?«

Sie setzten sich in die Küche, und Charlotte legte Fladenbrot unter den Grill. Tiffany malte geistesabwesend Muster in die Butter. Da sie den Kopf über den Tisch gebeugt hatte, konnte Charlotte sehen, daß Tiffanys natürliche Haarfarbe unter dem scheußlichen Braunrosa wieder nachwuchs. Sie hatte die Haare nicht mehr zu dem komplizierten Bienenstock aufgetürmt, sondern sie zu einem Zopf geflochten, der steif über ihren Rücken fiel. Nicht zum ersten Mal fragte sich Charlotte, wie um alles in der Welt Tiffany damit in der Schule durchgekommen war. Wurden Teenager wegen so etwas nicht von der Schule verwiesen?

»Das Haus ist so leer ohne Barry«, sagte Tiffany und sah Charlotte an. »Es ist sterbenslangweilig, seit er fort ist. Sicher, er ist ziemlich ruhig und so, aber wenn er da ist, kann ich wenigstens ...«

»Ihn ärgern?«

Tiffany lachte. »Sind Brüder dazu da?«

»Schwestern auch«, antwortete Charlotte lächelnd.

»Wissen Sie, ich glaube nicht, daß Dad mit Barrys Entscheidung fertigwird. Er hat viel Geld ausgegeben, damit wir beide eine unheimlich teure Schule besuchen können, und hat erwartet, daß zumindest einer von uns irgendwas ganz Tolles wird, Manager oder Jurist, irgend so etwas Langweiliges. Dad glaubt daran, daß man Geld ausgeben muß, wenn man Geld verdienen will.« Sie lachte bitter und stieß das Messer tief in die Butter. »Und Barry verbringt den Sommer in einem Waisenhaus in Rumänien und arbeitet da umsonst. Ironie des Schicksals, was?«

»Hast du schon etwas von ihm gehört?« fragte Charlotte und stellte einen Teller mit heißem Fladenbrot auf den Tisch.

»Ja, wir haben gestern einen Brief bekommen. Er ist gegen Flöhe und Läuse eingesprüht worden und hat dabei geholfen, zwölf neue Toiletten zu installieren.«

»Na, da tut er ja zumindest was Sinnvolles«, sagte Charlotte. Sie setzte sich und reichte Tiffany ein Messer und einen Teller.

»Was heißen soll, ich nicht, oder?«

Charlotte schüttelte den Kopf. »Nein«, erwiderte sie nachdrücklich. »Es soll heißen, *ich* nicht.«

»Dann tun Sie doch was.«

»Was zum Beispiel?«

»Na, hören Sie mal«, sagte Tiffany und balancierte ein großes Stück Butter über dem Fladenbrot, »sollte *ich* das nicht fragen? Ich bin der gräßliche Teenager, und Sie sind diejenige, die auf alles eine Antwort weiß.« Sie nahm einen großen Bissen von dem gebutterten Fladenbrot und sagte mit vollem Mund: »Warum besorgen Sie sich keinen Job?«

Charlotte blickte von ihrem Teller auf. »Ich weiß, daß

das die Antwort ist. Das Problem ist nur, daß ich keine Ahnung habe, was ich wirklich tun möchte.«

»Es gibt bestimmt hundert Dinge, die Ihnen gefallen würden. Ich beweise es Ihnen. Haben Sie eine Zeitung?«

Charlotte ging ins Wohnzimmer und kam mit dem *Chronicle* zurück.

»Gut«, meinte Tiffany und legte die Seiten mit den Stellenangeboten auf den Tisch. »Empfangsdame gesucht, nette Erscheinung erwünscht.« Sie sah Charlotte an – mit ihren Jeans, dem farbbespritzten Sweatshirt und den Haaren, die mit einem Gummiband zusammengenommen waren. »Na ja, Mum und Dad müßten Sie erst mal ein bißchen aufrüsten.« Sie widmete sich wieder der Anzeige. »Muß ausgezeichnete Kommunikationsfähigkeiten haben und sich mit dem Monarch System auskennen.« Sie hob den Kopf. »Was ist ein Monarch System?«

Charlotte zuckte mit den Schultern. »Ein Computer für Könige? Hilft ihnen vielleicht, sich schlecht zu benehmen.«

»Na gut.« Tiffany grinste und wandte sich wieder der Zeitung zu. »Wie wäre es mit ›Effizienter Organisator und Verwalter, muß vertrauensvoll und diskret sein und unter Druck arbeiten können‹?«

Charlotte lachte kurz auf. »Ich glaube, ich habe zur Zeit genug Druck in meinem Leben.«

Unbeirrt fuhr Tiffany fort. »Na ja, damit fallen Sekretariat und Verwaltung aus. Wie wäre es mit Hausarbeit? Da sucht ein piekfeiner Typ in Prestbury eine Haushälterin. Sie müssen nur gewissenhaft sein und Kinder mögen.«

»Gegrillt oder gebraten?« lachte Charlotte.

»Sie nehmen das gar nicht ernst, nicht wahr?« sagte Tiffany und warf die Zeitung zu Boden.

»Hören wir auf, von mir zu reden. Was macht das Bein deines Vaters?«

»Wird mit Küssen bedeckt«, sagte Tiffany angewidert. »Jede Frau, die zu Besuch kommt, möchte ihren Namen auf seinen Gips schreiben. Wußten Sie übrigens, daß er versucht hat, sich bei Mrs. Braithwaite zu entschuldigen?«

»Nein«, antwortete Charlotte und überlegte, was Derek wohl gesagt haben mochte.

»Sie wollte aber noch nicht einmal mit ihm reden, hat ihm nur die Tür vor der Nase zugeschlagen. Er sagte, sie sähe schrecklich aus, schlimmer noch, als sie normalerweise aussieht.«

Charlotte runzelte die Stirn. Sie machte sich schon seit einiger Zeit um Mrs. Braithwaite Gedanken. Seit diesem schrecklichen Abend im Gemeindesaal und seitdem Henry tot war, war Mrs. Braithwaite so gut wie verschwunden. Anscheinend hatte niemand mit ihr geredet; niemand wußte, ob sie ihre Trauer oder ihre Verlegenheit oder möglicherweise auch beides verbarg. »Wann war das genau? Wann hat dein Vater sie gesehen?«

Tiffany dachte einen Moment lang nach. »Ist schon lange her, glaube ich, auf jeden Fall, bevor es angefangen hat zu regnen. Warum?«

»Ich weiß nicht, ich mache mir Sorgen um Mrs. Braithwaite. Selbst Hilary sagte, bevor sie gestern nach Frankreich abgereist ist, daß sie sie nicht mehr gesehen hat, und Hilary weiß sonst über alles, was in Hulme Welford vor sich geht, ziemlich genau Bescheid.«

»Es muß sie doch zumindest jemand beim Einkaufen getroffen haben?«

»Offensichtlich nicht.«

»Und was ißt sie dann?«

Charlotte dachte an die zahlreichen Dosen mit Fischkonserven und Sardinen in Iris Braithwaites Speiseschrank und befürchtete das Schlimmste.

In seinem Studierzimmer im Vikariat wählte Malcolm Jackson eine Nummer aus seinem Gemeindeadreßbuch. Er wartete lange, bis endlich Neville Archers Stimme ertönte.

»Hallo, Neville, hier ist Malcolm. Geht es Ihnen gut? Sie klingen ein wenig außer Atem.«

»Mir geht es gut, ich war gerade im Garten.«

»Was, bei diesem Wetter?«

»Gerade bei diesem Wetter. Ich habe mich vergewissert, daß ich die Stachelbeeren ausreichend mit Rhabarberblättern abgedeckt habe. Es sind nur noch ein paar Wochen bis zu dem großen Tag.«

Ein Lächeln glitt über Malcolms Gesicht. »Ach ja, natürlich, die Stachelbeeren-Ausstellung. Das habe ich ganz vergessen. Wie entwickeln sie sich denn?«

»Ich rede am besten nicht darüber, jedenfalls nicht am Telefon, leichtsinnige Gespräche, Sie wissen schon.«

Sie lachten beide. Stachelbeerenzüchter waren bekannt für ihre Rivalität und Geheimniskrämerei, und es hatte schon Fälle von Sabotage gegeben.

»Also, was kann ich für Sie tun, Malcolm?«

»Glauben Sie, Neville, Sie könnten die Stachelbeeren für kurze Zeit sich selbst überlassen und mal bei mir vorbeischauen? Ich möchte Sie um etwas bitten.«

Neville näherte sich The White Cottage im strömenden Regen, und bei jedem Schritt wuchs seine Spannung. »Auf Sie hört sie vielleicht, Neville«, hatte Malcolm gesagt. »Sie sind ihr ganzes Leben lang eine Autoritätsperson für sie gewesen. Sie waren Gott weiß wie lange ihr Arzt, und sie wird eher auf Sie als auf irgend jemand anderen hören. Sie muß merken, daß wir uns alle Sorgen um sie machen, daß sie sich nicht für immer in ihrem Haus verkriechen kann, aus was für Gründen auch immer. Sie muß wieder unter Leute gehen.«

Auf der Treppe kam sich Neville nicht gerade wie eine Autoritätsperson vor. Er hob den Türklopfer und stieß ihn kräftig hinunter. Dann zählte er bis zwanzig und klopfte noch einmal, dann noch einmal. Er bückte sich und spähte in den Briefkastenschlitz. »Mrs. Braithwaite«, rief er nervös. »Sind Sie da, Mrs. Braithwaite?«

Warum war er so nervös? Hatte er Angst, daß sie, daß er sich zu spät um sie kümmerten, daß Iris auf dem Fußboden lag ... tot?

Warum stellte er sich Iris bloß tot *auf dem Fußboden* vor? Warum war er so dramatisch? Warum stellte er sie sich nicht einfach in ihrem Lieblingssessel vor? Nicht jeder alte Mensch, der alleine lebte, starb auf dem Fußboden. Hör mit dem Blödsinn auf, Neville Archer, befahl er sich. Tu lieber etwas! Wirf ein Fenster ein und tu einmal in deinem Leben etwas Heldenhaftes! Aber sei vorsichtig, laß das Gas herausströmen, bevor du hineingehst. Gas? Wer hatte denn von Gas geredet? Er atmete tief ein und ließ dann langsam die Luft wieder heraus. Noch einmal, und dann rufe ich die Polizei, sagte er sich. »Mrs. Braithwaite«, rief er durch den Briefkastenschlitz, »ich bin's, Dr. Archer.«

»Das sehe ich sehr gut, Dr. Archer.«

Beim Klang von Iris Braithwaites Stimme fuhr Neville herum.

»Und ich kann mir beim besten Willen nicht vorstellen, warum Sie so durch meinen Briefkasten schreien, daß alle Nachbarn es hören.«

»Mrs. Braithwaite!« sagte er erleichtert angesichts der Tatsache, daß Iris vollkommen lebendig aussah und nicht in ihren letzten Zügen vor dem Gasherd lag.

»Wären Sie vielleicht so gut, mir mit dem Koffer behilflich zu sein? Er ist schwer, und ich bin gerade von der Bushaltestelle damit hierhergekommen.«

»Dann waren Sie also verreist?« fragte Neville und sah zu, wie Iris die Haustür aufsperrte.

»Mein Wort, Dr. Archer, der Ruhestand hat Ihre diagnostischen Fähigkeiten nicht beeinträchtigt, was? Natürlich war ich verreist, oder glauben Sie etwa, ich gehe mit einem Koffer einkaufen?«

»Wir sind nur alle ...« Neville zögerte.

»Kommen Sie, Dr. Archer, hier herein mit dem Koffer, und was sind Sie alle?«

»Froh, Sie wiederzusehen«, sagte Neville lächelnd.

Im Flur zog sich Iris ihren Regenmantel aus und starrte Neville an. »Nun, das ist nett von Ihnen.« Dann nahm sie ihre Plastikregenhaube ab, klopfte sich die Haare zurecht und sagte: »Jetzt will ich Sie aber nicht länger aufhalten. Sie haben sicher viel zu tun.«

»Ja«, antwortete er und wandte sich zur Tür. »War es denn schön?« startete er noch einen letzten Versuch, als ihm auffiel, daß Iris eine Bräune aufwies, die sie in den letzten Wochen unmöglich in Nordengland erworben haben konnte.

»Ja, in der Tat, es war sehr schön. Auf Wiedersehen.«

27

Als drei Wochen später das Entfernen seines Gipses zufällig mit zwei aufeinanderfolgenden Sonnentagen zusammenfiel, beschloß Derek spontan, eine Grillparty zu geben. Am frühen Sonntagmorgen schickte er Tiffany los, um die Nachbarn einzuladen. Er bat sie, auch Louise und Neville dazuzubitten. »Und frag besser auch die alte Ma Braithwaite«, fügte er hinzu, »und den Vikar.«

»Den Vikar?« erwiderte Tiffany erstaunt. »Warum denn ihn?«

»Ich möchte den Mann kennenlernen, der meinen Sohn tauft. Ich möchte gerne wissen, ob er hinter Chorknaben her ist oder nicht.«

Aber sowohl der Vikar als auch Iris Braithwaite ließen sich entschuldigen, das heißt, zumindest Malcolm Jackson. Iris teilte Tiffany mit, sie würde lieber mit dem Teufel zu Abend essen. Ungeachtet dessen jedoch begrüßte Derek um ein Uhr in Bermuda-Shorts, Espadrilles, einer Sonnenbrille und überdimensionalen Barbecuehandschuhen seine übrigen Gäste. Er hatte Fleisch in der Mikrowelle aufgetaut, und der Wein war eisgekühlt. Mit seinem einen gleichmäßig gebräunten Bein und dem elastischen Stützstrumpf, der den unteren Teil des anderen Beines bedeckte, das weiß und dünn war, bot er einen seltsamen Anblick.

Er stützte sich auf einen Stock, den er jedoch die meiste Zeit dazu benutzte, Anweisungen zu erteilen.

»Das Fleisch hierhin«, sagte er und wies mit dem Stock auf den Servierwagen, den alle noch vom Wohltätigkeitsessen kannten, »und die Getränke hier herüber, wo ich sie gut erreichen kann. Schließlich kann ich ja nur humpeln. Tiffany, sag deiner Mutter Bescheid, sie soll die Sangria bringen, die ich heute vormittag gemacht habe.«

Alex spürte, wie Charlotte neben ihm zusammenzuckte. Sie waren zur gleichen Zeit gekommen, allerdings nicht zusammen. Er hatte seit einer Ewigkeit nicht mehr mit ihr geredet. Ihre Vermieterin-Mieter-Beziehung hatte lediglich in flüchtigen Anblicken bestanden. Im Frühsommer hatten sie beide eine Art von gemeinsamem Leben geführt, aber nach jenem Morgen in Iris' Küche waren sie getrennte Wege gegangen; und wenn er sich selbst gegenüber ehrlich war, so war das Leben dadurch um einiges einfacher geworden, auch wenn sie ihm fehlte.

Sie hatten sich vom Rest der Gruppe, die aus Louise und Neville und Hilary und David mit ihren Kindern bestand, leicht abgesondert. Alex wandte sich an Charlotte. »Wie gut, daß Mrs. Braithwaite nicht hier ist«, sagte er.

Sie reagierte mit einem leichten Lächeln, das jedoch, wie er gleich bemerkte, stark genug war, um die beiden Grübchen neben ihren Mundwinkeln zum Vorschein zu bringen. Ihre Augen konnte er nicht sehen, weil sie hinter einer dunklen Brille verborgen waren.

»Hat schon jemand herausgefunden, wo sie in Urlaub war?« fragte er.

»Nein«, antwortete sie. »Offenbar macht sie ein ziemliches Geheimnis daraus, sie hat keinem erzählt, wo sie war. Dad vermutet, daß es ihr erster Urlaub war, seit sie Henry als Welpen zu sich geholt hat.«

Alex blickte Charlotte direkt an und sagte – durchaus wissend, daß er einen oder zwei Gänge zulegte –: »Um ehrlich zu sein, wundere ich mich auch, daß du da bist. Bist du nicht mehr wütend auf Derek?«

Charlotte erwiderte Alex' festen Blick einen Moment lang, dann blickte sie zu Derek, der aufs Geratewohl in den falschen glühenden Kohlen seines Gasgrills herumstocherte. Dabei stützte er sich auf seinen Stock und plauderte mit ihrer Mutter. »Es ist schwer, einem solchen Idioten lange böse zu sein«, erklärte sie.

»Und bist du noch böse mit mir?« traute er sich zu fragen.

»Nein«, antwortete sie.

Er stellte fest, daß sie ihm ohne Zögern geantwortet hatte. »Also dann, Freunde?«

Sie nickte. »Freunde.«

»Wollen wir ein bißchen spazierengehen?«

»Ja, wenn das bedeutet, daß wir dadurch Dereks tödlicher Sangria entkommen.«

Sie schlenderten zum hinteren Ende des Gartens, weg vom Rauch und dem Lärm von Becky und Philip, die sich schon wieder einmal stritten, und Hilary und David, die Neville wieder einmal erzählten, daß die achtzehn Stunden auf den französischen Autobahnen auf ihrer Rückreise von der Provence die Hölle gewesen waren.

»Wie ist es dir ergangen?« fragte Alex, als sie auf einer weißgestrichenen Eisenbank saßen, die an einem kleinen Teich mit einem wasserspeienden Cherub und einer häßlichen Keramikkröte stand.

»Ruhig, aber beschäftigt«, erwiderte sie. »Ich habe eine ziemlich enge Beziehung zu Mr. Dulux aufgebaut. Und wie geht es dir? Du warst nicht oft zu Hause, nicht wahr?«

»Ich hatte zu tun mit einigen ...«

»Du fängst doch nicht wieder mit deinen Achtzig-Stunden-Wochen an, oder?«

»Wärst du von mir enttäuscht, wenn es so wäre?«

»Ja«, sagte sie, »das wäre ich. Ich habe große Hoffnungen in dich gesetzt, Alex. Ich dachte, du wärst der wahre Mann der neunziger Jahre.«

Bildete er es sich nur ein, oder fühlte sie sich wirklich wohler, nicht nur mit ihm, sondern auch mit sich selbst? »Oh, mach dir keine Gedanken um mich. Ich bin weit fortgeschritten, was die Emanzipation des Mannes angeht. Ich organisiere meinen Arbeitsplan bereits um *Neighbours* und *Home and Away*.«

»Jetzt enttäuschst du mich aber doch. Ich habe gedacht, du wärst ein Fan von Anne und Nick.« Sie schob ihre Sonnenbrille auf den Kopf und schloß die Augen. »Nach all dem Regen tut das so gut. Ich komme mir vor wie im Urlaub.«

»Willst du diesen Sommer noch verreisen?«

»Ich glaube nicht«, antwortete sie. »Ich weiß, daß es feige klingt, aber ich fahre nicht so gerne allein in die Ferien. Und bevor du etwas sagst, ich bin zu alt für einen Cluburlaub und zu jung für eine Kegeltour mit grauhaarigen Großmüttern nach Bournemouth. Da bleibe ich lieber zu Hause.«

Alex kam ein Gedanke. »Charlotte?« sagte er. »Vertraust du mir?«

»Was für eine außergewöhnliche Frage«, antwortete sie und mußte an den Morgen denken, als Alex ihre Küche geputzt und ihr die Katerkur verabreicht hatte – »Vertrauen Sie mir«, hatte er damals gesagt. »Warum, was hast du getan?«

»Ich habe nichts getan, ich möchte dir etwas vorschlagen.«

Charlotte öffnete die Augen. Sie richtete ihre Aufmerksamkeit auf eine Amsel, die sich ein paar Meter weiter sonnte und sich so aufgeplustert hatte, daß sie wie ein rußiges Wattebällchen aussah. »Red ruhig weiter«, sagte sie.

»Ich fahre nächste Woche zu Freunden in Yorkshire, die ich seit der Universität kenne.«

»Das ist nett. Ich hoffe, du hast eine schöne Zeit.«

»Warum kommst du nicht einfach mit? Es würde dir guttun, ein paar Tage wegzukommen.« Drängte er sie zu sehr? Brachte er erneut ihre gerade erst wiederhergestellte Freundschaft in Gefahr?

Ihr Blick ruhte immer noch auf der Amsel. Seit kurzem schien es so, als könne ihr Leben auch ohne Probleme verlaufen. Ein Tag ging einfach in den nächsten über. Sie hatte sogar begonnen, sich besser zu fühlen, die Träume hatten aufgehört, und sie konnte sich nicht mehr erinnern, wann sie zum letzten Mal geweint hatte. Würde es die Dinge erneut komplizieren, wenn sie mit Alex wegführe? Nun, sie waren doch bestimmt mittlerweile über diesen ganzen Unsinn hinaus. »Ich weiß nicht, was ich sagen soll«, meinte sie schließlich.

»Ich biete dir lediglich ein paar Tage in Yorkshire an.«

»Ich weiß. Wenn ich etwas anderes dahinter vermuten würde, würde ich gar nicht erst darüber nachdenken.«

»Sag ja, bevor Long John Silver sich in seiner Keith-Floyd-im-Freien-Rolle langweilt und hier herunterkommt, um uns abzuschleppen.«

Sie lachte.

»Hey, ihr beiden«, rief Derek wie auf ein Stichwort, »hört auf, in meinen Büschen herumzuknutschen. Ich habe ein schönes Steak für Sie, Charlotte. Alex, tut mir leid, aber Ihr Burger ist verbrannt.«

»Ist er nicht subtil?« sagte Alex, als sie zum Haus zurückgingen. Sie waren gerade an der Terrasse angelangt, als Tiffany von der Tür aus rief: »Dad, da will dich ein Mann am Telefon sprechen.«

»Dann bring's hier heraus. Warum haben wir denn ein Mobiltelefon, wenn es die ganze Zeit in der Küche liegt? Du erwartest doch wohl nicht von mir, daß ich mit meinem Bein angespurtet komme wie Linford Christie?«

Tiffany kam in den Garten, wobei sie ihre schwarzumrandeten Augen verdrehte, und knallte ihrem Vater das Telefon in die Hand. Er stieß mit seinem Stock nach ihr.

»Hallo«, sagte er, »Derek Rogers ... ja, das stimmt ... was, was für eine Art ... was meinen Sie mit, Sie wissen nicht? ... Von was für einer Agentur sind Sie ... Sie schicken meinen Sohn ... ja, ganz richtig, ich mache mir Sorgen, Mann!«

Derek legte den Hörer auf und warf das Telefon auf die rosa Hängematte hinter sich.

»Was ist los, Dad?« fragte Tiffany, als sie den Gesichtsausdruck ihres Vaters sah.

»Geh zu deiner Mutter und sag ihr, daß sie Barry heute von Rumänien nach Hause fliegen ... er ist krank, hat sich was gefangen ... sie wissen nicht, was. Er kommt um sechs in Manchester an.«

»Es wird schon nicht so schlimm sein«, meinte Hilary fröhlich und blickte in die Runde. »Es ist bestimmt nur so eine Magenverstimmung, man weiß ja, wie das im Ausland ist. Als wir letztes Jahr in der Dordogne waren ...«

»Sie schicken den Notarztwagen zum Flughafen«, sagte Derek gepreßt.

Niemand sagte mehr etwas.

Am Flughafen trat ein kleiner nervöser Mann in weiten Hosen und einem zerknitterten Hemd auf sie zu. »Mr. und Mrs. Rogers? Ich bin von Aid Now, und ich ...«

»Ist mir scheißegal, wer Sie sind«, schrie Derek und wies anklagend mit seinem Zeigefinger auf den Mann, »also halten Sie den Mund und reden Sie nur, wenn Sie gefragt werden.«

Ein Flughafenbeamter geleitete die kleine Gruppe zu einem privaten Warteraum. »Wir sagen Ihnen sofort Bescheid, wenn das Flugzeug gelandet ist«, sagte er. »Es tut mir leid, aber Sie können Ihren Sohn nicht gleich sehen. Ein Ärzteteam steht bereit ... wir müssen erst wissen, ob es ansteckend ist.«

Als der Mann gegangen war, begann Cindy zu weinen, und Tiffany legte ihrer Mutter den Arm um die Schultern. Schockiert entdeckte sie, wie dünn und wenig handfest ihre Mutter in Wirklichkeit war – ihre Mutter, die ihr immer wie ein Fels erschienen war.

Derek atmete tief ein und starrte den Mann mit den ausgebeulten Hosen finster an.

Sie sahen, wie das Flugzeug landete, und beobachteten durch die Dreifachscheibe hilflos und ungläubig, wie eine Trage aus dem Flugzeug herausgebracht und in den wartenden Notarztwagen geschoben wurde.

Im Krankenhaus blickte Cindy durch eine weitere Glasscheibe auf ihren Sohn. »Ich kann es nicht glauben«, sagte sie, »ich kann es nicht glauben, daß er sterben wird.«

»Das wird er nicht«, knurrte Tiffany. »Er wird verdammt noch mal nicht sterben.«

Derek wandte sich vor dem Anblick ab. In seinem Gesicht zuckte es heftig. Das war zuviel für ihn. »Ich mache mich auf die Suche nach dem Arzt. Sie hatten jetzt lange genug Zeit, um irgendwas herauszubekommen.«

Noch bevor er jedoch die Tür erreichte, wurde diese von einem jungen Arzt geöffnet, mit dem sie zuvor schon geredet hatten, ein Mann, der aussah, als ob er sich auf einem Rugbyfeld wohler fühlte als auf einer Intensivstation. »Wir haben jetzt eine Lumbalpunktur gemacht«, sagte er munter, »und es ist so, wie wir gedacht haben. Ihr Sohn hat Meningitis. Sie müssen sich auf einen langen Weg gefaßt machen.« Er blickte durch die Glasscheibe auf Barry und die zwei Schwestern, die sich um ihn kümmerten. »Ich muß Ihnen sagen, daß das Delirium zwar bald nachlassen kann, aber es besteht die Gefahr, daß er das Bewußtsein verliert.«

»Wird er...?«

Der junge Arzt sah Cindy freundlich an. »Wir wissen

genau, wie wir Ihren Sohn behandeln müssen, Mrs. Rogers, es ist eher eine Frage der Zeit. Wenn wir die Erkrankung in einem frühen Stadium behandeln können, gibt es eine gute Chance, daß er wieder ganz gesund wird, aber…«

»Sie meinen«, fiel Derek ihm ins Wort, »in Bas' Fall könnte es zu spät sein.«

»Dad«, schrie Tiffany, »hör auf!«

»Sie möchten Ihren Sohn jetzt sicher sehen«, sagte der Arzt einfach. »Ich zeige Ihnen vorher rasch, wo Sie sich die Hände waschen und sich Kittel überziehen können.«

Dann standen sie am Fußende des Bettes und starrten auf Barrys ruhelosen Körper. Tiffany trat als erste vor. »Oh, Barry«, weinte sie und beugte sich über sein gerötetes, verschwitztes Gesicht. »Barry, was hast du gemacht?«

Langsam, als ob er all seine Kraft dazu brauchte, öffnete Barry die Augen. Tiffany sah, wie er versuchte, den Blick gezielt auf sie zu richten. »Tiffany?« sagte er schwach.

»Ja«, erwiderte sie, »ich…« Dann trat sie vom Bett weg und begann, leise zu weinen.

Cindy trat vor, die Hand über ihren zitternden Lippen. Hinter ihr beugte sich Derek über seinen Sohn. Er schluckte schwer und sagte: »Na, Bas, jetzt führst *du* dich aber wie ein Idiot auf, was?«

Barry schloß wieder die Augen.

Sie blieben abwechselnd die ganze Nacht über an Barrys Bett, obwohl er ständig von einer Schwester überwacht wurde. Hilflos sahen sie zu, wie sich Barry im Fieber ruhelos von einer Seite auf die andere warf. Man hatte ihm eine Infusion angelegt, und die Flüssigkeit aus der Plastikflasche rann beständig in seinen Arm.

Gegen vier Uhr morgens, Derek war gerade vollkommen erschöpft in den Schlaf gefallen, weckte ihn plötzlich das starke Gefühl, daß etwas nicht stimmte. Sein Sohn bewegte sich nicht mehr. »Bas!« schrie er, überzeugt, daß Barry nicht mehr atmete. Von der Schwester war nichts zu sehen, also humpelte er aus dem Raum, wobei er seinen Stock vergaß, und versuchte den Schmerz, der durch sein Bein schoß, einfach zu ignorieren. »Hilfe! Kann jemand schnell kommen«, schrie er über den leeren Flur. Sofort waren Cindy und Tiffany an seiner Seite, zusammen mit der Schwester. »Er bewegt sich nicht... Ich glaube, er ist...«

Die Schwester eilte an ihm vorbei zu Barry. »Er ist bewußtlos«, sagte sie und rannte aus dem Zimmer. »Ich hole Dr. Bawton.«

Als sie allein waren, setzte Cindy sich zu ihrem Sohn. Sie strich ihm das feuchte Haar aus der Stirn. Es war nur eine einfache Geste, aber diese Haarlocke war ein wesentlicher Bestandteil im Aussehen ihres Sohnes. Sie spürte, daß Derek und Tiffany sich hinter ihr bewegten. »Ich möchte, daß er getauft wird«, sagte sie leise. »Er soll getauft werden, genau wie er es wollte.«

Erschöpfung, Angst und Verwirrung machten Derek ungewöhnlich ruhig. Er begrüßte Malcolm Jackson im Wartezimmer nur mit einem Kopfnicken und brachte ihn zu Barry, wo Cindy und Tiffany saßen. Was sollte er auch sagen? Er hörte zu, wie der Vikar über Barrys Mut und darüber, daß er durchhalten würde, redete. Dann bat er sie, mit ihm zu beten.

»Ich knie für gewöhnlich«, sagte Malcolm Jackson, »aber wenn Sie lieber stehen möchten, ist das in Ordnung.«

Derek blickte auf die anderen, um abzuwarten, was sie tun würden. Sie knieten nieder, also ließ auch er sich verlegen auf ein Knie nieder. Er konnte sich nicht auf das konzentrieren, was gesagt wurde. Er konnte nur daran denken, wie ängstlich und verlassen er sich fühlte, während er alleine auf seiner Seite von Bas' Bett kniete. Am liebsten wäre er aus dem Raum gerannt, nach draußen, in die Sonne, in seinen Garten, wo sie erst gestern Sangria getrunken und Steak gegrillt hatten. O Gott, er war nicht stark genug, um damit umzugehen.

Endlich war es vorbei und sie standen wieder auf. Derek trat ans Fenster und blickte auf den Parkplatz. Im Hintergrund wurden noch mehr nette Worte gesagt. Und dann versagten seine Nerven. Tief in ihm explodierte etwas. Er schlug mit der Faust auf das Fensterbrett und schrie: »Worin liegt der verdammte Sinn von dem Ganzen?«

28

Das ist eigentlich nicht richtig«, sagte Charlotte, als die Elton-John-Kassette ausgelaufen war. Alex blickte kurz zu ihr herüber, richtete aber die Augen sofort wieder auf die Straße. Sie befanden sich auf der M 62, waren gerade an Hollingworth Lake vorbeigefahren und hatten die ganze Fahrt über kaum ein Wort miteinander geredet. Er fragte sich, ob Charlotte ihren Entschluß wohl schon bereute.

Er wußte nicht, was ihn mehr überrascht hatte, seine Impulsivität, als sie in Dereks und Cindys Garten saßen, oder Charlottes Einwilligung, mit ihm wegzufahren. Er hatte sie nicht einmal überreden müssen. Er wußte jedoch mit Sicherheit, daß die Vorfreude, die er bei der Aussicht spürte, mit ihr ein paar Tage zu verbringen, ihm klargemacht hatte, wie er wirklich für sie empfand. Als er sie bei Hilary kennengelernt hatte, war er bereits von ihr fasziniert gewesen. Fasziniert, weil sie so fest entschlossen schien, ihn nicht zu mögen. Kaum hatte Hilary sie einander vorgestellt, war sie gegen ihn gewesen, und das hatte sich seither nicht geändert ... bis jetzt vielleicht. Damals, als sie ihm erzählte, daß Derek sie geküßt hatte, merkte er, daß er mehr für sie empfand als vorübergehende Neugier. Die Vorstellung, daß Derek Charlotte geküßt hatte, machte ihn nicht eifersüchtig, wie er vielleicht angenommen hatte, sondern sie löste in ihm den Wunsch aus, sie vor weiteren Übergriffen Dereks zu beschützen ... oder überhaupt vor solchen Übergriffen. Von diesem Augenblick an hatte er Charlotte für sich gewollt, und zwar die ganze Charlotte, und nicht nur die Bruchstücke, die sie ihm zu geben bereit war. Während ihrer kurzen Trennungszeit konnte er sich beinahe einreden, seine Gefühle ihr gegenüber hätten sich geändert. Aber das stimmte nicht. Er wollte Charlotte immer noch, und jetzt, wo er ihr Vertrauen wiedergewonnen hatte, mochte er nicht riskieren, es erneut zu verlieren.

»Ich sagte, das ist eigentlich nicht richtig«, wiederholte Charlotte und sah Alex an.

»Entschuldigung«, erwiderte er, »ich war mit meinen Gedanken woanders.« Er zog auf die Überholspur und überholte einen hemdsärmligen Mann in einem Cavalier. Sein Jackett hing an dem dafür vorgesehenen Haken. »Was ist eigentlich nicht richtig?«

»Ach, ich weiß nicht ...«

»Na komm schon, trau dich.«

»Es ist ...« Sie blickte aus dem Fenster und stellte fest, daß sich irgendwann während der Fahrt die Landschaft geändert hatte – Trockenmauern hatten die vertrauten Weißdornhecken von Cheshire abgelöst. »Ich habe ein schlechtes Gefühl wegen Barry. Wir fahren einfach weg, als ob er uns ganz egal wäre.«

»Ich weiß, was du meinst, aber Barry kann ewig im Koma liegen. Irgendwie hat das Leben ...«

»Oh, bitte, nein, nicht diese alte Nummer«, sagte Charlotte. »Du klingst fast wie Hilary.«

Ihr Widerstand brachte ihn zum Lächeln; das war einer ihrer Züge, den er in den letzten Wochen vermißt hatte. »Ich war gestern abend im Krankenhaus«, sagte er. »Cindy war allein. Sie sah erschöpft aus.«

»Ich weiß. Tiffany brach in Tränen aus, als ich da war,

und der arme Derek konnte noch nicht mal mit mir sprechen.«

Schweigend fuhren sie weiter, bis Alex den Blinker für die nächste Ausfahrt setzte. »Wir sind fast da«, sagte er.

Charlotte versuchte, ihre Sorge um Barry zu verdrängen. Statt dessen begann sie zu überlegen, wie Alex' Freunde wohl sein mochten. Er hatte kaum etwas über Sally und Stephen erzählt, außer, daß er sicher sei, daß sie sie mögen würde, und daß sie einen fünfjährigen Sohn namens Mark hatten. Verstohlen warf sie Alex einen Blick zu und stellte fest, wie wenig sie eigentlich auch über ihn wußte. Es lag nicht daran, daß er besonders verschlossen war, sondern eher daran, daß er immer andere ermutigte, über sich zu reden. Anfangs hatte sie das gestört – für ihren Geschmack hatte er ein wenig zu tief gebohrt. Dann hatte er sie erschreckt, oder vielmehr hatte ihre eigene Reaktion auf Alex sie geängstigt. Sie hatte nicht damit gerechnet, daß sie sich so bald nach Peters Tod von einem anderen Mann körperlich derart angezogen fühlen würde. Es hatte sie völlig unvorbereitet getroffen und war über ihre Kräfte gegangen, und sie hatte sich abquälen müssen mit ihrer Unfähigkeit, mit ihren verwirrten Gefühlen umzugehen. Daß sie die Situation falsch aufgefaßt hatte, hatte zu all den Problemen geführt, das sah sie jetzt ein; sie hatte in Alex' Beziehung zu ihr einfach zuviel gesehen und überreagiert. Gott sei Dank war sie wieder zu Verstand gekommen und konnte jetzt Alex' Freundschaft auf einer vernünftigeren Ebene genießen. Sie war gerne mit ihm zusammen, er brachte sie zum Lachen, und seit ihrem Waffenstillstand war er nie wieder in sie gedrungen. Deshalb hatte sie beschlossen, seine Einladung anzunehmen. Ein paar Tage von Hulme Welford weg zu sein, konnte ihr vielleicht auch dabei helfen, klarer zu erkennen, was sie eigentlich mit ihrem Leben machen wollte. Sie hatte jetzt lange genug ihre Wunden geleckt; es war Zeit, an die Zukunft zu denken.

»Du bist so still. Alles okay?«

»Deine Freunde«, sagte sie, »wie sind sie so? Grüne und Labradors?«

Alex lachte. Er fuhr langsamer um eine scharfe Kurve und bog dann durch ein Tor, das zu einem kleinen gepflasterten Hof führte. Er stellte den Motor ab und sagte: »Sehe ich so aus wie jemand, der Freunde aus einem Jilly-Cooper-Roman hat?«

Charlotte blickte auf das Haus vor ihnen. Es war hübsch, wahrscheinlich mehr als hundert Jahre alt. Die ursprünglichen hellen Steine waren jetzt teilweise vom Alter nachgedunkelt, und die Fenster waren klein mit Mittelstreben. Vor der Haustür standen zahlreiche Steinguttöpfe, aber in keinem prangte das übliche Arrangement von Geranien und Lobelien. Statt dessen wuchsen in den Kübeln Tomaten.

Sie stieg aus dem Auto, und augenblicklich öffnete sich die Haustür und ein zierliches blondes Mädchen in Jeans und einem übergroßen T-Shirt kam heraus. Ihr Haar war auf dem Kopf zu einem lockeren Knoten zusammengefaßt, und lose Strähnen umrahmten ein hübsches Gesicht, das beinahe engelhaft wirkte. Charlotte dachte bei sich, sie sähe aus wie neunzehn und konnte unmöglich zur gleichen Zeit auf der Universität gewesen sein wie Alex.

Das Mädchen stürzte zur Fahrerseite und küßte Alex entzückt. Ihre Freude, einander zu sehen, war offensichtlich. Alex hob sie hoch und wirbelte sie herum.

»Hör auf, Alex«, rief sie, »und laß mich Charlotte begrüßen.«

Alex tat, was sie sagte und stellte sie einander vor.

»Kommt herein. Laßt das Gepäck, Alex kann es später holen, oder?« sagte Sally, während sie Charlotte hineinführte. »Ich habe gerade Scones aus dem Ofen geholt, wollt ihr welche? Ich habe sogar Sahne.«

Sie brachte sie in eine große, einladende Küche – einladend, weil es nach Frischgebackenem roch und weil sie so bunt war und aussah, als ob sie eher durch Gebrauch als durch Planung entstanden wäre. Es gab eine große, königsblau gestrichene Vitrine, die den ganzen Raum beherrschte. Statt mit ausgesuchtem Porzellan war sie jedoch mit Büchern vollgestopft. Auf dem Steinboden stand ein Tisch, auf dem weitere Bücherstapel neben den Mehlkrümeln vom Backen lagen. Die Wände waren übersät mit allen möglichen krakeligen Kunstwerken. Charlotte nahm an, daß der Künstler der kleine blonde Junge war, der am anderen Ende der Küche mit dem Rücken zu ihnen saß. Wie Becky und Philip war er versunken in den Fernseher vor ihm, aber anders als bei Becky und Philip war das Gerät nicht so laut gestellt.

»Ich gehe rasch nach oben und sage Stephen, daß ihr da seid«, sagte Sally und schoß aus dem Raum.

Charlotte beobachtete, wie Alex zu Mark ging. Er sagte nichts, bis er direkt vor dem Kind stand. Als der Junge Alex sah, sprang er aufgeregt hoch. Alex nahm ihn auf den Arm und brachte ihn zu Charlotte. »Mark, das ist meine Freundin Charlotte.« Er sprach seltsam langsam.

»Hallo«, sagte sie ein wenig schüchtern und auch ein wenig überrascht darüber, wie schön dieses Kind war. Allerdings waren die einzigen Kinder, die sie ein bißchen näher kannte, Philip mit seinem streitsüchtigen Gesicht und Becky mit ihren beleidigten Schnuten.

Ein offenes lächelndes Gesicht blickte sie mit unverhohlener Neugierde an, wandte sich aber bald wieder Alex zu. »Onkel Lex«, sagte Mark langsam und mit verzerrter Stimme, »Monster spielen?«

Alex lächelte und setzte ihn wieder zu Boden. »Später, Mark«, sagte er langsam. »Laß mich zuerst deinen Vater begrüßen.« Zufrieden wandte Mark sich wieder dem Fernseher zu, und Alex trat zu Charlotte.

»Ist er taub?« fragte sie leise.

»Ja. Du brauchst also nicht zu flüstern. Aber ist er nicht großartig?«

»Gott, das Leben ist gemein, was?«

»Das würde ich nicht sagen.«

»Stephen!« Die beiden Männer umarmten einander mit unverhüllter Zuneigung, wie Charlotte beobachtete, und auf eine Art, wie es nur wenige Männer können. Alex stellte Charlotte vor.

Stephen schüttelte ihr lächelnd die Hand. Er war etwas größer als Alex und fast so blond wie seine hübsche Frau. Es war nicht schwer zu erkennen, warum sie ein so schönes Kind hervorgebracht hatten.

»Ich hoffe, es macht keine Unannehmlichkeiten, daß ich mitgekommen bin«, sagte Charlotte. Sie wollte gerne aufrichtig klingen, hatte aber den Verdacht, daß sie nur schrecklich abgedroschen klang.

»Kein bißchen«, erwiderte Sally, die gerade in die Küche kam. »Stephen, warum gehst du nicht mit Charlotte ins Wohnzimmer? Und Alex, hilfst du mir dabei, das Teetablett fertig zu machen?«

Auf dem Weg dorthin, aber immer noch in Hörweite seiner Frau, sagte Stephen: »Wir nennen Sally den Ayatollah. Wir beten sie mindestens sechsmal am Tag an.« Daraufhin kam ein Paar eingerollter Kindersocken durch die Tür geflogen und traf ihn am Nacken.

Er brachte Charlotte in ein quadratisches Zimmer mit tiefen Fenstern, aus denen man auf den Garten und das offene Moorland dahinter blickte. Die späte Nachmittagssonne, die in den Raum fiel, verlieh ihm ein strahlendes, fast theatralisches Licht. Wie die Küche unterlag auch dieser Raum keiner besonderen Mode, sondern enthielt eine wilde Auswahl gemütlich aussehender Sessel und Tische, und die Bilder an der Wand reichten von bukolischen Landschaften bis hin zu einem aufsehenerregenden Aquarell von Mark. Auf einem Fensterbrett stand eine

Photographie im Silberrahmen, die Charlottes Aufmerksamkeit erregte. Sie zeigte Stephen und Sally an ihrem Hochzeitstag, und dahinter stand Alex, den Arm ... um ein Mädchen gelegt, das genau wie Sally aussah.

Stephen führte Charlotte zu einem weichen Sessel. Er setzte sich ihr gegenüber. »Sie haben sich einen schönen Tag ausgesucht«, sagte er. »Die ganze Woche lang hat sich die Sonne kaum sehen lassen. Mit ein bißchen Glück können Sie und Alex ein paar wunderschöne Spaziergänge machen. Er hat Sie doch vor seiner Leidenschaft für Wanderungen gewarnt, oder?«

»Nein, er hat nichts dergleichen gesagt.«

»Hör auf, Stephen«, sagte Alex, der gerade mit einem großen Teetablett ins Zimmer kam, »du willst doch wohl nicht alle meine Geheimnisse preisgeben, oder?«

»Das würde mir nicht im Traum einfallen«, antwortete Stephen.

Als Stephen und Alex an diesem Abend Mark zu Bett brachten und Charlotte Sally dabei half, das Abendessen zuzubereiten, bemerkte Sally auf einmal: »Alex hat uns erzählt, daß Ihr Mann in diesem Jahr gestorben ist ... bei einem Autounfall, hat er gesagt.«

Charlotte schälte angestrengt weiter an ihrer Kartoffel. »Ja«, erwiderte sie einfach. Es ärgerte sie, daß sie immer wieder an Peter erinnert wurde. Der Tag hatte so schön angefangen. »Was hat er Ihnen denn sonst noch über mich erzählt?« Ihr kam der Gedanke, daß Alex vielleicht Sally gebeten hatte, sie auszuhorchen.

Sally unterbrach ihre Arbeit und legte das Gemüsemesser auf das Schneidbrett. »Es tut mir leid«, sagte sie, »ich hätte nichts sagen sollen. Hier, trinken Sie einen Schluck Wein, und dann können Sie mir sagen, daß ich mich um meinen eigenen Kram kümmern soll.«

Dankbar nahm Charlotte das Glas entgegen. Sie erinnerte sich an die silbergerahmte Photographie, die sie gesehen hatte, und fragte: »Ist das Ihre Schwester auf dem Hochzeitsphoto von Stephen und Ihnen im Wohnzimmer?«

»Ja, meine Zwillingsschwester Lucy«, erwiderte Sally, bückte sich und schob eine große Kasserolle in den Backofen. »Sie ist vor sieben Jahren gestorben.«

Ihre Stimme klang so gefaßt, wie Charlotte glaubte, niemals über Peters Tod reden zu können. »Jetzt ist es an mir, mich zu entschuldigen«, sagte sie.

»Nein, bestimmt nicht. Es tut nicht mehr weh, über sie zu reden. Sie stören mich nicht in meiner Trauer... so wie ich das bei Ihnen gemacht habe. Ich hätte mir denken können, daß es zu früh ist, mit jemandem, den Sie kaum kennen, über Ihren Mann zu reden.«

War das ein erneuter Versuch, sie zu öffnen, fragte sich Charlotte. Sie beschloß, es zu ignorieren. »Ist sie plötzlich gestorben?«

»Nein, an Leukämie. Sie starb sechzehn Monate lang... es war eine lange und schmerzliche Zeit für uns alle... vor allem für Alex.« Sie sah den Ausdruck auf Charlottes Gesicht. »Sie wußten doch, daß er und Lucy...«

»Nein«, erwiderte Charlotte, und auf einmal war ihr das Herz ganz schwer vor Kummer um Alex. Warum hatte er nie etwas gesagt? War es möglich, daß er Lucy immer noch liebte?

»Wissen Sie, Lucy und ich konnten Alex nie hereinlegen«, sagte Sally jetzt mit fröhlicherer Stimme. »Wir haben alle unsere Freunde in die Irre geführt. Wir haben Verabredungen getauscht, und niemand hat es je erfahren. Wir haben sogar den armen Stephen getäuscht. Aber Alex war der einzige, der uns auseinanderhalten konnte. Ich habe immer Witze über seinen sechsten Sinn gemacht. Einmal hat er gedroht, uns beide übers Knie zu legen, wenn wir's noch einmal versuchen sollten.«

»Und haben Sie es noch einmal versucht?«

Sally lachte. »Lucy war drauf und dran, aber ich traute mich nicht. Ob Sie es glauben oder nicht, ich war die ängstlichere von uns beiden.«

»Sie müssen sie sehr vermissen. Wie sind Sie damit fertiggeworden, jemanden, der Ihnen so nahestand, zu verlieren?«

»Es mag Ihnen seltsam erscheinen, aber ich denke nicht, daß ich sie ganz verloren habe. Vielleicht weil wir Zwillinge waren, habe ich das Gefühl, daß ein Teil von Lucy immer noch in mir ist.«

»Und Alex, wie hat er...?«

»Für Alex war es viel schwerer. Als Lucy starb, starb auch seine Zukunft. Er war seit langem entschlossen gewesen, den Rest seines Lebens mit ihr zu verbringen. Ich hatte Stephen. Aber Alex hatte niemanden. Er war allein und ist es seitdem auch geblieben.«

29

Als sie am nächsten Morgen gefrühstückt hatten, klingelte das Telefon. Stephen nahm in seinem Arbeitszimmer ab. Nach ein paar Minuten kam er wieder zurück. »Tut mir leid«, sagte er und griff nach den Resten seines Toasts, »aber ich muß euch verlassen. Einer der Chirurgen hat Tonsillitis, und damit ist schon wieder einer meiner seltenen freien Tage gestorben.« Er wandte sich an Sally. »Ich rufe dich an, wenn ich denke, daß ich wieder wegkomme.«

»Du hast mir gar nicht gesagt, daß Stephen Chirurg ist«, sagte Charlotte, als Sally und Mark zur Haustür gegangen waren, um Stephen nachzuwinken.

»Ich hatte nicht angenommen, daß wir Visitenkarten bräuchten«, erwiderte Alex, stand auf und räumte den Frühstückstisch ab.

Charlotte lachte. »Was bist du nur für ein gräßlicher, böser Mann.«

Sally bestand darauf, daß Alex und Charlotte spazierengingen. Mark blickte ihnen enttäuscht nach, als sie aufbrachen.

Sie wandten sich hinter dem Tor nach links und gingen den Weg durch das Moor entlang. An einer Weggabelung bog Alex nach rechts ab und führte Charlotte bergauf, bis sie zu einem Pfad kamen, der sie zu einem kleinen, felsigen Aussichtspunkt brachte. Ein Dutzend verschreckter Kaninchen hoppelte beim Geräusch ihrer Schritte davon und huschte in die Felsspalten. Ein Vogel flog über ihre Köpfe, und Alex blickte ihm nach, wobei er sich zum Schutz gegen die Sonne die Hand über die Augen legte. »Ein Brachvogel«, sagte er und blieb stehen.

»Das muß ich dir wohl oder übel glauben«, antwortete sie, während ihr Blick auf Alex ruhte. Seit ihrem Gespräch mit Sally am Abend zuvor mußte sie immerzu an Lucy und die verheerende Wirkung, die ihr Tod auf Alex gehabt haben mußte, denken. Am stärksten beschäftigte sie jedoch der Gedanke, wie es für Lucy wohl gewesen war, so geliebt zu werden. Alex hatte sie angebetet.

Von dort, wo sie standen, hatten sie einen klaren, ungetrübten Blick über das ganze Moor. Die Heide stand in voller Blüte, und ihr Duft wurde vom Wind herangetragen. Charlotte setzte sich auf einen Felsen und genoß den Augenblick. Die vor ihr ausgebreitete Landschaft strahlte eine Ruhe aus, die sie gerade jetzt dringend benötigte. Sie wirkte irgendwie zeitlos. Es zählte nur das Hier und Jetzt. »Danke«, sagte sie und blickte Alex an.

»Wofür?« Er setzte sich auf den Felsen neben sie.

»Dafür, daß du mich hierhergebracht hast.«

»Es war ganz schön riskant, was?«

Sie lächelte. »Ich habe dich eigentlich nicht als Spielernatur eingeschätzt.«

»Ich stecke eben voller Überraschungen.«

»Hm ... da hast du recht.« Charlotte beschloß, daß sie Alex entweder jetzt oder nie nach Lucy fragen wollte. Wenn sie die Geschichte nicht von ihm hörte, würde sie ständig an das denken müssen, was Sally ihr gestern abend gesagt hatte – *Er war allein und ist es seitdem immer gewesen.* »Sally hat mir gestern abend über den Tod ihrer Schwester erzählt.«

Er reagierte nicht geschockt, wie sie vielleicht gedacht hatte. »Hat sie dir auch von Lucy und mir erzählt?«

»Ein bißchen. Sie erwähnte ...«

»Komm.« Er stand auf, reichte ihr die Hand und zog sie hoch. »Wir gehen weiter und ich erzähle dir über meine dunkle Vergangenheit.«

Sie ließen die Felsen hinter sich und folgten dem Pfad durch das purpurrote Heidekraut. »Wir vier waren zusammen auf der Universität«, begann Alex. »Wir waren ein gemischtes Doppel, wie man so sagt. Ich war ein absoluter Computerfreak, und Stephen studierte Medizin. Wir waren im dritten Jahr und wohnten beide bei Mrs. Holroyd. Erinnerst du dich, daß ich dir von ihr erzählt habe? Dann zogen Lucy und Sally in das Haus nebenan. Sie studierten beide Psychologie – sie waren wirklich in allem identisch. Manchmal konnte Stephen sie nicht einmal ...«

»Ja, Sally hat mir davon erzählt, daß er Probleme hatte, sie auseinanderzuhalten, aber daß du es immer konntest.«

»Frag mich nicht, wie, ich wußte es einfach.«

»Entschuldigung, ich habe dich unterbrochen. Red weiter.«

»Es dauerte nicht lange, und ich wußte, daß ich Lucy heiraten wollte. Ich fragte sie ein paarmal, aber jedes Mal wies sie mich ab, weigerte sich aber, mir einen Grund anzugeben. Dann machten wir Examen und gingen, unabhängig voneinander, beide nach London, blieben jedoch Freunde, enge Freunde. Ich arbeitete bei Henderson & Wyatt, und da ich mittlerweile in einer besseren Position war, fragte ich sie noch einmal, ob sie mich heiraten wollte. Beim Abendessen in ihrer Wohnung erklärte sie mir, sie würde niemals jemanden heiraten, und sie sagte mir auch warum. Sie hatte einen immer wiederkehrenden Traum – seit ihrer Kindheit –, daß sie sterben würde, bevor sie dreißig war. Sie wollte niemanden damit belasten ... sie war so sicher, daß sie sterben würde.«

»Aber das ist ja schrecklich! Du hast sie doch bestimmt vom Gegenteil überzeugt.«

Er schüttelte den Kopf. »Ich konnte sie dazu überreden, mit mir zusammenzuziehen, und zwei Jahre später wurde bei ihr Leukämie festgestellt. Sie arbeitete so lange weiter, wie sie konnte, mußte aber immer häufiger ins Krankenhaus, bis die Ärzte schließlich sagten, sie könnten nichts mehr für sie tun. Sie flehte mich an, mit ihr nach Yorkshire zu Sally und Stephen zu fahren, die damals schon hierher gezogen waren. Sie pflegten sie bis an ihr Ende. Sally gab ihre Assistentenstelle in Leeds auf, und ich versuchte, soviel Zeit wie möglich hier zu verbringen, um zu helfen ... und um bei Lucy zu sein. Wir sind uns in dieser Zeit alle sehr nahegekommen. In Fachbüchern würde das wahrscheinlich als Bindungserfahrung bezeichnet.«

Als er nicht weiterredete, legte Charlotte ihm die Hand auf den Arm. »Oh, Alex. Wie bist du nur damit fertiggeworden, wo du sie so sehr geliebt hast?«

»Ich ...« Er blickte auf seinen Arm und ergriff ohne nachzudenken Charlottes Hand, drehte sie um und preßte die Handfläche einen Augenblick lang an seine Lippen. Dabei schloß er kurz die Augen. »Sally hat mich gehalten ... sie hat uns alle gehalten.« Er ließ Charlottes Hand wieder sinken, hielt sie aber weiter fest. »Sie ist unglaublich stark. Sie läßt sich durch nichts durcheinanderbringen, nicht einmal, als Mark zur Welt kam und sie und Stephen feststellten, daß er taub war.«

»Ja, als sie gestern abend mit mir geredet hat, habe ich gemerkt, daß mehr in ihr steckt, als ihr jugendliches Aussehen vermuten läßt.« Charlotte dachte jedoch nicht nur über Sallys Charakterstärke und Mut nach, sondern auch über die Liebe, die Alex einst für die andere Frau empfunden hatte. So geliebt zu werden ...

»Sollen wir jetzt zu den Felsen zurückgehen? Ich möchte dir gerne etwas zeigen.«

Dann standen sie wieder dort, wo sie schon eine Stunde zuvor gewesen waren. Kleine weiße Wolken waren aufgezogen und verharrten bewegungslos am Himmel; das ständige Schreien der Brachvögel war das einzige Geräusch in der einsamen Landschaft.

»Was wolltest du mir zeigen?«

Alex führte sie zur Rückseite eines massiven Felsens, der vom Wind und der Zeit ganz verwittert war. »Stell dich dorthin«, sagte er, »ungefähr anderthalb Meter vom Felsen entfernt und sag mir, was du siehst.«

Sie lachte und kam sich etwas albern vor, tat aber, um was er sie bat. »Nichts Besonderes, nur einen großen dunklen Stein.« Sie drehte sich zu ihm um. »Ist es das?«

»Charlotte – ich habe dich schon mal gefragt – vertraust du mir?«

»Du meine Güte, Alex, was soll das?«

Er trat einen Schritt näher. »Dieser große dunkle Stein, wie du ihn nennst, stellt Peter dar.«

Sie wich vor ihm zurück und steckte die Hände in die Taschen ihrer Jeans. Es ärgerte sie, daß Alex sie an ihre gescheiterte Ehe erinnerte. Außerdem hatte sie jetzt alles unter Kontrolle. Schließlich war sie gerade dabei, diese Schublade in ihrem Leben zu schließen! »Ich dachte, ich sollte mit hierhinkommen, um meine Probleme *loszuwerden*.«

Warum hatte er damit angefangen? Warum riskierte er wieder einmal alles? Aber Alex' Instinkt sagte ihm, daß irgend etwas Charlotte davon abhielt, Peter ruhen zu lassen, und er hatte das Gefühl zu wissen, was es war. »Ich glaube, es ist an der Zeit, daß du dich dem größten Problem in deinem Leben stellst«, sagte er.

»Ach ja«, entgegnete sie mit beißendem Spott, »und das wäre, Mr. Allwissend?«

»Es ist nur eine Vermutung, aber aus irgendeinem Grund glaube ich, daß du dir die Schuld an Peters Tod gibst. Habe ich recht?«

»Das ist Unsinn«, rief sie abwehrend. »Was gibt dir das Recht zu solchen Vermutungen?« Sie wich weiter vor ihm zurück. Sie war wütend. Warum konnte er sie nicht in Ruhe lassen? Noch vor ein paar Augenblicken waren sie so glücklich gewesen. Warum mußte er alles verderben?

»Weil ich«, rief Alex aus und holte sie ein, »als Lucy endlich starb ... eine solche Erleichterung verspürte, daß es vorbei war. Plötzlich war ich frei von der täglichen Last des Kummers, den ich zwei Jahre lang ertragen hatte. Aber dieses Gefühl der Freiheit wich bald einem Gefühl der Schuld, und ich bin fast verrückt geworden. Ich denke, dein Problem ist die Schuld, und glaub mir, davon verstehe ich was.« Er schrie sie jetzt beinahe an. Er meinte es nicht so, er wollte Charlotte nur davon überzeugen, daß sie nicht allein war.

Sie sah ihn an. »Und wie ging es bei dir weiter?«

»Ich habe mich immer mehr in die Arbeit vergraben, und mir ist es immer schlechter gegangen. Dann kam Stephen zu Besuch. Er sah, in welchem Chaos ich steckte, und bestand darauf, daß ich mit zu ihnen kam, um mich auszuruhen. Eines Tages hat Sally mich mit hierher genommen und mich aufgefordert, mich hinter den Felsen zu stellen. Sie fragte mich, was ich sehen könne, und ich antwortete mehr oder weniger das gleiche wie du, ich betonte höchstens die Dunkelheit noch ein bißchen mehr ... für mich war die ganze Welt dunkel geworden.«

Charlotte schluckte. »Was hat Sally dann gesagt?«

Alex führte Charlotte zurück zu dem Felsen. Als sie wieder an der gleichen Stelle wie vor ein paar Minuten stand, sagte er: »Tritt sechs Schritte zurück und sag mir, was du jetzt siehst.«

Sie hätte am liebsten geschrien, hör mit diesem Unsinn auf, das ist so billig, aber statt dessen sagte sie: »Ich kann ... wieviel soll ich dir sagen?«

»Alles, was du siehst.«

»Blauen Himmel, einen Vogel, der fliegt, Trockenmauern, Gras, ein paar Schafe, kleine Häuser da drüben, eine Kirche.« Ohne Alex anzusehen fragte sie: »Liegt Lucy dort begraben?«

»Ja, aber weich nicht vom Thema ab. Möchtest du wissen, was Sally als nächstes sagte?«

»Ja.«

»Sie sagte mir, es sei Zeit, über den Felsen von Schuld hinwegzublicken und die Welt dahinter wahrzunehmen.«

»Das ist interessant«, erwiderte sie, »aber ich bin über Peters Tod hinweg, und ich habe ganz bestimmt kein Problem mit Schuld.« Sie trat nach dem Felsen und wandte sich wieder zum Gehen.

Aber Alex hatte damit gerechnet. Er legte ihr fest die Hand auf die Schulter und zwang sie, ihn anzusehen. »Charlotte«, sagte er liebevoll, »hör auf, dir was vorzumachen. Versuch, mit jemandem darüber zu reden. Du hast doch bestimmt eine Freundin, mit der du darüber sprechen kannst.«

»Nein«, antwortete sie. »Wir sind zu oft umgezogen, ich habe keine engen Freundschaften geschlossen. Außerdem sind die anderen zu beschäftigt mit ihren eigenen Leben und Ehen, um mir zuzuhören ... und abgesehen davon, denken alle, daß Peter und ich ...«

»Daß ihr was?«

Sie schwieg und wandte das Gesicht ab.

Und da wußte er es auf einmal, verstand endlich, was Charlottes wirklicher Schmerz war. Wie dumm er gewesen war! Er hatte sich damals über die Worte gewundert, die sie im Garten von Ivy Cottage über ihr Leben in Belgien hervorgestoßen hatte – *Es war leer und kalt, und ich habe es gehaßt.* Aber dabei war es gar nicht um ihr Leben in Belgien gegangen, sondern um ihr Leben mit Peter. Er sagte: »Also glauben alle, daß du und Peter die vollkommene Ehe geführt habt? Daß du auf keinen Fall aufgehört haben konntest, deinen Mann zu lieben? Ist es das, Charlotte? Charlotte, rede mit mir!«

»Ja!« schrie sie ihn an. »Ja, ja! Nur Stunden, bevor Peter gestorben ist, habe ich ihn um die Scheidung gebeten ... da, du bist der erste, dem ich es gesagt habe. Bist du jetzt zufrieden?« Ihre Worte klangen wütend und schmerzerfüllt, als ob sie ihr unter der Folter abgerungen worden wären. Und plötzlich fiel ihre Wut in sich zusammen, und sie sank an Alex' Schulter und ließ sich von ihm zu den Felsen zurückführen. Dort setzten sie sich. Er hielt ihren vom Schluchzen geschüttelten Körper fest an sich gepreßt, und sie weinte und weinte.

»Ich habe ihn umgebracht, nicht?« sagte Charlotte, als sie sich schließlich wieder beruhigt hatte und Alex erzählen konnte, was an diesem verschneiten Februarmorgen passiert war. »Er hat sich aufgeregt und war nicht in der Lage zu fahren. Ich hätte ihn nicht weglassen dürfen ... Ich hätte ...«

Alex hielt sie immer noch im Arm. Er sagte: »Peter wollte an diesem Morgen weg, Peter saß am Steuer, nicht du ...«

Sie entzog sich ihm und schüttelte den Kopf. »Aber Alex, wenn ich nichts gesagt hätte, wäre Peter noch am Leben, da bin ich ganz sicher.«

»Wäre er das wirklich? Er wäre über die gleiche Straße gefahren, wäre genauso entschlossen gewesen, zu seiner Sitzung nach Luxemburg zu fahren ... wäre auf die gleiche Eisplatte getroffen.«

»Ja, aber das Gespräch hat stattgefunden, und es hat bestimmt seine Art zu fahren beeinflußt.«

»Sieh mal, Charlotte, du mußt dich mit der Tatsache abfinden, daß wir die Reaktionen anderer Menschen nicht kontrollieren können, das ist einfach nicht möglich. Was Peter passiert ist, passierte, weil er sich entschloß, die Reise anzutreten.«

Er ergriff ihre Hand und drückte sie liebevoll. Sie seufzte und lehnte sich wieder an ihn. Schweigend saßen sie eine Zeitlang da, dann legte Alex ihr die Hand unter das Kinn. »Okay?« fragte er leise.

»Ja.« Sie hob den Kopf und sah ihn traurig und verwundert an. Sein Herz schmerzte vor Mitgefühl, und er strich ihr ein paar lose Strähnen aus dem Gesicht. Sie schloß die Augen bei seiner Berührung. Zuerst küßte er ein Auge, dann das andere und dann küßte er sie auf den Mund, zögernd zuerst, und als sie mit einer Heftigkeit reagierte, die seiner eigenen entsprach, nahm er ihren Kopf in beide Hände und sank mit ihr auf die glatte Oberfläche des Felsens. Die Berührung und das Gefühl ihres Körpers, der sich an seinen drängte, erfüllte ihn mit Begehren. Da hörten sie in der Ferne Kinderstimmen. Er versuchte, das Geräusch zu ignorieren und hoffte, er bildete es sich nur ein, aber Charlottes Körper begann zu zucken. Besorgt blickte er ihr ins Gesicht. Aber sie lachte, und der Himmel spiegelte sich in ihren geöffneten Augen. »Gott, bist du schön«, sagte er. »Meinst du, wir werden wirklich immer unterbrochen?« Er setzte sich auf und zog sie zu sich heran, während die Stimmen näher kamen.

Sie sprang auf und lachte immer noch, als eine Pfadfindergruppe mit schwerem Gepäck an ihnen vorbeizog. »Wir warten mal ab, nicht?« sagt sie.

Hand in Hand gingen sie nach Hause zurück.

An diesem Abend waren Charlotte und Sally allein, da Stephen und Alex in den Pub gegangen waren, um ein Bier zu trinken. Es war ein warmer Abend, und sie saßen mit einer Flasche Chianti und einer großen Schüssel Erbsen zum Palen im Garten. Charlotte begann Sally zu erzählen, was auf ihrem Spaziergang mit Alex passiert war.

Sally blickte von der Schüssel Erbsen in ihrem Schoß auf

und fragte: »Warum habt Peter und du eigentlich geheiratet?«

»Ich glaube, er hat mich nur gebeten, ihn zu heiraten, weil seine Eltern mich nicht mochten. Sie hielten mich für eine einfache Verkäuferin. Die Tatsache, daß es mein eigener Laden war, spielte für sie keine Rolle. Ich war nicht gut genug für ihren Sohn, und Peter wollte seinen Kopf durchsetzen. Ich glaube, er hätte niemanden geheiratet, mit dem seine Eltern einverstanden gewesen wären.«

»Und warum hast du eingewilligt?«

»Weil ... o Gott, das klingt vielleicht anmaßend, aber ich glaubte wirklich, ich könnte all den Schaden, der in Peters Erziehung angerichtet worden war, wiedergutmachen.«

»Die heilige Charlotte, was?«

»Das ist nicht nett«, erwiderte Charlotte, aber sie lächelte dabei.

»Also, du hast geheiratet und dann herausgefunden, daß du nicht über die nötigen heiligen Qualitäten verfügtest. Aber weshalb wolltest du dich scheiden lassen?«

Charlotte öffnete eine Schote und ließ die Erbsen herauskullern. Sie steckte eine in den Mund. »Als mir klargeworden ist, daß Peter immer seine Arbeit an die erste Stelle setzen würde, daß er gar keine Frau brauchte, sondern einfach nur jemanden, der ständig zur Hand war und sein Ego streichelte. Da wußte ich, daß ich nicht so weitermachen konnte. Egoistischerweise wollte ich mehr ... Ich wollte geliebt werden.«

»Hört sich nicht besonders egoistisch an.«

»Na gut, du kannst mich vielleicht davon überzeugen, daß ich keine Schuldgefühle zu haben brauche, weil ich geliebt werden wollte, aber wie siehst du die Tatsache, daß ich für Peters Tod verantwortlich bin?«

Sally stellte die Schüssel mit den Erbsen ins Gras und griff nach ihrem Weinglas. »Du bist *nicht* verantwortlich für Peters Tod. Du möchtest vielleicht gerne glauben, daß du die Schuld daran hast, und dir nicht verzeihen, weil du dich bestrafen willst. Das kann ein unbewußter Selbstverteidigungsmechanismus gegen Trauer sein. Indem du dich auf die Ungerechtigkeit konzentrierst, kannst du dir nicht verzeihen und also auch nicht wirklich trauern. Ergibt das irgendeinen Sinn für dich, erinnert dich das an etwas?«

Charlotte lehnte sich in ihrem Stuhl zurück. »Ja«, erwiderte sie, »ja, das tut es.«

»Noch etwas Chianti?«

»Hmm ... bitte.«

Als Charlotte nach ihrem Glas griff, fragte Sally: »Und, was machst du mit Alex? Du weißt doch, daß du die erste Frau bist, in die er sich seit Lucy verliebt hat?«

30

Am nächsten Tag fuhren sie nach dem Frühstück nach Hulme Welford zurück. Mark war enttäuscht, daß Alex nicht länger blieb. »Komm wieder«, rief er, als Alex den Motor anließ. Und während Stephen Alex auf Wiedersehen sagte, trat Sally zu Charlotte.

»Denk dran«, sagte sie zu ihr, »hör auf, so hart zu dir zu sein.«

Charlotte beugte sich aus dem Auto und gab Sally einen Kuß auf die Wange. »Danke für alles.«

Als sie die Penninen hinter sich gelassen hatten und nördlich um Manchester herumfuhren, stellte Charlotte fest, daß sie eigentlich ungern nach Hause fuhr. Sie hatte gehofft, in der Zeit, in der sie von Hulme Welford weg war, klarer über ihre Zukunft nachdenken zu können. Aber das war nicht der Fall gewesen. Daß sie sich Alex geöffnet hatte, hatte sie erschöpft und angeschlagen, aber es zeigte ihr auch, daß sie sich selbst etwas vorgemacht hatte und noch nicht über Peter hinweggekommen war. Sally hatte recht: Sie hatte sich selbst nicht gestattet, um Peter zu trauern, sie hatte zuviel Angst vor den Konsequenzen gehabt.

Und Alex. Was sollte sie mit ihm machen? Sie konnte einfach nicht mehr ignorieren, was sie die ganze Zeit über eigentlich schon gewußt hatte. Aber Liebe? Vielleicht irrte Sally sich. Vielleicht würde Alex nie wieder eine andere Frau lieben können. Konnte jemand Lucy ersetzen? Konnte sie es … *wollte* sie es überhaupt?

Die Vergangenheit warf so tiefe Schatten, daß Charlotte wußte, sie mußte über vieles nachdenken, bevor sie an die Zukunft denken konnte. Sie mußte mit Alex reden, und zwar bald, aber sie wußte nicht, wie sie es anfangen sollte.

»Du willst mir etwas sagen, nicht wahr?«

Sie blickte Alex von der Seite an. »Sally hat erwähnt, daß du über einen sechsten Sinn verfügst.«

»Es ist toll, daß sie das sagt. Ich kenne niemanden, der die Dinge besser wahrnimmt als sie.«

Du bist die erste Frau, in die er sich wieder verliebt hat … »Und, hat sie immer recht?«

»Für gewöhnlich ja. Aber verglichen mit ihr bin ich ein Amateur. Ich weiß nur, wann du etwas Wichtiges zu sagen hast, weil du dann leicht die Stirn runzelst und drei Falten bekommst, genau hier.« Er wandte kurz seinen Blick von der Straße ab und legte ihr einen Finger auf die Stirn.

Ihr Magen flatterte, als er sie berührte. »Du hast wirklich recht«, erwiderte sie, während er seine Hand wieder aufs Lenkrad legte. »Ich möchte dir etwas sagen.«

»Dann schieß los.«

»Nein, jetzt nicht. Später. Ich muß erst nachdenken.«

»Wie wäre es denn heute abend? Ich koche uns etwas, und du kannst reden.«

»Ich kann nicht …«

»Hör zu«, sagte er geduldig. »Ich möchte bei Cindy und Derek vorbeigehen und dann Barry im Krankenhaus besuchen. Möchtest du mitkommen? Wir könnten danach reden.«

»Du bist dir sehr sicher, daß Barry noch am Leben ist, oder?«

Er nahm wieder die Hand vom Lenkrad und legte sie ihr aufs Knie. »Wenn es etwas gibt, das ich in der Zeit mit Lucy gelernt habe, dann, daß man niemals die Hoffnung aufgeben sollte.«

»Aber sie ist *gestorben*, Alex«, erwiderte Charlotte verwirrt.

»Ja, aber *ich* nicht ... Ich dachte, mein Leben wäre vorbei, als sie starb, aber das war es nicht.«

Später am Nachmittag gingen sie zu In The Pink und fanden es leer und verschlossen vor. Sie fuhren zum Krankenhaus, wo sie an der Tür zu Barrys Zimmer von Tiffany begrüßt wurden. »Kommen Sie herein. Wir reden gerade über Sie.«

»Tatsächlich?« Alex lächelte und trat ans Bett. »Hallo Barry, na, wie geht's dir?«

»Überraschend gut. Ich bin nur die meiste Zeit müde.«

Charlotte traute ihren Augen kaum. Barry saß aufrecht im Bett, hatte seine vertraute Brille auf der Nase, und neben ihm lag aufgeschlagen ein Buch. Er sah blaß und müde aus, und hing immer noch an einer Infusion, aber es wirkte alles ganz harmlos, als sei er nie dem Tod nahegewesen. Sie freute sich so sehr! Spontan trat sie zu Barry und gab ihm einen Kuß, und als sie seine Verlegenheit über ihren unerwarteten Freudenausbruch spürte, sagte sie: »Wir haben uns alle solche Sorgen um dich gemacht!«

»Tut mir leid«, entgegnete er und schob die Brille auf die Nase.

»Hey, ihr müßt ihm mal zuhören!« rief Tiffany. »Er soll euch seine Prüfungsergebnisse sagen, sie sind heute morgen gekommen.«

»Nein, Tiffany, das interessiert sie doch bestimmt nicht.«

»Natürlich!« Sie wandte sich an Alex und Charlotte. »Sie sind irre. Das reinste Genie, der Junge!«

Barry nahm ein Blatt Papier, das neben ihm lag, und reichte es Alex.

»Eine Eins in Physik«, las Alex vor, »eine Eins in Chemie, eine Eins in Biologie, und, einen Moment, eine Eins in Ökonomie. Wirklich, Barry, das nenne ich konsequent. Gut gemacht!«

»Ja«, stimmte Charlotte ein, »herzlichen Glückwunsch! Ich habe Leute wie dich in der Schule gehaßt. Deine Eltern sind wahrscheinlich überglücklich, und das nicht nur wegen der Prüfungsergebnisse.«

»Dad ist völlig aus dem Häuschen«, sagte Tiffany. »Er war alleine hier, als Barry am Dienstag aufgewacht ist.« Sie lachte. »Ich bin mir nicht sicher, ob ich gerne Dad als erstes sehen wollte, wenn ich aus dem Koma aufwache.«

»Sei nicht so hart mit ihm«, erwiderte Barry.

»Was?« schrie sie. »Nach all dem, was er zu dir gesagt hat?«

»Er ist eben so.«

»Wo sind denn überhaupt deine Eltern?« fragte Alex. »Wir sind bei ihnen vorbeigegangen, aber es war niemand zu Hause.«

»Der Salon ist geschlossen, seit Barry hier ist, und Mum und Dad sind irgendwo hier im Krankenhaus. Sie wollten einen Arzt suchen gehen, um zu fragen, wann Barry nach Hause kommen kann. Wir hoffen, daß das in ein paar Tagen sein wird, oder Dad hofft es zumindest – er möchte nicht zu lange für ein Einzelzimmer bezahlen. Und Sie beide, waren Sie weg?«

»Sei nicht so neugierig, Tiffany«, sagte Barry.

Alex lachte. »Darüber habt ihr euch also unterhalten, als wir kamen.« Aus Sorge, Barry zu sehr zu ermüden, fügte er hinzu: »Wir gehen jetzt auch besser wieder, wir wollen den Patienten nicht so anstrengen.«

»Wir vermuten, Sie sind *zusammen* weggewesen«, beharrte Tiffany.

»Korrektur«, warf Barry ein. »Meine Schwester denkt das. Ehrlich, Tiffany, du wirst Dad mit jedem Tag ähnlicher.«

»Werde ich nicht!«

Charlotte sah Alex an und stellte fest, daß er es ihr überließ, was sie sagen wollte. »Du hast vollkommen recht, Tiffany. Alex hat mich zu einem Besuch bei Freunden mitgenommen.«

Tiffany triumphierte. »Ich hab's dir doch gesagt«, sagte sie zu ihrem Bruder.

»Ich glaube«, sagte Alex im Auto auf dem Heimweg, »ich kann die Spannung nicht mehr länger ertragen. Willst du mir jetzt nicht sagen, was du dir überlegt hast?« Seit der Fahrt von Yorkshire hatte er gemerkt, daß Charlotte mit ihren eigenen Gedanken beschäftigt war. Er vermutete, daß es etwas mit dem zu tun hatte, worüber sie mit ihm reden wollte. Und er spürte, daß es nichts Gutes war.

»Ja, vielleicht hast du recht«, entgegnete Charlotte distanziert, »vielleicht ist es jetzt genauso gut wie nachher. Ich wollte dir nur sagen, wie dankbar ich dir für die letzten Tage bin. Du hast mit so vielem recht gehabt, vor allem damit, daß ich Sally und Stephen mögen würde.«

»Und weshalb spüre ich ein unausgesprochenes ›Aber‹ hinter deinen Worten?«

»Alex, ihr beide, Sally und du, habt mir klargemacht, daß ich noch nicht einmal angefangen habe, über Peter hinwegzukommen... Sally hat auch gesagt...« Charlotte brach ab, weil sie nicht genau wußte, wie sie fortfahren sollte. In Gedanken hatte sie sich genau zurechtgelegt, was sie ihm sagen wollte, und es hatte vollkommen vernünftig geklungen, aber jetzt war sie nicht mehr so überzeugt davon. Während sie neben Alex im Auto saß und seine Hände auf dem Lenkrad beobachtete, mußte sie an ihren Ausflug zu den Felsen denken, wo er sie mit solcher Zärtlichkeit gestreichelt hatte. Die Erinnerung war so intensiv, daß sie beinahe seinen Körper spüren konnte und wie sich sein Mund auf ihre Lippen senkte. Verlegen rutschte sie in ihrem Sitz hin und her.

»Sie hat dir gesagt, daß ich dich liebe, nicht?« sagte Alex und hielt vor einer roten Ampel an. Er drehte sich zu ihr und sah sie an.

»Ja.«

»Und was machen wir damit?«

»Ach, Alex, ich weiß es nicht. Ich bin so verwirrt. Ich möchte dich nicht anlügen, das wäre nicht fair. Ich glaube bloß nicht, daß ich jemanden lieben kann, nicht nach ...«

»Mit der Zeit denkst du vielleicht anders darüber.«

»Bitte, bitte dräng mich nicht.«

Die Ampel wurde grün, und sie legten den Rest des Weges schweigend zurück.

Als Alex in seinem Büro saß, fühlte er sich seltsam ruhig. Sicher hatte er auf mehr gehofft. Es war dumm von ihm, anzunehmen, daß Charlotte nach dem, was sie durchgemacht hatte, sich so bald auf einen anderen Mann einlassen würde. Er mußte ihr Raum geben, damit sie wirklich über Peters Tod hinwegkommen konnte. Sie hatte ihn vielleicht nicht geliebt, als er starb, aber sie mußte trotzdem eine Art Trauerprozeß um den Mann durchmachen, mit dem sie acht Jahre lang verheiratet war; einen Prozeß, den sie bis jetzt vermieden hatte.

Geduld. Das war jetzt angebracht. Und warum auch nicht, er war auch in all den Jahren mit Lucy geduldig gewesen. Er starrte auf den Monitor vor sich, der darauf wartete, von ihm mit Leben erfüllt zu werden. Dann schaltete er ihn ab. Warum, fragte er sich, verliebte er sich immer wieder in Frauen, die ihn in einer gewissen Distanz hielten? Warum konnte er sich nicht mit den Heathers dieser Welt zufriedengeben?

31

Als Barry aus dem Krankenhaus entlassen wurde, kamen ihn alle Anwohner der Acacia Lane besuchen. Sogar Iris Braithwaite überraschte alle, indem sie vorbeischaute. »Ein Topf Honig für Ihren Sohn, Mrs. Rogers. Ich empfehle zwei Löffel pro Tag, dann ist er bald wieder auf den Beinen.« Und dann gab es für Charlotte eine Überraschung.

Sie war gerade aus dem Supermarkt gekommen und hatte die Einkäufe aus dem Auto ins Haus gebracht, als sie zufällig aus dem Küchenfenster blickte. Alex saß im Garten und unterhielt sich mit einer aufsehenerregenden Frau. Es dauerte eine Weile, bis Charlotte realisierte, wer es war, denn anfangs verwirrte die Situation sie völlig.

»Christina!« schrie sie und rannte nach draußen. »Was um alles in der Welt tust du hier?«

»Carlotta, mein Schatz«, sagte Christina und erhob sich graziös aus dem alten Stuhl. »Ich habe hier so lange auf dich gewartet.« Anmutig schlang sie die Arme um Charlotte und küßte sie. Dann trat sie zurück und musterte Charlotte eindringlich. »Du siehst schrecklich aus, aber ein bißchen besser als in Brüssel. Carlotta, warum schaust du mich so an, als ob du mich nicht erwartet hättest?«

»Weil ich dich nicht erwartet habe.«

»Hast du denn meinen Brief nicht bekommen, in dem ich geschrieben habe, daß ich zu Besuch komme?«

Charlotte schüttelte den Kopf. »Tut mir leid, nein.«

»Oh, das ist bedauerlich. Da kann man nichts machen. Ich werde jetzt gehen, damit du dich von dem Schock erholen kannst, und morgen wiederkommen. Vielleicht wäre das besser?« Sie lächelte Alex verführerisch an. »Ich bin sicher, daß Mr. Hamilton mir für heute nacht ein Bett zur Verfügung stellt.«

Alex erwiderte ihr Lächeln, aber Charlotte warf ihm einen warnenden Blick zu. »Sei nicht albern, Christina«, entgegnete sie. »Ich freue mich, daß du da bist. Es ist eben nur nichts für dich vorbereitet, und das Haus ist total in Unordnung.«

Christina zuckte lässig mit den Schultern. »Was brauche ich denn schon? Ich habe ja schließlich dich und deinen netten Mr. Hamilton zur Unterhaltung.« Sie legte ihm eine perfekt manikürte Hand auf den Arm. »O ja, ich habe alles, was ich begehre.« Das Wort begehren schien sie mit besonderem Nachdruck auszusprechen. Charlotte wurde es unbehaglich.

»Warum hast du mir eigentlich nie von deinem charmanten Nachbarn geschrieben, Carlotta? Wenn ich du wäre, hätte ich über kaum etwas anderes geschrieben.«

Alex unterdrückte ein Lachen und stand auf. »Ich glaube, ich lasse euch jetzt lieber allein. Ich muß mit meiner Arbeit weiterkommen.«

Christina blickte zu ihm auf. »Es tut mir so leid, daß ich Sie aufgehalten habe. Aber Carlotta, mein Liebling, sollten wir Mr. Hamilton nicht zum Abendessen einladen?«

»Ich bin sicher«, entgegnete Charlotte fest und schenkte Alex einen warnenden Blick, »daß Mr. Hamilton viel zuviel zu tun hat, um uns etwas von seiner kostbaren Zeit zu opfern.«

»Habe ich das?« fragte Alex.

»Ja, das hast du«, erwiderte Charlotte. »Du hast wahrscheinlich soviel zu tun, daß du mehrere Tage damit beschäftigt bist.«

»O ja, einen ganzen Haufen Arbeit«, sagte Alex und wandte sich zum Haus. »Ich werde wahrscheinlich wochenlang nicht mehr auftauchen. Auf Wiedersehen.«

»Na«, meinte Christina mit lauter Stimme, »was für ein begehrenswerter Mann. Und diese wundervollen blauen Augen! Hast du mit ihm geschlafen?«

»Christina!« schrie Charlotte schockiert und sah Alex nach, der gerade im Haus verschwand. Ob er es gehört hatte?

»Was ist denn, was habe ich denn gesagt? Er ist jung, sieht gut aus, ist amüsant und wohnt im selben Haus wie du. Warum in Gottes Namen solltest du nicht mit ihm geschlafen haben?«

Das, dachte Charlotte, war die große Frage.

Charlotte packte ihre Einkäufe aus und stopfte die leeren Tragetaschen in den Abfalleimer, wobei sie Hilarys imaginäre Stimme ignorierte, die sie an die Recyclingtonnen im Ort erinnerte. Was sollte sie nur heute abend für Christina kochen? Sie öffnete den Kühlschrank, kniete sich davor und betrachtete die Lebensmittel, die sie heute eingekauft hatte. Umsonst wartete sie auf eine Eingebung – sie hatte nur Grundnahrungsmittel im Supermarkt gekauft. Sie würden auswärts essen gehen müssen. Sie würde mit ihr nach Knutsford fahren, dort gab es zahlreiche gute Restaurants, mit denen sie bei Christina Eindruck machen konnte.

Charlotte öffnete eine Dose Hundefutter für Mabel und stellte den gefüllten Hundenapf gerade auf den Boden an der Hintertür, als Christina in einer Wolke teuren Parfüms in die Küche gerauscht kam. Sie trug ein enganliegendes, rotweiß gestreiftes Kleid, in dem jede andere Frau wie ein

Lutscher ausgesehen hätte, aber an Christina wirkte es aufsehenerregend.

Das fand Mabel offensichtlich auch. Sie ignorierte ihr Futter, tapste zu Christina hinüber und rollte sich vor ihr auf den Rücken.

»Oh, was für ein niedlicher kleiner *bambino*«, schrie Christina entzückt auf. Sie beugte sich zu Mabel hinunter und kraulte ihr den Bauch. »Carlotta, ich glaube, du hast mir viel zu erzählen. Warum gehen wir nicht zum Abendessen in einen eurer berühmten Pubs?«

Charlotte lachte. »Ich glaube nicht, daß Der Spinner ganz das richtige für dich ist, Christina.«

»Aber ich bin das richtige für den Spinner. Komm, Carlotta, wo ist dein Sinn für Humor geblieben? Ich hole dich nur schnell aus diesem langweiligen Kleid heraus und verpasse dir etwas, womit du den Spinner in Aufruhr versetzt.«

Es war unmöglich, sich nicht von Christinas guter Laune anstecken zu lassen, und Charlotte wurde klar, daß sie sich bisher ihrer Freundin gegenüber ziemlich flegelhaft verhalten hatte. Lag das daran, daß Christina im Garten so offensichtlich mit Alex geflirtet hatte?

Sie öffneten Charlottes Kleiderschrank im Schlafzimmer und machten sich ans Werk. »Zu langweilig«, sagte Christina, als Charlotte eine rehbraune Hose aus dem Schrank zog. »Zu morbid«, fand sie mit einem Blick auf eine schwarze Hose. »Los, Carlotta, such dir was Leichtes, was Leichtes für Herz und Geist. Ich sehe schon, ich bin gerade rechtzeitig gekommen, um dich davor zu bewahren, vor Langeweile umzukommen. Hier, zieh das an.«

Charlotte blickte zweifelnd auf das trägerlose cremefarbene Kleid in Christinas Händen. Sie hatte es das letzte Mal im letzten Sommer getragen, als sie mit Peter nach Nizza gefahren war. Er hatte dort eine Präsentation auf einer Unternehmenskonferenz, und bei dem anschließenden Dinner saß sie neben ihm und badete sich dankbar in seinem Ruhm. Nach dem Essen stand der Vorstandsvorsitzende auf, bedankte sich bei seinen schwerarbeitenden Kollegen für ihre unerschütterliche Loyalität gegenüber dem Unternehmen und forderte sie auf, weiterhin so gute Arbeit zu leisten. Die anwesenden Frauen, die selbst so viel aufgegeben hatten, um ihre Männer zu begleiten, erwähnte er mit keinem Wort; nicht ein Wort des Dankes an die Frauen, die ihre eigenen beruflichen Karrieren aufgegeben und ihre Kinder möglicherweise auch noch ins Internat geschickt hatten, damit sie eine vernünftige Ausbildung genossen. Als der letzte Digestif getrunken und die Zigarren ausgedrückt waren, hatte Charlotte versucht, Peter zu einem Strandspaziergang zu bewegen, aber er hatte es vorgezogen, sich mit den Dias für eine weitere Präsentation am nächsten Tag zu beschäftigen. Und so war Charlotte um Mitternacht mit den Schuhen in der Hand alleine am Strand entlanggelaufen.

»Okay«, sagte sie, »ich ziehe es an.«

Sie schlüpfte in das Kleid und setzte sich dann im Badezimmer auf einen Hocker, damit Christina sich um ihr restliches Aussehen kümmern konnte. Zuerst flocht ihre Freundin ihr einen französischen Zopf. Dann widmete sie sich ihrem Gesicht. Angeekelt blickte sie auf Charlottes zusammengewürfelte Ansammlung von Make-up und zog es vor, ihr eigenes zu benutzen. Als sie erklärte, sie sei fertig, blickte Charlotte vorsichtig in den Spiegel. Sie war entzückt. Die Schatten unter ihren Augen waren wie durch Zauberei verschwunden, und irgendwie war es Christina gelungen, ihr mit ein paar Puderstrichen, Mascara und Lippenstift ein Facelifting zu verabreichen. Sie sah gut aus und fühlte sich großartig.

»Und jetzt«, sagte Christina, »mußt du noch mein Parfüm nehmen. Das macht nichts, wir sind ja keine Konkurrenz füreinander.« Sie besprühte Charlotte großzügig.

»So, jetzt bist du fertig, und ich glaube, es wäre nett, wenn wir einen Begleiter hätten.«

»Nein«, entgegnete Charlotte heftig, »Alex hat zu tun.«

Christina lachte. »Was für eine reizende Idee. Nein, ich dachte an deinen kleinen *bambino*. Heute ist ein reiner Frauenabend.«

Während sie Arm in Arm die Acacia Lane hinuntergingen, war Charlotte seltsam aufgeregt. Erst als sie zum Gemeindesaal kamen, erkannte sie das Gefühl. Sie kam sich unglaublich sexy vor. Mit ihren hohen Absätzen, dem Lippenstift ihrer Freundin und dem Gefühl, ein strahlender Star zu sein, war sie auf einmal wieder neunzehn. Traurig dachte sie, daß sie das mit Peter nie empfunden hatte. Wie weit sie sich von ihren Gefühlen entfernt hatte ... bis heute. Sie hielt den Atem an. O Alex. Da war sie. Endlich die Wahrheit. Alex hatte ihr ungewollt Angst eingejagt, weil er ihr klarmachte, was ihr in all den Jahren gefehlt hatte. Und je angestrengter sie versucht hatte, ihm zu widerstehen, um so schlimmer war es geworden, um so mehr hatte sie ihn begehrt.

Als sie den Spinner betraten, erregten sie, wie vorauszusehen war, einiges Aufsehen. Alle Köpfe drehten sich zu ihnen um, und Toupet-Ted fiel die Zigarette aus dem Mund. Zischend verglomm sie in seinem Bierglas. Charlotte fühlte sich derart im Mittelpunkt nicht ganz wohl, aber Christina war natürlich an nichts anderes gewöhnt, und sie genoß es sichtlich.

Da sie hoffte, daß draußen weniger Leute waren, ging Charlotte durch den lauten Schankraum voraus in den Garten. Sie setzten sich an einen großen Holztisch mit zwei Bänken an jeder Seite in die Abendsonne, und der Besitzer persönlich kam, um sie zu bedienen. Er nahm ihre Bestellung mit einer so weltläufigen Geste entgegen, daß sogar Iris Braithwaite beeindruckt gewesen wäre.

»Nun, Carlotta«, sagte Christina, als sie allein waren,

»Wie ist es dir ergangen? In deinen Briefen steht nichts über dich, nur über deine Schwester, deine Eltern, oh, und eine Mrs. Britwit.«

»Mrs. Braithwaite«, korrigierte Charlotte sie lächelnd.

»Also, erzähl mir was über dich. Bist du glücklich?«

»Ich bin glücklicher.«

Christina schüttelte den Kopf. »Das ist nicht genug. Darf ich fragen: Wärst du lieber wieder in Brüssel in dieser armseligen Wohnung mit diesem armseligen Ehemann?«

»Christina, so was kannst du doch nicht fragen!«

»Ich habe es doch gerade getan.«

»Nun, nein. Nein, ich möchte nicht wieder dorthin zurück.«

»Gut, das ist ja schon einmal ein Fortschritt, jetzt mußt du dir nur noch selbst verzeihen.«

Charlotte musterte sie scharf. Genau dasselbe hatte Sally zu ihr gesagt. War das eine Verschwörung? »Warum sagst du das?«

»Weil es stimmt. Ich war in Brüssel bei dir, ich habe gesehen, wie unglücklich du warst. Ich weiß auch, warum. Ich wußte, daß du Schuldgefühle hattest, weil du den Erfordernissen deines Mannes nicht entsprochen hast. Die wenigsten Frauen können das wirklich. Ich wußte auch, daß du Mr. Carlotta nicht geliebt hast ... und daß Mr. Carlotta dich nicht liebte. Eigentlich ganz einfach. Niemandes Fehler, niemandes Schuld, vergib dir einfach und ...«

»Aber vergessen kann man nicht«, unterbrach Charlotte sie.

»Nein, ich habe auch nicht gesagt, daß du vergessen sollst. Ich habe gesagt, *leb weiter*. Du wärst besser Katholikin, so wie ich: Es wird einem jede Woche vergeben und du lebst weiter.«

Charlotte lachte, runzelte dann jedoch die Stirn. »Soll ich dir etwas gestehen?«

»Warum nicht?«

»Erinnerst du dich an den Morgen, als Peter starb?«

»Ja, ich erinnere mich noch gut daran, dieser ganze Schnee.«

»Beim Frühstück habe ich Peter um die Scheidung gebeten.«

Christina blickte Charlotte über den Tisch hinweg an und ergriff ihre Hand. »Oh, meine arme kleine Carlotta, deshalb bist du immer noch so traurig, jetzt verstehe ich. Warum hast du es mir denn nicht erzählt?«

»Weil ...«

»Weil du so englisch bist ...«

»Und Sie sind es nicht, wenn ich mir die Bemerkung erlauben darf«, sagte der Besitzer des Spinner und stellte das Tablett mit ihrem Essen auf den Tisch.

»Guter Mann«, lächelte Christina, »wie klug von Ihnen. Was hat mich verraten?«

Der Mann strahlte. »Oh, wissen Sie, Kleinigkeiten.« Er reichte ihnen ihre Hühnchen und die Pommes frites. »Die Getränke gehen auf Kosten des Hauses«, fügte er hinzu und verbeugte sich fast, als er wegging.

»Das verstehe ich nicht, Carlotta, was heißt das – die Getränke gehen aufs Haus?«

Charlotte lachte. »Es bedeutet, daß sie umsonst sind, weil der Besitzer des Spinner sich in dich verliebt hat, Christina.«

»Das ist gut, wir sollten morgen wieder hierherkommen, glaube ich«, erwiderte sie und spießte eine große Pommes auf ihre Gabel. »Und warum hast du dich nicht in Mr. Hamilton verliebt?«

Charlotte streute Salz und ein paar Tropfen Essig über ihr Essen und antwortete: »Ehrlich gesagt, Christina, ich glaube, ich könnte mich in ihn verlieben.«

»Das ist sehr gut.«

»Nein, es ist nicht gut. Ich möchte mich nicht in ihn verlieben, und auch nicht in sonst jemanden. Jedenfalls nicht im Moment.«

»Ach, Carlotta, mach dir doch das Leben nicht so schwer.« Christina spießte eine weitere Pommes auf. »Köstlich«, meinte sie und führte sie zum Mund. Sie brachte es fertig, das Ganze aussehen zu lassen, als sei es ein erotischer Akt. »Ich werde dir jetzt alles über meinen Freund Henri, den Diplomaten erzählen. Er ist wunderbar, und er hat Beine, für die man sterben könnte.«

Charlotte, die froh war, daß es nicht mehr um sie ging, sagte: »Er fehlt dir bestimmt.«

»Das habe ich auch gedacht, bis ich deinen entzückenden Mr. Hamilton kennenlernte.«

Charlotte lachte. Aber Christina sah sie ernst an. »Warum lachst du? Was ist so komisch daran?«

»Komm, Christina, Alex ist viel zu nett, als daß du ihn in deine Liste ...« Sie schwieg. Was für eine Liste? Wie sollte man Christinas männliche Freunde nennen? Waren es Kunden oder Liebhaber? Sie entschied sich für letzteres. »... von Liebhabern einreihen könntest.«

»Es wäre doch hübsch, wenn ich ein kleines Souvenir aus England mit nach Hause nehmen könnte.«

Charlotte sah sie schockiert an. »Du würdest doch nicht ...«

Christina lächelte. »Ich glaube aber, ich möchte gerne. Schließlich scheinst du ihn ja nicht zu wollen, oder?«

32

Ich dachte, ich schaue mal vorbei«, sagte Hilary und trat durch die offene Tür des Wintergartens ein. »Ich habe gehört, du hast eine Freundin zu Besuch.«

Darauf könnte ich wetten, dachte Charlotte, der klar war, daß der gestrige Besuch im Spinner den Ort noch tagelang beschäftigen würde. Und alles nur, weil Christina mit lauter Stimme gemeint hatte, daß der Spinner nicht das richtige wäre. »Hier gibt es ja noch nicht einmal ein Klavier, und niemand singt!« Als er das hörte, hatte der Besitzer das Keyboard seines Sohnes heruntergeholt und Mr. Phelps, den Kirchenorganisten, gebeten, aus seiner Ecke zu kommen und ihnen etwas vorzuspielen. Als bald darauf alle Gäste sich um ihn versammelt hatten, um mitzusingen, einschließlich Christina und Charlotte, wuchs Mr. Phelps über sich hinaus und enthüllte seine wahren musikalischen Neigungen, die offenbar bei Kneipenliedern lagen. Er begann mit »Down at the Old Bull and Bush« und spielte dann das ganze Repertoire herunter, einschließlich »We'll Meet Again«, »I'm Getting Married in the Morning«, und weil er wußte, daß Christina vom Festland kam, spielte er immer wieder »Viva España«, bis Toupet-Ted um »The Birdy Song« bat.

»Ich habe gehört, gestern abend war eine richtige Party

im Spinner.« Hilary kannte schon alle Einzelheiten der Ereignisse des gestrigen Abends. Ted hatte ihr bereitwillig alle Neuigkeiten berichtet, als sie ihre Zeitung bei ihm kaufte.

»Ich habe gestern abend mit einer tollen ausländischen Frau getanzt«, hatte er ihr voller Behagen erzählt. »Sie ist eine Freundin ihrer Schwester, aus dem Ausland, wissen Sie, und hat eine tolle Figur.«

»Also, wo ist denn deine Freundin?« fragte Hilary.

»Sie ist nicht da«, entgegnete Charlotte und schrubbte energisch an einem besonders hartnäckigen Flecken auf der Herdplatte herum.

»Oh, ist sie schon wieder nach Hause gefahren?« Hilary konnte die Enttäuschung in ihrer Stimme nicht verbergen. Sie war schnurstracks von Toupet-Ted zu Charlotte geeilt, in der Hoffnung, dieses unglaubliche Geschöpf kennenzulernen, das Ted und den Besitzer des Spinner auf einen Schlag in ihren Bann gezogen hatte.

»Sie ist mit Alex weggefahren«, antwortete Charlotte zwischen zusammengebissenen Zähnen. »Er zeigt ihr die Italienischen Gärten in Tatton.«

Hilary war schockiert. Sie hatte gedacht, daß alles mehr oder weniger in Ordnung wäre, seit Tiffany ihr erzählt hatte, daß Alex und Charlotte zusammen weggewesen waren. Aber wenn Teds Beschreibung dieser Frau auch nur im entferntesten stimmte, dann war Alex in ernster Gefahr. »Warum bist du denn um Himmels willen nicht mitgefahren?«

»Weil ich Kopfschmerzen hatte«, fuhr Charlotte sie an, »und mir nicht danach war.« Das war jedoch nicht die ganze Wahrheit. Während des Frühstücks hatte Christina vorgeschlagen, einen Ausflug zu machen, und sie hatte auch gesagt: »Könnten wir nicht deinen reizenden Mr. Hamilton mitnehmen?«

»Hör zu, Christina«, hatte Charlotte, die kurz davor

war, wütend zu werden, erwidert: »Laß uns das einmal klarstellen. Alex Hamilton ist nicht mein reizender Irgendwer, okay?«

»Okay, okay, aber wir können ihn ja trotzdem einladen ... Ich glaube, ich hätte gerne, daß er für heute mein reizender Irgendwer ist.«

Und bevor Charlotte sie daran hindern konnte, war Christina schon nebenan und lud Alex ein, sie auf einem Ausflug zu begleiten. Und was noch schlimmer war, Alex schlug eine Fahrt nach Tatton vor, um Christina die Italienischen Gärten zu zeigen. Im letzten Moment hatte Charlotte in einem schwachen Versuch, das Ganze zu sabotieren, Kopfschmerzen vorgeschützt – Kopfschmerzen, die das Potential hatten, sich zu einer Migräne auszuwachsen.

»Meine arme Carlotta«, hatte Christina voller Mitgefühl gesagt, »du mußt dich ausruhen und darfst nicht in die Sonne gehen. Ich werde dich ins Bett bringen, und da solltest du auch bleiben. Aber wir können unmöglich Mr. Hamilton enttäuschen. Ich werde mein Bestes tun, um ihn in deiner Abwesenheit zu unterhalten.« Sie steckte Charlotte ins Bett, zog die Vorhänge zu und ignorierte ihren Protest, daß sie sich auf einmal schon viel besser fühlte. »Nein, nein, du versuchst nur, tapfer zu sein«, beharrte Christina und schloß die Schlafzimmertür leise hinter sich. Und dann war die Haustür zugeschlagen.

»Wann sind sie gefahren?« fragte Hilary. »Und wann kommen sie wieder zurück?«

»Was soll das sein, Hilary, die Hulme-Welford-Inquisition?«

»Ich habe ja nur gefragt.« Hilary beschloß, besser das Thema zu wechseln. »Was ziehst du denn zu Barrys Tauffeier morgen an?«

Charlotte beugte sich über die Spüle und wusch den Lappen aus, mit dem sie den Herd saubergemacht hatte.

»Weiß ich wirklich noch nicht. So weit voraus habe ich noch gar nicht gedacht.«

Nein, dachte Hilary, das überrascht mich nicht, nicht wo Alex gerade jetzt im Ziergarten verführt wird, genau in dieser Minute. »Soll ich dir helfen, etwas auszusuchen?«

»Nein!« schrie Charlotte. »Nein, und mir wäre es am liebsten, ihr ließt mich jetzt alle in Ruhe!«

Hilary zog sich taktvoll in ihr Haus zurück. Sie hoffte nur, daß noch nicht alles verloren war. So aufgebracht, wie ihre Schwester darüber war, daß Alex mit Christina einen Ausflug machte!

Es war schon beinahe zehn Uhr am Abend, als Charlotte hörte, wie Alex' Wagen in die Einfahrt bog. Kurz darauf hörte sie Christinas perlendes Gelächter. Es war jedoch bereits weit nach Mitternacht, als Christina endlich an der Tür läutete.

Charlotte ließ ihre Freundin herein und versuchte, Christinas ausführlichen Entschuldigungen wegen ihres späten Kommens gleichgültig zu begegnen. »Carlotta, verzeih mir bitte. Ich habe gar nicht gewußt, daß die Zeit so schnell verfliegen kann.«

»Du meine Güte, ist es denn schon so spät?« erwiderte Charlotte. »Ich hatte keine Ahnung, daß es schon so spät ist, ich habe gelesen.«

Christina sank anmutig aufs Sofa und sah zu dem Sessel, auf dem ihre Freundin gesessen haben mußte. Der Sessel mit dem zerdrückten Kissen war umgeben von den Überresten eines einsamen Abends – eine leere Kaffeetasse, ein Teller mit ein paar Crackern und eine leere Packung Chips. Ein Buch war nicht zu sehen.

»Ich habe oben gelesen«, log Charlotte, die wußte, zu welchem Schluß Christina gekommen war. Dann sah sie ihrer Freundin in die Augen und fragte: »Und was habt ihr den ganzen Tag und den Abend über gemacht?«

Christina lachte, streifte ihre Schuhe ab und streckte ihre Füße mit den langen Zehen aus. Charlotte fragte sich unwillkürlich, ob Alex' Hände schon diese hübschen kleinen Zehen gestreichelt hatten. Bei dem Gedanken an Alex' Hände, die sie so begehrte, trat ihr Zorn zutage.

»Na komm schon, Christina«, sagte sie, »was hast du mit Alex gemacht?«

Wieder das leichte, perlende Lachen. »Carlotta, bitte, mußt du so unverblümt sein?«

»Ach! Das mußt gerade du sagen! Was hast du noch gestern im Garten gesagt, und zwar so laut, daß Alex es hören mußte – ›Hast du mit ihm geschlafen?‹ Na, wenn das nicht unverblümt ist, weiß ich's nicht.«

Christina streckte sich faul auf dem Sofa aus. Sie lächelte immer noch, aber ihre Augen blickten nicht mehr so liebevoll. »Sag mal, Carlotta«, sagte sie, »was genau willst du denn hören? Ob ich mit dem anbetungswürdigen Mr. Hamilton, deinem reizenden Alex mit den unglaublich blauen Augen geschlafen habe? Sind dir übrigens jemals seine Hände aufgefallen? Er hat die kreativsten Hände der Welt.« Sie sah, wie Charlotte blaß wurde. »Na, Carlotta, ist es das, willst du das wissen?«

»Ja«, schrie Charlotte und marschierte erregt durch das Zimmer, »ja, verdammt noch mal, das will ich wissen.«

Christina seufzte und stand auf. Sie nahm ihre Schuhe in die Hand und ging zur Tür. »Ich glaube, ich gehe jetzt ins Bett, ich bin so müde ... aber, Carlotta, ich denke, du kennst die Antwort auf deine Frage schon, oder? Gute Nacht.«

33

Tiffany kam in die Küche, wobei sie ihre langen rosafarbenen Haare mit einer schweren Bürste bearbeitete, die den Sterilisationsbehälter im Salon noch nie von nahem gesehen hatte. Sie warf einen Blick auf Barry und pfiff anerkennend. »Du siehst toll aus. Schade, daß du mein Bruder bist!«

»Du meine Güte!« wies Derek, der hinter ihr hereingekommen war, sie zurecht. »Mußt du so vulgär sein? Das ist Bas' Konfirmation und keine Episode aus *Blind Date.*« Er wandte sich an seinen Sohn. »Sie hat allerdings recht, Bas. Der Anzug steht dir großartig. Damit siehst du wirklich aus wie mein Sohn.«

Tiffany zuckte zusammen. »Das wollen wir doch nicht hoffen.«

Barry fuhr sich mit der Hand durch die Haare, schob seine Brille zurecht und zupfte am Knoten seiner neuen Krawatte. Derek ließ sich von der Nervosität seines Sohnes anstecken und fragte: »Wo ist denn deine Mum? Es ist Zeit, daß der Vorhang hochgeht, was?« Er blickte auf die Küchenuhr und dann auf seine Armbanduhr, und ihm fiel plötzlich ein, daß er sich vor zweiundzwanzig Jahren genauso gefühlt hatte. Da hatte er auch in der winzigen Küche seiner Eltern gestanden, bevor sie im hellgrünen

Zephyr seines Vaters in die Kirche fuhren, wo er Cindy heiratete. Du meine Güte, wie er sich danach gesehnt hatte, daß die Zeremonie in der Kirche endlich vorbei war und er sich auf dem anschließenden Empfang ein Bier hinter die Binde kippen konnte. Ungeduldig trommelte er mit den Fingern auf die Arbeitsplatte.

»Liebe Güte, Dad, bleib ruhig«, sagte Tiffany und warf ihre Haarbürste auf den Tisch. Sie bückte sich, um den purpurroten Schnürsenkel zuzubinden, den sie sich durch die Löcher von einem ihrer Stiefel gezogen hatte. Am anderen Stiefel war ein orangefarbener Schnürsenkel, und beide paßten perfekt zu dem in diesen Farben eingefärbten Babydoll-Oberteil, daß sie zu ihren auberginefarbenen Lycra-Leggings trug. Während sie sich wieder aufrichtete, fügte sie hinzu: »Als ich Mum das letzte Mal gesehen habe, war sie gerade draußen und scheuchte die Caterer in dem großen Zelt herum.«

»Hol sie mal bitte, ja? Sag ihr, es ist Zeit für die Westminster Abbey.« Als seine Tochter ging, rief er ihr hinterher: »Und sei nett. Ich will nicht, daß du sie heute ärgerst. Nervös, Bas?« fragte er, als Tiffany weg war.

Barry lächelte. »Ein bißchen.«

»Jesus, ich auch! Tut mir leid, das hätte ich jetzt nicht sagen dürfen, was?«

»Was?«

»Du weißt schon, das mit Jesus.«

Barry lachte. »Entspann dich, Dad, ich werde getauft, nicht du.«

Derek blickte seinen Sohn an und empfand echten Stolz. Bas hatte das Gewicht, was er verloren hatte, noch nicht wieder zugenommen, und im Gesicht sah er immer noch angegriffen aus, aber Derek mußte sich eingestehen, daß Bas besser aussah, als er selbst es jemals getan hatte. Und er war auch ein ganzes Stück klüger. Seit diesem schrecklichen Telefonanruf an dem Tag, als das Grillfest war, hatte sich seine Einstellung zu Bas geändert. Seltsam war auch, daß er seit diesem Tag keine weiteren Vorstöße bei Charlotte mehr gemacht hatte; er hatte das Tor zu diesem Feld weit für Alex offen gelassen. Na, hoffentlich war er nicht gerade in der Midlife-Krise!

Er blickte wieder auf Bas. Er sah ihn jetzt nicht mehr als kleinen Jungen, der ihm auf die Nerven ging, sondern als Mann ... sogar als Freund. Er räusperte sich. »Hör mal, Bas«, setzte er an, »es war nicht immer so ...« Er schwieg, weil er auf einmal Angst hatte, einen kompletten Idioten aus sich zu machen.

»Was ist, Dad?«

Derek ging zur Verandatür und sah in den Garten hinaus, wo sich anscheinend Tausende von Leuten tummelten, manche mit Stühlen bepackt, andere mit vollgeladenen Tabletts und mit Weinflaschen. Er fuhr sich mit der Zunge über die Lippen und hätte am liebsten was zu trinken gehabt.

»Was ist los, Dad?«

Derek drehte sich wieder zu seinem Sohn um. »Ich wollte nur sagen ... na ja, die Sache ist ... Ich möchte dich heute nicht enttäuschen.«

»Das tust du nicht.«

»Aber ich habe es schon getan. Ich meine, ich war all die Jahre ... Ich bin dir gegenüber ein richtiger Scheißkerl gewesen.«

»Dad ...«

»Weißt du, Bas, ich habe dich nie wirklich verstanden ... Jesus, Bas, ich habe immer Angst vor dir gehabt.«

»Angst!« wiederholte Barry, ganz verwirrt von dieser Enthüllung. »Wie meinst du das?«

»Es nützt alles nichts, ich brauche was zu trinken«, entgegnete Derek und machte den Kühlschrank auf. Er bot Barry eine Dose Lager an.

»Nein, danke.«

Derek zögerte, die Dose aufzumachen. Seine trockene Kehle schrie danach, angefeuchtet zu werden, aber sein Kopf sagte ihm, er solle sich zurückhalten. »Vielleicht hast du recht«, meinte er, »vielleicht sollte ich es auch lassen. Ich möchte schließlich nicht, daß die alten Betschwestern in St. John von meiner Fahne in Ohnmacht fallen, was?«

Barry beobachtete, wie sein Vater wieder vom Kühlschrank wegging. »Warum hast du Angst vor mir, Dad?«

Derek schluckte und schob die Hände in die Hosentaschen. »Weil du so verdammt klug bist! Es ist dir immer gelungen, daß ich mir vorgekommen bin wie ein Idiot.«

Barry sah ihn schockiert an. »Das habe ich aber nie gewollt.«

Derek schüttelte den Kopf. »Ich weiß, Bas, und wir wollen doch mal ehrlich sein, mir braucht keiner zu helfen, damit ich wie ein Idiot aussehe. Das schaffe ich schon ganz gut alleine.«

»Dad, ich ...«

»Ja, schon gut, behalt's für dich«, erwiderte Derek und sein Gesicht verzog sich plötzlich zu einem breiten Grinsen, als er draußen vor der Küche die Stimme seiner Frau hörte. »Braucht ja schließlich nicht jeder zu wissen, daß ich dir meine Seele offenbart habe.«

Cindy blieb einen Augenblick lang stehen und betrachtete Barry. »Du siehst wundervoll aus«, sagte sie mit einem leichten Zittern in der Stimme. Barry wußte nicht, was er sagen sollte; zuerst ein Geständnis seines Vaters, und jetzt, nach all den Jahren, gefiel er zum ersten Mal seiner Mutter.

Derek ging hinter seiner Familie her durch den Gang zu ihrer reservierten Bank. Er versuchte angestrengt, sich nicht umzublicken, sondern seine Augen nur auf den Fußboden zu richten, aber es gelang ihm nicht. Er hatte nicht erwartet, daß die Kirche so voll sein würde. Er wußte, daß

Barry ein paar Freunde eingeladen hatte, aber er hatte ihnen nicht gesagt, daß die halbe Schule kommen würde. Und war das da neben Louise Archer nicht Mr. Knox, der Direktor?

»Alles in Ordnung, Dad?« flüsterte Barry, als sie sich setzten.

»Ja«, flüsterte Derek rauh zurück, »mir geht es gut.« Nein, tut es nicht, dachte er voller Panik und blickte sich ängstlich in der Kirche um. Sein Blick fiel auf Iris Braithwaite, die einen strengen schwarzen Hut trug, und er empfand das tröstliche Bedürfnis, einen Witz zu machen. Er wandte sich um, um Bas anzustupsen, und mußte feststellen, daß er nicht da war. O Gott, dachte er, als er seinen Sohn neben sich knien sah. War das wirklich nötig? Es kam ihm wie eine Ewigkeit vor, bis Bas wieder aufstand. »Besser so?« fragte er.

Als der Gottesdienst vorbei war, versuchte Charlotte Christina so schnell wie möglich aus der Kirche zu schieben. Sie hatte kein Interesse daran, daß ihre Freundin hier auch so viel Aufsehen erregte wie im Spinner.

»Oh, Carlotta, dieser Barry ist so ein gutaussehender junger Mann«, sagte Christina, als sie durch das Friedhofstor gingen. »Kein Wunder, daß du wieder nach Hulme Welford zurückwolltest. Wie kommt es nur, daß es in solch einem kleinen Ort so viele tolle Männer gibt?«

»Du meine Güte, Christina«, entgegnete Charlotte mürrisch, »reicht dir eine Eroberung hier noch nicht?« Sie hatte den ganzen Morgen über kaum ein Wort zu Christina gesagt. Die Stimmung beim Frühstück war entschieden frostig gewesen, und sie hatten stumm ihr Müsli gelöffelt.

»Carlotta, du bist sehr ärgerlich mit mir, stimmt's?«

»Ärgerlich? Ich? Warum um alles in der Welt sollte ich ärgerlich sein?«

Christina lachte. »Oh, da ist Alex.«

Charlotte drehte sich um und sah, wie Alex hinter ihnen herkam. Ihre Laune wurde durch das breite Grinsen auf seinem Gesicht nicht gerade besser. »Ich habe euch hinten in der Kirche sitzen sehen«, sagte er, als er sie eingeholt hatte.

»Wir hatten Glück, daß wir überhaupt noch einen Platz bekommen haben«, entgegnete Charlotte kurz angebunden. »Madame hier war so erschöpft von eurem gestrigen Ausflug in die Italienischen Gärten, daß sie verschlafen hat.«

Christina verdrehte die Augen. »Ich glaube, die arme Carlotta hat immer noch Kopfweh, sie hat so schlechte Laune.«

»Ach, Unsinn«, entgegnete Charlotte und trat vom Bürgersteig, wodurch ein Radfahrer im Lycra-Anzug gezwungen wurde, mitten auf die Straße auszuweichen. Er ballte die Faust und bedachte sie mit einigen ausgesuchten Flüchen.

»Neville, bist du wahnsinnig geworden?« rief Louise ihrem Mann über dem Lärm von Abbas »Dancing Queen« zu. »Was du auf deinem Teller hast, sind mehr als tausend Kalorien.«

»Ja, Liebes, ich weiß«, antwortete Neville und leckte sich voller Vorfreude die Lippen. Auf seinem Teller türmten sich eine Hähnchenkeule, ein großer Klecks Avocado-Dip, ein Paar Miniaturwürstchen, eine Scheibe Lachs und eine Käsecremerolle. »Und das ist noch gar nichts verglichen damit, was ich essen werde, wenn es Nachtisch gibt«, fügte er mit blitzenden Augen hinzu. »Tiffany hat mir gesagt, es gibt Trifle, Crème brûlée und Erdbeeren mit Sahne.«

Louise zog die Augenbrauen hoch. »Ich weiß wirklich nicht, was in dich gefahren ist. Seitdem du gestern diesen Preis gewonnen hast, bist du ganz unerträglich. Es war doch nur der zweite Preis, aber man könnte denken, daß du diesen blödsinnigen Pokal gewonnen hast.«

Neville strahlte, biß ein großes Stück von seiner Hähnchenkeule ab und kaute genußvoll. »Ich finde, es ist Zeit, ein bißchen herumzugehen. Du solltest dir auch was zu essen holen. Derek und Cindy haben üppig aufgefahren für Barry.« Und damit ließ er seine Frau sprachlos zurück – zum ersten Mal in ihrer Ehe – und ging auf Charlotte zu, die sich mit ihrer berühmten Freundin auf einer hellrosa Hollywoodschaukel sonnte. Neville zog seinen Bauch ein und trat zu den beiden.

»Hallo, Dad«, sagte Charlotte und nahm sich ein Würstchen von seinem Teller. »Weiß Mum, daß du das alles ißt?«

»Natürlich.«

Etwas in der Stimme ihres Vaters ließ Charlotte aufblicken. »Du siehst sehr zufrieden mit dir aus. Was ist los?«

Er lächelte strahlend und räusperte sich, als wolle er etwas Wichtiges verkünden. »Ich habe gestern auf der Stachelbeeren-Ausstellung den zweiten Preis gewonnen: Meine Edith Cavell hat fast sechzig Gramm gewogen.«

Charlotte riß entsetzt den Mund auf. »Dad, ich wollte doch kommen!« Sie warf ihrer Freundin einen Blick zu. »Aber ich habe es ganz vergessen, weil Christina so unerwartet aufgetaucht ist.«

Wie auf ein Stichwort reichte Christina Neville die Hand. »Es tut mir so leid, daß ich Carlotta von Ihnen ferngehalten habe. Können Sie mir noch einmal verzeihen?«

Neville kicherte wie ein Schuljunge. »Keine Ursache.«

Christina klopfte auf den Platz zwischen Charlotte und sich. »Setzen Sie sich doch hierher und erzählen Sie uns alles über diesen wunderbaren Preis, den Sie gewonnen haben. Aber zunächst einmal, was ist eine Stachelbeeren-Ausstellung, und wer ist Edith Cavell?«

Charlotte stand auf. »Jetzt aber los, Dad«, meinte sie,

»laß dich nicht aufhalten. Das ist deine große Chance. Erzähl Christina alles, und ich hole uns inzwischen etwas Wein.«

Sie ging hinüber zu dem weißgelb gestreiften Zelt, wo Barry mit einem Tablett voller Gläser auf sie zukam. »Hallo«, sagte er. Hinter ihm tauchte ein hübsches Mädchen auf. Sie war klein und hatte lockige rote Haare. Auch sie trug ein Tablett mit Gläsern. »Ich gehe schon weiter und bringe sie den anderen«, sagte sie und lächelte Barry strahlend an.

»Okay, ich komme gleich nach.«

»Nettes Mädchen«, meinte Charlotte und sah ihr nach. Sie ging zum Ende des Gartens, wo sich die jüngeren Teilnehmer der Party versammelt hatten.

Barry rückte seine Brille zurecht. »Ja, nicht wahr? Sie geht auch nach Leeds.«

»Wirklich?« erwiderte sie lächelnd. »Medizin?«

»Nein. Theologie.«

»Du überraschst mich.« Sie drehte sich um und sah zum Haus, wo gerade die letzten Töne von »Sultans of Swing« verklungen waren und die ersten Takte von »Like a Bat out of Hell« erschollen.

»Dad liebt das«, sagte Barry.

»Malcolm Jackson auch, wie es aussieht«, erwiderte Charlotte, die beobachtete, was auf der Terrasse vor sich ging.

Cindys sorgfältig mit rosafarbenen Geranien bepflanzten Kübel waren weggeräumt worden, und Malcolm – jetzt in Alltagskleidung – huldigte mit Derek zusammen Meatloaf. Sie hielten beide eine Selleriestange in der Hand und sangen laut in das blättrige Ende wie in ein Mikrofon.

Charlotte und Barry sahen einander an und begannen zu lachen. Dann reichte Barry ihr das Tablett mit den Getränken, nahm sich ein Baguette von einer vorüberkommenden Kellnerin und ging zu seinem Vater und dem Vikar.

Die meisten Gäste jubelten und klatschten, und auch Barrys Schulfreunde kamen, als sie den Lärm hörten, von unten aus dem Garten, um zu sehen, was los war. Sie stimmten in den Jubel ein, und ein paar traten auf die Terrasse, um mitzusingen und imaginäre Gitarren zu spielen.

Mit einem Stapel voll schmutziger Teller trat Cindy aus dem Zelt. Charlotte beobachtete besorgt, wie sie die Szene aufnahm. Cindys Augen füllten sich mit Tränen, und sie begann zu weinen. Charlotte stellte Barrys Tablett auf dem nächsten Tisch ab, nahm Cindy das Geschirr aus der Hand und umarmte sie.

»O Gott«, schluchzte Cindy, »warum hat es bis zu diesem Moment achtzehn Jahre gedauert? Warum sind Familien so schrecklich zueinander?« Sie schniefte laut und entzog sich dann Charlotte. »Es tut mir leid«, sagte sie und richtete ihre perfekte Frisur, »das ist absurd.«

Charlotte erstarrte. Genau dasselbe hatte Peter an dem Morgen gesagt, bevor er starb, an dem Morgen, als er Charlotte gegenüber endlich zugegeben hatte, daß auch er, genau wie jedes andere menschliche Wesen, emotional zerbrechlich war. Arme Cindy. Warum konnte sie diese Maske des Selbstschutzes, die sie ständig trug, nicht einfach fallenlassen und den Leuten zu erkennen geben, wie sie wirklich war? Aber so einfach war es natürlich nicht. Hatte sie sich nicht auch die ganze Zeit, seit sie in Hulme Welford war, hinter ihrer Maske der Witwenschaft versteckt?

Sie sahen zu, wie die Show auf der Terrasse dem Ende zuging, und stimmten in den allgemeinen Applaus ein.

»Geil!« schrie Tiffany, die mit Becky auf dem Rücken auf sie zugelaufen kam. »War das jetzt peinlich, oder was?«

»Ich fand sie gut«, erwiderte Cindy und nahm Charlotte den Stapel Teller wieder ab. »Ich bringe die Teller schnell in die Spülmaschine.« Und damit ging sie aufs Haus zu.

»Was ist los mit Mum?« Tiffany rückte Becky auf ihrem Rücken zurecht.

»Ich glaube, sie ist glücklich.«

»Glücklich? Mum? Niemals! Komm, Becky, wir besorgen dir was zu essen.«

Charlotte fiel ein, daß sie ja etwas zu trinken holen wollte, und sie folgte Tiffany ins Zelt. Dort wurde sie beinahe erschlagen von der Hitze, dem Duft des zertrampelten Grases und dem nicht so süßen Duft von fünfundsiebzig verschiedenen überstrapazierten Deodorants. Auf einer Seite des Zeltes war auf gelb eingedeckten Tischen das Büffet aufgebaut, und auf der anderen Seite standen weiß eingedeckte Tische voller Gläser und Flaschen mit Mineralwasser, Wein und Bier. Charlotte schenkte sich drei Gläser Wein ein und drehte sich um, um der drückenden Hitze schleunigst zu entfliehen. In ihrer Eile stieß sie mit einem anderen Gast zusammen und sprang zurück, als der kalte Wein auf sie spritzte. Als sie hochsah, stand sie Alex gegenüber.

»Tut mir leid, Charlotte«, sagte er.

Sie starrte ihn finster an, und einen Moment lang schien keiner von ihnen beiden zu wissen, was er sagen sollte.

Iris Braithwaite dagegen schien genau zu wissen, was sie sagen wollte. »Mrs. Lawrence«, tadelte sie, »Sie sehen ja unmöglich aus! Was ist denn das für eine Tauffeier? Reverend Jackson macht draußen im Garten einen Narren aus sich, und jetzt stehen Sie hier und enthüllen ... enthüllen alles!«

Charlotte folgte Iris' Blick und sah zu ihrem Entsetzen, daß das Oberteil ihres weißen Kleides praktisch durchsichtig geworden war. Sie trug keinen BH, und der Stoff klebte unbarmherzig an ihren Brüsten. Panisch zupfte sie an dem dünnen Stoff und versuchte, ihn von ihren Brustwarzen wegzuziehen. Als sie aufblickte, sah sie, daß Alex lächelte.

»Wie kannst du es wagen!« schnauzte sie ihn ärgerlich an. Sie stellte die halbvollen Gläser auf den Tisch hinter sich, drehte sich um und schlug Alex mit aller Kraft ins Gesicht.

»Mrs. Lawrence!« schrie Iris auf. Mehr sagte sie jedoch nicht, denn zu ihrem Entsetzen nahm Alex Charlotte in den Arm und küßte sie auf den Mund.

»Mr. Hamilton!« Iris flehte beinahe und sah sich nach Unterstützung um. Aber niemand trat ihr bei, und man hörte nur die Stimme eines Kindes: »Oh, Mummy, sieh mal, Tante Charlotte hat den Mann gehauen, der neben ihr wohnt!«

»Wie kannst du es wagen!« wiederholte Charlotte, während Alex sie aus dem Zelt schob und sie mit sich zum Ende des Gartens zog. »Wie kannst du es bloß wagen, mich zu ... und das vor allen Leuten!«

»Ach, komm«, entgegnete er, »darum geht's doch gar nicht.«

»Was soll das denn bitte heißen?«

»Du weißt sehr wohl, wovon ich rede. Du bist schrecklich wütend auf mich, nicht wahr?«

»Ja ... ich meine, nein. Weswegen sollte ich wütend auf dich sein, abgesehen davon, daß du mich durchnäßt und zum Narren gemacht hast?«

»Du bist wütend, weil du denkst, ich hätte mit Christina geschlafen. Stimmt das etwa nicht?«

Sie lachte verächtlich auf. »Was du in der Privatsphäre deines gemieteten Hauses machst, geht mich nichts an.«

»Gib es zu, du bist eifersüchtig.«

»Bin ich *nicht*!« rief sie heftig und hob wieder die Hand, um ihn zu ohrfeigen.

»Charlotte«, sagte er und hielt sie am Handgelenk fest, »tu einmal, was man dir sagt, und hör mir zu, *bitte.*«

Er ergriff ihren Ellbogen und führte sie zu der Bank an dem kleinen Teich, auf der sie schon einmal gesessen hatten. Der Cherub spie immer noch Wasser, und die Keramikkröte war noch genauso häßlich.

»Es tut mir leid, was gerade passiert ist, Charlotte. Ich hätte das nicht tun sollen. Aber du hast keine Vorstellung, wie unglaublich du ausgesehen hast, als du so dastandest ...«

»Mach dich nicht lächerlich.« Sie verschränkte die Arme vor der Brust.

»Wie um alles in der Welt kann ich dir klarmachen, was du mir bedeutest? Sag es mir, und ich tue es.«

Sie schwieg mit fest zusammengepreßten Lippen.

»Charlotte, ich glaube, du solltest wissen, daß ich einfach nicht die Absicht habe, dich wieder gehen zu lassen. Du solltest mich mittlerweile gut genug kennen, um zu wissen, daß ich nicht so leicht aufgebe. Und was gestern abend angeht ...« Er hob die Hand, um einem weiteren Wutausbruch zuvorzukommen. »Bitte, laß mich ausreden. Ich habe schon ein paarmal gefragt, ob du mir vertraust, richtig?«

»Ja«, erwiderte sie mit einer Stimme, die vor Ironie triefte, »das hast du.«

»Habe ich das nun verspielt?«

»Was denkst du? Christina ist meine Freundin.«

»Wäre es mit Heather denn in Ordnung gewesen?«

»Nein! Ich meine, ja ... oh, Alex. Hör bitte damit auf!«

»Charlotte«, sagte er, »gestern abend ist überhaupt nichts passiert. Es war lediglich eine Idee, der ich nie hätte zustimmen sollen.«

»Wessen Idee?«

»Christinas.«

»Ich hätte es wissen sollen. Und was sollte mit dieser *Idee* erreicht werden?«

»Dich eifersüchtig zu machen«, sagte er beschämt. »Es tut mir leid. Es war gemein, dir das anzutun. Ich wollte dich nie verletzen. Und jetzt habe ich es doch getan, und ich hasse mich dafür. Eigentlich sollte man in meinem Alter über solche kindischen Spielchen hinaussein, oder?«

Charlotte dachte einen Augenblick lang nach und ließ Alex' Worte auf sich wirken. Eifersüchtig. Natürlich war sie eifersüchtig gewesen. Christinas Plan hatte hervorragend funktioniert. Sie hatte die ganze Nacht wach gelegen und sich Alex und Christina im Bett vorgestellt; die Bilder hatten sie Stunde um Stunde in der Dunkelheit gequält, bis schließlich die Dämmerung hereingebrochen und sie für ein paar Stunden eingeschlafen war. »Nun, es hat ja funktioniert, oder?« sagte sie und starrte vor sich hin. »Ich war tatsächlich eifersüchtig.«

Alex seufzte. »Da habe ich ein ganz schönes Chaos angerichtet, was?« Er nahm ihre Hand und zog sie an die Lippen. »Glaubst du, du kannst mir verzeihen?«

»Weißt du, ich habe Christina vorgestern abend erzählt, daß ich mich wahrscheinlich in dich verlieben könnte ...«

»Charlotte ...«

»Nein, laß mich ausreden. Ich bin nur völlig entsetzt über die Entdeckung, daß ich es bin ... daß ich nicht in der Lage bin, eine Beziehung aufrechtzuerhalten ... Ich habe schreckliche Angst vor dem Risiko, davor, dich zu verletzen.«

»Versuch's doch einfach. Ich bin ziemlich hart im Nehmen.«

»Und ich habe vor noch etwas Angst: Lucy.«

»Lucy? O Gott, du denkst doch nicht etwa, daß ich sie immer noch liebe ...?«

»Das ist doch möglich, oder nicht?«

Er legte ihr die Hände auf die Schultern und zwang sie, ihn anzusehen. »Wir alle haben eine Vergangenheit«, sagte er langsam, »und Lucy gehört zu meiner. Als sie starb, habe ich tatsächlich gedacht, daß es in meinem Leben nie wieder eine andere Frau geben würde. Aber jetzt gibt es doch wieder eine. Dich. Ich wünschte, ich könnte dir klarmachen, was das für mich bedeutet.« Er nahm ihr Gesicht in beide Hände und küßte sie. »Charlotte, ich liebe *dich*.«

Ihre Kehle wurde eng. Sie versuchte zu schlucken, konnte es aber nicht. »Alex, ich könnte nie ... ich könnte es nicht ertragen, wieder nur die Zweitbeste zu sein.«

»Peter war ein Idiot«, erwiderte Alex scharf. »Er hat dich nicht verdient. Und kannst du denn nicht verstehen, daß ich dich liebe, weil du eben nicht die Zweitbeste bist? Charlotte, du bist etwas ganz Besonderes. Du bist wunderbar!« Er küßte sie noch einmal. »Wenn ich könnte, würde ich den Rest meines Lebens damit verbringen, dir jeden Tag klarzumachen, wie unvorstellbar besonders du bist.«

»Ach, du Schmeichler«, sagte sie und versuchte zu lächeln.

»Sieh mich nicht so an, Charlotte. Ich weiß nicht, was verheerendere Folgen hat, dein Lächeln oder dein Anblick in diesem nassen Kleid.«

Charlotte räusperte sich und wechselte das Thema, indem sie sagte: »Wenn du dich bis Mitternacht nicht leidenschaftlich mit Christina geliebt hast, was habt ihr dann eigentlich gemacht?«

»Geredet. Sie kann großartig zuhören, das ist ein wichtiger Bestandteil ihrer Arbeit.«

»Hat sie dir erzählt, womit sie ihren Lebensunterhalt verdient?« Charlotte war schockiert.

»Ja.«

»Warst du überrascht?«

»Eigentlich nicht.«

Charlotte lachte, streifte ihre Schuhe ab und streckte die Zehen in die warme Sonne. Sie schloß die Augen. Plötzlich fühlte sie sich unbeschreiblich glücklich.

»Du hast hübsche Füße.« Er griff nach einem und legte ihn sich in den Schoß. Dann begann er ihren Knöchel zu streicheln.

»Alex«, sagte sie warnend.

»Eine Schande, daß dein Kleid fast schon wieder trocken ist.«

Charlotte blickte ihn an. »Du gibst einfach nicht auf, was?«

»Nein«, erwiderte er, »tue ich nicht. Und ich werde es auch nie tun.«

34

Der Flughafen war voller Reisender, die ihre Pässe schwangen, überladene Gepäckwagen schoben oder riesengroße Koffer auf kleinen quietschenden Rädern hinter sich herzogen. Charlotte stand mit Christina in der Abflughalle und wartete darauf, daß Christinas Flug aufgerufen wurde. Sie zögerte, sich von ihrer Freundin zu verabschieden. Sie wollte ihr noch so viel sagen, vor allem seit Alex ihr gestern die Wahrheit über den vorigen Abend erzählt hatte. Sie hatte gehofft, daß sie vielleicht nach Barrys Party miteinander reden könnten, aber das Fest hatte bis zwei Uhr nachts gedauert, und Derek und Malcolm Jackson waren noch mit einer Kabarettnummer aufgetreten. Die arme Iris war als einziger Gast früh gegangen. Sie war in ihr Haus nebenan zurückgekehrt und hatte laut alle Fenster zugeknallt.

»Nun, Carlotta, meine liebste Freundin«, sagte Christina und holte Charlotte wieder auf den überfüllten Flughafen zurück, »versprich mir, daß du aufrichtig mit dir sein wirst.«

»Ist das überhaupt jemand von uns?« erwiderte Charlotte kopfschüttelnd.

Christina lächelte. »Weißt du, es erfordert Mut, wirklichen Mut, jemand anderen zu kennen, aber das größte

Heldentum ist es, sich selbst und die eigenen dunklen Flecken zu kennen – denk daran, Carlotta. Denk auch daran, daß du jetzt tapfer genug bist, um dir selbst oder jemand anderem nicht mehr auszuweichen. Du mußt einfach daran glauben.«

Charlotte umarmte ihre Freundin. »Ich wünschte, du würdest nicht schon heute fahren. Kannst du nicht noch ein paar Tage bleiben?«

»Nein, Carlotta, gleich wird mein Flug aufgerufen, und außerdem möchte ich zu meinem wundervollen Henri. Er wartet schon auf mich, und ich möchte ihn irgendwie nicht zu lange warten lassen. Er ist ein guter Fang, weißt du, und ich glaube, ich werde ihn heiraten.«

»Eigentlich kann ich mir dich gar nicht verheiratet vorstellen.«

Christina blickte sie gespielt schockiert an. »Willst du, daß ich eine alte Jungfer bleibe, wie ihr es nennt?«

»Das würdest du nie sein, Christina. Aber wie denkt Henri denn über... deine Arbeit, deinen Beruf?«

»Er denkt, es ist ein guter Job. Warum?« fragte Christina, ein mutwilliges Lächeln auf den Lippen.

»Oh«, erwiderte Charlotte. »Dann will er also nicht, daß du ihn aufgibst, wenn ihr heiratet?«

»Ich glaube nicht. Meinst du, ich sollte ihn aufgeben?«

Charlotte wußte nicht genau, was sie antworten sollte. Dieses Thema hatten sie in ihrer Freundschaft immer diskret unter den Teppich, oder eher unter die Bettdecken, gekehrt.

»Carlotta, du hast meine Frage nicht beantwortet.«

Sie fühlte sich in die Ecke gedrängt. »Es ist nur, na ja, du weißt schon, ich habe nur gedacht, es ist nicht so gut miteinander vereinbar, das was du tust – Männer zu unterhalten, meine ich – und die Frau eines Diplomaten zu sein.«

Christina riß ihre schönen Augen weit auf und lachte.

»O Carlotta, mein Schatz, endlich bist du einmal völlig ehrlich mir gegenüber.«

Charlotte sah sie verwirrt an.

»Du hast die ganze Zeit«, fuhr Christina fort, »wirklich gedacht, ich sei eine Prostituierte, oder wie Mr. Carlotta mich genannt hat, eine Edelnutte?«

»Du meinst ...? Aber was war denn mit all den Männern, die dich besucht haben?«

»Natürlich haben mich Männer besucht. Ich bin Sexualtherapeutin.«

»Was?«

»Das muß ich dir doch sicher nicht erklären ...«

»Nein. Nein, das habe ich nicht gemeint.« Charlotte war verwirrt. Wie konnte sie sich nur so geirrt haben? »Ich meinte nur ... Oh, Christina, und ich habe sowas Schreckliches von dir gedacht. Eine Sexualtherapeutin! Du!«

»Ja, ich«, erwiderte Christina. »Weißt du, in Brüssel gibt es jede Menge Sexualprobleme, es gibt so viele Männer, die lieber arbeiten, als Sex zu haben.«

»Aber du hattest kein Schild an der Tür, kein Büro, keine Praxis oder was immer du dazu brauchst.« Ein Teil von Charlotte war noch nicht ganz überzeugt.

»Jemand wie ich muß diskret sein, meine Klienten wollen mit Einfühlungsvermögen behandelt werden. Ein großes Schild, auf dem stünde ›Alle, die ihn nicht hochkriegen, hier entlang‹ geht nicht.«

»Aber auch deine Wohnung hat ganz normal ausgesehen, nicht wie ...«

»Du hast ja nicht meine ganze Wohnung gesehen, und außerdem nehmen wir oft nur das wahr, was wir sehen wollen ... Du siehst zum Beispiel Alex als einen anderen Peter.«

Charlotte runzelte die Stirn.

»Da habe ich doch recht, oder? Du glaubst, Alex wird dich genauso verletzen, wie Peter dich verletzt hat. Aber er liebt dich wirklich, Carlotta, und das aus gutem Grund. Jetzt haben sie mein Flugzeug aufgerufen, ich muß gehen, Henri wartet.«

Sie umarmten einander noch einmal, und Christina küßte Charlotte. »Verzeih mir, daß ich versucht habe, dich eifersüchtig zu machen, Carlotta«, sagte sie. »Und verzeih Alex auch.« Dann ging sie zur Paßkontrolle und drehte sich noch ein letztes Mal um, um zu winken.

In Ivy Cottage war es ungemütlich still, als Charlotte vom Flughafen zurückkam. Sie ging in die Küche und nahm geistesabwesend Dinge in die Hand, nur um sie gleich wieder hinzulegen. Sie goß sich etwas zu trinken ein, ließ es dann aber stehen. Sie ging in den Wintergarten und blätterte eine Zeitschrift durch. Gelangweilt und ruhelos warf sie sie jedoch wieder auf den Tisch und trat nach draußen. Dort setzte sie sich unter den Feigenbaum und blickte zum Haus. Alex stand an einem Fenster – sein Schlafzimmer, wie sie vermutete – und sah zu ihr herunter. Sie erwiderte seinen Blick. Ihre Kehle wurde trocken, und ihr Herz schlug schneller.

Schließlich ging sie über den Rasen zur Hintertür. Sie war noch nie zuvor in Alex' Teil des Hauses gewesen. Er stand jetzt am Fuß der Treppe, die Hand auf dem Geländer, und er sah so aus, als habe er auf sie gewartet, als habe er gewußt, daß sie kommen würde. Sie trat zu ihm und küßte ihn schweigend. Er bedeckte ihr Gesicht mit Küssen und dann ihren Nacken, wobei er immer wieder ihren Namen flüsterte. Atemlos vor Erleichterung löste sie sich von ihm und ging die Treppe hinauf. Er folgte ihr.

In der Dämmerung zupfte Hilary im Vorgarten Unkraut. Der Sommer war bald vorüber, sinnierte sie. Dann mußte sie neue Schuluniformen kaufen und mit Namensschildern versehen, und sie mußte sich überlegen, welche Funktionen sie im Herbsthalbjahr in der Elternversammlung übernehmen wollte.

Von der anderen Straßenseite hörte sie einen Hund bellen und jemanden lachen. Sie spähte über die niedrige Mauer, hinter der sie verborgen war. Zuerst sah sie Mabel, dann Charlotte und Alex, Arm in Arm. Als sie das Ende der Auffahrt erreicht hatten, flüsterte Alex Charlotte etwas ins Ohr, und ihre Schwester lachte wieder. Hilary verkroch sich noch ein bißchen tiefer hinter dem Mäuerchen und beobachtete in fasziniertem Entzücken, wie Charlotte Alex küßte. Das war nicht nur ein kurzer Kuß, sondern ein richtiger Filmkuß, und sie hielten sich dabei im Arm. Himmel! japste Hilary, und ihr fielen fast die Augen aus dem Kopf. Und wenn man daran dachte, daß *sie* das alles ausgelöst hatte!

Iris Braithwaite stand mit einer grünen Plastikgießkanne über ihre Tomaten gebeugt. Im Dämmerlicht spähte sie durch die Ligusterhecke, als sie Stimmen näher kommen hörte.

»Wenn Sie mich fragen«, sagte sie laut, »ist es an der Zeit, daß Sie endlich heiraten. Dann bleiben uns wenigstens diese lasterhaften Szenen erspart, wie wir sie gestern mittag erleben mußten.«

»Was sagten Sie gerade, Mrs. Braithwaite?« fragte Charlotte und sah Iris durch die Hecke an.

»Das hätte ich nach Sydneys Tod auch tun sollen. Ich habe es sehr bedauert, daß ich es nicht gemacht habe.« Ihre Stimme klang ganz anders als sonst, wehmütig und nachdenklich. »Natürlich ist es jetzt zu spät. Wer würde schon eine alte Frau wie mich haben wollen?«

»Das tut mir wirklich leid, Iris«, sagte Charlotte und riskierte die ungewohnte Vertraulichkeit, Mrs. Braithwaite mit ihrem Vornamen anzureden, wenn auch nur durch die Sicherheit der Hecke. »Das wußte ich gar nicht. Sie haben immer den Eindruck vermittelt ...«

»Es mag sein, wie es will, aber erwähnen Sie bitte niemandem gegenüber, daß ich es gesagt habe. Ich würde natürlich alles abstreiten. Gute Nacht, Mrs. Lawrence, und auch Ihnen, Mr. Hamilton.«

Am dunklen Teich legte Charlotte ihren Kopf an Alex' Brust und schlang die Arme um ihn.

»Ich bin erschöpft«, sagte sie.

»Ich auch.«

Sie gab ihm einen spielerischen Stups. »Ich habe nicht von heute nachmittag geredet.«

»Oh«, erwiderte er.

»Es war ein anstrengender Sommer.«

»Das liegt daran, daß du die meiste Zeit gegen mich angekämpft hast.«

»Nur weil ...«

Er küßte sie. »Ich glaube, das ist die einzige Methode, dich zum Schweigen zu bringen.«

»Nein. Es gibt noch eine andere.«

Er sah ihren Blick und lachte. »Du weißt doch hoffentlich, daß ich dich nicht so enden lasse wie Iris Braithwaite, mit blaugetönten Haaren und vernünftigen Schnürschuhen?«

»Da bin ich aber erleichtert.«

»Charlotte?«

»Sei still, Alex, und bring mich nach Hause, bitte.«

»Zu dir oder zu mir?«

»Alex!«